# 스무 해의 폴짝

KB191612

■이 도서의 국립중앙도서관 출판예정도서목록(CIP)은
서지정보유통지원시스템 홈페이지(http://seoji.nl.go.kr)와
국가자료공동목록시스템(http://www.nl.go.kr/kolisnet)에서 이용하실 수 있습니다.
(CIP제어번호: CIP2020030579)

# 스무 해의 폴짝

정은숙 인터뷰집

마음산책

# 스무 해의 폴짝

정은숙 인터뷰집

1판 1쇄 인쇄  2020년 8월   5일
1판 1쇄 발행  2020년 8월  15일

지은이 | 정은숙
펴낸이 | 정은숙
펴낸곳 | 마음산책

편집 | 권한라 · 성혜현 · 김수경 · 이복규    디자인 | 최정윤 · 오세라
마케팅 | 권혁준 · 김종민    경영지원 | 박지혜

등록 | 2000년 7월 28일(제13-653호)
주소 | (우 04043) 서울시 마포구 잔다리로 3안길 20
전화 | 대표 362-1452 편집 362-1451    팩스 | 362-1455
홈페이지 | http://www.maumsan.com
블로그 | maumsanchaek.blog.me
트위터 | http://twitter.com/maumsanchaek
페이스북 | http://www.facebook.com/maumsan
인스타그램 | http://www.instagram.com/maumsanchaek
전자우편 | maum@maumsan.com

ISBN 978-89-6090-635-8  03810

선연한 장면은 누가 해석하고 매개해주지 않아도
직관적으로 이해되는 것이니까요.

⋮

메모를 뒤적이는 건 무엇을 쓸지 찾는 과정이에요.
메모 상태는 부화 전의 알과 같아요.

# 우리가 보낸 스무 해가
# 도약대가 됩니다

### 1

첫 근무일인 2000년 8월 16일, 충정로에 있는 마음산책 사무실. 사무 용품만이 단정히 놓여 있던 책상의 너비를 기억한다. 참고 자료만 몇 권 꽂혀 있던 헐렁한 책장도 기억한다. 두려움도 없이 각오만 단단하던 시간이었다. 앞으로 편집하고 싶은 책들—문학, 예술, 인문서의 방향은 출근 전에 이미 정해두었다. 섭외하고 싶은 저자들의 명단도 작성했다.

첫날, 전화기는 하루 종일 울리지 않았다. 아직 마음산책 로고도 만들어지지 않았고 누군가에게 내밀 명함도 없었다. 스무 달 앞을 모를 때 스무 해는 상상하기 어려웠다. 그때는 그저 초조한 시간이 지나가기만 바랐다.

그래도 충정로에서 7년을 지낸 마음산책은 2007년에 홍대 앞 사옥으로 자리를 옮겼다. 양옥집을 리모델링한 사무실은 정겨웠다. 마당도 있었고 오래된 나무와 고양이들, 꽃들도 있었다. 그중에는 세월을 못 이기고 져버린 것들도 있다. 그러다가 못 보던 고양이와 꽃가루, 느닷없는 것들이 날아들어 삶을 보태기도 했다. 안주하듯 변화하는 나날이었다. 올해 마음산책은 새로운 사무실을 만들어보고자 도모하고 실행하고 있는 중이다.

외형적으로 보면 스무 해를 맞은 마음산책은 안정된 모양새다. 초기 몇 년을 제하면 직원은 꾸준히 열 명 안팎이었고 손익은 큰 오르내림 없이 일정했다. 통상적으로 보자면 이런 안정 속에서는 직원 수를 늘리고, 그래서 출간 종수가 늘어나 자연스럽게 손익이 올라야 한다. 출판업계에서 보자면 마음산책의 사례는 특이한 편이다. 그렇지 않은가. 신간이 매달 나와 책 종수는 늘어나는데 직원 수와 손익에 변동이 없으니 경영의 측면에서는 미스터리인 것이다. 생각해보면 손익분기점을 기획 단계에서 계산한 책들도 있지만 출판 시장의 좁은 입지에서도 빛날 책들을, 이익이 나지 않을 게 선명하게 보이는 책들을 출간하는 데 힘을 쓴 적이 많았다.

지금도 더 많은 책을, 더 많은 직원을, 더 많은 매출액만을 추구하지 않는다. 대표이자 편집자인 나는 강조하곤 한다. 책을 만들 수 있도록, 만드는 즐거움을 느낄 수 있도록, 독자의 손에 들리는 책이 되도록 최선을 다하겠노라고. 물론 사회적인 여건과 유통망, 저자와 독자라는 외부 요인 속에서 '최선을 다한다'라는 말은 허허롭게 들리기도 한다. 출판사 혼자만의 최선이 경영의 해결책은 아니라는 것을 알기 때문이다. 그래도 나는 또다시 최선을 말하고 싶다. 나의 최선인 즐거움을 말하고 싶다. 스무 해를 지나오는 동안, 돈도 명성도 가치가 달라지는 동안 마음산책을 다잡아준 건 즐거움이었다.

그 시작에는 마음산책의 탄생을 지지하고 적극적으로 도와주신 푸른숲 김혜경 대표님의 은혜가 있었다. 특별히 고마운 마음을 여기에 기록해둔다.

스무 해를 맞아 나의 주장이 마음산책을 위해 합당한지 돌아보는 것은 내부의 일이다. 성찰과 반성의 시간을 갖게 될 것이다. 이와 다른 차원에서 나는 스무 해를 맞는 기쁨과 고마움을 어떤 방식으로 드러내야 마음산책다울까 오랫동안 고민했다.

우리가 함께 보낸 스무 해를 어떻게 정리하고 앞으로 나아갈 것인가. 『스무 해의 폴짝』은 스무 작가의 생생한 목소리로 지금 여기, 우리에게 책과 글쓰기와 문학이 어떤 의미인지 점검하고, 그 스무 해를 도약대 삼아 세차고 가볍게 새로운 날들을 향해 뛰고 싶은 욕망에서 기획되었다.


## 2

스무 해 동안 마음산책이 출간한 도서는 420여 종이다. 문학, 예술, 인문서 저자들 중 어느 분과 이야기를 나눌지 고민했다. 그러고 우리는 '문학 저자' 스무 분을 모시기로 했다. 긴 시간 속에 자리 매김하려는 문학의 항구적인 가치를 옹호하고, 빠르게 변하는 세태 속에 몸을 두되 더욱 문학적인 것에 마음을 쏟는 작가, 시인, 평론가를 만나고 싶었다. 그들이 세상의 흐름을 어떻게 바라보고 대하는지

귀를 열어두면 마음산책이 나아갈 이정표가 나타날 것 같았다.

섭외 대상에 오른 마음산책 문인들은 한 분도 빠짐없이 흔쾌히 인터뷰를 승낙했다. 작년 9월부터 올해 3월까지, 섬진강에서 시작된 인터뷰는 광주 조선대에서 끝났다. 권혁웅, 김금희, 김소연, 김숨, 김연수, 김용택, 김중혁, 백선희, 백수린, 손보미, 신형철, 이기호, 이승우, 이해인, 임경선, 정이현, 조경란, 하성란, 호원숙, 황인숙(이상 가나다순) 선생님께 감사드린다.

인터뷰와 관련해 간단한 내부 원칙을 정했다.

• 문학 저자들의 글이 생산되는 곳, 작업실 혹은 생업의 공간으로 찾아간다.
• 우리가 보낸 스무 해를 돌아볼 수 있는 공통의 질문을 마련한다.
• 스무 해를 도약대로 폴짝 뛰고 싶은 마음을 담아 문인들에게 '운동화'를 선물한다.

문인들의 일정표를 참고로 대표인 나, 편집팀장, 사진을 찍는 홍보기획 과장, 세 사람이 매번 동행했다. 설레고 기대하던 만남이 이어졌다.

그러나 코로나19가 발생한 이후 일정표가 흔들렸다. 안전을 위해서 만남을 연기하고 동선을 바꾸기도 했다. 『스무 해의 폴짝』 기획이 무산되지 않을까 걱정되는 순간이 있었다. 하지만 안전을 꾀하는 가운데 인터뷰를 무사히 마쳤다. 바이러스 덕분인지 탓인지 더 간절한 인터뷰가 되었다. 인터뷰는 매번 솔직하고 유쾌하고 애틋했다. 여기에 실린 목소리는 귀했고, 어디서도 들을 수 없는 이야기도 있었다.

처음에 의도했던 '우리가 보낸 스무 해'를 돌아본다는 공통의 질문은 던질 필요도 없었다. 강박도 사라졌다. 각자의 자리에서 토로하는, 문학하는 현실의 기쁨과 슬픔이 모여서 큰 문양을 만들어냈다. 사소하게 시작된 이야기도 이내 문학과 삶이라는 주제를 깊고 넓게 탐구하고 있었다.


### 3

운동화를 선물하기 위해 발 치수와 좋아하는 색상을 알아야 했다. 이 인터뷰의 성과 중 하나는 얼마나 다양한 취향이 존재하는지 실감했다는 것이다. 관념으로서의 문학이 아니라 육화한 문학을 대하는 기분이었다. 문학의 다양성만큼 운동화 색상에 대한 선호도 각양각색이라 흥미로웠다. 내 수첩에는 스무 문인의 발 치수와 색상이 기록되어 있다. 약속 하나를 여기에 남기고 싶다. 서른 해 기념 운동화를 살 때 다시 여쭙겠다고. 발은 변하지 않더라도 취향이 바뀌는 걸 존중하고 즐기겠노라고. 변하는 것과 변하지 않는 것을 동시에 기대하는 마음, 이런 게 문학적이라고 하면 비약일까.

『스무 해의 폴짝』은 인터뷰 일정의 역순으로 구성했다. 노골적인 시간에 갇히지 않게 시작과 끝을 뒤집고 싶었다. 그래서 봄에 만난 신형철 평론가의 인터뷰가 맨 앞에 놓이고 김숨 작가, 백수린 작가, 손보미 작가, 김금희 작가, 조경란 작가, 하성란 작가, 정이현 작가, 백선희 번역가, 김연수 작가, 이해인 수녀, 이승우 작가, 이기호 작가, 김중혁 작가, 권혁웅 시인, 황인숙 시인, 호원숙 작가, 임경선 작가, 김소연 시인, 맨 마지막에 지난가을 만난 섬진강의 김용택 시인 이야기가 놓였다.

시간을 내준 스무 문인의 마음을 잊지 않겠다. 정리하면서 한국문학의 무성한 줄기와 잎들의 반짝임을 보며 가슴 벅찼다.

인터뷰에서 작업 중이라고 언급한 작품들은 인터뷰집이 나오기 전에 일부 출간되기도 했다. 시차를 두고 다시 읽는 즐거움이 『스무 해의 폴짝』에 가득하다. 아직 현실이 되지 않은, 우리가 나눈 꿈에 대한 이야기는 곧 현실이 되어 눈앞에 펼쳐질 것이다.

2020년 마음산책 스무 해 여름
정은숙

# 차례

신형철

# '나의 글'이 돼야 한다는
# 기준을 자신에게 부과해요

신형철.

신형철 평론가를 좋아하는 지인들은 내가 선생을 인터뷰한다는 것만으로도 부러워했다. 중요한 이야기를 먼저 듣는 자격, 그것도 무삭제판을 얻게 되는 자리에 대해서. 나도 그런 질투를 충분히 수긍했다. 지인들의 공통된 애정의 발로는 신평론가의 글에서 보이는 명민함, 날카로움이고 그다음에는 태도에 대한 호감이었다. '왠지 나도 모르는 나를 알아줄 것만 같은, 읽어줄 것만 같은' 신평론가의 섬세함과 공손함이 좋다는 거였다. 실제 지인을 알아줄 가능성은 낮지만 신평론가가 쓴 글의 텍스트들은 그렇게 '자신도 알지 못한 시적, 작가적 인식의 새로움'을 '발견당했고' 그 발견의 해석은 독자들을 매료시켰다.

  코로나의 기세로 인터뷰는 몇 차례 연기되었다. 다소 상황이 안정세로 접어든 봄날에 광주 조선대에서 평론가를 만났다. 조선대의 교정에는 온라인 수업 실시로 학생들이 없었다. 한적하고 쓸쓸한 느낌마저 들었다. 그러나 그와 이야기를 나누기 시작하자, 주위 환경이 전혀 눈에 들지 않았다. '우려했던 진지한 분위기' 속에서 두 시간이 넘도록 이야기가 펼쳐졌다. "김대중 노무현 정부를 살면서 한국문학이 현실 정치와 일정한 거리를 두게 되었고 그러면서도 엔터테인먼트로 만족하지 않기 위해 다른 소명을 찾아보려고 했던 때가 2000년대였던 것 같아요. 윤리에 대한 담론이 그래서 나온 것이고 저도 거기에 말을 보태었죠. 그런데 2008년에 이명박 정권 이후로 갑자기 많은 것이 달라졌어요. 지난 10년 동안 『몰락의 에티카』(문학동네)는 서서히 낡은 책이 되어갔죠. 두 번째 평론집은 『몰락의 에티카』와 긴장 관계를 형성할 수밖에 없게 됐어요.. 그래서 책을 내는 것이 어려워요."

  우리가 살아온 스무 해에 대한 소회를 이야기하는 대목이다. 그 어려움 속에서 두 번째 평론집이 곧 출간된다고 한다. 읽는 일만이 남았다. 인터뷰 여정에 중요한 추가 되어준 평론가에게 깊이 감사한 마음이다.

평론집은 일반 독자가 읽기 어렵다는 것이 출판계의 보편적인 생각입니다. 평론의 대상 작품을 이해해야 하고, 그 작품을 분석한 평문을 따라 읽어야 하는 중층적 독서가 이루어져야 하니까요. 그런데 신형철 평론가님의 책은 문단이나 문학적인 독자의 독서 영역을 넘어서고 있습니다. 첫 평론집이 출간되기 전부터 '문인들이 가장 원하는 해설가'로 언론에서 화제가 되었고 『몰락의 에티카』는 평론집으로서 드물게 중쇄를 거듭했습니다. 이후 산문집 『느낌의 공동체』(문학동네), 『정확한 사랑의 실험』(마음산책), 『슬픔을 공부하는 슬픔』(한겨레출판)이 나올 때마다 '팬덤'을 불러왔지요. 리뷰를 살펴보니 독자들은 신평론가님의 '분석력'과 '문장'에 매혹되었다고 합니다. '분석력'이라면 풍부한 지식과 통찰력의 차원의 이야기고 공부의 결과라고 생각합니다만 '문장'은 어디에서 온 것일까요. 직설적으로 여쭈어요. 보통 초고를 몇 번 수정하실까요? '정확한 문장'을 쓰기 위한 특별한 노력을 설명해주실 수 있나요?

질문이 너무 과분해서 낯이 뜨겁지만 그래도 말씀드려 보자면, 저는 초고를 빨리 쓰고 그걸 계속 고치는 타입은 아닌 것 같아요. 초고를 쓰기 시작하기까지가 너무 오래 걸려요. 작가들 중에는 초고를 빠른 속도로 써놓고 공들여 줄여나가는 식으로 쓰시는 분들도 많다고 들었어요. 이야기가 쏟아져나오는 것을 일단 놓치지 않고 다 받아내야 하기 때문이겠죠. 저는 아무래도 평론가니까 그런 방식은 아니에요. 어떤 내용을 쓸 것인지 설계하는 단계가 오래 걸리고 더 어렵습니다. 논리적 구조물을 만들어내야 하니까요.

초고를 쓰시기 전 설계 단계가 치밀하군요. 그럼 그 설계는 어떤 방식으로 이루어질까요. 어떤 메모나 도식 같은 게 도입되나요.

초창기에 1차 설계도가 만들어지죠. 그런데 공부가 진척되면 메모가 쌓이고 그러면서 설계가 계속 변경돼요. 이 작업이 한동안 지속되죠. 그래서 집필 착수가 계속 지연돼요. 공부라는 건 스스로 중단하지 않으면 끝이 없거든요. 그러다가 더는 미룰 수 없을 때 초고를 쓰기 위해 앉죠. 지금까지의 설계도대로 일단 지어나갈 수밖에요. 그렇게 초고가 나오면 거기선 문장을 다듬는 정도의 퇴고가 빠른 시간 동안 행해집니다. 요컨대 일필휘지로 써놓고 오래 고치기보다는, 최대한 완성도 높은 설계도를 만들고 나서 빠른 속도로 써나가는 쪽이죠. 저 말고도 이런 방식을 택하는 분들이 많을 거예요.

준비 과정은 정직해요. 비평에서는 특히 그렇죠. 작품을 반복해서

'나의 글'이 돼야 한다는
기준을 자신에게 부과해요

읽은 만큼, 참고도서를 공부한 만큼, 생각을 오래 한 만큼 내용이 풍부해지고 논리가 탄탄해지죠. 제가 자주 입에 올리는 '정확한 문장'이라는 것도 기본적으로는 이런 과정에서 나오는 것이고요. 어떤 인식이 생산되고 그것을 받아내는 문장이 찾아지는 과정이죠.

　그런데 정직한 노력의 결과만은 아니고 운에 속하는 부분도 조금은 있는 것 같습니다. 쓰면서, 이게 다가 아닌데, 이럴 때가 있어요. 내가 써야만 하는 어떤 문장이 있는데 그게 뭘까, 하는 상태라고 할까요. 그런데 그런 문장이 선물처럼 떠오를 때가 있어요. 아, 내가 이 문장을 쓰려고 이 글을 붙들고 있었구나, 하는 문장이죠. 인식이 먼저 있고 그것을 문장이 받아 안는 것이 아니라, 인식과 문장이 거의 동시에 오는 순간이요. 이런 것을 시적인 순간이라고 해도 되는지 모르겠지만요. 그런 문장이 하나라도 와준 글은 '나의 글'이라는 뿌듯한 애착이 생기지만, 그냥 준비한 만큼만 잘 전달하는 것으로 만족하고 마무리하게 되는 글도 많아요. 그런 식으로 마무리하지 말자, 선물이 도착할 때까지 끈기 있게 매달려보자, 라는 것이 저의 기본적인 욕심이에요. 내가 받은 그 선물은 다시 독자에게 줄 선물이니까요. 물론 시간이 허락하지 않는 경우가 많지만요.

　추천사처럼 짧은 글을 쓸 때도 그런 의미에서 '나의 글'이 돼야 한다는 기준을 저 자신에게 부과하려고 해요. 누구나 쓸 수 있는 문장들로 채워지는 추천사라면 굳이 제 이름을 달고 나갈 필요가 없죠. 그러다 보니 추천사 몇 줄 쓰는데도 몇 달을 끌 때가 있어요. 1, 2주만에 짧게 몇 줄 써달라는 식으로 부탁해 오시면 사양할 수밖에 없

신형철　　　　　　　　　　　　　　　　　　　　　　　　　　　　**21**

고요. 어떤 작가와 작품에 인장印章처럼 찍히는 그런 문장을 쓸 수 있으면 좋겠다고 늘 꿈꾸죠. 도저히 인용하지 않을 수 없는 문장이요. 과유불급일 때도 있어서 핀잔도 듣지만요.

　　정확한 문장은 인식과 함께 오는 것이라는 말씀을 들으니 역시 글쓰기는 기술이 아니라는 자각이 새삼스럽습니다.

특별하지도 않은 것을 길게 얘기하고 나니 좀 민망합니다. 정말 문장의 장인匠人들이 많으신데 말예요. 그런데 선물처럼 주어지는 정확한 문장에 대해서 조심해야 할 게 있어요. 그게 내 것이 아닐 때가 있다는 건데요. 작곡하시는 분들이 그런 경험을 더러 한다고 하던데, 어떤 아름다운 멜로디가 한 세트로 떠오를 때가 있다고 하잖아요. 그런데 그게 언젠가 들은 적 있는 멜로디가 내 안의 어딘가에 저장돼 있다가 문득 튀어나오는 경우일 수도 있다는 거예요. 그래서 주변에 많이 들려주고 검증을 한대요. 그걸 해주는 프로그램이 있다는 얘기도 들었어요. 문장도 마찬가지예요.
　제가 최근에 칼럼을 하나 쓰면서 이런 문장을 떠올렸어요. '재난의 효과 중 하나는 그 재난을 통해 언제나 이미 재난 중에 있었던 사람들의 존재가 비로소 가시화된다는 것이다.' 이 문장을 쓰면서 내가 이 문장을 쓰려고 이 글을 썼구나 했죠. 그런데 뭔가 느낌이 이상한 거예요. 몇 시간을 고민하다가 이유를 알아냈어요. 문화인류학 연구자인 백영경 교수님이 제가 재직 중인 조선대에 오셔서 아주 좋은 강연을 해주신 적이 있는데, 그때 제가 선생님 말씀 중 하나를 인상적으로 듣고 메모해두었던 거예요. 정확히 똑같은 문장은 아니지만 내용은 거의 동일한 문장이었어요. 가까스로 떠올렸기에 망정이지 큰일 날 뻔했지요. 그래서 백영경 교수님의 말씀을 인용하는 형식으로 그 문장을 고쳤죠. 이런 경우가 있어요. 슬프지만, 내게 배달된 선물이 크고 값진 것일수록 혹시 잘못 배달된 것은 아닌지 의심할 필요가 있어요.

> 창작 강의에서 흔히 듣게 되는 '문장은 쓰는 게 아니고 고치는 것이다'라는 조언을 재고해야겠다는 생각이 듭니다. 일단 내용을 쏟아놓고 문장을 고른다는 생각이 다소 기계적인, 전형적인 기술이었던 것이네요. 더 좋은 단어, 더 적합한 단어는 나중에 찾는다는 발상이 글을 빠르게 만들 수도 있다는 경계심이 생기네요. 그런데 신평론가님의 글의 설계를 위해서 고민을 많이 하신다는 상황을 떠올려보니, 생각에 몰두하다가 일상에 구멍이 생길 법도 하건만 어떻게 이리 정갈하게 생활하시는 겁니까.

아니에요. 일상에 구멍 많습니다. 이것도 일종의 변명이긴 한데, 메일 답장을 빨리 못 쓰는 것도 그런 구멍 중 하나일지도요. 언제나 지금 붙들고 있는 글에 써야 할 문장들을 생각하며 사니까 그 외의 다른 문장들을 쓰는 게 힘들어요. 업무 관련 메일은 금방금방 쓰지만,

"텍스트가 선택되는 방식은
글 쓰는 사람의 정체성에 따라
달라지는 것 같아요.
에세이스트, 비평가, 학자는 조금씩 다르거든요.
저한테 이 세 가지 정체성이 엉켜 있어요."

뭔가 특별한 메일일 때는 이 메일에 답장을 공들여 쓰고 나면 진이 빠져 오늘 할 일을 못하겠지 싶어서 뒤로 미루게 돼요. 답장만이 아니라 먼저 쓰는 경우도 그래요. 존경하는 분들에게 안부 인사라도 드리고 싶다는 생각이 문득 들 때가 있는데 그렇게 되면 아이러니하게도 그 메일은 영영 못 쓰는 거죠. 황정은 작가가 어디선가 말하기를 긴 메일을 쓰고 나면 그 메일의 수신자가 원망스러워진다고 하더군요. 소설에 사용해야 할 그날 분의 에너지 중 일부를 거기에 써버리기 때문이라고요. 감히 황정은 작가와 저를 비교할 생각은 없지만, 무슨 말인지 몹시 이해가 돼서 혼자 반가워했어요.(웃음) 게다가 황정은 작가로 하여금 몇 번의 답장을 쓰게 만든 사람으로서 미안하기도 했고요.

　　아, 그 심정은 알 것 같습니다. 이해되고요.

아마 글을 쓰는 게 직업인 분들은 다 비슷하시겠지만, 근무시간이 따로 있는 게 아니라는 점이 좀 별로예요. 특정 시간에만 글을 쓰는 것이 아니라 수시로 생각하고 또 메모해야 하니까, 일상의 흐름이 가끔씩 끊기는 일은 불가피하죠. 아내와 식사를 하다가도 갑자기 어떤 생각이 떠오르면 제가 이면지를 쌓아놓은 곳이 있는데 거기로 후다닥 가서 문장을 휘갈겨 적다 오고는 해요. 안 쓰면 잊어버리니까. 아직도 펜으로 적는 게 편해요. 외출 중일 때는 당연히 휴대폰 메모장에 쓰기도 하지만요. "뭐라고? 미안해, 못 들었어. 무슨 생각이 떠올라서……." 이런 드라마 대사 같은 말을 실제로 할 때도 많고요. 평소에 대화에 집중을 안 하는 건 아니에요.(웃음) 마감을 앞두고 있을 때만 그렇죠. 그래도 아내가 같은 일을 하는 사람이라 잘 이해해주니 다행이죠.

글쓰기에 엄격한 편이란 것은 익히 알고 있었지만 사람을 대하시는 태도나 관계에서 표현되는 온화함 때문에 평론가님 스스로는 힘드실 수 있겠다고 짐작했습니다만.

다른 질문인데요. 평론가의 주된 영역이 있다는 것이 편견일 수도 있지만, 실제로 시와 소설, 영화, 미술 등 특정 문화 영역에 전문 평론이 많습니다. 문학에서도 시 평론가와 소설 평론가로 구분되는 느낌도 있기도 하고요. 신평론가님은 이런 점에서 특별한 분이신데 시든 소설이든 영화든 참으로 다양한 텍스트를 다루고 있으시죠. "칭찬할 수밖에 없는 텍스트"를 포착하는 힘은 문학적으로 영위하는 일상에서 길어올리시는 것으로 짐작합니다. 텍스트를 내면화할 절대 시간이 부족한 것이 일상인데요, 당연히 모든 작품을 다 읽고 다 볼 수 없다고 생각해요. 일상 속에서 텍스트를 고르는 상황을 알고 싶습니다.

텍스트가 선택되는 방식은 글 쓰는 사람의 정체성에 따라 달라지는 것 같아요. 에세이스트, 비평가, 학자는 조금씩 다르거든요. 저한테

'나의 글'이 돼야 한다는
기준을 자신에게 부과해요

이 세 가지 정체성이 엉켜 있어요. 욕심 때문이겠지요. 결국 어느 하나도 제대로 못 하고 있다는 생각이 들 때면 혼자 우울해하고는 합니다.

에세이스트에게 텍스트는 결국 자기 자신이죠. 다른 텍스트를 선택할 때에도 '나'라는 텍스트의 변주로서 가져오는 것이 아닌가 싶습니다. 한편 비평가는 텍스트를 기다리는 사람이죠. 걸작이 오기를요. 가만히 있으면 오지 않죠. 찾아 나서야 합니다. 많이 봐야 한다는 뜻입니다. 어디에 있을지 모르니까요. 그런 의미에서 비평가에게는 작품이 먼저예요. 걸작이 나로 하여금 뭔가를 쓰게 하니까요. 내가 뭘 쓰게 될지는 작품이 결정하죠. 반면 학자는 주제가 먼저죠. 그에 맞는 텍스트를 수집하는 것이고요. 미학적 가치 이전에 자료적 가치가 우선이라고 할까요. 이렇게 어떤 포지션에서 글을 쓰느냐에 따라 텍스트가 나한테 갖는 의미나 그것이 오는 통로가 달라지는 거죠.

원래 저는 비평가였고 지금도 여전히 그렇습니다. 이번에는 또 어떤 미지의 작품이 나에게 새로운 주제를 던져줄까 설레며 기다리는 사람이죠. 그래서 많이 읽었고 많이 썼죠. 본의 아니게 다양한 주제를 건드리게 돼요. 그런데 그러다 보면 자칫 '모르는 것도 없지만 아는 것도 없는' 사람이 되기 십상이죠. 대신 작품 그 자체에 대해 충분히 잘 말했으면 그걸로 됐다고 정당화하는 수밖에 없어요. 그게 비평가죠. 거기에 더해 저는 다른 비평가보다 에세이스트적인 기질이 좀 더 강한 편이라고 할 수도 있겠고요.

그런데 요새는 좀 달라졌어요. 시간이 없어서 많은 작품을 읽을 수 없다는 현실적 이유도 분명히 있지만, 나이를 먹다 보니 관심사가 점점 좁아져요. 한 가지 주제도 제대로 알기는 정말 어렵다는 낭패감을 깊이 느끼고요. 저에게 중요한 주제에 대해서만 잘 말해보고 싶다, 작품이 요구하는 수준까지가 아니라 더 깊은 곳까지 들어가고 싶다는 욕구가 강해져요. 비평가로 살되 학자적 엄밀성과 전문성을 제가 스스로 인정할 만한 수준까지 강화해나갈 수 없을까 싶은 거죠. 물론 새로운 작품들에 대한 비평가적 호기심과 에세이스트적인 표현 욕구가 사라진 것은 아니에요. 결국 셋 다 잘 하고 싶은 건데, 이 욕심을 못 버리니 계속 헤매게 되겠죠.

청탁이 올 경우 거절하시는 경우가 점점 늘어나는 것이죠? 학교 일도 번잡하실 테고요.

특히 해설은 요즘에는 1년에 한두 편 쓸까 말까 해요. 시간이 너무 없으니까요. 쓸 수 있는 글의 양이 제한돼 있으니, 이 글이 나의 주제를 심화시켜 나가는 데 도움을 줄 것인가를 고민하게 되고요. 책을 기획하는 단계부터 참여하는 경우들이 있는데 그때는 해설을 쓰는 게 제 책임이기도 하다 보니 쓰게 되죠.

지금 쓰고 있는 해설이 그런 경우인데, 김채원 선생님 중단편선집과 젊은 시인 이원하의 첫 시집에 붙일 글이에요. 김채원 선생님의 글을 제가 고등학생 시절부터 좋아했어요. 그런데 선생님 예전 책들이 절판된 게 많아요. 옛 작품들을 다시 한 권의 책에 모아보고 싶었

'나의 글'이 돼야 한다는
기준을 자신에게 부과해요

는데 마침 출판사가 기획한 바도 있어서 제가 맡았어요. 이원하 시인은 놀라워요. 잘 익은 과일 같은 문장들을 아무렇지도 않게 툭툭 떨궈요. 출간되면 큰 반응이 있을 거라고 예상하고 있어요.

**너무**나 쓰고 싶은 텍스트를 발견한 경우에는 어떻게 하시나요. 먼저 쓰겠다고 말씀을 하시기도 할까요?

평론이야 누구에게 말할 것도 없이 그냥 쓰면 되는데 해설은 다르죠. 해설은 기본적으로 그 작가의 책이기 때문에 작가의 뜻에 따라 필자를 정하게 돼요. 그래서 평론가가 먼저 작가나 출판사에 연락해서 해설을 쓰겠노라 자처하는 경우는 거의 없어요. 무례할 수도 있는 일이니까요. 저는 딱 한 번 그랬던 적이 있어요. 2010년 봄이었던가, 황정은 작가의 『백의 그림자』(민음사)가 문예지에 먼저 발표되고 나서 단행본 작업에 들어가기 전 시점이었는데, 당시 그 출판사의 다른 책에 해설을 쓰던 중이라 담당 편집자님과 황정은 작가 얘기를 할 기회가 있었어요. 그래서 책이 언제 나오는지, 해설을 쓸 사람은 섭외했는지 물어봤죠. 문예지에서 그 소설을 읽고 두근거리던 가슴이 진정되기 전이었거든요. 출판사에서 매우 긍정적인 반응을 보이면서 제가 관심이 있다면 다리를 놓겠다고 해주셨어요. 단, 마감이 늦어지면 안 된다고 무척 우려하시면서요.(웃음)

**그 해설** 덕분에 황정은 작가에게 또 '신형철표' 상징적인 문장이 붙어서 독자에게 전달되었고, 각인되었죠.

벌써 10년 전이네요. 황정은 작가와 저는 나이가 같고 같은 해에 등단했어요. 저도 그랬지만 황정은 작가도 아직 신인이던 때죠. 비평가들은 주목하기 시작했지만 독자들은 아직 잘 모르던 때였어요. 그래서 보람을 많이 느꼈던 글이에요. 몇몇이 출간 기념 식사를 한 자리에서 황정은 작가로부터 진심이 담긴 인사를 받기도 했고요. 저로서는 잊을 수 없는 인사였는데, 구체적인 표현을 여기 옮기는 건 예의가 아니겠죠. 독자들께도 칭찬을 많이 받았어요. 참, '행여나 있을지도 모를 작품에 대한 오독을 미리 막고 싶다' 운운하는 문장이 해설 도입부에 있는데, 네가 뭔데 다른 사람의 독법을 오독이라고 하느냐고 욕도 먹었어요.(웃음) 작품에 대한 애정을 과도하게 표현한 것 정도로 충분히 이해될 거라고 생각했죠. 근데 전달이 잘 안 됐나봐요. 의도가 와전된 경우인데 제 실수죠.

근래 안 그래도 그 해설에 대해 몇 번 생각할 기회가 있었는데, 그 해설은 필요한 시기에 제 할 일을 다 했으니 이제 퇴장해도 되지 않을까 싶어요. 2010년 6월에 나온 책이니까 이제 곧 10년이 되거든요. 제 해설은 이제 빼고 후배 평론가가 새로운 관점의 해설을 다시 쓰면 좋지 않을까 싶어요. 아마 황정은 작가도 같은 생각을 하고 있지 않을까 짐작해보기도 하고요. 그래서 곧 출판사에 말하려고 해요. 제 글을 빼는 섭섭함보다 이 책에 대한 독자로서 애정이 더 커서 그래요.

'나의 글'이 돼야 한다는
기준을 자신에게 부과해요

"영화라는 매체의 문법을 잘 모르는 내가 감히 영화 평론을 쓸 수는 없다. 영화를 일종의 활동서사로 간주하고, 문학평론가로서 물을 수 있는 것만 겨우 물어보려 한다. 좋은 이야기란 무엇인가." 이 문장이 오래 남습니다. 마음산책에서 2014년에 출간된 영화 산문집 『정확한 사랑의 실험』의 판매부수로 평론가님의 책이 얼마나 두터운 독자층을 확보했는지 확인할 수 있었습니다. 출판사가 팔리는 속도에 놀랄 정도였으니까요. "우리나라 영화비평사에 새 페이지가 열렸다"고 박찬욱 감독은 추천사를 쓰셨죠. '사랑에 대한 산문'이 아닌 '영화비평서'로 영화계에서도 꾸준히 읽히고 있습니다. 최근에 평론하고 싶은 영화는 무엇인가요.

마음산책과의 인터뷰여서가 아니라 『정확한 사랑의 실험』은 제가 제 책 중에서는 제일 아끼는 책이에요.(웃음) 문학평론가가 영화에 대해 쓴 책을 제일 아낀다고 하니 이상하게 여길 분이 있을지 모르겠는데, 제 글의 대상 작품이 무엇이냐가 중요한 게 아니라, 수록된 글들이 갖고 있는 어떤 일관성이 제 마음에 들어서 그래요. 분량, 난이도, 수사修辭 등의 측면이 저라는 사람이 갖고 있는 스펙트럼의 가운데 부분쯤에 맞추어져 있어요. 이걸 중용이라고 감히 불러도 되는지 모르겠지만 저한테는 그게 어떤 균형의 상태처럼 느껴져요.

그 책에 실린 원고를 매체에 연재하는 2년 동안 영화를 정말 열심히 봤어요. 1주일에 서너 번은 극장에 갔으니까요. 아까 말씀드린

대로, 비평가는 걸작을 만나야 하니까, 열심히 찾아다녔죠. 그런데 그 책을 낸 뒤로는 그런 사이클이 끊어져버렸어요. 영화관에서든 집에서든 한 달에 한 편 볼까 말까죠.

『정확한 사랑의 실험』독자들이 좀 놀랄 것 같은데요. 다음 책을 만들고 싶은 저 역시도 낙담하게 되는 순간이에요.(웃음)

보고 싶은 영화들 체크만 열심히 하고 있어요. 넷플릭스나 IP TV나 찜해놓는 기능이 있잖아요. 수십 편이 쌓였어요.(웃음) 화제작들만 겨우 따라가는 수준이에요. 2019년으로 치면 〈기생충〉〈조커〉〈벌새〉 같은 작품들을 포함해서 한 10여 편을 겨우 챙겨본 정도? 그래서 『정확한 사랑의 실험』의 속편을 내려면 다시 연재 사이클 속으로 저를 집어넣어야 돼요. 3, 4년 내로 밀린 작업들을 완료하면 그럴 수 있으려나 기대하고 있어요. 제목은 『더 정확한 사랑의 실험』으로 할까 싶어요.(웃음)

2014년부터 조선대학교 문예창작학과에서 학생들을 가르치고 계시죠. 신형철 평론가님의 특강 공지에 수많은 독자가 몰리는 현실에서 커리큘럼에 따라 강의를 듣는 수강생을 부러워하는 사람들이 많지요. '가르친다는 것'은 무엇인가요. 신평론가님의 완벽을 추구하는 성향으로 미루어볼 때 학생들과 관계 구축도 상당히 정교하게 이루어질 것이라는 예측

'나의 글'이 돼야 한다는
기준을 자신에게 부과해요

"교수가 학생한테 해야 할
가장 중요한 일은 훌륭한 강의잖아요.
저는 제가 학생들한테 쓸 수 있는
시간들 중 80~90퍼센트를 강의 준비에
다 쏟고 있는 것 같아요."

도 하게 됩니다.

저는 사실 제 학생들과 그렇게 친밀하게 지내지 못해요. 직장 동료인 이승우 선생님은 가끔 학생들에게 너무 잘해주는 것 아니냐고 하실 때도 있는데 제가 오해라고 힘주어 말씀드려요.(웃음) 만나는 순간만은 다정하고 친절하게 대하려고 노력하지만 아무래도 시간을 많이 할애하지는 못하니까요. 오히려 학생들이 저한테 좀 섭섭함을 느끼고 있을지도 몰라요. 조교도 "선생님은 늘 바쁘시니까……"라는 말을 자주 하고, 다른 학생들도 제가 늘 바쁘다고 생각해서인지 상담 신청을 할 때도 주저하는 것 같고요. 그런데 이게 바쁜 저를 스스로 합리화하는 생각일지는 모르겠지만, 사실 저는 교수하고 학생 사이에는 감정적으로 일정한 거리가 있어야 한다고 생각해요. 예전에는 마냥 가깝게 지내는 게 좋은 거라고 생각하던 때도 있었는데 지금은 아니에요.

교수가 학생한테 해야 할 가장 중요한 일은 훌륭한 강의잖아요. 그게 전제되고 난 이후에 상담을 해주거나 밥을 사주거나 하는 것이지 그 본말이 전도되면 사실 아무 의미가 없죠. 저는 제가 학생들한테 쓸 수 있는 시간들 중 80~90퍼센트를 강의 준비에 다 쏟고 있는 것 같아요. 거의 완벽한 준비가 이루어지지 않으면 강의에 들어갈 수가 없어요. 직업윤리 때문만은 아니고 제 자신이 불안해서 그래요. 양적으로든 질적으로든, 모자라느니 넘쳐야 한다 싶어서 그렇게 준비를 해야만 자신 있게 들어갈 수 있어요. 아침 강의면 거의 밤을 새우고

'나의 글'이 돼야 한다는
기준을 자신에게 부과해요

들어갈 때도 많아요. 그래서 학생들이 '저 교수님은 우리에게 시간을 많이 할애하지는 않지만 강의에 실망한 적은 한 번도 없다'고 말하게 해야죠.

밤새워 강의를 준비하는 선생님이라니, 학생들은 정말 축복받은 겁니다. 학생들은 신평론가님의 수업 준비가 이런 정도라는 건 모르는 거겠지요.

강의 평가 결과를 보면 그래도 강의만큼은 열심히 한다고 생각해주는 것 같아요. 열정적인 학생들이야 말할 것도 없지만 수업에 관심이 없는 학생도 교수의 불성실함은 금방 눈치채요. 그러니 언제나 긴장해야죠.

가르치는 일의 본질이 뭐냐면 공부하는 거예요. 당연하죠. 공부를 해야만 가르칠 수 있으니까요. 그런데 거꾸로 말할 수도 있어요. 공부하는 게 뭐냐면 가르치는 거라고요. 무슨 말이냐 하면 학생들이 저한테 "책을 어떻게 읽어야 됩니까?" 이런 걸 묻잖아요. 독서법이요. 그때 저는 이렇게 답해요. "네가 내일 이 책의 내용을 가지고 누군가한테 강의를 한다는 생각을 하면서 읽어봐라. 그냥 읽는 거하고 완전히 다를 것이다." 혼자 읽고 말 때는 모르는 단어가 한두 개 나오거나 이해가 잘 안 되는 문장이 더러 있어도 그냥 넘어가죠. 그런데 강의를 준비하는 상황이라고 가정하면 "선생님 이 단어가 무슨 뜻이에요?"라는 질문에 반드시 답을 할 수 있게 찾아봐야 되잖아요. 강의 준비를 하기 위해서 읽는 책은 평소보다 훨씬 더 꼼꼼하게 읽게 돼요. 그래서 모든 책을 이런 식으로 읽어야 하는구나 생각하게 됐죠. 그래서 제가 잘 아는 텍스트보다 제가 읽어야 할 텍스트를 가지고 수업을 할 때가 많아요.

정말이지 그 수업을 청강하고 싶습니다. 청강생도 있는 것이죠?

교내 학생들은 얼마든지 청강을 할 수 있죠. 그런데 외부에서 오시는 분들은 얼마 전부터 받지 않고 있어요. 누구나 강의실에 들어와서 강의를 들을 수 있게 된다면 정작 우리 학생들의 권리가 침해된다는 의견이 있어서요.

2005년 평론으로 데뷔하신 이래 치열하게 평론을 쓰시는 것은 물론 팟캐스트 진행, 특강, 문예지 기획 일 등 한국문학과 독자 변화에 민감하게 반응하며 활동을 하셨습니다. '우리가 보낸 스무 해'를 정리할 수 있는 평론집이 곧 나오는 것일까요. "10년 후 나는 더 좋아질 것이다. 안 그래도 어려운데 믿음조차 없으면 가망 없을 것이다. 문학은 그 믿음의 지원군이다"라는 말씀도 책을 통해 전하셨는데, 변화에 대한 소회를 들을 수 있을까요.

'나의 글'이 돼야 한다는
기준을 자신에게 부과해요

사실 답하기가 쉽지 않습니다. 최근 10년 동안의 변화를 어떻게 이해할 것인가가 제 두 번째 평론집의 숙제이기도 해요. 첫 평론집을 낸 것이 2008년 겨울이었기 때문에 이번 책은 2009년부터 2019년까지의 작업을 묶게 되는데 이 10년이 정말 격동이었잖아요. 문단에서만이 아니라 사회 전체적으로요. 저는 2010년대의 기점이 2009년이라고 생각해요. 2009년의 용산참사와 노무현 대통령 서거가 계기가 되어서 작가들이 작가선언을 했고 그때부터 한국문학은 세월호 참사, 강남역 살인 사건, 촛불 혁명 등을 10년 동안 경험하게 되잖아요. 한마디로 얘기하면 정치의 시대였던 것이죠.

김대중·노무현 정부를 살면서 한국문학이 현실 정치와 일정한 거리를 두게 되었고 그러면서도 엔터테인먼트로 만족하지 않기 위해

다른 소명을 찾아보려고 했던 때가 2000년대였던 것 같아요. 윤리에 대한 담론이 그래서 나온 것이고 저도 거기에 말을 보태었죠. 생각해 보면 그 흐름은 1990년대의 문화적 자유주의의 세례를 입은 이들이 만들어낼 수 있는 최대한의 거대 담론이었던 것 같아요. 그 속에서 『몰락의 에티카』가 나올 수 있었고요. 그런데 2008년에 이명박 정권 이후로 갑자기 많은 게 달라졌어요. 그리고 지난 10년 동안 『몰락의 에티카』는 서서히 낡은 책이 되어갔죠. 저부터도 거기서 멀어졌어요. 그래서 두 번째 평론집은 『몰락의 에티카』와 긴장 관계를 형성할 수밖에 없게 됐어요. 그래서 책을 내는 것이 어려워요. 쌓인 글을 묶기만 하면 되는 것이 아니어서요.

문단 얘기 말고 마음산책 얘기도 좀 해야 하지 않을까요?(웃음) 마음산책 20년은 그야말로 제 청춘의 20년이기도 해요. 이제 저는 부정할 수 없는 중년이고요. 청춘 어쩌고 한 건 제가 맨 처음 완독한 마음산책 책이 김연수 작가의 『청춘의 문장들』이기 때문입니다. 마음산책 20년과 함께 청춘을 보낸 나는 그사이 어떻게 변화해왔는지를 생각해봤어요. 그러자 떠오른 문장이 있었어요. 폴 발레리가 한 말로 알려져 있지만 출처가 불분명한 문장이죠. '생각하는 대로 살지 않으면 사는 대로 생각하게 된다.' 김영하 작가의 『빛의 제국』(문학동네)에도 인용돼 있는 문장이고요. 예전에는 사는 대로 생각했던(썼던) 것 같아요. 내 삶의 구조와 그 본질로부터 자연스럽게 산출되는 생각을 진실하게 쓰는 것, 이게 좋은 글이라고 생각했던 것이죠. 그런데 어느 순간부터 바뀌기 시작했어요. 생각하는 대로 살아야(써야) 된다

'나의 글'이 돼야 한다는
기준을 자신에게 부과해요

고 말이죠. 제가 옳다고 여기는 생각을 글에 담아 먼저 보내고, 제가 제 글을 좇는 거예요.

　이런 태도가 제 글을 더 '좋은' 글로 만들어주는지는 잘 모르겠어요. 의구심이 남는 거죠. 그런데 제 안에서는 또 이런 말이 들려요. '좋은 글 따위, 안 쓰면 또 어때? 이 세계를 좀 더 나은 세계로 바꾸어주는 언어, 그런 목적 외엔 아무것도 중요하지 않은 그런 투명한 소명의 언어, 그런 언어에 가닿는 것이 더 중요한 것 아닐까?' 그런 생각으로 다가갔다가 물러났다가 그러고 있어요, 요즘엔. 그런데 아마 저는 완전히 다가가지도 완전히 물러서지도 못할 것 같다는 예감이 희미하게 있어요. 그게 저니까요.

　　신평론가님과 대화는 늘 진지했던 터라 이번에는 조금만 즐겁고 가볍게 하면 어떨까 싶었는데, 무척이나 중요한 말씀을 하셨네요.

우려했던 심각한 분위기네요.(웃음)

　　다음 질문을 잊어버리게 만들 정도입니다. 그래도 또 여쭐 것은 여쭈어야 합니다.(웃음) 작가분, 시인 들과 인터뷰를 진행하면서 그 작품 세계를 적확하게 표현하는 문장을 발견했다 하면 그건 신평론가님의 평문에서 인용된 것이었어요. 이기호 작가, 김중혁 작가, 권혁웅 시인, 김금희 작가, 손보미 작가

신형철

등 인터뷰를 하며 실제로 그 문장을 다시 읽어보기도 했습니다. 아까 말씀하시기를 해설을 거의 쓰지 못한다고 하셨는데요. 새로운 작가들에게는 신평론가님의 해설을 받지 못하는 아쉬움도 있지 않을까요.

그렇지 않을걸요?(웃음) 모든 창작자는 자기 세대를 대변하는 평론가를 필요로 해요. 70년대생들이 이슈를 이끌던 때가 있었고 그때는 제가 제 몫을 하느라 바빴죠. 지금은 또 달라졌어요. 80~90년대생 창작자들은 그들의 목소리를 대변해줄 동세대 평론가들을 원해요. 언제나 반복되는 일이죠. 저는 저대로 계속 진화해나가야 하겠고요.

사실 평론가님이 마감을 잘 지키지 않으시죠. 『정확한 사랑의 실험』 출간 때도 실감했지만요.(웃음) 마감 때문에 힘들어하시는 모습을 보니 묘하게 반대급부로 얼마나 좋은 글을 읽게 될지 기대되기도 합니다만.

앞서 말했듯이 자꾸 더 완전한 설계도를 만들기 전에는 시작할 수 없다는 저항감이 제 안에 있어서예요. 그런데 이게 뭔가 완벽주의 성향 때문이니까 어쩔 수 없어, 하는 식으로 건방지게 들릴 것 같아 조심스러워요. 너무 좋게 포장하는 것이기도 하고요. 당연히 게으름의 문제가 있겠죠. 그런데 문제는 이 게으름이 '결과'이지 '원인'이 아닌 것 같다는 거예요. 무엇이 나를 미루게 만들지? 자주 생각해요.

'나의 글'이 돼야 한다는
기준을 자신에게 부과해요

그러다가 『미루기의 천재들』(어크로스)이라는 책을 봤는데 거기서 답 비슷한 것을 찾았어요. 다윈은 자연선택에 대한 중요한 발견을 하고도 20년을 미루다가 『종의 기원』을 썼대요. 20년 동안 뭘 했느냐, 놀았던 게 아니라 엄청 바빴다는 거예요. 따개비 연구를 하느라. 따개비가 뭐죠? 저는 그게 뭔지도 몰라요. 근데 다윈은 그걸 연구하느라 중요한 책을 20년이나 미뤘다는 거죠. 이 사례를 제시하면서 저자가 그래요. 중요한 일일수록 자꾸 미루는 사람들, 당장 해야 할 일을 놔두고 다른 일을 하느라 세상 바쁜 사람들, 그들의 내면에 있는 건 불안이라고 말이죠. 내가 기대하는 어떤 훌륭한 성과가 있는데, 막상 일에 착수하면 내가 그걸 해낼 수 없는 사람이라는 게 들통이 날까 봐 그래서 미룬다는 거예요. 그러니까 미뤄서 불안해지는 게 아니고 불안해서 미루는 거죠.

이 말에 일리가 있어요. 제가 쓴 가장 위대한 글은 지금 구상 중인 글이에요. 글 쓰는 사람으로서 제가 가장 행복한 때는 구상할 때예요. 위대한 글이 제 머릿속에 있고, 마치 다 쓴 것 같으니까요. 그런데 실제로 써보면 그런 글이 아니거든요. 역부족이구나. 그런 쓸쓸한 진실의 순간을 자꾸 미루는 거죠.

아아, 불안이 잠식한 글쓰는 자의 영혼은 너무 안타깝기도 하고요.

편집자 김필균 선생과 『문학하는 마음』(제철소)에 실린 인터뷰를 할

"제가 쓴 가장 위대한 글은
지금 구상 중인 글이에요.
글 쓰는 사람으로서 제가
가장 행복한 때는 구상할 때예요."

때 마감 이야기가 나왔어요. 문학과지성사에서 출간된 시집의 해설 몇 편을 쓸 때 저 때문에 고생을 많이 한 분이에요. 김필균 선생이 '이제는 말할 수 있다'라는 느낌으로 도대체 왜 그렇게 마감을 못 지키느냐고 물어왔어요. 제가 그동안 좋은 글에 대한 집착 때문에 편집자분들을 고통스럽게 한 것 같다고 죄송스럽다는 뜻을 밝혔죠. 김필균 선생은 결국 좋은 글이 들어오면 마음이 스르르 녹는 게 사실이라고 덧붙여주었고요. 서로 농담처럼 나눈 대화이긴 했지만 진심을 담은 대화였어요. 그런데 책이 나오고 나서 얼마 후에 몇 분이 이 대화를 보고 저를 비판하는 트윗을 올리셨어요.

   편집자에게 고통을 줬다는 이유로요?

신형철이 마감을 지키지 않는 사람인 줄 처음 알았다, 이런 사람의 책은 읽을 수 없다, 라고요. 아마 제가 편집자들한테 갑질을 한 것이라고 느끼신 것 같아요. 편집자에게 많은 폐를 끼친 것은 사실이니까 아니라고 할 수는 없지만, 그래도 갑의 횡포를 누리는 건 아니에요. 미루는 사람이라고 희희낙락이겠어요. 마감 못 하고 날이 밝을 때마다 속이 타들어가죠. 김필균 선생이 오히려 자기 인터뷰 때문에 미안하게 됐다고 사과하고, 저는 아니라고 또 머리를 조아리고. (웃음)

   이 인터뷰의 여파로 절독 선언하신 분의 마음이 회복되기를 바라야겠네요. 미루는 마음이 지옥이라는 것을 말씀하셨으니.

'나의 글'이 돼야 한다는
                        기준을 자신에게 부과해요

아니요, 그냥 제가 들어야 할 이야기를 들은 게 맞지요. 사실 이 마감 문제는 웃으며 얘기할 수가 없어요. 지금도 진행 중인 현실이니까요.

그래도 원고가 들어오면 마음이 풀어지는 게 편집자인데요. 좋은 원고가 들어오면 그 순간에 마감이 지켜지지 않아 고통스러웠던 것을 잊게 됩니다. 그래서 편집 일을 계속할 수 있는 것인지도 모르겠어요.

문학서 편집자분들은 대개 그렇게 너그럽게 말씀해주시죠. 작가나 평론가나 편집자나 모두 좋은 '작품'이라는 목표를 향해 함께 가는 동지라는 의식이 있으니까요. 그래도 프로페셔널한 태도가 아니라는 점은 분명하지요. 예술 한답시고 동료 출판 노동자들의 업무에 지장을 주는 일이니까요. 제가 더 노력해서 바꿔야죠.

올해에 문학 독자들이 기다리고 있는 평론집이 나오는 것은 맞지요?

네. 올해는 어떻게든 내보려고 하는데 모르겠습니다. 10년 동안 쓴 글이잖아요. 꽤 덜어내도 분량이 1,000쪽 정도 돼요. 그런데도 더 써야 해서 못 내고 있어요. 한 권의 단행본을 만들려면 내적 체계가 있어야 하잖아요. 구성상 비어 있는 부분이 보이니까, 있는 원고만으로 묶을 수가 없는 거예요. 그런데 그 빈 곳을 채우는 글은 못쓰고 다

신형철                                                 **45**

른 일에 쫓기다 보니 몇 년째 답보 상태입니다. 그래서 요새 하고 있는 생각은 두 권으로 쪼개서, 먼저 정리되는 대로 한 권을 내고, 나머지는 또 차차 정리하고 그런 식으로라도 일을 진행해야 하나 그러고 있어요.

드디어 올해 묵직한 두 번째 평론집을 볼 수 있다고 생각하니 기대가 큽니다.

대체로 길고 딱딱한 글이라 독자들에게 어떻게 읽힐지 모르겠어요. 평론집은 역시 평론집이니까요. 아니 그보다도 충분한 완성도에 도달한 결과물이 나올까 그것부터가 걱정이에요.

첫 평론집 『몰락의 에티카』를 사랑한 독자들이 얼마나 많은데요.

그때는 젊은 평론가의 첫 책이었으니 다들 너그럽게 보아주신 게 있다고 느껴요. 이번엔 다르겠죠. 게다가 10년을 묵혔으니 당대성이나 시의성 측면에서 아쉬움이 있을 것이고요. 그래서 오히려 보편적 문학론의 깊이라도 가질 수 있으면 좋겠다고 생각하는데 모르겠어요.

오늘 말씀을 들으니 평론가의 강의를 청강하고 싶은 마음이 듭니다. 이제 공식적으로 그건 허락이 안 된다고 하니 책을

46

'나의 글'이 돼야 한다는
기준을 자신에게 부과해요

읽어야겠지요. 두 번째 평론집을 기다립니다.

재미없는 이야기만 한 것 같아 죄송스러워요. 저를 이 지면에 초대해 주셔서 영광입니다. 마음산책이 있어 정말 좋아요. 독서인의 한 사람으로서 정말 감사하다는 말씀 드리고 싶습니다. 변치 말아주세요.

신형철
문학평론가. 저서로 평론집 『몰락의 에티카』, 산문집 『느낌의 공동체』 『정확한 사랑의 실험』 『슬픔을 공부하는 슬픔』이 있다. 조선대학교 문예창작학과 교수로 재직 중이다.

김숨

# 내가 쓴 소설들이
# 나를 전환시켰어요

김숨

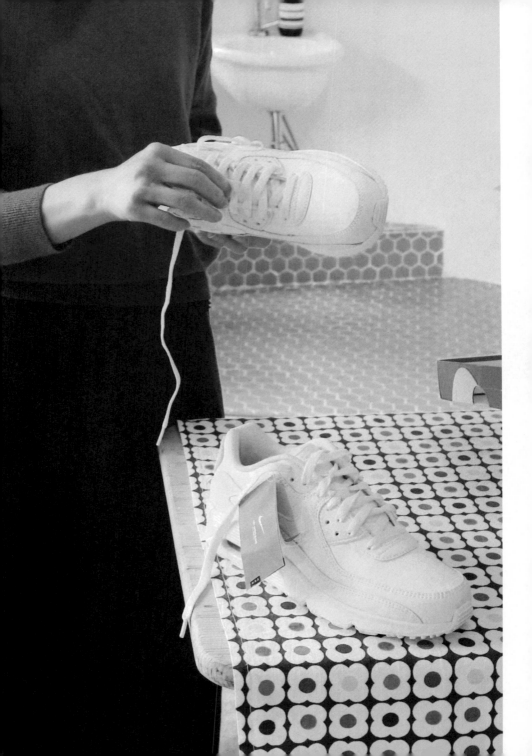

가까이에서 관찰하지 않아도 사진으로만 보아도 김숨 작가의 조용한 성정은 전달된다. 작가 사진을 검색해도 활짝 웃는 사진은 거의 없다. 희미하게 웃거나 늘 긴장하고 무심한 듯한 고요함이 인상적이다. 여러 인연으로 사석에서 만난 김숨 작가는 역시나 그렇다. 떠들썩한 자리의 한 귀퉁이에서 조용히 귀만 열어놓고 있다. 말을 한다 해도 잘 들리지 않는다. 목소리가 작고 또 자주 끊기기 때문이다. 이런 고요는 소설 쓸 때 필요한 에너지에 도움이 되는 것일까. 작가는 전혀 의식하지 않고 에너지라고는 없는 사람이라고 고백하지만, 등단 스무 해 동안 열두 편의 장편소설을 출간한 것을 보면 에너지가 내면의 깊숙한 곳에 있다는 걸 알겠다. 민주화운동, 위안부 실존 인물의 이야기를 쓸 때 그 에너지는 폭발했던 것이다.

　작가가 사는 동작구의 작은 빵집에서 인터뷰했다. 김작가가 아침에 내려와 식빵을 사는 곳이라고. 그저 이웃 주민으로 알았지 작가란 것을 몰랐던 빵집 주인은 인터뷰하는 내내 뭔가 놀라는 눈치였다. 빵집 주인이 작가인 걸 알고 반기자, 김작가는 거의 숨넘어가는 듯 말을 잇지 못했고 어디든 숨어들어가고 싶은 표정이다. 에너지를 분산시키지 않기 위해 집에서 오로지 소설만 쓴다는 작가는 '소설가의 기질과 작품'에 대한 흥미로운 이야기로 나를 몰입하게 했다. 이렇게 길게, 자신의 말을 잇는 건 처음 목격한 모습이었다. 인터뷰 내용을 풀어보니 깊고 진한 향이 느껴졌다. 중견 작가의 소설론은 이렇게 소중하다.

근작에 대한 이야기를 먼저 듣고 싶어요. 존재 3부작이라고 부르는 『나는 나무를 만질 수 있을까』(문학동네) 소설집에는 데뷔 작품 2편(대전일보 신춘문예와 문학동네 신인상 데뷔작)의 개작이 수록되어 있는 게 인상적이었습니다. 「느림에 대하여」는 「나는 나무를 만질 수 있을까」로, 「중세의 시간」은 「슬픈 어항」으로 새로운 제목을 달았지요. 개작은 문학연구자에게 흥미로운 주제이고, 작가에게는 끝없는 욕구가 될 수 있다고 짐작해봅니다. 개작하게 된 동기, 개작 후 느낌은 어떠신지요.

제게 개작은 필연의 작업이었습니다. 처음 쓴 소설이자 첫 등단작인 「느림에 대하여」와 두 번째 등단작인 「중세의 시간」, 그 두 편이 이미 등단작으로서 의미가 있고, 서툰 부분들 역시 의미가 있는 것이니 그대로 놓아두는 것이 좋지 않을까 조언한 문우들도 있었어요. 그러나 역시 개작을 감행하길 잘했다는 생각이 듭니다.

개작을 결심하기 전, 두 편의 소설이 수록된 첫 소설집 『투견』의 표지를 바꾸자는 제안을 출판사 편집자께서 해왔습니다. 책을 펴낼 때 표지에 크게 신경 쓰지 않는 편이지만, 첫 소설집의 표지는 어쩐지 내내 절 불편하게 했습니다. 표지를 바꾸는 김에 소설집 속 소설

들을 들여다봐야겠다 싶어서 편집자께 교정을 한 차례 볼 수 있는
지 여쭤봤어요. 편집자께서 흔쾌히 이해해주신 덕분에 교정지를 받
았는데, 들여다볼 엄두가 나지 않았어요. 겁도 나고 낯부끄럽기도 하
고, 서랍 깊숙이 숨겨둔 일기장이나 사진을 꺼내 들여다보는 것 같은
심정이었어요. 그즈음 몰입해 쓰고 있는 장편이 있어서 시간적으로,
체력적으로 여력이 없기도 했지만, 무엇보다 두려움이 꽤 커서 교정
지를 거의 1년하고도 반년 가까이 들여다보지 못하고, 제 눈길이 닿
지 않는 곳에, 그리고 제 손길이 미치지 않는 곳에 밀어두고 있었습
니다. 그러다 재작년 연말 마음을 다잡고 교정지를 꺼내어 들여다보
기 시작했습니다. 그런데 어느 정도 예상은 했지만, 그 소설집 속 첫
소설의 첫 문장부터 걸리더군요. 그다음 문장도, 그리고 그다음 문장
도……. 얼굴이 화끈거릴 정도로 심한 부끄러움과 함께 자괴감이 들
더군요. 그래도 마음을 다잡고 문장들을 고쳐나가려 애쓰다 결국 포
기하고 말았는데, 삐걱거리는 문장들 때문이 아니라 지금의 저 자신
이 감당하기 힘든 '어떤 기질'이 그 안에 들어 있고, 그것이 지금의
제 기질과 심하게 충돌했기 때문이었어요.

첫 소설집 개정판을 내면서 8편의 소설을 버릴 수밖에 없었는데,
퇴고가 불가능했기 때문입니다. 저의 기질이 아닌 기질이 그 안에 들
어가 있고, 그것이 감당하기 어려울 만큼 저를 불편하게 해서 개작이
아예 불가능했습니다. 버리기로 결정하기까지 지옥과 천당을 수차례
오갔기에 '버렸다'는 표현을 지금 이렇게 감히 쓸 수 있는 것 같네요.
이미 소설집으로, 그것도 '첫'이라는 특별한 관형사가 붙은 소설집에

내가 쓴 소설들이
나를 전환시켰어요

실린 소설들을 버리는 것이 쉬운 일은 아니니까요.

　그럼 왜 제 것이 아닌 기질이, 제가 쓴 소설에 들어가 있었을까……. 저 역시 저를 둘러싼 타인들과 어울려 살아갑니다. 때때로 어떤 타인들은 저를 찢고 들어와 저의 타고난 기질을 왜곡하거나 파괴하기도 합니다. 첫 소설집에 실린 소설들을 쓰던 시기에 그런 일이 제게 빈번하게, 그리고 꽤 치명적으로 일어났던 것 같습니다. 그 시기에 직장 생활을 했었기에 거의 늘 외부 세계에 노출되어 있었고, 다양한 타인들 속에 무방비로 놓이는 일이 잦았습니다.

　「느림에 대하여」와 「중세의 시간」에는 소설이란 걸 쓰고 싶다는 갈망, 제 안의 근원적인 불안(공포), 숨고 싶은 욕망 등이 들어 있었습니다. 특히 「느림에 대하여」를 개작할 때는 처음 소설을 쓰던 밤으로 돌아간 듯한 기분이 들더군요. 저는, 소설에는 그 소설을 쓴 소설가의 기질이 알게 모르게 반영된다고 생각합니다. 독자로서 저의 경우를 생각해보면, 읽고 있는 소설 속 작가의 기질이 마음에 들지 않을 때, 그러니까 거슬릴 때 독서의 흥미가 확연히 떨어지는 경험을 하곤 합니다. 그래서 읽기를 중단하는 경우도 있고요.

> 기질의 문제로 소설 창작, 독서를 이야기해주셔서 몹시 흥미롭습니다. 작가의 기질이 작품 안에 들어가 있고, 그것이 독자와도 충돌하거나 잘 맞을 수 있다는 말씀이 새로워요.

첫 소설집에 실린 소설들을 쓰던 시기에 제가 도무지 좋아할 수 없

"등단작 두 편을 개작하며
제가 지금까지 쓴,
그리고 지금 쓰고 있는 소설들의 가계도,
혹은 지도 같은 게 저절로
그려지는 경험도 했습니다."

는, 제 안에 품어 제 것으로 소화시킬 수 없는 어떤 기질들이 제 안에 들어와 있다가, 제가 쓰는 소설 속으로 들어갔다는 걸 깨달았던 거지요.

　개작하시며 제목까지 바꾸셨어요. 어쩌면 새로 창작하는 노고만큼 마음을 쓰셨구나 했어요.

제목을 바꾸고 싶은 욕구가 자연스럽게 생기던데요. 개작하면서 제목들이 저절로 왔고, 무엇보다 제 마음에 들었어요.
　새 단편을 쓰는 것보다 몇 배나 힘들다는 생각을 자주 했습니다. 쓰는 동안 감정 변화와 소모도 극심했고요.

　그러셨군요. 저는 작가의 발표작은 세상의 우리 것이고, 읽는 사람의 것이라고 믿는 편이었어요. 그 작품을 고치기 시작하면 최종본이 무엇인지를 모른다, 그렇다면 독자는 완결되지 않고 작가가 계속 쓰려고 하는 도정에 놓인 작품을 읽는 것일까란 생각도 들었고요. 현재 시점에서 과거의 작품을 돌아보며 계속 고치게 된다면 끝은 어디까지일까 같은 질문을 드리고 싶었던 것인데, 작가님이 기질의 문제로 차분히 설명하시니 작가의 입장에서 소설을 돌아보게 되네요. 시공간의 변화라든가 그때 썼던 정황들의 문제가 아니라 나의 기질에 반하는, 원하지 않는 기질들이 반영된 작품을 다시 쓰고 싶다는 것. 이해가 됩니다.

제가 쓴 소설들이니, 언제든 제가 원할 때, 필요하고 가능하다고 판
단될 때 퇴고할 수 있는 권리가 제게 있다고 생각해요. 그것은 제가
저 자신에게 부여한 의무이기도 하고요. 제가 쓴 다른 몇 편의 작품
도 개작이 필요하다고 절실히 느끼고 있고, 에너지와 시간이 허락될
때 그 작업을 한 편씩 해나갈 계획이에요.

　기질의 충돌이 가장 큰 역경(?)이었지만, 다른 면에서도 만만치 않
은 작업이었어요. 미숙한 문장들과 내내 대면해야 했고, 그토록 결
점투성이인 작품들로 등단을 했다는 사실이 부끄럽다 못해 기적처
럼 생각됐어요. 등단작으로 추천해주신 선생님들께 고맙고 죄송하
고……. 그러면서 제 소설의 시작이 얼마나 미미했는지를 깨닫는, 그
리고 '각오'를 새롭게 다지는 귀한 계기가 되었지요.

　'작가의 말'에도 썼는데, 등단작 두 편을 개작하며 제가 지금까지
쓴, 그리고 지금 쓰고 있는 소설들의 가계도, 혹은 지도 같은 게 저절
로 그려지는 경험도 했습니다. 두 편의 소설들이 지금 제가 쓰고 있
는 소설의 뿌리가 되어주고 있는 것만은 분명합니다.

　　2005년 첫 창작집 출간 이후 쉬지 않고 작품을 쓰셨어요. 그
　　저력과 열정이 놀랍습니다. 더 놀라운 것은 장편소설을 1, 2년
　　간격으로 꾸준히 내신 것인데, 한 권의 장편소설을 출간하기
　　위해서 투입되는 글쓰기 노동 강도가 어마어마하다고들 작

　　　　　　　　　　　　　　　　　내가 쓴 소설들이
　　　　　　　　　　　　　　　　　나를 전환시켰어요

가들은 고백하지 않습니까. 도대체, 어떻게, 데뷔 후 열두 번째 장편소설까지 쓰실 수 있는 건가요. 단편 쓰실 때와 장편 쓰실 때 어떻게 몸을 바꾸시나요.

장편을 써야겠다고 작정하고 쓰기에 돌입하지는 않아서 가능했던 같아요. 그랬더라면 첫 문장을 쓰기도 전에 질려버렸을지도 모르겠네요. 장편을 생각하고 첫 문장을 쓸 때도 있지만…… 좀 가볍게 단편을 쓰는 마음으로 쓰기에 돌입했다가 길어져 중편이 되고, 좀 더 길어져 경장편이 되고, 더 길어져 장편이 되곤 했어요. 수년 전 쓴 단편이 시간이 지나면서 스스로 장편이 되어 절 다시 찾아오는 경우도 있어요. 요즘 쓰고 있는 소설도 그런 경우고요.

『바느질하는 여자』(문학과지성사)의 경우 원고 분량이 1,800매 정도 되는데, 처음부터 분량을 정해놓고 쓰진 않았어요. 길어야 1,000매 분량의 장편이 될 줄 알았는데, 다 쓰고 나니 그 정도의 분량이 되었어요.

에너지가 대단합니다. 장편 쓰실 때 힘드실 텐데요.

제가 에너지가 넘치는 사람은 아닌 것 같아요. 그래서 에너지를 분산시키지 않으려고 애쓰는 편이에요. 칼럼이나 산문 같은, 소설 이외의 글은 되도록 쓰지 말자, 나름 원칙을 세우고 지키려고 노력해요. 그런 글들을 잘 못 쓰기도 하고요. 글쓰기와 관련한 강연도 올해부터는

김숨                                                                    59

일절 하지 말자 다짐을 했는데, 강연을 의뢰하신 분께 죄송하다는 사과를 거듭해야 할 만큼 말을 못하기 때문이기도 합니다. 개인적인 친분이 있는 분들이 글을 부탁해오실 때 거절을 못 해서, 그 순간에는 쓰고 싶기도 해서, 어쩌다 소설 외의 글을 쓸 때도 있는데 소설을 쓸 때보다 재미가 없고 쓰는 동안 행복하지 않습니다. 그렇다고 소설 쓰기가 저를 늘 행복하게 해주는 것은 아니지만요. 쓰고 있는 소설을 덮어두고 다른 글을 쓰기까지 받는 스트레스가 꽤 커서 미룰 수 있을 때까지 미루다 쓰곤 합니다.

이런 질문을 많이 받으셨으리라 생각이 드는데요. 그로테스크한 세계, 인물들의 어둡고 습한 내면, 누군가 말한 '광물성의 미학'의 작가로 독자에게 많이 알려졌는데 2016년 『L의 운동화』(민음사) 이후 작가님의 시선이 달라졌어요. '한낱 일개인 위대한 개인'에서부터 '역사적인 사건과 인물'로 전환이 이루어졌다는 느낌인데요. 역사 속에서 발견한 인물, 사건을 쓰시게 된 계기가 있었나요.

특별한 계기는 없었어요. 『L의 운동화』는 미술 복원에 관심이 많아서 그 공부를 하다가 발견하게 된 주제였어요. 저는 운동권 세대도 아니고 역사에 무지하지요. 경주에 바느질 배우러 다니면서, 고미술품 복원 과정에 대한 공부를 하고 있었어요. 그때 남산의 석불들을 접했어요. 비바람에 이목구비가 풍화된, 그래서 모호한 표정을 짓고

내가 쓴 소설들이
나를 전환시켰어요

있는 그들의 얼굴이 흥미로워서 그에 대한 소설을 구상하고 쓰게 되었어요. 그 소설의 주인공이 복원사여서 복원에 대한 공부를 계속해나가면서 소설을 완성할 계획이었습니다. 그러던 중 지인이 소규모로 미술사 강의가 있을 예정인데 혹시 관심 있으면 들어보지 않겠냐는 제안을 해오셨어요. 그런데 강의를 맡아주신 분이 미술품 복원사셨어요. 그즈음 이한열 열사의 운동화를 복원하고 계셨고요. 강의 중에 그 과정을 설명해주시는데, 제 머릿속에서 이미 'L의 운동화'라는 제목으로 소설이 쓰이고 있더군요. 『L의 운동화』를 쓰고 출간하면서 혹독하게 배웠습니다. 어쨌든 소설 속 복원 중인 운동화가 우리나라 민주화 운동의 상징인 이한열이라는 분의 운동화고, 지금도 여전히 그분의 죽음을 기억하고 추모하는 분들이 계시고, 여전히 슬픔에 잠겨 있는 유가족들이 계시고…… 그 소설을 통해 역사적인 사건과 인물을 소재로, 주제로 소설을 쓴다는 게 얼마나 조심스러운 일인지 깨달았어요. 이후에 『한 명』(현대문학)이라는 위안부를 소재로 한 소설을 쓰게 되었는데, 『L의 운동화』를 쓰고, 펴내며 했던 경험들이 큰 도움이 되었습니다. 그 소설을 쓰는 동안 일본군위안부 피해자분들을 뵙지 않았습니다. 이후에 김복동, 길원옥 할머니를 인터뷰하고, 그것을 바탕으로 소설을 쓰게 되었는데, 그때 피해 생존자와 그분들을 돕는 분들의 마음을 조금은 더 세심하게 헤아리고 작업에 임할 수 있었던 것 같아요.

제 세계관, 제가 관심을 두는 주제가 변화해서 그러니까 '전환'이 이루어져서 그런 소설들을 쓴 게 아니고, 도리어 제가 쓴 소설들이

김숨                                                   **61**

저를 전환시켜주었다고 표현하는 게 좀 더 정확하겠네요.

작가님 작품의 독특한 제목들을 볼 때마다 궁금했습니다. 2017년 테마소설 『나는 염소가 처음이야』(문학동네) 이전의 작품 제목들은 그야말로 어둡고 작품에 대한 어떤 힌트도 주지 않겠다는 단호함이 느껴지는 명사들(투견, 백치들, 침대, 철, 죄인들, 물, 간과 쓸개, 여인들과 진화하는 적들, 국수, 바느질하는 여자)이고 최근에서야 『너는 너로 살고 있니』(마음산책) 『나는 나무를 만질 수 있을까』란 부드러운 문장형이 도입되었어요. 작가님은 편집자 생활을 하신 이력도 있으시잖아요. 제목 짓기에 대한 이야기를 듣고 싶습니다.

한때 편집자였다는 고백을 부끄러워서 잘 못합니다. 무능한 편집자였거든요.(웃음) 편집자 고유의 영역이 있다고 생각해요. 저는 점점 더 책 편집이, 교정교열 작업이 무척 중요한 작업이고 특별한 재능과 성실성을 요구하는 작업이라는 생각이 듭니다. 유능한 편집자를 만나는 것은 소설가에게 행운이에요. 그래서인지 편집 전문가인 편집자가 제안하는 제목을 긍정적으로 받아들이는 편인 것 같아요. 표지도 그렇고요. 그런데 생각해보니 대부분 제가 출판사에 원고를 전달해드리며 정한 제목 그대로 갔으니, 편집자가 제안한 제목을 긍정적으로 받아들이고 반영했다는 제 말은 조금 어폐가 있네요. 『나는 염소가 처음이야』는 편집자께서 소설 속에서 문장을 뽑아내 제안한 제

내가 쓴 소설들이
나를 전환시켰어요

"제가 에너지가 넘치는 사람은
아닌 것 같아요. 그래서 에너지를
분산시키지 않으려고 애쓰는 편이에요."

목으로, 듣는 순간 마음에 들었어요. 제가 정했지만 마음에 들지 않는 제목들이 있습니다. 투견, 백치들, 물이 그러한데, 「투견」은 버렸고, 『물』(자음과모음)은 절판했고, 『백치들』(랜덤하우스코리아)은 제목을 바꾸어 개정판으로 펴내는 작업 중입니다.

한때 명사 제목을 선호했습니다. 그때 문장형의 기발하고 멋진 제목들이 유행했던 것으로 기억하고 있습니다. 그런데 어쩐지 저의 취향은 아니었습니다. 그래서 오히려 저는 명사로 된 제목들을 선호했던 것인지도 모르겠네요.

> 2017년에 마음산책에서 짧은 소설 시리즈로 『너는 너로 살고 있니』를 출간하셨죠. 2009년 청소년문학이라 할 수 있는 성장소설 『나의 아름다운 죄인들』(문학과지성사)도 발표하셨고요. 아까 말씀하신 대로 소설 외에는 칼럼도 산문도 안 쓰시는데, 장르의 성격이나 분량이 정해진 이 짧은 소설을 쓰실 때 어떠셨나요? 작업은 즐거우셨나요?

『너는 너로 살고 있니』는 또 다른 쓰기의 욕구 때문에 쓰게 된 소설입니다. 일기와 편지는 제가 무척 좋아하고 귀하게 여기는 장르의 글입니다. 매일매일 일기를 쓰고 싶은데, 그리고 손 편지를 쓰고 싶은데, 소설을 쓰고 나면 욕구만 남고 의지는 허무히 상실돼버리고 맙니다.

그 소설을 쓸 즈음 '누군가'에게 편지가 몹시 쓰고 싶었습니다. 버스를 타고 가다 머릿속으로 '얼굴조차 본 적 없는, 그리고 이름조

차 모르는, 그리하여 성별이 남자인지 여자인지도 모르겠는 누군가에게' 편지를 쓰기도 했으니까요. 소설도 쓰고 싶고, 편지도 쓰고 싶고…… 그 두 가지 욕구가 팽팽하게 줄다리기를 하다 어느 순간 자기들끼리 결합되어 편지소설이 돼주었습니다.

그러고 보니 『너는 너로 살고 있니』도 조금 제 마음에 들지 않는 제목이네요. 책이 나온 뒤 더 마음에 드는 다른 제목들이 떠올랐습니다.

어머나, 어떤 제목으로 바꾸고 싶으신가요?

'답장'이라는 제목도 그중 하나입니다.(웃음) 그런데 김동률의 노래 중에 〈답장〉이 있더라고요. 제목이 여전히 아쉽지만, 그 책을 만들어준 편집자와 특별한 인연이 소중해 『너는 너로 살고 있니』는 제게 고마운, 특별한 책일 수밖에 없습니다. 제게 선물 같은 느낌을 주는 책입니다.

2000년 이후 급격한 변화 속에서 살고 있죠. 산업적인 측면은 말할 것도 없고 그 변화가 반영된 문학적인 상황들, 글쓰기와 독자의 변화가 큰 흐름을 이루고 있어요. 작가를 지망하는 청춘들도 전통적인 장르인 시와 소설, 평론이 아닌 웹소설이라든가 시나리오에 관심이 많고, 글을 통해서 새로운 매체에 닿고 싶어하는 마음으로 창작하는 경우도 많고요. 문학 독자들

김숨                                                                    **65**

도 시나 소설 마니아들이 많았다면 지금은 소설과 산문의 경계를 흩뜨린 글, 독특한 스타일을 찾아서 읽는 독자가 늘어나고 있습니다. 작가님은 문단에 데뷔하고 나서 2000년을 맞이하셨잖아요. 20년의 변화를 체감하시나요.

제가 독자들과의 소통에 서툰 편이어서 독자의 변화와 반응에 조금은 둔감한 것 같아요. 느껴지는 변화라면 속도가 빨라졌다는 거예요. 제가 문청일 때만 해도, 그러니까 제가 독자로서 존재할 때만 해도 어떤 작품, 어떤 작가가 긴 시간 읽히고 사랑을 받았던 것 같은데, 유통기한이 줄어들듯 그 시간이 점점 짧아지고 있는 것 같아요.

좀 무례한 질문 같아서 조심스럽게 여쭙자면 그렇다면 작가님은 왜 이런 시대에도 소설을 쓰시나요? 소설 발표는 독자에게 읽히고 세상과 소통하고 싶은 열망을 바탕으로 하는데, 독자들의 짧은 사랑과 소비되는 느낌 속에서 창작은 어떻게 지속될 수 있을까요?

등단하고 독자들의 열렬한 사랑을 받지 못했던 것도 다행이라는 생각이 듭니다. 그 덕분에 자족적인 글쓰기를 하게 되었고, 그것이 제 중심을 잡아주는 것 같아요. 저는 우선은 제 자신을 위한 글쓰기를 하고 싶습니다. 쓰고, 펴내고, 그러다가 좀 더 많은 독자분들이 읽어주면 고맙고…….

소설 작업은 집에서 하시는 편이죠?

거의 집에서 합니다. 집만큼 편한 곳이 없는 것 같습니다.

작가님이 『너는 너로 살고 있니』 독자 사인본에 쓰신 문구가
'한 발짝 한 발짝 더'입니다. "마음에서 마음으로 가는 것은,
파도에서 파도로 가는 것만큼이나 아슬아슬하고 황홀한 일
일 것입니다"의 편지소설 문장처럼 누군가의 마음에 한 발짝
더 다가가는 아슬아슬하고 황홀한 일을 감행하라는 뜻처럼
읽혔어요. 요즘 작가님이 한 발짝 더 다가가고 싶은 마음이
있다면 무엇인가요?

저기 나무가 있으면 나무에게 한 발짝 더 다가가고 싶지요. 줄기에,
가지에, 잎에. 잎들 사이로 눈부시게 쏟아지는 빛에 닿기 위해서.

김숨

소설가. 소설집 『침대』 『간과 쓸개』 『국수』 『당신의 신』 『나는 염소가 처음이야』 『나는 나
무를 만질 수 있을까』, 장편소설 『철』 『노란 개를 버리러』 『여인들과 진화하는 적들』 『바느
질하는 여자』 『L의 운동화』 『한 명』 『흐르는 편지』 『군인이 천사가 되기를 바란 적 있는가』
『숭고함은 나를 들여다보는 거야』 『떠도는 땅』, 짧은 소설 『너는 너로 살고 있니』 등이 있다.
동리문학상, 이상문학상, 현대문학상, 대산문학상, 허균문학작가상 등을 수상했다.

내가 쓴 소설들이
나를 전환시켰어요

백수린

# 소설과
# 연애한 것 같아요

백수린 작가와 신촌에서 만났다. 역사 깊은 미네르바
다방에서. 덕분에 나도 오랜만에 가봤다. 커피
맛은 더 좋아진 듯했고 분위기는 예스럽지 않았다.
청춘들의 재잘거림은 이제 신촌 어디에서나 같은
풍경이었다. 백작가는 신촌에서 스무 해를 보냈다.
대학생으로서, 대학원생으로서 그리고 이제 후배들을
가르치는 강사로서 같은 거리를 걷고 있는 것이다.
아니 이제 작가로서 새롭게 그 거리를 바라보고 있는
것이다. 백작가의 박사 논문은 '시몬 드 보부아르'의
문학작품들을 다룬다. 한국에서 세 번째 전공자라고
전한다. 마음산책은 시몬 드 보부아르를 주제로
한 산문집을 펴내려고 백작가와 계약한 상태다.
기대감이 날로 커진다. 흥미로운 주제가 전공 작가의
필력과 만났을 때 어떤 시너지를 보여줄지 기다려진다.
모범생의 삶을 산 듯이 보이는 백작가는 정작 자신이
하고 있는 일에 대해서 몰두할 뿐 뭔가 성과를
내고 있다고는 생각하지 않았다. 올해 '현대문학상'
수상자로 선정되어 축하의 말을 건넸을 때도
어리둥절한 느낌이라고. 차분한 어조가 하이톤으로
바뀔 때는 함께 사는 강아지 이야기를 나눌 때와
소설과 밀고 당기기 하는 기분이 얼마나 절실한가를
고백할 때. 그의 밀고 당기기 연애가 자주 성공하기를
진심으로 바란다.

　등산화 겸용 운동화를 내밀었을 때, 반기며 남긴
말은 내 마음에 그대로 기쁨으로 남았다. "산에 갈
때가 있는데, 딱 좋겠어요. 제 발이 크고 까다로운데
마음에 듭니다."

**데뷔** 10년 차, 2020년 현대문학상 수상을 축하드립니다. 그동안 젊은작가상, 문지문학상, 이해조소설문학상을 수상하실 때도 축하의 마음이었지만 역사 깊은 상을 젊은 작가로서 수상하신 것이니 앞으로 작가 생활에 빛이 환히 들이치는 느낌이랄까, 그런 상상을 해보았습니다. 백작가님 머리 위로 빛이 쏟아지는 상상을. 창작의 고통에 큰 보상이 되어주기를 바라는 독자의 마음입니다. "타인의 마음을 함부로 짐작하는 일이 어김없이 두려워지곤 했다. 나라는 협소한 세계를 열고 밖으로 나갈 수 있는 문이 내게는 소설뿐이라 나는 낙담하다가도 노트북 앞으로 돌아와 소설을 썼다"고 하셨어요. 노트북을 여는 손길에 이 수상이 힘을 좀 더해주었을까요? 소감을 여쭈어요.

처음에 소식을 받았을 때는 기쁘기만 했어요. 수업 후에 혼자 죽을 먹고 있었죠. 제가 문창과 수업을 하는 날이었는데, 그날 공교롭게도 현대문학상 수상작으로 제가 수업을 했거든요. 수상작을 학생들과 읽었는데 다시 읽어도 너무 좋더라고요. 그래서 나는 언제 이렇게까지 좋은 작품을 써서 현대문학상을 받아보나, 이런 생각을 하며 점심을 먹는데 연락이 왔어요.

　신기하고 믿기지 않을 정도로 기뻤죠. 사실 저는 수상 후보 중의 한 명이라서 연락하셨다고 생각했어요. 제가 수상자라고 해서 너무 놀랐죠.

　조금 지나고 나니까 부담감이 생기더군요. 내가 이 상을 받을 만한 정도는 아닌 것 같다는 걱정이 찾아오고. 지금은 기쁨과 부담감의 시간이 지나서 괜찮아졌습니다. 큰 격려를 받았으니 앞으로 내가 쓸 수 있는 것들을 이전처럼 쓰면 된다고 생각하고 있어요.

　　　현대문학상 수상작인 「아직 집에는 가지 않을래요」와 젊은작가상 수상작인 「시간의 궤적」을 읽으며 "그녀 역시 전과 같은 사람일 수 없다"는 문구대로 사라져버리는 관계들, 시간이 흐른 후 변하고 이전으로 다시 회복되지 않는 존재들에 대한 쓸쓸한 동의를 해야 했습니다. 사실 마음산책이 새로운 사옥을 짓고 있어요. 오랫동안 근무했던 양옥집 사무실이 하루아침에 사라져버린 것을 목도하고 상실감에 시달리며 담담한 각오를 다지고 있던 때여서 더욱 마음에 와닿는 듯했어요. 작가님 데뷔 전과 데뷔 후, 그 경계로 사라진 것들은 무엇일까요.

쓰는 게 너무 좋기만 해서 쓰던 마음은 좀 사라진 것 같아요. 지금도 좋아서 쓰는 마음은 있지만 쓰는 게 어쩔 줄 모르게 좋아서, 그 힘만으로 쓰던, 그런 마음은 사라진 것이죠. 고려해야 될 다른 여러 가지

소설과
연애한 것 같아요

것들이 생겨났으니까요. 예전에는 그냥 이야기를 만드는 것 자체가 주는 즐거움밖에 없었던 것 같은데, 이제는 다른 것들도 생각해야 하니 안 좋은 의미의 상실이라고 할 수 있습니다. 좋은 의미의 상실이라면 이게 맞나, 라고 걱정하면서 썼던 마음은 좀 없어졌어요. 좋은 의미의 상실인 것 같아요.

저는 자기 확신이 없어서 문제라고 생각하며 사는 편이었는데, 이제 등단을 했고 사람들한테 피드백을 받고 독자도 생기고 편집자들의 의견도 듣고 계약도 하고 상도 받고…… 그러잖아요? 내가 하는 작업이, 소설 쓰는 일이 완전히 틀리진 않다는 것을 반복적으로 확인받아요. 그러니까 이게 맞나, 맞을까, 라고 계속 겁을 내던 저는 많이 없어졌고, 그건 좋은 의미의 상실인 것 같아요.

"저자 이름이 없어도 누구의 작품인지 모르지 않을 것이다. 젊은 나이에 프랑스로 건너간 한국인 여자들의 열정과 회한, 동경과 비애를 다루면서 이만큼 인상적인 장면과 잔향 많은 일화를 남길 수 있는 작가는 백수린 외에 달리 없다"는 황종연 문학평론가의 「시간의 궤적」 작품에 대한 평문은 최고 상찬이라고 생각됩니다. 백수린 작가만이 쓸 수 있는 세계가 있다는 건 축복이죠. 프랑스 문학 전공자로서 그 외국어와 고유의 문화가 작품에 어느 정도 영향을 미치는 것이겠지요. 소설의 소재를 정하거나 이야기를 설정할 때 나만의 것이라고 할 수 있는 것, 내가 쓸 수 있는 것을 뭐라고 생각하세요?

프랑스 문학 전공이 아무래도 영향을 미쳤을 거라 생각해요. 그런데 프랑스에 체류하면서 느꼈던 어떤 '이방인성'은 프랑스에 가기 전부터 저에게 있었던 본질적인 감각 같아요. 아주 어렸을 때부터 그런 느낌을 많이 받았어요. 뭔가 내 자리에 있지 않다는 생각을 많이 했는데 그러다 보니까 경계에 있는 사람들, 이방인들에 대한 관심이 일찍부터 있었고 그게 외국 경험을 하면서 더 커졌죠.

그래서 그런 것들이 첫 소설집이나 두 번째 소설집에 많이 들어 있던 거예요. 제 소설의 특징을 굳이 꼽자면, 이방인성이 두드러진다는 점이라 할 수 있을 텐데요. 그런 평이 지금까지 많았기도 했고요. 한국 작가의 전통 서사의 틀 속에서 이국의 것들을 가지고 온, 그것이 가지고 있는 이질성, 그런 것들이 제 소설의 특징이라고 봐주시는 것 같은데, 이게 좋은 건지 나쁜 건지는 전 잘 모르겠어요. 전 그냥 제가 쓰고 싶은 이야기, 쓸 수 있는 이야기를 쓰는 것뿐이니까요.

좋은 거죠. 작가 특유의 고유성을 갖는다는 건 중요한 일 아닌가요. 한국 작가가 외국 지명과 외국인을 작품 속에 녹이려면 지도를 펴놓고 계속 들여다보면서 살고 있다는 느낌이 올라왔을 때에야 창작이 가능할 듯해요. 그런데 백작가님은 바로 그 지명의 공간에서 사셨다는 것이니 체화된 상태에서 쓰시게 되는 거잖아요.

물론 제 소설들 중에도 가보지 않은 곳, 상상한 곳을 배경으로 하는

소설과
연애한 것 같아요

것들도 있어요. 그럴 때는 블로그도 찾아보고 유튜브나 구글맵을 보고 쓰기도 하죠. 프랑스는 아무래도 제가 잘 아는 곳이라 자연스럽게 소환되는 듯해요. 프랑스에서 한국인이라는 이방인성이 환기하는 것들이 있으니까요. 사실 저로서는 부산이나 목포, 여수, 전주 같은 한국의 지방보다 파리를 먼저 가봤고, 많이 가봤거든요. 그래서 저는 서울 다음으로 파리를 잘 안다고도 할 수 있고요. 제 소설 중에 인천이 배경이 되는 작품들도 있는데, 그 작품들에 대해선 왜 인천이냐는 질문을 받은 적이 없어요. 사실 전 인천을 잘 모르고 매번 취재를 해서 쓰는데도요. 반면 파리나 외국 배경은 항상 왜냐는 질문을 받는데요. 그럴 때마다 조금은 이상한 기분이 듭니다.

작가님의 박사 논문이 '시몬 드 보부아르'의 문학작품을 다룬다는 걸 처음 알았을 때 아주 놀랐던 기억이 생생합니다. 독자로서 인식하고 있는 보부아르의 삶과 글이 작가님의 글하고 어떻게 연결이 되는 것일까 궁금하고 다소 낯설었거든요. 연구자와 작가의 간극이 있을까요. 『친애하고, 친애하는』(현대문학) 중편소설에서 여성 3대의 서사로 삶의 비의를 일깨워주셨어요. 여성의 삶에 대한 자각을 보부아르에 빚진 게 있으신지요.

보부아르의 작품들로 학위 논문을 쓰고 학위를 받기는 했지만 저를 연구자로 내세우는 건 아주 힘들어해요. 왜냐하면 박사과정 내내 소

"저는 제가 연구하면서
이 주제에 관심을 가진 게
연구자로서가 아니라 소설가로서의
관심이었다는 걸 깨달았어요."

설을 쓰는 걸 언제나 우선해왔으니까요. 연구만 하는 연구자에 비해 아무래도 에너지가 분산이 되니까 좀 부끄러운 면이 있지요. 저도 다른 독자들과 비슷하게 보부아르 하면『제2의 성』의 작가라거나 전투적 페미니스트 같은 느낌으로 인지하고 있었어요. 문인의 측면은 부각이 안 되었으니까요. 프랑스 문학을 전공했음에도 불구하고 석사 학위를 받고 나서까지도 보부아르 작품을 읽어본 적이 없어요.『제2의 성』을 제외하고는요. 그럴 정도로 한국 불문학계에서 보부아르를 커리큘럼화해서 가르치지도 않고 국내에서 번역도 거의 되지 않았죠. 문인으로서 보부아르는 제가 모르는 상태였고, 석사 때부터 줄곧 저의 관심사는 여성의 자전서사였어요. 석사 논문도 그런 쪽을 썼거든요. 그런데 제가 석사 논문을 썼던 작가는 자전소설을 많이 쓴 작가는 아니다 보니, 박사 논문을 그 주제로 정하기엔 적합하지 않아서 고민하다가 여러 작가들을 읽던 중에 보부아르 작품을 읽게 된 거죠.

먼저 번역본을 찾아 읽었어요. 아주 오래된 판본이라 세로쓰기로 되어 있는 매우 두꺼운 책『모든 인간은 죽는다』란 작품이었습니다. 한자 표기도 되어 있는 낡은 판본이어서 처음에는 읽는 게 힘들고 지루했지만 다 읽고 났을 때 저의 마음이 움직였어요. 작품의 주인공은 13세기에 태어나 20세기까지 살아요. 환상적인 설정인데, 그러다 보니까 매일 살면서 자기가 여기에 살면 안 되는 사람이라는 자각, 시대와 잘 안 맞는다는 생각을 하는 것이죠. 제 관심사와 너무 잘 맞잖아요.

그래서 보부아르에 흥미가 생겼고, 다른 것들을 읽어봤더니 모든 작품이 그렇지는 않지만 자전적 측면이 많아서 보부아르를 선택했죠.

박사 논문 주제가 '여성 자전서사'이고 이를 보부아르의 작품들로 분석하신 거네요. 한국 연구자 중에 보부아르 전공자가 또 있으신가요.

저는 보부아르의 소설들만으로 보부아르가 왜 소설을 썼는지와 소설을 통해 여성으로서 자아를 세우는 과정을 연구한 것인데요. 한국에서는 제가 세 번째 보부아르 전공자라고 알고 있습니다.

마음산책에서 얼른 백작가님이 쓰시는 보부아르 이야기를 출간하고 싶어요. 우리가 출간하기로 또 약속이 되어 있기도 하잖아요.(웃음) 제가 이렇게 보부아르 이야기가 궁금한데, 책이 출간되면 독자들은 얼마나 좋아하실까요.

제가 논문을 쓰면서 계속 생각했던 것은, 아까 말씀드렸다시피 왜 이토록 연구자로 불리는 것이 불편한가 하는 점이에요. 논문의 질적인 수준은 괄호 안에 넣기로 하고, 시간이 지나면서 저는 제가 이 주제에 관심을 가진 게 연구자로서가 아니라 소설가로서의 관심이었다는 걸 깨달았어요. 저는 보부아르라는 사람이 궁금했고, 보부아르가 왜 이런 소설을 썼는지가 궁금했던 거거든요. 연구자로서의 관심이

소설과
연애한 것 같아요

라기보다는 소설가적 관심이라고 느껴요. 그래서 논문 아닌 형태의 글로 쓰면, 독자들이 좋아하실는지 모르겠지만 (웃음) 적어도 저에게는 더 의미 있는 작업이 될 것 같아요.

마음산책에서 짧은 소설 『오늘 밤은 사라지지 말아요』를 내셨습니다. 호흡이 짧은 소설인데도 백수린 작가님의 '우아하고 정돈된 문장'이 그린 세계는 어느 평론가의 표현대로 "잔향이 많"았어요. 독자들에게 어떻게 전달이 되었다고 생각하세요? 그리고 아직 한 번도 출간하지 않은 장편소설 계획은 어떤지 궁금합니다.

장편은 쓰기로 약속이 되어 있어서, 올해는 계속 그 고민을 하게 될 듯한데요. 단편을 주로 쓰다가 중편을 썼을 때 느낌이 달랐는데, 장편은 아무래도 더 다를 것 같아서 걱정도 되고 기대도 됩니다. 짧은 소설도 또 확실히 다르던데요. 무슨 주제로든 완결성에 대한 고민을 덜고 열려 있는 상태로 쓰게 되어서 좋았어요. 단편을 쓸 때는 전체 조직을 고민해야 하는데 짧은 소설은 여러 실험을 할 수 있다는 장점이 있지요. 좋아하는 작업을 다 해볼 수 있었어요.
　어떤 작가들은 서사를 만드는 걸 즐기기도 하고 인물을 만드는 데 즐거움을 느끼기도 하겠지만 저는 이미지를 만드는 걸 좋아합니다. 그런데 짧은 소설은 이미지를 만들면 끝나는 작업이어서 저한테는 무척 좋았고요. 『오늘 밤은 사라지지 말아요』에 실린 작품 중 절반은

백수린

단기간에 연재했던 거잖아요. 그 짧은 시간에 집중해서 쓴 것이 저에게는 좋았어요. 시간 압박을 느끼기보다는 몰아서 다양한 인물들을 계속 만드는 것이 저한테도 특별한 경험이었고요. 이렇게 만들 수도 있고 저렇게 만들 수도 있다는 자유로움, 그게 재밌었어요. 단편이나 중편을 쓸 때는 긴 시간 동안 내가 만든 한 사람을 깊이 파고들어가는 거라면 짧은 소설은 다양한 인물과 다양하게 만나는 거라서 좋았던 것이죠.

백작가님, 짧은 소설 또 내셔야 되겠습니다.(웃음)

사실 여기에 세 작품을 더 넣을 수 있었어요. 출간 일정 때문에 못 넣어서 아쉽기는 합니다. 좋은 기회가 있으면 또 책으로 묶어볼 수도 있겠죠. (웃음)

야호, 약속하신 셈입니다.『오늘 밤은 사라지지 말아요』독자분의 반응이 궁금한데, 직접 들으신 게 있지요?

얼마 전, 한 서점에서『오늘 밤은 사라지지 말아요』로 독자분들과 행사를 했습니다. 서점 행사에 오셨던 독자분들은 제 소설을 거의 다 따라 읽으신 분들이었어요. 질문도 깊이 있고 좋았고, 아주 즐거운 시간을 함께했지요.
처음에는 서점 모임에서, 실린 작품의 비하인드 스토리를 풀어놓

소설과
연애한 것 같아요

았어요. 이 작품이 어떻게 나오게 된 것인가를 설명했는데, 문학 독자분들이 많아서 무척 흥미로워하셨어요. 어떤 독자들은 읽으실 때 너무 짧아서, 갑자기 이렇게 끝나버렸네, 아쉽다, 라는 생각을 하셨다는데, 신기하게도 책을 덮은 후에도 소설이 계속 생각났다고 하시더라고요. 말씀하신 '잔향'이라는 표현과 같은 것이죠. 그런 말씀해주신 것들이 기억에 남고요.

그리고 적은 분량, 짧은 이야기에 어떻게 그런 감정들을 만들어내느냐는 질문도 많았고요. 많이 들었던 얘기는 저의 다른 소설에 비해서 동시대적인 얘기가 많이 나오잖아요. 그래서 그런 부분이 자신의 이야기처럼 느껴졌더라는 겁니다.

2년 전 출간된 아고타 크리스토프의 『문맹』(한겨레출판)을 번역하셨습니다. 헝가리인 작가가 적국의 언어인 프랑스어를 배워 쓴 짧은 이야기는 그야말로 '참담한 빛'이었어요. 번역 후기에서 작가님은 아고타 크리스토프가 월경越境 안내인의 인도를 받으며 숲을 헤매는 부분을 인상적인 대목으로 꼽으시며 그때 작가가 들었던 가방 두 개를 말씀하셨죠. 하나에는 아기 용품이, 하나에는 사전이 들어 있었다는 것. 조국과 가족을 등지고 떠나는 순간에 고심하며 골랐을 물건이 사전이었다는 게 상징적인데요. 번역을 선택하시게 된 계기와 작업하시면서 떠올랐던 생각들을 듣고 싶습니다. 앞으로 종종 번역 작업도 하실 건가요?

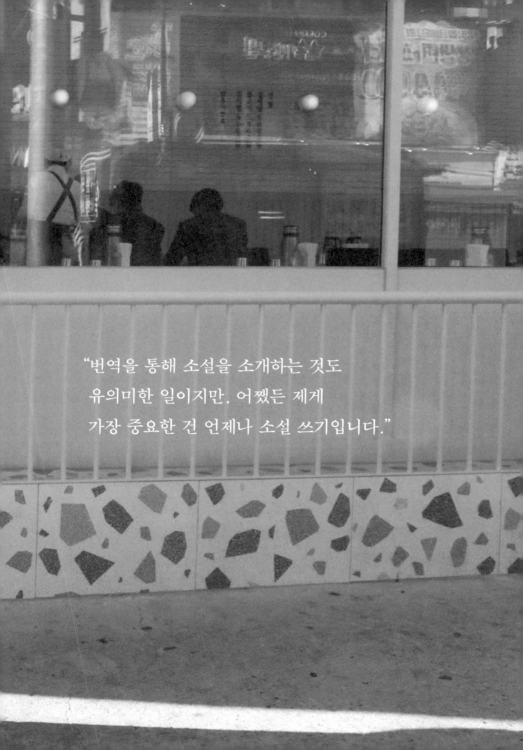

"번역을 통해 소설을 소개하는 것도
유의미한 일이지만, 어쨌든 제게
가장 중요한 건 언제나 소설 쓰기입니다."

번역가처럼 일하지는 못하겠죠. 당연히. 그러나 좋은 작품이 있으면 하고 싶습니다. 지금 번역하고 있는 작품도 있고요. 아고타 크리스토프의 『문맹』은 번역 제안을 받은 거예요. 박사 논문 마무리하고 있는 중이었는데 출판사 편집자님이 연락하셔서 작가의 자전적 이야기인 『문맹』은 작가가 번역해주었으면 좋겠다고 생각하신다고요. 제가 작가이고 프랑스에서 살았고 프랑스 문학 전공자이니까 제가 꼭 해줬으면 좋겠다고 하시더라고요. 그때 제가 논문 마무리 짓는 중이어서 체력적으로나 정신적으로나 너무 지쳐서 할 수 없는 상황이었어요. 그런데 제가 거절을 바로 하는 성격이 못 되어서 일단 원고를 주시면 천천히 판단하겠다고 그랬는데 몇 장 읽어보니 제가 하고 싶어지더라고요. 이 작품은 다른 사람이 아닌 내가 하고 싶다는 생각이 들었어요. 아고타 크리스토프 소설들을 너무 좋아하고 자전소설에도 워낙 관심이 많은데 이방인에 대한 이야기이고 저의 관심사가 여러 겹 겹친 것이죠. 그래서 분량이 많지 않으니 논문 끝나고 작업하겠다, 몇 달만 주시면 마감하고 바로 하겠다고 요청했죠. 논문 마지막 제출을 1월 중순에 하고 2월에 번역했어요. 전혀 쉬지를 못하고 한 건데 그럴 정도로 하고 싶었어요. 재밌었어요.

마음산책에서 줌파 라히리의 산문 『이 작은 책은 언제나 나보다 크다』를 출간했는데. 『문맹』과 유사한 점이 있지요. 여성 작가와 사전, 경계인으로서의 삶, 그러니까 여성은 언제나 경계에 선 삶을 의식하고 있는데 거기에 낯선 언어까지 써야 하는 것이죠. 두 작가의 자전적 이야기가 흥미롭습니다.

저도 줌파 라히리를 아주 좋아합니다. 좋은 작가죠.

지금 번역하고 계신 작품도 여성 작가의 것인가요.

네.

역시 여성 작가군요. 자꾸 마음산책 출간도서와 연결 짓게 되어서 민망하지만 『알코올과 예술가』라는 인문서를 출간한 적있어요. 알코올이 예술가한테 어떤 영향을 미쳤나 하는 주제의 소논문을 일반 단행본으로 출간한 것인데요. 음악, 미술계예술가들 이야기가 많지만 문인 중에는 마르그리트 뒤라스가 연구 대상이었죠. 술을 마시지 않고는 작품을 쓸 수 없었다는 고백이 실려 있어요. 이 책을 읽고 난 뒤 뒤라스의 작품을 읽는데 정말 취기가 느껴지는 듯했죠. 『이게 다예요』(문학동네)를 읽으면서 사랑에 취하고 술에 취해서 쓴 작품이라고생각하니 더 진하게 읽히는 기분이랄까요. 프랑스어권의 중요한 작가의 작품을 이제 작가님의 번역본으로 읽을 수 있는것인가요.

중요하다기보다는 제가 좋아하는 작가의 작품이면 욕심이 나겠지요.

그런데 얼마만큼 할 수 있을지는 잘 모르겠어요. 물리적 시간도 많이 드는 일이고, 저도 제 소설을 써야 하니까요. 번역을 통해 소설을 소개하는 것도 유의미한 일이지만, 어쨌든 제게 가장 중요한 건 언제나 소설 쓰기입니다. 또 한 가지 고충이 있는데, 번역가로서는 분명히 한국어로 이해하기 좋게 의역을 해야만 할 때도 소설가로서는 그렇게 하고 싶지 않은 마음이 있더라고요. 작가의 쉼표도 의도가 있을 텐데 지켜주고 싶은 마음이 드는 거죠. 그걸 절충하는 게 너무 힘들어서, 특히 이번에 번역하는 작가 같은 경우에는 문체가 중요한 작가이기 때문에 너무 힘들어서 번역을 얼마나 계속할 수 있을지는 모르겠습니다.

이 인터뷰를 진행하면서 2000년 이전의 데뷔 작가들께는 20년의 글쓰기, 독자 변화를 여쭈었지요. 작가님은 데뷔 10년 차이신데, 문청 시절과 작가로서 활동하신 시절을 포함해서 스무 해를 어떻게 살아오셨는지 여쭈어요.

2001년 이후 20년 조금 모자라는 시간을 바로 이 신촌에서 다 보냈습니다. 학교 생활을 오래 했으니까요. 저는 오래전부터 소설가가 되고 싶었는데 계속 도망쳤어요. 작가는 특별한 재능을 가진 사람들이다, 나는 너무 소심하고 재능도 없으니까 작가가 되려는 건 과욕일 뿐이다, 나는 다른 일을 해야 한다며 도망간 세월이 길었어요.

저의 20년을 돌아보면 소설과 연애한 것 같아요. 너무 좋아하면서

소설과
연애한 것 같아요

도 언젠가 차일까 두려워 계속 도망가면 소설이 와서 저의 등을 치며 부르면서 애타게 구애를 했는데요. 그 구애를 기껏 받아들여 도망 끝에 겨우 손을 잡고 연애를 시작했더니, 이제 소설이 나쁜 남자가 되어서 저를 힘들게 하는 셈이랄까요.(웃음) 지금은 제가 소설에게 애원하고 저에게 다정히 대해주기를 바라고 있는 중이죠.

    연애의 밀고 당기기는 괴롭죠. 창작의 고통이 환희로 바뀌는 순간 때문에 독자들은 고맙게 좋은 작품을 계속 읽게 되는 것이죠. 소설을 쓰기 위한 소재나 주제는 어떻게 포착하시는지요.

이야기하다 보면 언제나 소설 쓰기의 어려움을 먼저 토로하게 되지만 사실 저는 소설 쓰는 기쁨을 알아요. 제가 소설 쓰는 사람이 아니었으면 지금만큼 행복하지 않았을 겁니다. 물론 쓰는 동안 고통스럽고 지금도 마감하지 못하고 와서 고통스럽지만 그럼에도 불구하고 길게 봤을 때 소설을 쓰는 사람이어서 그래도 이만큼 행복하게 살아 있다는 생각이 들어요. 소재를 발견하는 측면과 관련해서는…… 일상에서 인상적인 장면을 목격하면 메모하고 소설에 반영을 하기도 하고요. 메모는 다이어리를 들고 다니기는 하지만 주로 스마트폰에 기록하고 정리합니다.

    주로 어느 시간에, 어디에서 작업하시는지요.

백수린                                                                    89

보통 강의가 있는 날은 어쩔 수 없지만 강의가 없는 날은 아침 늦게 일어납니다. 10시에서 11시 사이에 깨어 아침 겸 점심을 대충 먹고 작업을 해보려 하지요. 쓰려고 시늉은 오래 하지만 본격적으로 쓰게 되는 것은 보통 서너 시나 돼야 가능해요. 쓰다가 저녁 먹고 또다시 쓰려고 하고 그래서 보통 새벽 서너 시쯤 자요. 이 정도가 저의 평소 패턴이에요. 외부 약속이 생기면 조정하지만 대체로 그렇게 하는 편이에요.

제가 강아지랑 살거든요. 봉봉이. 강아지는 혼자 있는 시간이 길면 안 좋잖아요. 그래서 강의할 때는 나가야 되니까 작품은 웬만하면 집에서 쓰려고 합니다. 그런데 초고는 집에서 쓰면 잘 안 써질 때가 너무 많아요. 쓰다가 막히면 할 수 없이 카페로 갑니다. 저도 능률적인 측면을 생각하면 카페에서 제일 작업이 잘되고 카페의 소음이 오히려 도움이 되기도 하는데, 강아지를 생각하면.(웃음)

젊은 작가분들이 반려견, 반려묘의 눈치를 참 많이 보고 사시는 것 같아요.(웃음)

맞아요. 강아지 약값, 그걸 버는 게 요즘 제 노동의 이유이자 원동력이에요. 그래서 카페 갈 때 강아지한테 인사하죠. 약값 벌어 올게.

작가님은 앞으로도 창작, 번역, 그리고 강의까지 꾸준히 하시는 에너제틱한 삶을 사셔야 할 듯한데요. 미래의 모습이 그려

소설과
연애한 것 같아요

"다만 미래에도 저는
소설을 열심히 쓰는 사람일 것이고,
좋은 소설이 쓰고 싶어
노력하는 사람일 거라는 건 알아요."

지시나요.

제가 배우는 학생으로서 인생의 시간이 길었잖아요. 학교에 오래 있어서 그런 건지 모르겠지만 저는 제가 아직도 이십 대인 줄 알아요. 학생들이랑 자꾸 저를 동일시하다가 어, 나 왜 이래, 할 정도죠.(웃음) 이렇게 신촌에 오면 학생 기분이 듭니다. 그러니까 미래를 생각하기 어려워요. 고민을 많이 하고 계획을 수없이 세우지만 막판에는 결국 아무렇게나 하는 스타일이랄까요.

소설도 그럴 때가 많은데요. 원래 의도대로 결말에 이른 것은 드물어요. 그러니 먼 미래는 잘 모르겠어요. 다만 미래에도 저는 소설을 열심히 쓰는 사람일 것이고, 좋은 소설을 쓰고 싶어 노력하는 사람일 거라는 건 알아요.

소설을 쓸 수 있는 시간을 좀 더 확보할 수 있으면 좋겠다는 생각은 하고 있어요. 절대적 시간이 많이 부족해서 장편을 못 쓰고 있잖아요. 제가 멀티태스킹이 잘 안 되는 사람이라서, 시간이 필요해요. 장편을 써야겠다는 생각을 한 지 오래되었는데 쓰지 못하고 있는 것에 대한 부채감이 있어요. 바라건대 머지않은 미래에는 생활비를 벌기 위해 일하는 부분을 좀 줄여서 소설을 쓸 수 있는 시간을 많이 확보할 수 있으면 좋겠어요.

창작 강의를 하시는 거죠?

소설과
연애한 것 같아요

창작 강의도 하고 프랑스어 강의도 해요. 학생들 만나는 것을 좋아해서 강의하는 것 자체는 즐겁게 하고 있습니다.

학생들에게는 죄송하지만 독자로서는 작가님이 어서 글만 쓰시기를 바랍니다. 장편소설을 조만간 읽을 수 있으리라 믿어요.

써야죠. 쓰겠습니다.

백수린
소설가. 소설집 『폴링 인 폴』 『참담한 빛』 『여름의 빌라』, 중편소설 『친애하고, 친애하는』, 짧은 소설 『오늘 밤은 사라지지 말아요』 등이 있다. 젊은작가상, 문지문학상, 이해조소설문학상, 현대문학상 등을 수상했다.

손보미

# 사람들은 자신만의
# 비밀을 가지고 있어요

작가, 하면 떠오르는 이미지를 계속 배반하는
손보미 작가. 패셔너블한 스타일로 독자와 만나는
자리에서 조금도 '있어 보이려' 하지 않던 작가.
아이돌을 좋아하고 집순이에 침대애호가로서 가능한
모든 일을 침대에서 해결하고, 고양이 두 마리를 먹여
살리기 위해 글을 써야만 했다는 이야기를 거침없이,
사랑스럽게 말하던 작가를 어떻게 하트가 뜬 눈으로
바라보지 않을 수 있을까.
뒷자리에서 혼잣말로 신기한 작가님이야,
재밌는 캐릭터야를 중얼거렸던 기억이 선명하다.
인터뷰에서도 예상하지 못한 허를 찌르는 답변으로
계속 놀라게 했다. 서른 넘어서야 비행기를 처음
타보았다는 이야기는 신선하다 못해, 편견은
아무짝에도 쓸모없음을 입증했다. 작가란 새로운
세계를 탐구하고 발상의 전환을 위해 여행을 좋아할
것이라는 편견. 손작가가 순수한 표정으로 "왜 여행을
가요?"라고 되물을 땐 "제가 잘못했습니다"라고 말할
뻔했다. 즐겁고 유쾌하고 흥미로운 인터뷰였다.
　한 작품에서 나온 인물을 다른 작품에서
재등장시켜 팬들에게 발견하는 재미를 안겨주는
바람에 '손보미 월드'에서는 모든 인물이 모여 산다는
풍문을 남긴 작가. 이 역시도 진지한 소설관에 입각한
'이스터에그'가 아니라 그렇게 하는 것이 좋았으므로
쓰게 되었다는 답이었다. 무엇이든 쓰게 된다고
말하는 작가. 그 무엇이든 기대를 하게 되는 이 작가의
미래가 궁금하다. 새하얀 가죽 운동화를 신는 작가의
날렵한 발들이 어디로든 우리를 데려갈 것만 같다.

'손보미 월드'의 작가님을 만나니 새로운 나라에 입국한 기분입니다. 더 나아가 '손보미 유니버스'라고 부르는 독자분도 있던데요. 월드에서 유니버스까지, 아주 흥미로운 명칭입니다. 한 작품을 변주하여 다른 각도로 재창작하는 작가님의 작품을 평행우주론에 입각하여 이름 붙인 것인데요. 데뷔 10여 년 만에 이런 명칭을 얻으신 기분이 어떠신가요?

당연히, 굉장히, 영광이라고 생각합니다. 과분하고 놀라운 일이죠. 그러니까, 실제로 그런 식의 단어가 통용되고 있다면 말이에요. 제 마음속에는 과연 실제로 그 단어를 사용하는 사람들이 있을까? 하는 의심이 있거든요.(웃음) 그런 식의 구상을 하게 된 건 데뷔작인 「담요」를 쓸 때부터였던 것 같아요. 거창한 미학적인 의도가 있었던 건 분명히 아니었고요.

「담요」의 줄거리를 처음 떠올렸을 때부터 저는 그 이야기를 너무 좋아했어요. 거의 일사천리로 이야기를 써나갔죠. 그런데, 이상하게도, 아무리 생각해도 결론이 떠오르질 않는 거예요. '장'이 괴로워하는 것까지는 알겠는데 그가 그 괴로움과 어떤 식으로 마주쳐야 하는지에 대해서는 저에게 아무런 아이디어가 없었어요. 그 당시에 저는 빨리 「담요」를 완성하고 새로운 소설—그게 바로 「산책」이었어요—을 쓰려고 준비중이었는데, 「담요」가 좀처럼 끝나지 않아서 약간 의기소침한 상태였죠. 그러다가 문득—사실은 샤워를 하던 도중이랍니다—「산책」의 젊은 부부와 「담요」의 장을 만나게 하면 되겠구나 하는 생각이 들었던 거예요. 그때, 막연하게나마 그런 생각을 한 것 같아요. 내 소설의 등장인물들은 같은 세계에 살고 있다, 혹은 같은 우주에 살고 있다. 아주 막연하게 말이에요. 그런 식으로 생각을 하니까, 이 소설에서 후면에 등장했던 사람을 다른 소설에서는 주인공으로 삼을 수도 있게 되었고, 어떤 소설의 제목이 다른 소설에서는 영화 제목으로 등장하기도 하고, 그런 식으로 좀 자유롭게 내가 쓰고 있는 대상들, 혹은 쓰고 있는 공간에 대해 생각해볼 수 있었어요.

소설 창작에 대해 학생들에게 말할 기회가 있을 때마다 저는 어떤 마을에 사는 사람들을 머릿속에 그려보라고 얘기하곤 해요. 사람은 혼자 사는 게 아니잖아요. 물론 혼자 살 수도 있지만, 어쨌든 혼자라는 것도 다른 누군가가 있을 때 성립되는 개념이니까요. 그런 식으로 그 마을에 사는 사람들은 모두가 자기 삶의 주인공이 되는 거죠. 저는 언제든 그 사람들의 이야기를 소설로 쓸 수 있는 거죠.

제 소설에 대해 '유니버스'라는 단어가 붙었다면 그건 제 장편소설 『디어 랄프 로렌』(문학동네) 때문일 거 같아요. 이 소설을 쓸 때도 제게 엄청난 미학적 비전 같은 게 있었던 건 아니에요. 이 소설의 기본적인 줄거리는 제가 이십 대 중반 때 만들어놓은 것이었어요. 웃기죠. 그때는 소설을 많이 써보지도 않았고, 소설을 쓴다는 행위에 대해 진지하게 생각해보지도 않았던 때인데, 그냥 쓰고 싶은 이야기가 있으면 쓰면 된다고 여겼어요. 제멋대로, 완전 제멋대로요. 그 소설에 나오는 종수와 수영이의 이야기를 이끌어가기 위해, 순전히 그 둘을 위해서 실제로 존재하는 현실의 모습이 달라져야만 했고, 저는 그렇게 만들었어요. 일종의 평행우주가 만들어진 거죠. 지금이라면 아마 그렇게 하기까지 굉장한 고민을 하고 주춤거렸을 거예요. 포기했을 수도 있겠죠. 하지만 그때에는 그런 식으로 이야기를 만드는 게, 새로운 세상을 만드는 게 너무 재밌었죠. 그거면 충분하다고 생각했어요. 이야기를 만드는 재미 말이에요.

결과적으로 그땐 그걸 한 편의 소설로 만드는 덴 실패했죠. 그 이야기를 떠올리고 10년도 훨씬 지난 후에야 한 편의 소설로 완성할 수 있었어요. 어쨌든 그때나 지금이나 저에겐 그런 마음이 있어요. 제 소설들에 나오는 인물들은 만들어진 게 아니라 실제로 살아 있는 사람들이라고요. 그들이 살고 있는 마을에 대해 생각하죠. 저는 그 사람들의 이야기를 전달할 뿐이라고 여겨요. 저는 제가 그런 마음을 간직하고 있는 게 좋아요.

소설 속 사람들이 연결되는 지점을 단서처럼 작품 속에 남겨두는 것도 좋아해요. 어쩌면 그건 제가 미드를 많이 봐서 그런지도 몰라요. 일종의 이스터에그 같은 거죠. 이를테면 저는 『우연의 신』(현대문학)이라는 작품을, 『맨해튼의 반딧불이』(마음산책)에 실린 「분실물 찾기의 대가」의 프리퀄이라고 생각하면서 썼어요. 그는 왜 분실물 찾기의 대가가 되었는가? 이런 이야기 말이에요. 그래서 약간 억지스럽다고 여겨지지만, 『우연의 신』에 굳이 그런 대사를 넣었어요. "당신은 분실물 찾기의 대가가 되겠군요." 그런 걸 쓸 때 저는 너무 재미있어요. 『우연의 신』과 「분실물 찾기의 대가」를 모두 읽은 독자님들도 저처럼 그런 재미를 느끼기를 바라죠. 아, 이 이야기의 주인공과 저 이야기의 주인공이 이런 식으로 연결이 되는구나! 하고 말이에요. 그런데 모르겠어요. 나만 즐거운 거 아닌가? 라는 생각이 들 때도 있지만, 뭐 저만 즐거운 것도, 그 나름대로 의미가 있을 거라고 생각해요.

손보미 유니버스, 뭔가 음반사 이름 같기도 하고 독특하고 사랑스러운 명칭이라고 생각했어요. 팬이라면 좋아하는 작가의 소설 구성을 이해하고 뭔가 숨겨놓은 장치를 추적하는 즐거움도 있겠습니다. 미드 이야기를 하셨으니 말인데, 독자들은 작가님 문장에 대해서 이국적이다, 번역투다, 낯설다 등의 소감을 털어놓는데요. 허구와 사실을 섞는 소설의 세계에서 문장을 따라 읽다 보면 특히 그런 느낌이 강하게 들 수도 있거든요. 제목에 외국 인명 등 외래어가 드러나기도 하니까 우선 분위기에서 낯선 느낌을 먼저 감지할 수도 있고요. 한국 작가의 번역투 문장이라는 것, 이런 언급에 대해 어떻게 생각하시는지요. 무엇이 독자들에게 이질적으로 가닿았을까요.

예전에 어떤 인터뷰에서 그런 질문을 들은 적이 있어요. 번역투의 문장을 쓰는 건 번역을 고려한 것이냐고요. 전혀 아니라고 대답을 했

사람들은 자신만의
비밀을 가지고 있어요

고 그 대답이 진실이에요. 심지어 작년에 제 소설을 독일어로 번역하는 워크숍에 참여한 적이 있는데, 그때 알게 된 사실은 제 소설을 번역하는 게 다른 한국 소설을 번역하는 작업보다 특별히 쉽지도 않다는 거였죠. 저는 가끔 다른 한국 작가님들의 소설을 읽을 때 그분들의 문장과 내 문장이 그토록 다른가? 라는 생각을 할 때가 있어요. 물론 다른 면이 있겠죠. 분명히 그럴 거예요. 그렇지만, 만약 제 소설이 '이질적'으로 받아들여지는 부분이 있다면 그건 단순히 문장만의 문제는 아닐 거라고 느껴요. 음, 그걸 뭐라고 설명해야 할지는 잘 모르겠어요.

작년에 『맨해튼의 반딧불이』가 출간된 후에 제 책을 읽은 어떤 분이 이렇게 말씀하신 적이 있어요. 소설을 읽다가 전혀 예상하지 못한 방식으로 끝나버려서 '엥? 내가 뭔가를 놓쳤나? 안 읽은 부분이 있나?' 해서 처음으로 돌아가서 다시 읽었다고요. 그런 반응을 만나면 제가 어떻게 해야 할지 잘 모르겠어요. 그런 반응이 싫거나 좋거나 그런 문제가 아니라 작가인 제게 어떤 영향을 끼칠지 정말 잘 모르겠다는 의미예요.

어쩌면 제 소설 속 인물들이 감정을 드러내는 방식이나, 뭐라고 해야 할까, 감정을 드러내는 타이밍 같은 게 좀 다르다고 말할 수는 있을 거 같아요. 응당 말해져야 하는 비밀이 밝혀지지 않는다거나, 어떤 종류의 분위기만 풍긴다거나, 혹은 인물들이 예측할 수 없는 말이나 행동을 한다거나, 해야 할 것 같은 말이나 행동을 하지 않는다거나, 뭐 그런…… 부분이 있을지도 몰라요. 제가 왜 이런 이야기들

손보미                                                                              **103**

을 하느냐면, 이를테면 번역투의 '문장'은 제가 수정할 수 있는 부분이지만, 위에 열거한 부분들은 제가 수정할 수 없다고 느낀다는 사실을 이야기하고 싶기 때문이에요. 그게 바로 저의 세계고, 제가 소설을 쓰는 방식인 것 같아요.

저는 모든 사람들은 자신만의 비밀, 자신만의 세계, 자신만의 신비를 가지고 있다고 생각하고, 그걸 소설로 쓰고 싶어요. 비밀을 파헤친다는 느낌은 아니고요, 그런 비밀을 가지고 살아가는 사람들의 삶을 그리고 싶다고나 할까? 한 인간의 비밀이 끝까지 밝혀지지 않아도 좋다고 생각하기도 하고요. 왜냐하면 우리가 실제로 살고 있는 세계에서 대부분의 사람들은 자신만의 비밀을 끝까지 간직한 채로 살아가고 있으니까요. 물론 저는 소설가로서, 제 마을에 살고 있는 사람들의 비밀을 밝히고 싶어서, 그들의 진짜 속마음을 알고 싶어서 애쓰겠지만 알 수 없어도 괜찮다고 생각해요. 그냥 그 사람의 비밀을 풀고 싶어서 그 사람을 바라보고 관찰한 그 시간이 의미 있다고 느끼죠. 그런 식으로 한 인간을 바라보고 그 인간에 대해 쓰는 거, 그 시간이 재미있으면 된다고 생각하는 것 같아요. 어쩌면 그게 저를 계속해서 쓰게 만드는 힘인지도 모르죠. 그런데, 잘 모르겠어요. 지금 여기에서 진지하게 저의 소설관을 이야기하려는 건 아니고요. 그런 소설관이 있는 건지도 잘 모르겠고요.(웃음) 그냥 이런 식으로 생각하면서 독자분들이 제 소설을 읽어주시면 좋지 않을까, 그러면 좀 더 잘 이해할 수 있지 않을까 싶은데…….

사람들은 자신만의
비밀을 가지고 있어요

"저는 공부하러 외국에
떠나고 싶은 기분도 안 들고,
특별히 여행을 떠나고 싶다는 마음도 없었어요.
모험심이 강한 애도 아니었고
호기심이 많은 타입도 아니었어요."

이해의 폭을 넓혀 읽으셨으면 하는?

이해의 폭을 넓힌다는 말도 부적절한 것 같고요. 그냥 이런 소설도 있고, 저런 소설도 있다는 정도로 받아들여주시면 어떨까 싶어요. 내가 놓친 것이 있나 싶어서 한두 번 반복해서 읽다 보면, 그럴 수도 있잖아요? 전혀 예상하지 못한 재미를 느끼실 수도! 하지만 그런 건 제가 강요할 수는 없는 부분이니까요.(웃음)

2009년 <21세기문학>으로 데뷔, 2011년 <동아일보> 신춘문예로 재등단하셨습니다. 이후 10년 동안 중요 문학상 네 개를 수상한 영예는 매우 축하할 일인데요. 출간한 작품집 숫자와 문학상 수상 횟수가 같다는 건 놀랍죠. 2000년대, 그리고 작가로 활동하신 10년을 돌아보시면 어떤 느낌인가요.

2009년도에 등단을 했을 때는 소설가로서의 느낌이 거의 없었어요. 그러다가 2011년도부터 갑자기 새로운 삶이 저에게 다가왔어요. 그 후로 저는 일정 정도의 원고를 계속 써야만 했죠. 활동한 지 10년이 넘은 기분을 자주 물어보시는데, 그건 잘 모르겠어요. 이전 10년 동안은 계속 썼는데, 앞으로 10년 동안도 과연 계속 쓰게 될까? 그런 궁금증이 들긴 하죠.

문학상에 대해 물어보셨는데, 정직하게 말해서 상을 받는 건 좋은 일이죠. 당연히 그럴 거예요. 그렇지만 상이 어떤 작품성을 담보해

사람들은 자신만의
비밀을 가지고 있어요

준다고 생각하지는 않아요. 저는 정말로 그렇게 생각하는데 제가 상을 받을 수 있었던 건 운이 좋아서였던 것 같아요. 제가 아무런 노력도 하지 않았는데 순전히 운이 좋아서 상을 받았다는 의미는 당연히 아니고요. 음, 뭔가 조심스러워지는데, 여튼 운이 따랐던 건 분명한 사실 같아요. 사실, 데뷔를 한 것도 운이 좋아서였던 것 같아요. 저는 이십 대를 엄청 무기력하게 보냈어요. 무기력하게? 흠, 수동적이라는 표현이 더 맞을 거 같아요. 국문과에 진학했을 때 소설가가 되려는 생각은 추호도 없었어요. 책을 읽는 걸 좋아하고, 언어영역 성적이 좋으니까, 성적에 맞춰서 갔다고도 볼 수 있어요. 그런데 국문과에 가니까 남들이 다 소설이나 시를 쓰더라고요. 그래서 저도 소설도 한번 써 보고, 시도 한번 써 보고, 남들이 쓰니까 평론도 한번 써보고 그렇게 했었어요.

제 첫 소설을 읽은 선배가 했던 말이 아직도 기억에 남는데, 저에게 소설 말고 드라마를 써보면 어떻겠느냐고 하는 거예요. 그런데 드라마를 쓰려면 뭔가 너무 복잡할 것 같더라고요. 용어도 어렵고…….소설은 그냥 쓰면 되잖아요? 그래서 드라마는 아예 엄두도 못 냈죠.

지금 생각해보면 그 선배가 드라마를 너무 손쉽게 본 거 같아요. 드라마 쓰는 게 얼마나 힘들고 어려운 일인데……. 소설 쓰는 것보다 훨씬 더 어려울 거 같다고요. 여하튼 뭔가를 썼을 때 너 되게 잘한다, 이런 얘기는 잘 못 들었어요. 왜 이렇게 써? 이런 말은 많이 들었어요. 오히려 비평문을 쓰면, 오 재밌다, 그런 얘기를 좀 들었던 것 같아요.(웃음) 어쨌든 제 소설을 재밌다고 말해주는 사람이 너무 소수

이기도 했고, 제가 소설가가 될 수 있을 거라고는 생각이 안 드니까, 소설도 막 열심히 쓰지는 않았던 것 같아요. 그래서 더 대학 생활을 어영부영 보낸 건지도 몰라요.

청춘의 고통에 민감하실 듯한 느낌이었는데…….

청춘의 고통이라…… 그게 뭘까요? 고통을 느꼈다고 하면 느꼈다고 말할 수도 있을 거 같고 아니면 아니라고 말할 수 있을 것 같기도 하고. 그냥 평범했던 것 같아요. 남들이 느끼는 딱 그만큼? 연애 때문에 괴로워하기도 하고, 인간관계에 어려움을 느끼기도 하고……. 1학년 때는 노느라고 학점이 엉망이었어요. 친구들이랑 영화도 자주 보러 다니고, 술을 거의 못 마시는데 그때는 술 마시려고 노력도 해보고. 엄마가 질색을 하셨죠. 2학년 때부터 학과 공부를 시작해가지고 나름 장학금도 받았어요. 대학교 3학년 여름방학 때는 MSN메신저로 친구들이랑 채팅을 하느라 밤을 새운 기억이 나요. 밤을 새우는 경험을 그때 처음 해봤거든요. 밤낮이 완전히 뒤바뀌었죠.
취업 준비를 열심히 하는 애도 아니었어요. 토익 시험 한번 안 봤으니까요. 친구들은 어학연수도 가고, 유럽 여행도 가고 그러는데, 저는 공부하러 외국에 떠나고 싶은 기분도 안 들고, 특별히 여행을 떠나고 싶다는 마음도 없었어요. 모험심이 강한 애도 아니었고 호기심이 많은 타입도 아니었어요.
그래도…… 헛된 망상이랄까? 그런 건 많이 했어요. 실제로 행동

사람들은 자신만의
비밀을 가지고 있어요

으로 옮기지는 않았지만, 머릿속으로만 생각하는 거요. 이십 대 중
반에는 스위스로 바리스타 유학을 떠나겠다! 이런 생각을 했었어요.
물론 그런 실행을 위한 준비는 하나도, 정말이지 하나도 하지 않았지
만, 그런 생각을 떠올린 것만으로도 제 머릿속의 저는 이미 카페 주
인이 되어 있었다니까요. 또 다른 망상도 있어요. 이런 생각을 했다
는 게 정말 손발이 오그라들지만 뉴욕으로 떠나서 접시닦이를 하면
서 살겠다! 이런 생각이요. 왠지 정말 부끄럽네요……. 하지만 언제
나 생각만으로 멈췄죠. 실제로 행동으로 옮기는 건 너무 귀찮아서라
고 생각했지만 지금 갑자기 떠오르는 건, 아마 그때 저에겐 그냥 그
런 생각만으로도 충분했던 것 같아요. 그런 생각을 하는 것만으로도
충분히 행복했던 거죠.

　아, 이십 대에 시작해서 제일 오래 한 건 춤추는 거였어요. 제가 처
음 스윙댄스를 배울 거라고 하니까 친구들이 "으이구, 저거 귀찮아서
한 달도 못 되어서 그만둔다"고 말했었어요. 자기들끼리 내기도 하고
그랬다니까요. 심지어는 저를 가르쳤던 강사님도 나중에 이렇게 말
씀하시더라고요. 제가 그렇게까지 오랫동안 춤을 출지 몰랐다고, 딱
보면 자기는 '아, 저 사람은 한 달만 배우고 그만두겠구나' 이런 촉이
오는데 저를 보고 딱 그렇게 생각했다고요. 그런데 자신의 촉이 틀린
게 처음이라고요.


　그래서 『그들에게 린디합을』(문학동네) 소설이 나오게 된 것
이니, 독자로서 다행한 일이에요.(웃음) 얼마 동안 지속적으

로 배우셨나요?

6년 정도요. 처음에 미드에 나온 음악을 찾으려고 인터넷 검색을 했는데 그 음악의 장르가 스윙댄스라는 거예요. 그런 식으로 검색의 검색을 하다가, 스윙댄스 춤 동아리라는 게 존재한다는 걸 알게 된 거죠. 처음에는 거의 매일 춤추러 갔었고, 세상에 이렇게 재밌는 게 있구나 했죠. 찰스턴, 발보아, 블루스 같은 춤들도 췄어요. 지금 그 춤들을 다시 떠올리니까 무척 아련하고 그리운 느낌이 드네요……. 언젠가 다시 추게 된다면 좋을 것 같아요. 하지만 이젠 몸이 예전같이 움직이지 않을 것 같아서 슬프네요. 춤을 추면서 배운 것도 많아요. 무언가 꾸준히 한다는 것의 의미도 알게 되었죠.

아, 이런 식으로 생각해보니까 춤보다 꾸준히 한 게 글을 쓴 거네요. 그건 스무 살 때 시작해서 지금까지 하고 있는 거니까. 정말이지 글 쓰는 건 꾸준히 했어요. 소설은 열심히 안 썼지만, 그 당시 개인 홈페이지를 만드는 게 유행이었는데, 거기에 거의 매일 글을 올렸던 것 같아요. 일종의 단상 같은 거? 일기 같은 거? 지금 돌이켜보면 그런 걸 왜 그렇게 열심히 썼지 싶기도 하지만 그 당시의 글들이 제가 나중에 소설을 쓰는데 도움이 된 것 같아요.

돌이켜보면 글을 쓰는 일이 제게는 가장 적합한 활동이었던 것 같아요. 어디를 갈 필요도 없고, 그저 머릿속으로 생각만 하면 되니까. 마치 망상을 하는 것처럼 말이에요. 그래서 제가 계속 소설을 썼던 건지도 모르겠어요.

사람들은 자신만의
비밀을 가지고 있어요

소설 작업을 하시려면 외부 사람, 사물에 대한 적극적인 관찰도 필요 하고, 사회의 변화에 민감하셔야 했을 텐데요.

이건 되게 대답하기 어려운데, 저라는 사람이 복잡한 층위를 가지고 있어요. 이를테면 저는 외부 사람에게 그렇게까지 관심을 기울이는 편은 아닌 것 같아요. 예민하지도 않고요. 사물을 적극적으로 관찰하는 타입도 아닌 것 같아요. 노력하지 않으면 무심하다는 말을 듣는 성격이에요. 하지만 동시에 자연인으로서의 저는 사회에서 일어나는 불의한 일이나 현상에 당연히 관심을 가지고 있어요. 분노하거나 괴로워할 때도 있죠. 그렇지만 소설가로서의 저는 그런 문제에 한걸음 떨어져 있고 싶어하는 경향이 강해요. 뭐라고 해야 하지? 평정심을 유지하고 싶은, 무딘하고 싶은 욕망이 남들보다 크다고 해야 할까요? 왜 그런지는 모르겠어요. 어쩌면 작가로서 순발력이나 아이디어가 부족해서 그럴 수도 있겠죠. 그래서 저는 사회 문제를 곧바로 소설로 쓰지는 못해요. 물론 자연인으로서의 저와 소설가로서의 저를 완벽하게 분리하는 건 불가능한 일일 거예요. 그러니까, 자연스럽게 소설에 사회 의식 같은 게 섞여들 순 있겠지만, 그런 것을 의도하고 쓰는 건 저에겐 너무 어려운 일이에요.

얼마 전에 농담으로 누군가가 지금의 코로나19 사태가 소설가에게 많은 영감을 주지 않느냐고 묻더라고요. 저는 잘 모르겠다고 대답했어요. 지금 사태가 걱정되고 세계적인 재난 상황 때문에 이런저런 생각이 들지만, 그걸 소설로 쓰는 건 또 다른 일이거든요. 아마 제가

"그가 정말로
무슨 생각을 하는지는 몰라요.
알고 싶어서 바라보면서
노력을 할 뿐이죠."

대학에 다닐 때 저 자신이 소설가가 될 수 없으리라고 생각한 건 이런 측면 때문인지도 몰라요.

> 정말 흥미로운 말씀을 하셨어요. 무던한 소설가의 독특한 소설들. 타고난 재능인가요. 그런데 작가님이 소설 쓰기에 대해 '거꾸로 된 스트립쇼' '좋은 망원경을 가진 우주인'이란 말을 인용하며 그 의미와 기술에 대한 의미를 증폭시키셨습니다. 너무도 멋진 말들인데요. 하나씩 더 걸쳐 입음으로써 끝을 향해 가는 소설 작품, 매우 멀리 존재하는 세계를 제대로 보려는 시도가 소설이라면 작업 방식은 어떠신지요.

'거꾸로 된 스트립쇼'는 제가 한 말이 아니에요. 마리오 바르가스 요사의 『젊은 소설가에게 보내는 편지』(새물결)에서 소설을 쓰는 방법 중의 하나로 제시된 것이에요. 소설을 쓰게 하는 씨앗은 언제나 작가 내부에서 발현되어야 하는데, 벌거벗은 몸에 계속 새로운 옷을 덧입히듯이, 작가의 내면에서 발현된 씨앗에 계속해서 이야기에 이야기를 덧입히면서 한 편의 소설을 구상해야 한다는 의미죠. 아마도 이건 저뿐만 아니라, 다른 작가님들도 동의하실 것 같아요. 이야기에 이야기를 덧붙이는 것, 그래서 이야기 스스로 앞으로 계속 나아가게 만드는 거요.
  망원경 이야기는 제가 좋아하는 미드 〈오피스〉의 주인공이 한 말이에요. 저는 그 미드를 정말 좋아하거든요. 이상한 사람들이 나와서 이상한 방식으로 서로를 이해하거나 이해하지 못해요. 그래도 어쨌든 마지막에는 역시, 이상한 방식으로 서로를 사랑하게 되죠. 이 대사는 드라마의 주인공인 마이클이 회사 사람들이 자기랑 안 어울리려고 하니까 '난 괜찮아, 너네가 나를 따돌려도 지금 저 우주에서 누군가 나를 보고 있고 나를 신경 쓰고 있다'라는 의미로 한 말이에요. 마이클은 정말 이상한 방식으로 사람들의 사랑을 받으려고 애쓰기 때문에 결과적으로는 사람들이 그를 멀리하고 싶어하거든요. 어쨌든 그 문장, 좋은 망원경을 가진 우주인이라는 말을 들었을 때, 저는 그게 어쩌면 소설을 쓰는 태도와 관련이 있을 수도 있다고 느꼈어요. 왜냐하면 외계인은 바라볼 수만 있거든요. 그 사람의 얼굴이나 표정을 볼 수만 있어요. 그가 정말로 무슨 생각을 하는지는 몰라요. 알고 싶어서 바라보면서 노력을 할 뿐이죠. 아까도 비슷한 말을 했지만, 그런 식의 노력이 재밌는 거라고, 그런 식의 노력이 누군가의 삶 속에서 의미를 건져 올릴 수도 있다고 생각한 거죠.

역시, 아무튼 미드군요.(웃음) 미드를 자주 보시니 약간 이국적인 세계와 친밀한 느낌으로 작품을 쓰시기도 할 텐데요. 지난해에 마음산책에서 짧은 소설집 『맨해튼의 반딧불이』를 출간하셨어요. 두 가지 버전으로 내셨지요. 양장본과 페이퍼백 형태로요. 마음산책 북클럽 모임에서 짧은 소설 쓰기의 즐거움을 말씀하셨습니다. 장편, 단편이 아닌 새로운 장르인 셈인데, 몸에 잘 맞으시던가요? 장르가 달라지면 글 쓰는 몸도 바

사람들은 자신만의
비밀을 가지고 있어요

뀌는 것이죠?

당연히 바뀌죠! 장편을 쓸 때, 단편을 쓸 때, 짧은 소설을 쓸 때, 다 달라요. 하지만 이 세 가지 장르에 모두 공통되는 부분도 있죠. 그걸 뭐라고 해야 할까요. 그러니까, 어떤 글을 쓰든지 저는 어깨에 힘을 빼려고 하거든요. 개인적으로 어깨에 힘이 가장 잘 빠지는 게 바로 짧은 소설이에요. 단순히 짧아서는 아닌 것 같고요. 뭐랄까, 저를 가장 자유롭게 해줘요. 뭐든 쓸 수 있을 것 같거든요. 다른 어떤 소설을 쓸 때보다 자신감에 꽉 차 있죠. 소재적 실험을 해볼 수도 있고, 문장의 단위에서 어떤 실험을 해볼 수도 있고. 뭔가를 의도하지 않고 쓴 짧은 소설이 나중에 단편소설로 완성되는 경우도 있어요. 예를 들면 『맨해튼의 반딧불이』에 실린 「허리케인」이라는 작품은 나중에 「임시교사」라는 작품이 되었죠.

그런데 조금 이상하게 들리실 수도 있지만, 『맨해튼의 반딧불이』 책을 볼 때마다 저는 베를린이 떠올라요. 이상하죠? 책 제목대로라면 맨해튼을 떠올려야 할 텐데 말이에요. 작년 여름에 아주 잠깐 베를린에 있었는데 공교롭게도 딱 그때 계속 마음산책에서 연락이 왔었거든요. 밤에 호텔에 들어가서 메일함을 열어보면 언제나 마음산책의 편집자님이 보내신 메일이 있었어요. 언젠가는 낮에 베를린주립미술관에서 로테 라저슈타인Lotte Laserstein의 전시를 보던 중이었어요. 아, 그건 정말 멋진 그림들이었거든요! 잠깐 의자에 앉아서 쉬면서 혹시나 하는 마음으로 메일함을 열어보았는데 그 와중에 또 메일이 와 있더라고요. 결국 저는 거기에 한참 동안 앉아서 메일의 답을 써드려야만 했어요. 그런 경험들이 싫었다는 말은 아니에요. 물론 그 당시에는 아주 좋진 않았겠지만.(웃음) 지금 돌이켜보면 뭐랄까, 베를린 곳곳에 저만의 추억이 담겨 있는 거니까요. 그래서 결과적으로는 좋아요. 셰익스피어가 말했듯이, 끝이 좋으면 다 좋은 거잖아요.(웃음)

어쨌든 짧은 소설집을 낼 수 있었던 것도 운이 좋은 일이었어요. 저는 제가 쓴 짧은 소설들이 책으로 묶일 거라고 생각하지 못했어요. 데뷔하고 나서 틈틈이 썼던 작품들이, 하마터면 그냥 허공으로 흩어져버릴 수도 있었던 작품들이 물질성을 가지고, 그것도 너무 예쁜 모습으로 남아 있게 되니까 좋았죠. 페이퍼백인 '경쾌한 에디션'도 너무 좋았어요. 이보라 작가님 그림을 흑백으로 변환했어도 그 느낌이 잘 살아났어요. 사실 제가 소설가가 되기 전에 항상 궁금했거든요. 우리나라에는 페이퍼백이 왜 안 나올까. 가볍고 좋은데 왜 안 그러지? 나는 나중에 꼭 페이퍼백을 내고 싶다, 생각했는데 데뷔하고 나서 출판 관계자분들에게 물어봤더니 수익이 전혀 나지 않아서 낼 수가 없다는 답을 들었죠. 그런데 『맨해튼의 반딧불이』는 수익이 잘 안 난다는 페이퍼백도 이렇게 함께 나왔으니 원하는 걸 이룬 셈이죠.

한국어 시장 규모로는 양장본, 페이퍼백 버전을 따로 낼 수가 없어요. 정말 손익분기점을 넘기 어려우니까요. 서점에서도 아무래도 낮은 정가의 페이퍼백 수익률이 크지 않으니 고가의 양장본 판매가 낫겠고요. 페이퍼백을 좋아해주시는 독자들도 많지만 막상 시장에서 팔리는 비율은 거의 비슷해요. 압도적으로 페이퍼백을 선호하는 경향은 없는 듯합니다.

어쩌면 소설을 읽는 행위가 좀 더 마니악하게 가서 그런 걸까요? 잘 모르겠어요. 요즘은 전자책도 많이 읽으시잖아요. 그러니까, 상대적으로 출판되는 책에 대해서는 물성이 더 강조되는 건지도 몰라요.

손작가님 마니아 독자도 계시잖아요. 특히 기억나는 인상적인 독자가 있으세요?

마니아 독자……가 저에게 있을까요?(웃음) 독자분들께 다 감사하죠. 아까도 말했지만 제 소설이 막 읽기 편하지는 않은데, 그런 제 소설을 따라 읽어주시고 심지어는 재밌다고 말해주시니까요. 몇 달 전에 이사를 하다가 책상 서랍에 모아둔 독자분들의 편지를 다시 읽다가 또 뭉클해진 거 있죠. 주책맞게도요. 그런 편지들은 저에게 건네주는 인사 같아요. 어디선가 당신의 소설을 읽고 있는 사람들이 '실제로' '존재하고 있습니다'라고 도장을 쾅쾅 찍어주는 그런 기분이랄까?
  행사에 직접 와주시는 독자분들께 너무 감사하죠. 귀중한 시간을 내어서 저의 이야기를 들으러 오시는 거잖아요. 그런데, 제가 사람 얼굴을 잘 기억하지 못해요. 언젠가는 이런 일이 있었어요. 이미 몇 번 얼굴을 뵌 적이 있는 선배 작가님이 저를 어떤 자리에 초대해주셨는데, 얼굴이 잘 기억이 안 나는 거예요. 그래도 일단 그 식당에 가면 알아볼 수 있겠지 하고 식당에 갔는데 그 식당에 앉아 있는 사람들을 둘러봐도 도저히 모르겠는 거예요. 그래서 대충 느낌으로 찍었는데 완전히 잘못 찍은 거 있죠. 엉뚱한 사람들에게 인사를 하고…… 정말 서로 어색하고 민망한 상황이 된 거예요. 여하튼 제가 남들보다 타인의 얼굴을 기억하는 능력이 다소 떨어지다 보니, 가끔은 독자분들께 죄송할 때가 있어요. 여러 번 오신 분들의 얼굴을 기억하면 좋은데 전혀 기억하지 못하는 경우가 분명히 있을 것만 같아서요.

가장 최근에 독자분들을 직접 만난 건, 작년 가을에 '어쩌다책방'에서 행사를 했던 때예요. 그때 제 얼굴 캐리커처와 문장을 새겨서 명함을 만들어주신 독자분이 있었어요. 정말 많이 만들어주셔서, 난 이런 것도 있다! 뽐내면서 친구들에게도 나눠주고, 가족들에게도 나눠줬어요. 그날 행사에 오신 다른 독자분은 저에게 '난 리즈도 떠날 거야'라는 제목의 소설을 기다리고 있다고 말해주셨어요. 정말 놀랐죠. 그건 「담요」의 주인공이 쓴 소설의 제목이거든요. 저 역시 언젠가는 꼭 그 제목의 소설을 쓰고 말 거야, 라는 생각을 하고 있었는데, 그런 말씀을 해주시니까 뭔가 굉장히 기뻤어요. 그런데 그날 그분이 자신의 명함을 제게 주셨거든요. 직업이 변호사인데, 언젠가 제가 법정물을 쓰게 되면 도움이 될 수도 있을 거라고요. 저는 언젠가는 법정물이나 의학물을 쓰겠다는 계획이 있거든요! 명함을 지갑에 잘 넣어두었는데 너무 어처구니없게도 제가 지갑을 통째로 잃어버린 거 있죠. 작년 여름에 베를린에서 잃어버리고 한국에 와서 다시 구입한

사람들은 자신만의
비밀을 가지고 있어요

건데 그걸 가을에 또 잃어버린 거예요. 그때도 혹시 이 지갑을 잃어버릴지도 모르니까 명함을 빼서 책상 서랍에 넣어놓아야 할 것 같다고 생각을 했었는데, 명함을 따로 챙기지도 못하고 불과 며칠 후에 지갑을 잃어버린 거죠

앗, 지갑을 왜 자주 잃어버리시는 걸까요? '분실물 찾기의 대가'가 정말 필요한 지점이네요.

전 정말 물건을 잘 잃어버려요. 사실 그 지갑 안에는 다른 독자분이 코팅해주신 네잎 클로버도 있었는데 그것도 잃어버린 거죠. 물건을 워낙 잘 잃어버리니까 보통은 그냥 '흠, 또 잃어버렸네' 이 정도로 생각하고 마는데, 그때 그 지갑을 잃어버렸을 때는 한동안 무척 우울했어요. 너무 소중한 것들을 제 부주의로 잃어버린 것 같아서 슬펐죠. 혹시 이 인터뷰를 읽게 된 독자님들은 다시 연락을……(웃음)
「분실물 찾기의 대가」는 이런 저 자신을 위해서 쓴 소설이었어요. 물건을 자주 잃어버리니까, 게다가 너무 어처구니없이 잃어버리니까, 누군가 그걸 찾아주는 사람이 있었으면 좋겠다, 하고요. 아까 그 지갑 이야기로 돌아가자면, 어느 날 밤에 버스에서 내려서 편의점에 들러 군고구마를 사고 집에 오니까 지갑이 없더라고요. 계산까지 분명히 했는데 말이죠. 집까지 거리가 얼마 되지도 않아요. 그래서 길을 되짚어 가서 편의점에도 물어봤는데 결국 못 찾았어요. 귀신이 곡할 노릇 아닌가요? 신용카드 재발급을 저처럼 많이 받은 사람도 아

마 없을 거예요. 집 안에서 귀걸이나 머리핀 같은 걸 잃어버리는 경우는 다반사고요. 그런 건 그냥 언젠가 이사 갈 때 찾을 수 있겠거니, 마음 편하게 생각해요. 다행히 스마트폰은 한몸 같기 때문에 잃어버리지 않죠. 이것까지 잃어버리면 저는 못 살 것 같아요.(웃음)

집 안에서 그렇게 잃어버린 물건은 어디로 가 있는 걸까요. 뭔가 상상력을 자극하네요. 그나저나 물건을 자꾸 사셔야겠어요.

우리나라 경제의 밑거름은 되겠죠.(웃음)

손작가님의 꿈은 집순이라고 하시는데, 믿을 수가 없어요. 우아하고 세련되게 사회생활을 잘하실 듯한 느낌인데요. 물론 사교 생활과는 차원이 다르지만 어떤 공적인 행사에도 잘 어울리실 분 같아서요. 소설 작업을 집에서 하시나요?

저는 비행기를 서른 넘어 처음 타봤어요! 왜 집을 떠나서 여행을 가야 하는지 잘 모르겠다는 생각을 했어요. 서울에도 갈 곳이 많은데 왜 굳이? 그런 생각을 했죠. 집에 있을 때는 밥 먹을 때를 제외하고는 침대 위에만 있어요. 집에서 소설 작업은 절대 하지 않습니다.(웃음) 침대에 누워 있고 싶은 마음을 이길 수가 없으니까 무조건 밖에 나가야 해요. 저는 좀 늦잠을 자는 스타일인데, 여하튼 침대 위에서 눈을 뜨고 세수를 하러 가기까지가 정말 힘들어요. 까딱하면 누운 채로 한 시간은 후딱이거든요. 아, 오늘은 왠지 집에서 작업을 할 수 있을 것 같아, 이렇게 생각을 했다가 하루를 날린 적도 꽤 있어요. 밤에 후회를 하죠. 어휴, 왜 나를 믿었니, 나갔어야지, 이러면서 말이에요.

여하튼 침대 위에서 하루 종일 누워 있는 걸 좋아하는데, 사실 그럴 수 있는 날이 주말을 빼면 많지 않잖아요. 작업을 하러 나가야 하니까요. 주말에는 일을 하지 말자는 주의인데, 정말 마감이 급하면 어쩔 수 없이 주말에 나가야 하는 일도 생기고…… 그러다 보니 집에 머무는 것에 대한 집착이 더 강해진 것 같아요. 게다가 고양이들이요. 저희 집에 고양이가 두 마리 있어요. 제가 집에 있는 시간이 길면 길수록 저에게 와서 친하게 지내려고 하는데, 제가 일을 하러 자주 나가면 삐져가지고 막 저를 못 본 척하고 그래요. 잘 때도 옆에 안 오고요. 다 자기들 먹여 살리려고 일하는 건데, 그런 건 생각도 안 하나 봐요. 저희 고양이들이 입이 또 고급이라 아무거나 먹지를 않거든요. 휴, 그럴 땐 정말 섭섭하죠.

고양이는 집사 관리를 그렇게 하는 것이죠.(웃음)

그런데 앞에서 말씀하신 우아하고 세련된 사회생활은 잘 못하는 것 같아요.(웃음) 아마 저 말고 다른 소설가분들도 대부분 그럴 것 같은데, 다수가 모이는 모임에 가는 걸 그리 즐기는 편은 아니에요. 사람 만나는 걸 싫어하는 건 아닌데, 저는 익숙한 사람을 자주 만나는 게

손보미                                                                           **121**

좋아요. 낯도 많이 가리는 편이고, 잘 모르는 사람을 만나면 긴장을 많이 하는 편이에요. 그리고 얼굴을 잘 기억하지 못하니까 실수를 할 때도 종종 있고요. 소설가 친구들이 많은 편은 아닌 거 같아요. 그런데 잘 모르겠어요. 다른 소설가들은 얼마나 많은 소설가 친구를 사귀고 있는 건지. 제 친한 친구들은 거의 문학하고는 상관없는 삶을 살아요. 전부 다 그런 건 아니지만 오로지 제 책만 읽는 친구들이 많아요.(웃음)

　　집 밖 카페에서 주로 소설 작업을 하시고 독서는 집에서 하시겠군요. 주로 어떤 장르의 책을 읽으시나요.

저는 장르를 딱히 가리지는 않아요. 소설도 많이 읽지만 과학 서적도 좋아하고, 특히 논픽션 장르를 좋아해요. 한 가지 주제에 끈질기고 깊이 있게 파고드는 그런 책이요. 프리다이빙이라든지, 불면증이라든지, 비라든지, 그런 한 가지 대상에 집착하는 글을 좋아해요. 언젠가 저도 써보고 싶은 장르이기도 하고요.

　독서는 순수하게 재미로 하고 싶은 마음이 커요. 책을 읽는 게 제 작업에 도움이 되겠다, 그런 생각은 아예 안 하고요. 그럼에도 일처럼 읽어야 할 때도 많아요. 리뷰를 써야 할 땐 마냥 재밌게만 읽기가 어렵긴 하죠.

　　장편소설이 곧 출간된다는 소식을 들었어요. 두 번째 장편소

사람들은 자신만의
비밀을 가지고 있어요

"소설을 쓸 때는
소설을 쓰는 화자를
불러와야 하고,
산문을 쓸 때는
산문을 쓰는 화자를
불러와야 해요."

설, 기대가 됩니다. 산문집을 마음산책에서 내시기로 되어 있는데, 산문 작업을 병행하시는지요. 산문 작업은 소설에 비해 좀 수월한 편인가요?

제게는 산문 쓰는 화자가 따로 있는 것 같아요. 잘 모르겠지만 그런 느낌이 있어요. 소설을 쓸 때는 소설을 쓰는 화자를 불러와야 하고, 산문을 쓸 때는 산문을 쓰는 화자를 불러와야 해요. 그런데 산문에도 종류가 많잖아요. 영화나 책에 대한 리뷰도 있고, 어떤 상황에 대한 분석 글도 있고, 제가 좋아하는 것에 대해 쓰는 글도 있을 수 있죠. 그런 종류에 맞게 화자를 불러오는 게 때때로는 아주 손쉽고 때때로는 아주 어려워요. 그게 글의 성패를 좌우하는 것 같아요.
　만약 과거 경험에 대해 글을 쓴다면, 그건 과거의 기억들을 재구성하는 것에 가까워요. 일기를 쓰듯이 무언가를 고백하는 행위는 아닌 것 같고, 과거 속 저의 어떤 행위들이 왜 그런 식으로 일어나야만 했는지를 지금, 글을 쓰고 있는 나, 화자가 해석하는 것에 가깝다고 말하면 될까요?

　　진짜 흥미로운데요. 산문의 화자라니. 산문 쓰기가 어렵다는 건 자신의 일상과 생각 들을 고백하는 방식에서 버거움을 느끼기 때문이라고 알고 있었는데요. 소설은 인물 캐릭터가 끌고 가는 이야기지만 산문은 작가의 이야기니까요. 오늘 이야기 나누면서 제가 알던 손작가님의 이면을 아주 흥미롭게 발

사람들은 자신만의
비밀을 가지고 있어요

견했어요. 작가님은 정말 재밌는 캐릭터입니다.

재밌다니 다행이에요. 저는 누군가 저보고 재밌다고 말해주면 기분이 좋거든요. 부디 저의 인터뷰를 읽으신 독자분들도 재밌는 시간이 되셨기를 바랍니다.

손보미

소설가. 소설집 『그들에게 린디합을』 『우아한 밤과 고양이들』, 중편소설 『우연의 신』, 장편소설 『디어 랄프 로렌』 『작은 동네』, 짧은 소설 『맨해튼의 반딧불이』 등이 있다. 젊은작가상 대상, 한국일보문학상, 김준성문학상, 대산문학상 등을 수상했다.

김금희

일상적인 풍경에서
미감과 행복을 느껴요

작가의 타고난 재능을 독자가 만끽하고 있는 거라고
느낄 때가 있다. 김금희 작가의 작품을 읽으며
'작가로서 타고났다'는 느낌이 왔다. 처음부터 내게
작가였던 셈. 등단이 10여 년 전이라니, 연도를
재확인하고 나서도 그가 작가가 아닌 청춘 시절을
보낸 것은 상상할 수 없었다. 홍대 앞 서점에서
김작가는 어느 때보다 솔직하게 '등단 초기의
고통'과 '삼십 대의 불안' '어수선한 상태에서
글쓰기 습관' 등을 털어놓았다. 진지한 산문을 몇
편 읽은 느낌이었고 헤어진 후 독후감을 어떻게
남길까 고요해졌다. 젊은 작가의 다큐를 찍는다면
김작가를 섭외해서 종일 취재해도 좋겠다는 생각이
들었다. 하루를 분주하게 보내는 모습이 아니라
새로운 세대의 취향과 습관이 밴 작가로서의
모습이 귀해 보였으니까. '김금희 마니아' 독자층이
생겼고, 소설이든 산문이든 그 문장과 감각을
아끼는 사람들은 작가가 더욱 많은 글을 써주길
바라고 있다. 다행히도 작가는 스스로 일 욕심이
있다고 했다. 마음산책 스무 해가 지나는 동안,
김작가는 독자였다가 작가가 되었는데, 문단의 많은
사람이 다음 작품을 궁금해하는 작가가 된 것이다.
　마음산책이 출간한 짧은 소설 『나는 그것에
대해 아주 오랫동안 생각해』를 읽은 독자들이
보내준 성원을 출판사는 온몸으로 느낀다. 또
다른 책을 계약했고, 그 출간일에 어떤 축포가
터질지 기대된다. 핑크빛 운동화를 선물했는데, 그
핑크빛으로 물들 어떤 날들을 기원한다.

2009년 데뷔 이래 세 권의 창작집, 한 권의 장편소설, 한 권의 중편소설, 한 권의 짧은 소설을 출간하셨어요. 젊은작가상, 신동엽문학상, 현대문학상 등 작가님의 수상을 떠올리면 삼십대의 10년을 이토록 열정적으로 활동하셨음을 확인하고 독자로서 고마운 마음이 듭니다. 돌아보면 소감이 어떠십니까.

처음에는 등단하고 5년 동안 청탁이 별로 없었어요. 그래서 말씀하신 문학적 성과가 제게 있었는지를 실감하지 못하는 때가 많았죠. 2016년에 두 번째 작품집 나오고 나서 수상 소식과 독자들의 반응이 있었고요.

초기 5년을 제외한 나머지 5년을 정말 쓰는 일에 매달리며 살았다는 생각을 합니다. 지금 생각하니 무언가 기다리고 있던 힘을 가지고 5년 동안 집중적으로 썼어요. 계획이 있었거나 그런 게 아니라 쓰는 것 자체를 좋아하는 편이었던 것 같기도 하고요. 또 작가들이 다 그렇겠지만 일 욕심이 많은 것도 사실이에요. 하지만 막막했던 등단 초기의 고통의 밀도가 다 잊힌 건 아닌 듯해요. 어쩌면 그래서 더 지면이 있을 때 써두려고 하는 것일 수도요.

작가님의 일 욕심은 한국문학에는 축복이죠.

마음산책에서 출간한 짧은 소설집 『나는 그것에 대해 아주 오랫동안 생각해』도 제가 짧은 소설집 내겠다는 계획을 세워서 준비한 것이 아니라 제안을 하셔서 재밌겠다고 응한 것이잖아요. 이런 식으로 글 쓸 수 있는 기회를 너무 간절하게 원했기 때문에 제안이 오면 거의 맞춰서 활동했더라고요. 그러니까 열심히 살았던 것은 맞네요.

작가님의 작품에 나오는 불안한 청춘들, 위태로운 젊음이 삼십 대를 다시 보게 만들었어요. 작가님의 삼십 대는 어떠셨나요.

너무 힘들었어요.

아아, 작품에 그 힘듦이 녹아든 것일까요.

위험한 순간들이 많았던 것 같아요. 저의 개인적인 문제들, 정서적인 불균형도 있었고요. 작가들이 겪는 우울 증상이 제게도 있었어요. 꽤 오랫동안 심리 치료를 받았는데 그 사실에서도 알 수 있듯 에너지가 있다는 것은 그게 발산되면서 일어나는 좋은 면만 있는 거는 아니에요. 발산이 가져오는 충동과 방황, 내면의 갈등도 있고 그렇잖아요. 그런 게 고스란히 드러났던 시기인 거예요.
　그래서 위험하기도 했고 아프기도 했죠. 다행히도 그 시기에 무기력하게 멈춰 있지는 않았어요. 아프면 고치려고 노력을 해봤고, 상담을 가기도 하고, 글을 쓰고 싶을 때 방법을 찾아 투고도 하고 책도 내면서 뭔가를 해결하려고 움직였다는 자체가 스스로 대견해요. 하지만 지금 사십 대로 넘어오면서 삼십 대를 통과하고 있는 친구들을 보면 안타깝고 어렵겠구나 싶은 공감의 순간이 많아요. 제가 그랬으니까요.

문학 작가들이 삼십 대를 특별히 기록하는 마음은 알 듯합니다.

네. 제가 앞으로 살면서 어떤 기록을 더 갖게 될지 모르지만 삼십 대가 힘든 시기라는 사실은 분명합니다. 이십 대 때는 힘들기는 하지만 아직 뭔가를 완성해서 내놓지 않아도 되는 시기라는 점이 주는 안전선 같은 게 있는데 삼십 대는 최전선에 가 있는 느낌이었어요. 그 시기를 어떻게 통과하느냐에 따라 앞날이 많이 달라진다는 사실을 지나고 나서야 알았어요. 그래서 삼십 대에 놓인 사람들이 그 어려운 시기를 버티느라 어려움을 겪는 모습이 안쓰럽게 보이기도 해요.

"사는 건 시소의 문제가 아니라 그네의 문제 같은 거니까. 각자 발을 굴러서 그냥 최대로 공중을 느끼다 시간이 지나면 서서히 내려오는 거야. 서로가 서로의 옆에서 그저 각자의 그네를 밀어내는 거야."『경애의 마음』(창비)에 나오는 문장을 저는 작가님의 '삶의 그네론'으로 인상적으로 읽었습니다. 윗세

"내가 어떤 사람이고
쓰고 싶은 메시지가 있고
그래서 그것을 담아낼 뿐이지
세대나 특정 독자를 의식하지는
않는다는 것이죠."

대는 아마도 그네를 각자 발을 굴러 오른다기보다는 뒤에서 밀어주고 함께 상승하는 연대 의식을 추구했을지도 모르겠다는 생각이 들면서 일종의 세대 감각이 다른 것일까 싶었습니다. 동세대 감각을 절실하게 느끼실 때가 있나요.

세대론이 사회 분석에 있어 간명하기는 한데, 저는 세대론에 완전히 동의하지는 않아요. 저 자신이 무척 개인주의적인 사람이기도 하고요. 하지만 제가 경험한 성장을 그네를 타는 동작에 비유한다면 뒤에서 밀어주는 사람이 당연히 없을 거라는 게 전제되어 있었어요. 그것이 세대 감각인지 제 개인적인 성향인지 알 수는 없지만요.

그네를 밀어주는 상대가 없다는 걸 당연하게 체득하고 사는 사람이기 때문에 여러 명이 병렬적으로 서서 그걸 각자 미는 상태로 삶을 생각했고요. 그렇다면 자연히 그 높이를 따져가며 어쩔 수 없는 경쟁심을 느낄 수도 있겠지요. 하지만 가만히 보면 공중에 누가 먼저 오르고 누가 더 높이 오르느냐로 순서를 매겨봤자 결국에는 내려오게 되어 있거든요. 그러니까 내가 지금 조금 더 높이 올랐다고 해서, 그렇게 해서 어떤 이득을 취했다고 해서 그것이 영원을 보장하지는 않는다는 거예요.

여기서 세대론을 적용하자면 IMF사태의 혹독한 체험들이 작용을 했다고도 볼 수 있을 것 같아요. 그렇다면 인생에서 그때그때 얻어지는 소득이나 이득 들은 사실 모두 임시적인 것이 아닌가, 무엇보다 인생을 통으로 '안전히' 살아가야 한다는 생각을 하죠. 제 세대가 저와 비슷한 생각을 할 것도 같은데, 이런 면도 있을 것 같아요. 윗세대와 내가 뭐가 다른지를 별로 생각하지 않고 산다는 것.

제가 하는 일로 따져보자면 그냥 내가 어떤 사람이고 쓰고 싶은 메시지가 있고 그래서 그것을 담아낼 뿐이지 세대나 특정 독자를 의식하지는 않는다는 것이죠. 어떤 문학작품이 당대의 독자들에게 메시지를 전달하고 원하는 코드로 소통하는 것도 중요하지만 때로는 그것에 맞게, 그것을 의식하고 하는 작업 자체가 어떤 침해라고 느껴진다 할까요.

작가님의 작품을 읽는 독자의 이미지, 어떤 상을 떠올리지 않나요?

떠올리기는 하죠. 뭘 의식하느냐면 내가 지금 쓰려고 하는 이 글이 누군가한테 읽힌다는 전제는 항상 갖고 있지요. 글을 쓰기 시작하면 제 안의 개인적인 욕망들이 떠오르잖아요. 글이 그것을 실현시킬 수 있는 장이 되기를 원하는 '나'가 있고, 한편 그 욕망을 잘 억제하면서 이 글이 다른 차원으로 훌륭하게 쓰이게 하는 '나'가 있어서, 항상 경쟁을 하죠. 지극히 개인적인 아이와 같은 나를 눌러야 할 때, 달래야 할 때 그럴 때 독자들을 생각하죠. 독자들은 너의 전유물이 아니다. 그런데 어떤 얘기를 선택할 때 독자를 의식하지는 않지요. 대체로 맥락은 알 수 없지만 마음에 드는 장면이 떠오르면 그냥 그 장면에서 떠오르는 것들을 잘 써서 완성하는 방식이죠.

일상적인 풍경에서
미감과 행복을 느껴요

작가님의 작품에서는 상처를 들여다보는 특별한 시선이 있습니다. 어디에선가 말씀하신 대로 상처를 들여다보는 것과 그것에 잠식당하는 것은 다르니까요. 조직과 사람들에게서 고립되고 뒤틀린 인물에게 따뜻한 시선을 거두지 않는 작가님의 작품은 그래서 어둡다기보다는 빛이 느껴집니다. 특별히 애착을 느끼는 소설 속 인물은 누구일까요? 소설은 끝났지만 잘 살아줬으면 좋겠다는 소망을 품게 하는 그 인물은요?

누구랄 것도 없이 소설 속 인물들이 다들 잘 살아줬으면 좋겠어요. 저는 작업이 끝날 때쯤 되면 거기서 나오기가 아주 힘들어요. 왜냐하면 나오기 싫거든요. 보내기 싫어해요. 쓰는 동안 그 세계에 들어가 있는 것이 좋고, 나는 그들과 계속 있고 싶은데 끝나면 나와야 되잖아요.

독자도 어떤 소설을 다 읽었다고 쉽게 그 세계에서 빠져나오는 것은 아닙니다. 이제 현실 속의 내게 그 소설 속 인물들의 잔상이 남고 말을 건네지요. 연결된다는 느낌이 바로 그 여운일 텐데요.

쓰고 나서 그 소설의 세계에서 빠져나올 때 감정적으로 자극을 받아 울기도 합니다. 그러니까 소설 속 인물에 얼마나 애착이 많겠어요. 어느 도서관에서『경애의 마음』독자 만남 때 이렇게 말하는 분이 계셨어요. "경애가 작가님이시군요?" 그때는 아니라고 답했는데, 올해 1월에 이상문학상 관련한 일을 겪고 나니 제 안에서 경애 같은 기질이 있었다는 것을 알게 되었어요. 아닌 것은 아니라고 말하고 싶은 충동의 마음. 그래서 소설 속 인물들에게, 현실에서의 나는 미처 알지 못하는 나의 어떤 면들을 넣기도 했겠구나 싶었습니다. 제가 인생의 모든 면을 그렇게 살고 있는 건 당연히 아니지만 저한테 중요하다고 생각하는, 글 쓰는 일에는 특히 그렇죠. 경애가 회사에서 밀려나고 싶지 않았던 것처럼 절박하게.

그동안 저는 『경애의 마음』의 상수에 가까운 사람이라고 생각해왔거든요. 아웃사이더 기질이 있고, 괴짜 같은 면이 있기 때문에 그런 면이 투사가 됐다고 생각했는데, 상황이 달라지면 다른 면모가 드러나는 것이죠.

작가로서 산다는 건 작품 속 인물하고 아프게 헤어지고 다시 독자와 만나는 것일까요. 요즘 작가에게 요구하는 것들은 작품 발표와 책 출간 이후에도 팟캐스트, 독자 만남, 오디오북 낭독 등 다양한 형태의 활동입니다. 출판 자체의 층위도 다양해져서 단순히 종이책 출간을 전제로 작업하는 것이 아니라 여러 매체에 맞는 출판을 하고 있기도 하고요. 작가로서 이런 활동들이 버겁다고 생각하신 적은 없는지요. 이제 미래의 작가들은 더 많은 사회적 요구에 응해야 하는 상황을 맞이할 것도 같은데 말이죠.

요즘 독자들은 다르죠. 제가 십 대일 때, 그리고 문청일 때도 작가를 좋아해도 직접 만나고 싶다는 욕망은 그다지 없었어요. 한 작가의 작품을 읽고 나와 동일시하면서 너무 좋아했지만 그렇기 때문에 만날 필요가 없다고 생각했거든요. 나는 다 알아, 나는 그 작가의 글을 몇 번이나 깊이 읽어봤거든, 하는 겉멋 든 생각도 있었고요. 무엇보다 만나면 좋아하던 환상이 깨질 수도 있으니까요. 저는 그런 독자였는데, 요즘의 독자들은 작가들과 공유하고 싶은 게 많은 듯해요. 작가와 소통하고 싶어하는 독자들, 그런 관계 맺기가 중요해졌어요.

그러니까 친밀성에 있어서 이전에는 가족, 친구, 이웃 등 실제 거리가 중요했다면 요즘의 친밀감에 대한 인식은 다른 듯해요. 인간 사이의 거리 감각 자체가 다르달까요. 작가와 독자가 만나 그 친밀함의 정서를 공유하는 것은 새로운 시대의 관계 맺기라고 생각해요. 문학의 새로운 독자들이 가지고 있는 감각이 이러하니 작가들도 응하게 된다고 생각합니다. 시장의 논리니까 해야 한다, 서비스 차원에서 해야 한다기보다는 독자들이 갖는 그런 친밀감의 코드와 접촉하는 면이 있어야 된다고 생각하죠.

예를 들어 이전과 다른 관계 맺기라고 한다면 SNS가 있을 텐데요. 저도 독자들과 비슷하게, 혹은 동일한 방식으로 SNS에서 모르는 사람들과 무언가를 공유하는 데 익숙하잖아요. 이미 일상 속으로 깊게 들어온 문화인 것이죠. 단순히 독자의 요구로 작가들이 다양한 활동을 하는 것이 아니라 분명히 작가들이 가진 어떤 욕구와도 맞아떨어져서 움직이게 되는 것이라고 생각해요.

"작가와 독자가 하루를 만나
그 친밀함의 정서를 공유하는 것은
새로운 시대의 관계 맺기라고 생각해요."

문학에 대해 단순히 취향의 문제로 이야기할 수는 없지만 내가 좋아하는 작품은 물론 그 작품을 쓴 작가와도 무언가 공유하겠다는 마음은 이제 자연스럽게 받아들여지고 있습니다. 작가님도 인스타 등 SNS 활동을 하시고 계시죠. 모르는 독자와 작품 이야기 말고도 일상적인 어떤 취향을 공유하는 것이 불편하시지 않나요?

불편하다기보다는 힘이 될 때도 많은데, 좀 당황할 때가 있어요. 예를 들어 제가 무언가 물건을 산 사진을 올렸을 때, "어디에서 사셨어요?"라고 묻는 경우가 있는데 아직 거기에는 익숙하지가 않아요.

그건 그냥 누군가 산 제품의 취향, 일상적인 이미지를 공유하는 것이 아니라 어떤 소비 코드, 개인적인 정보 노출까지도 무심히 이루어질 수 있는 거잖아요. 아직 저는 그런 것까지 SNS상의 사람들에게 공개할 준비는 되어 있지 않고요. 그럴 때 내가 SNS상에서 어떻게 존재해야 하는가 싶은 생각이 들죠. 일상인인가, 작가라는 직업을 가진 사람인가. 정답은 작가라는 직업을 가진 일상인일 텐데, 그렇게 존재하는 법을 아직 익히지 못했달까요.

마음산책에서 출간하신 『나는 그것에 대해 아주 오랫동안 생각해』를 통해 김금희표 감수성, 삶의 균열에 대한 섬세한 포착과 위로로 독자층이 한층 넓어졌습니다. 온라인 매체인 <주간 문학동네>에 산문 연재를 시작하셨고요. 소설 외에 산

문이라는 장르, 또는 짧은 소설을 쓰실 때 에피소드의 선택이
나 이야기를 가르는 지점이 어떻게 다를까요.

제게 『나는 그것에 대해 아주 오랫동안 생각해』는 중요한 책입니다.
왜냐하면 단편에 단련돼 있는 작가들은 소설의 밀도를 굉장히 높게
잡기 마련이죠. 단편을 쓸 때 너무 힘들어서 도망가고 싶어요.(웃음)
그런데 짧은 소설의 경우에는 분량상으로 밀도의 기준이 어쩔 수 없
이 다를 수밖에 없더라고요. 제가 이 짧은 소설을 일간지에 연재했는
데, 마감 압박은 물론이고 분량을 정확히 지켜야 하는 규칙이 있으니
오히려 빨리, 밀도의 기준에서 자유롭게 쓸 수가 있었어요.

　제가 필라테스를 시작했는데, 우연히도 선생님이 제가 작가라는
것을 알게 되었어요. 문학을 많이 읽는 분은 아니었는데 제 작품 중
무엇을 먼저 읽어야 하느냐는 질문에 고민하다가 이 책을 추천했어
요. 독자들한테 흔쾌히, 조금은 즐겁게 내보일 만한 책이 되었어요.
짧은 소설집 출간은 좋은 경험이었습니다. 작가한테 어느 플랫폼이
냐 어떤 형식이냐는 것이 큰 영향을 준다는 점도 이 작업을 통해서
알았죠. 매력적인 장르였어요.

　제 기대보다 많은 독자분들이 좋아해주셨고요. 재밌는 것은 저를
만난 독자가 『나는 그것에 대해 아주 오랫동안 생각해』를 읽었다고
하면 친근한 느낌이 들면서 안도하게 되어요. 단편을 읽었다고 하면
어떤 평가가 따를 것이라는 긴장감이 있는데, 짧은 소설을 읽었다는
독자는 대부분 읽는 재미를 느꼈으리라 생각해서 마음 편해지죠. 제

가 그렇게 썼으니까요.

분량 차이도 있지만 단편과 짧은 소설의 에피소드 선택은 좀
달라지는 거겠지요.

보통 단편 같은 경우는 장면에서 착안해서 다른 장면들을 연결해서
쓰는 편이에요. 그런데 짧은 소설은 바로 그 장면을 잘 드러내기 위
해 썼어요. 명쾌한 편이죠. 이후 연결하는 고리나 더 얽히는 것이 없
으니까요. 그 장면이 떠오르면 스케치하듯이 끝내는 글쓰기였으니
단편보다도 훨씬 저를 덜 괴롭히면서 쓸 수 있었습니다.

산문 쓰기는 어떠신가요.

산문은 소설이 아니어서 또 부담스러운 면이 있어요. 분량상으로는
사실 짧은 소설하고 비슷하잖아요. 그런데 산문은 내 목소리이고 다
른 목소리를 통할 수 없다는 부담이 있습니다. 그리고 지나치게 신변
잡기인가 고민하게 되고요.

작가의 삶 자체에서 나온 이야기가 산문이 되니까요.

네. 요즘 말로 'TMI' 아닌가. 독자가 시간과 에너지를 들여서 이것까
지 알아야 될 글인가 싶은 고민이 들죠.

몇 해 전, 마음산책에 짧은 소설집을 계약하러 갔을 때 대표님이 그러셨잖아요. 산문은 독자가 그 작가라는 인물에게 궁금증이 생겼을 때 써야 하는 장르라고. 지금 생각해보면 너무 정확한 말인 거죠. 왜냐하면 나의 일상을 근간으로 해서 메시지 전달을 해야 하는데 저라는 사람의 코드가 궁금해야 그 글이 읽히는 거잖아요. 독자들 입장에서는 내가 이런 면들까지 알아야 되나 싶으면 바로 읽히지 않는 게 산문이라서 까다롭다고 느끼고 있어요.

산문 쓰기도 호흡이 필요하죠. 일상에서 글쓰기 원료를 얻어야 하니까요. 산문은 어떤 기법이 필요한 장르가 아니라 정직하게 쓰는 것, 생각을 명료하게 다듬는 것이 더 중요한 듯합니다.

네. 그 균형감 같은 걸, 아직은 잘 모르겠어요. 일상의 산문화, 일상에서 건져올린 생각들과 문학적인, 혹은 예술적인 톤의 이야기가 혼재된 채로 진행이 되어야 하잖아요. 그것들을 비유하자면 잘 말아야 될 텐데, 너무 날것의 일상 이야기만 하는 것은 아닌가 싶으면 주저하게 되지요.

소설이라면 어떤 극적인 사건을 토대로 상상력을 극대화할 수 있는데 일상에서 사건이란 게 흔하지 않다는 점을 생각하면 산문은 생각의 광폭을 확 넓혀야 되는 지점이 있더라고요. 산문에서 그 광폭을 넓히기란, 정말 작가가 가지고 있는 능력치를 확실히 보여주는

일상적인 풍경에서
미감과 행복을 느껴요

거구나 하는 생각이 들었어요. 특이한 모험을 일상에서 늘 할 수는 없지만 다양한 방식으로 특별한 모험의 생각을 해야 된다는 것이죠.

제가 메리 올리버의 『긴 호흡』(마음산책)을 서평 원고를 쓰느라 읽었는데요. 메리 올리버가 훌륭한 산문을 쓰는 시인인 것은 이미 알았지만 다시 한번 깨달았죠. 정말 훌륭한 사상가라는 사실을. 예술적 경험, 더 정확히는 예술을 창출하고 누리는 경험을 표현하기란 쉽지 않아요. 그 가운데에서 느끼는 환희, 전율, 혼란, 충만함 같은 것. 예술이 세상의 가장 복잡한 아름다움을 창작자가 혼신의 힘을 다해 전달해내는 것이라고 한다면, 바로 이 예술적 경험을 정확히 언어화할 수 있는 사람이 가장 어렵고 위대한 일을 해내는 것일 텐데 제게는 메리 올리버가 그랬어요.

쓰는 사람으로서 갈 길이 아주 많이 남았고 쓰는 것에 대해 더 '공부'해야겠다는 투지가 생겼어요. 사람이 이렇게까지 쓸 수 있구나, 하는.(웃음)

"나는 풀 위로 머리를 내민 백합에 얼굴을 가까이 대고 내 심장의 줄기로부터 즐거운 인사를 보낸다. 우리는 한 나라, 한 가정에 살고 있으며 한 램프에서 불타오른다. 모두가 야성적이고, 용감하고, 경이롭다. 우리는 아무도 귀엽지 않다." 특히 이런 자각. 자연 속의 우리가 귀엽지 않다는 메리 올리버 글은 다시 읽어도 서늘하죠. 그런데 메리 올리버의 삶, 일상이 이미 자연 속에 놓여 있어서 이런 글이 나왔는지도 몰라요.

젊은 작가들의 삶이 바닷가나 숲속에서 영위되지 않는 상황
에서는 문화적인 것들, 영상과 책 들에서 삶의 비의를 깨달을
수 있겠죠.

그렇죠. 도시의 일상은 다르죠. 전 영화를 지금보다 십 대 때 열광적
으로 봤고, 그때 본 영화의 잔상과 이야기가 소설에도 연결될 때가
많아요. 영화에 충분히 노출된 십 대의 축적된 무엇이 독자들과 공유
할 배경을 만들 때 큰 도움이 되죠. 영화나 음악은 보편적으로 우리
를 묶을 수 있으니까요.

　요즘엔 실용서를 많이 읽고 있어요. 소설에 필요한 자료로 읽는데,
무척 흥미로워요. 제가 지금 쓰는 소설에 법조인이 등장하거든요. 그
러면 법과 관련된 대학 교재까지 읽습니다. 그러면 세상에 전혀 다른
세계가 있다는 생각이 들고, 그게 좋아요. 그 책들에서 새로운 말을
알게 되면 마음이 흡족합니다.

　제주를 배경으로 하는 소설이라서 제주어에 대해서도 알아가고
있는데, 예를 들어 우리에게 '제육'이라고 하면 동물의 고기를 일컫
지만 제주에서는 그것이 생선 고기도 가리켜요. 삶의 조건이 만들어
낸 그 두툼한 '고기'에 대한 다른 인식 같은 것, 즐겁더라고요. 몰랐
던 세계의 차이를 알게 되는 것이죠.

　작업을 위한 책들을 주로 읽게 되니 순수하게 재미있게 읽을 책을
선택하기가 점점 어려워져요. 그래서 강제적으로 그런 읽기의 시간
을 확보해야 된다는 생각을 늘 하죠. 어느 순간에는 내가 쓰는 일을

**146**　　　　　　　　　　　일상적인 풍경에서
　　　　　　　　　　　　　미감과 행복을 느껴요

멈추고 읽기만 하는 시간이 오기를 바라게 돼요. 아마 모든 작가들이 하는 생각이겠죠.

시를 쓰고 싶다거나 아주 짧은 글, 아포리즘을 기록하고 싶은 생각은 없으신가요.

어렸을 때부터 산문 쓰는 것에 익숙했어요. 백일장을 가면 항상 산문 부였고요. 시를 쓸 수 있다는 생각을 한 적이 없어요. 대신 시집을 많이 읽어요. 농축된 말들이 좋지요.

개인적으로 친한 안미옥 시인과 안희연 시인을 좋아하고, 강성은 시인도요. 사실 안 좋아하는 시인이 드물어요. 시인들은 소설을 다 읽어내야 느낄 수 있는 예술적 아름다움을 대체로 단 몇 페이지로 구성해 안겨주죠. 마감이 막막해도 늘 글을 쓰고 싶다는 충동을 느끼게 해줘요. 시인들은 정말 대단한 것 같아요.

시인들은 '무용한 아름다움'을 노래하면서 소설가들에게 좋은 영향을 미친다는 것을 모를 거예요.(웃음) 시집 읽으시는 김작가님을 상상하니 기분이 고양됩니다. 하루를 어떻게 보내시나요. 전업 작가이신데요.

8시 정도에 일어나 뭔가 쓰려고 하죠. 저녁 6시 이후에는 가능한 한 쓰지 않습니다. 작년까지만 해도 오전에 글 쓰고 오후에 글 쓰고 저

녘에 글 썼더니 사람이 피폐해지고 글 쓰는 자리에 앉는 것이 공포가 될 정도였어요. 그래서 작년 연말부터 저녁에는 쓰지 않습니다. 주로 이른 아침에 카페에 가서 자리 잡고 씁니다. 번잡한 가운데 쓰는 것이 좋아요. 너무 조용하고 움직임이 적은 카페에서는 오히려 신경이 쓰여서 못 씁니다.

하아, 특이한 면이 있군요. 소란 속에서 글이 써진다니요. 음악이나 소음이 방해가 되지 않는 것인가요.

헤드폰으로 특정한 곡을 반복해서 들어요. 단편 하나를 쓰게 되면 그냥 우연히 만나지는 음악이 있어요. 제가 특별히 좋아하는 뮤지션이 있는 게 아니고, 뭔가 이 작품이랑 어울린다 싶으면 그 음악을 반복해서 듣게 되니 오히려 그 음악에 무감해지죠. 어수선한 상태, 누군가 떠나고 왔다 갔다 하고 몰려들고 하는 그런 곳에서 글 쓰는 게 더 좋아요.

넓은 유리창이 있어서 거리를 내다볼 수 있으면 최고죠. 오가는 사람들 보고 집중이 잘되어 글이 원하는 방향으로 흘러가고 있으면 너무 아름답고 극도의 미감을 느끼죠. 눈물이 날 정도여서 실제로 눈물이 나면 카페 주인의 눈치를 봐야 할 때도 있어요.(웃음) 저는 일상적인 풍경에서 미감과 행복을 느끼는 사람인 듯해요.

이렇게 열심히 쓰시는 작가님, 미래에는 어떤 모습으로 독자

"오래 쓰기 위해
나를 둘러싼 세계를 직접적으로
확장해보고 싶어요."

곁에 계실까요?

미래에도 글을 쓰고 있을 거예요. 다만 마흔다섯쯤 되었을 때 1년 동안 안식년을 갖고 싶어요. 아무것도 쓰지 않는 세월을 보내고 싶은 거죠.

오래 쓰기 위해 나를 둘러싼 세계를 직접적으로 확장해보고 싶어요. 요리나 식물 키우기 같은 일상의 일들을 더 열심히 할 수 있고 외국어 공부를 할 수도 있고요. 글을 쓰지 않고 일상을 살면서 새로운 방식의 지혜를 가져와야 되는 순간이 그때쯤이 아닐까 생각해요. 제 주변에서 글로 쓸 만한 사람들과 장면들을 계속 발견하는 행운을 지금까지는 얻었지만 그 행운이 여든까지 갈 것 같지는 않고요. 이제는 노력해야 된다고 생각해요.

그래서 앞으로의 삶이 어떻게 될까. 더 나은 글쓰기를 위해서 계획도 세우고 노력하고 싶어요. 어디까지 갈 수 있을지는 정확히 모르겠고 그런 능력이 있는지는 모르겠지만 좋은 작가들과 같이 바닷가를 거니는 상상, 제가 뒤에서 따라가더라도 내가 느꼈던 그 광폭의 인간의 마음 같은 걸 갖게 되면 좋겠습니다.

마흔다섯 살 해의 김작가님을 그려봅니다. 그리고 응원합니다.

변화가 분명히 필요한 시점이라고 생각해요. 그때에는 다른 인생의 페이지들을 가지고 있어야겠다고 생각하죠.

일상적인 풍경에서
미감과 행복을 느껴요

그 페이지들, 장면을 소재로 가져와 작품에 쓰는 것이 중요하다는 말이 아니고요. 어떤 작품을 쓰더라도 그것을 비춰볼 내면의 거울 같은 것을 다양하게 가져야 한다는 생각이 들어요. 그런 노력을 할 거예요.

김금희

소설가. 소설집 『센티멘털도 하루 이틀』 『너무 한낮의 연애』 『오직 한 사람의 차지』, 중편소설 『나의 사랑, 매기』, 장편소설 『경애의 마음』, 짧은 소설 『나는 그것에 대해 아주 오랫동안 생각해』, 산문집 『사랑 밖의 모든 말들』이 있다. 젊은작가상, 젊은작가상 대상, 신동엽문학상, 현대문학상, 우현예술상 등을 수상했다.

조경란

# 매일 네 시간을
# 반복하는 게 중요하죠

봉천동과 조경란 작가의 조합은 독자들에게 깊이 각인되었다. 이제는 '봉천동'이라는 행정구역상 지명은 사라졌지만 한국문학에서 인상적인 고유명사로 남아 있게 된 데는 조작가의 작품 덕이 크다. 두 사람이 앉으면 무릎이 닿는다고 알려진 조작가의 봉천동 작업실에서 인터뷰가 시작되었다. 무릎은 닿지 않았다. 깨끗하고 단정한 공간이었다. 분명히 읽었으나 내게는 없는 책들의 표지가 보일 때마다 반가워서 환호했다. 책들의 위치를 정확히 인지하고 있다는 작가는 드나들 때마다 "고맙습니다"라는 말을 작업실에 건넸다고. 10여 년 넘게 작가의 작품이 생산되는 곳. 1일 1커피, 1일 1맥주를 실천하는 공간.

마음산책에서 펴낸 독특한 산문집 『조경란의 악어 이야기』는 일본 방송 프로그램에서 그림만 저작권을 사와 조작가의 내밀한 이야기를 담았다. 저작권을 사오는 일도 쉽지 않았고 조작가를 설득하는 것도 어려웠다. 패기 있는 시절의 호기로움이 만든 책이었다. 여전히 봉천동이 소재인 작품을 쓰고 있다는 조작가는, 매일매일 살아가는 일이 중요한 사람들이 뿜어내는 활기, 사연 등에 끌리고 불가피하게 영향을 받는다고 고백한다. 이제 선물받은 운동화를 신고 봉천동 산책을 다니겠노라고 약속했다. 봉천동에서 한나절, 겨우 동네 냄새를 맡았을 뿐인데 왠지 맛을 알아버린 느낌이었다. 작품을 읽은 덕분이겠지. 문학의 힘이 이렇게 크다.

이런 작업실이라니, 보기 좋습니다. 정돈된 책들과 좋은 냄새가 반겨주네요. 두 사람이 앉으면 무릎이 닿을 정도로 작은 방이고 물과 맥주, 커피, 세 종류의 마실 것만이 있는 곳이라고 알려진 작가님의 미스터리한 작업실에 와보니 너무 안온한걸요.

바닥에 앉으면 진짜 무릎이 닿아요.(웃음) 이 작업실이 딸린 주택을 아버지가 지으셨으니 이 공간도 아버지가 만들어주신 셈이죠. 세 든 사람이 나가고 나서 작업실 찾을 여건이 안 되는 제게 어머니가 마치 남의 집인 것처럼 보여주셨어요. 처음 보자마자 복도에 책장 다섯 개를 놓을 수 있겠다, 한눈에 알겠더라고요. 책을 정리할 수 있다는 생각에 마음이 움직였는데, 방문을 열어보니 적어도 일곱 개 책장을 더 놓을 수 있는 공간이 보였죠. 내 형편에 여기보다 나은, 책을 안전하게 수납할 수 있는 데는 없다는 확신이 생겼습니다. 2007년 12월에 들어왔으니까 12년쯤 됐네요.

그 사이 변화는 거의 없는데 딱 한 가지, 소파를 나무 의자로 바꿨어요. 처음엔 푹신푹신한 소파가 좋았는데 피곤하면 자꾸 누워서 쉬게 되어 3년 전쯤인가 바꿔버렸습니다. 무력감 때문인지 책상에 앉는 시간보다 누워서 보내는 시간이 길어지더라고요. 이렇게 누워만 있다가는 정말 아무것도 못 하는 것 아닌가 싶었어요. 이 딱딱한 나무 의자에 앉으면 저절로 허리를 펼 수밖에 없고, 오래 앉아 있으면 어쩐지 명상하는 느낌이 듭니다.

책이 점점 늘어서 복도 지나가다 부딪혀서 떨어지고 그래요. 책이 늘었다는 것 외에 그대로이고 아주 가끔 와보시는 분들 중에서는 일부러 깨끗하게 해놓았느냐고 묻기도 하는데, 항상 이런 상태입니다. 커피 마시고 원고 쓰고 책 읽는 일만 하는 공간이니까요. 보통 자정이나 늦어도 두세 시쯤 집에 돌아갈 때 정리하는데 다음 날 오는 사람이 저라는 사실을 알고 있으니 깨끗하게, 내일 또 새 마음이다, 라는 느낌이 들도록 정리합니다.

여담인데요. 일본 어느 작가의 산문에서 읽은 걸로 기억하는데 일하는 공간이 있다는 게 너무 고마워서 들고 나갈 때마다 '오늘도 잘 부탁한다'고, 작업실에 인사를 한다는 고독한 아티스트의 고백이 인상적이었어요. 제가 12년 동안 써낸 작품들도 사실 이 좁은 공간에서 나온 거잖아요. 이 공간이 없었더라면 생활이 한눈에 다 보이는 집에서 써야 했을 텐데 아마 힘들었겠지요. 저도 여기 들고 나올 때 오늘도 일을 못 해서 부끄럽지만 고맙다는 마음을 늘 가지려고 하죠.

너무 소박한 공간이라 오늘처럼 다른 분이 와야 할 때 조금 부끄러운 마음이 들기도 하다가 이런 마음이라면 내 작업실이 슬퍼하겠구나 하는 생각이 듭니다. 나름대로는 연초부터 작품을 열심히 쓰고 있어서 작업실하고 저랑 언젠가는 잘될 거라고 생각해요.(웃음)

매일 네 시간을
반복하는 게 중요하죠

각을 맞추어 잘 정리된 책장과 쌓인 책들을 보면서, 필요한 책을 쉽게 찾으실 수 있겠구나 싶었어요.

찾을 수 있어요. 어디 꽂혀 있는지 다 기억하죠. 다만 복도의 저 책장 안쪽에 있는 책들은 뺄 수가 없어요. 그래서 이제는 그 책을 찾을 일이 생기면 새로 사죠. 새로 산다는 게 아깝지 않아요. 어떤 책이 다시 필요해서 읽어야 한다면 그 책이 읽을 만한 가치가 있기 때문이잖아요. 새로 산 책들은 제가 지도하는 소설 동아리 학생들에게 줍니다. 학생들에게 작은 도서관을 만들어주고 싶기도 하고요.

행정 지명으로서 봉천동은 이제 사라졌지만, 작가님의 인상 깊은 작품으로 문학 독자들에게 영원히 남게 되었습니다. 봉천동의 사람들, 봉천동의 가족은 작가님의 작품을 통해 이 삶을 견디는 우리에게 담담하게 건너왔죠. 앞으로 가족 이야기는 쓰시지 않겠다고 말씀하셨다고요?

가족들이 불편해했습니다. 제 소설에 가족의 이야기를, 그야말로 묻지도 않고 빌려서 쓴 것이 있으니까요. 가족 중에 소설가가 있다면 저 역시 그랬을 것 같아 이해가 되고요.

불편해하실 수 있겠습니다. 독자들의 큰 관심은 가족에게 불편을 끼칠 수 있죠. 여전히 봉천동 사람들의 삶에 녹아든 작가님의 이야기는 궁금해요. 작가님께 여전히 봉천동은 문학적인 모티프가 되어주는 거겠지요?

봉천동은 정말 많이 변했습니다. 봉천동이라는 지명조차 사라져버렸으니까요. 최근 사람들에게 꽤 알려진 '샤로수길'도 원래는 '봉로수길'로 불렸었어요. 봉천동의 받들 봉奉 자를 딴 거였는데요. 어느 틈엔가 서울대 정문의 모양을 빌려서 샤로수길로 결정됐어요. 제가 사는 동네는 행운동이 돼버렸죠. 도로명으로는 은천로라고 하는데, 이렇게 다 바뀌는 사연이 뭔가 아쉬운 거죠. 산동네였고 수재민들이 정착해 만들어진 동네가 봉천동으로 알고 있는데, 어떤 고정된 이미지들이 집값을 떨어뜨리고 지역구 발전에 도움이 되지 못한다고 결정한 것 같아요. 아쉬운 일이죠. 그러나 무엇을 바꿨다고 해서 다 지워지지는 않지요. 여기는 매일매일 살아가는 일이 중요한, 그러니까 오늘 장사를 해서 내일 먹어야 하는 생존이 걸린 삶이 펼쳐지는 시장이 활성화돼 있어요. 어떤 뿌리 깊은 활기가 있지요. 전통 시장 때문에 슈퍼마켓이 살아날 정도예요.

제가 산책을 다니면서 매번 느끼지만 작가한테 공간은 거의 결정적인 역할을 한다고 생각합니다. 공간이 미치는 영향은, 그 공간에서 어떤 생각을 하게 되는지까지 규정짓는 것 같고요. 그러니까 제게는 봉천동이 생각의 근원이 될 때가 많고 불가피하게 영향을 받는 것이죠.

몇 년 전부터 조사하고 있지만 제가 아직 시도를 못 하고 있는 소

매일 네 시간을
반복하는 게 중요하죠

"산책을 다니면서
매번 느끼지만
작가한테 공간은 거의
결정적인 역할을 한다고
생각합니다."

설 하나가 있는데요. 지하철 2호선 '서울대입구'역이 생긴 게 1983년
쯤이거든요. 제가 중학교에 입학한 때인가 그랬어요. 우리 동네에 지
하철역이 생긴다고 아버지께서 오늘 우리 한번 타보러 가자 했었어
요. 그때는 동네의 그런 변화에 관심이 없어서 아버지의 청에 응하지
않았지만 이제 와서 궁금해지는 거예요. 그때 지하철역이 놓이기 전
에 이 동네 사람들은 어떤 삶을 살고 있었을까. 지하철역이 생기기
전의 봉천동. 지하철역 없는 봉천동 사람들의 이야기가 너무나 궁금
합니다.

　　지하철 없는 세계, 오, 끌리는 주제인데요. 덜 번잡하고 덜 풍
　　요로운 마을이 상상이 되는 소설 주제예요. 봉천동 이야기는
　　끝이 없겠습니다.

그런 봉천동 이야기를 쓰고 싶고, 또 하나 궁리하고 있는 소설은 기
담인데요. 다른 지역으로 눈을 돌려봐도 결국은 관악구 기담, 봉천동
기담이 돼버리고 마는 거죠. 제가 아무리 관심을 넓혀봐도 저한테 가
장 직접적인 영향을 미치는 것이 관악구, 이 동네에서 벌어진 일이기
때문에 여기 이야기가 저한테 훨씬 크게 다가오는 거예요. 결국 관악
구 봉천동에 산다는 사실은 제게는 피해갈 수 없거나 자연스러운 운
명일지도 모르겠어요. 어쨌든 나는 여기서 거의 50년 가까이 살고 있
는 사람이니 이곳에서 일어나는 변화를 잘 지켜보고 기록할 의무가
있지 않을까, 하는 생각이 들어서 그런 작업을 성실하게 해보려고 합

매일 네 시간을
반복하는 게 중요하죠

니다. 없어진, 바뀐 동네 지명처럼 그러한 삶을 살았던 누군가의 이야기도 조명해보고 싶고요.

쓰는 이야기가 나와서요. 젊은 시절에는 가족의 어려움을 포함한 제 문제들이 너무 커서 다른 사회적인 면으로 눈을 돌리기 어려웠어요. 지금은 조금 달라진 것 같은데요. 가족의 문제는 어디에나 있고 제 문제가 그리 특별했던 게 아니었을지도 몰라요. 사소한 일로 크게 흔들려도 결국 결속력을 갖는 것이 가족이기도 하고요. 이전에는 가족들이 저 때문에 상처받는 것을 고려하지 않았어요. 이기적이었고, 이거는 작품이다, 나를 관통해서 나오는 또 다른 하나의 픽션이야, 라고만 생각했죠. 어느 시점인가 내 작품을 위해서 가까운 사람들한테 어떤 아픔이 되는 순간을 만들면 안 되겠다, 아무리 소설을 위해서라도 이것은 쓰면 안 돼, 라는 생각이 들기 시작했어요. 가까운 사람들의 이야기, 혹은 그들에게서 들은 이야기라도 말입니다.

그동안 나의 문제에 집착했기에 타자로 건너가는 시간이 좀 길었을까요. 지금은 저 자신, 혹은 한 사람에서 타자로 이어지는 어떤 교량에 대해서 생각하고 있어요. 아니 저보다 내 옆 사람, 타자, 그 익명의 안 보이는 타자의 옆 사람들에 대해서 말이죠.

이렇게 말을 하다 보니 무언가를 하나 건너갔다는 생각도 드네요. 처음에 너무 준비 안 된 채로 작가가 되어서 좌충우돌하다가 이십 대, 삼십 대를 지나며 서서히 변화했다는 것을 알게 되었어요. 이런 변화가 긍정적일지 아닐지는 알 수 없겠죠. 어느 면으로는 여일할지도 모르겠어요. 사는 문제로 고민하고 더 쓸모 있는 사람이 되지 못

"사람이 그 사람인 상태로
온전하게 존재할 수 있게 만들어주는 것,
그것을 작품에서 형태화하는 것이
중요하다는 생각을 해요."

해서 우울하고 불안하고요. 쓰는 일에는 게을렀지만 계속 읽지 않았다면 이만큼의 시선도 갖지 못했을 거예요. 아무튼 제게 일어난 분명한 변화는, 모르는 사람과 세상에 관심이 커졌다는 것입니다.

지금은 '가정 사정'이라는 주제로 연작 소설을 쓰고 있어요. 대체로 3인칭이고, 각 가정에서 일어나는 문제들, 보편적인 가족 문제들을 다루어요. 내 이웃의 문제이기도 하고 또 조금 더 긴밀하게 연결망을 이을 수 있다면 사회의 문제를 이야기해볼 수도 있는 연작소설입니다.

> 변화에 대해 말씀하셨으니 여성 서사에 대해서도 말씀을 듣고 싶어요. 데뷔작이자 표제가 된 첫 창작집 『불란서 안경원』(문학동네)의 그녀들과 근작 일곱 번째 창작집 『언젠가 떠내려가는 집에서』(문학과지성사)의 그녀들은 인물 캐릭터가 많이 달라졌어요. 고독과 두려움 속에서 폐쇄된 형태로 살았던 그녀들이 '모르는 사람들끼리'의 어떤 도모에 발을 담그는 변화가 흥미롭습니다. 작가님의 그녀들이 시대의 흐름을 읽고 있는 것일까요.

사실 그런 여성 캐릭터의 변화를 의도적으로 인지하고 있지 않았어요. 초기 작품의 여성들, 여성 인물은 아무래도 저한테 가장 가까운 형태, 어떤 문제를 공유하는 데서 나왔겠지요. 그 자신의 문제라기보다는 외부에서 가해지는 억압과 폭력적인 상황들 속에서의 여성. 그

매일 네 시간을
반복하는 게 중요하죠

때는 그 성별이 중요한 것이 아니라 한 사람이 어떻게 한 사람으로서 존재할 수 있을까라는 문제를 파고들고 싶었어요. 여성이 어떻게 여성으로서 존재하는가보다는 우리가 사람인 상태, 'human being'으로서 어떻게 존재하고, 'human being'으로 존재할 수 없게 만드는 외부에서 오는 문제들을 고민했던 것이죠.

여성 서사에 대해 작가로서 어떤 전략은 없었어요. 사람의 문제를 여성 남성을 구분하지 않고 고민했던 것 같아요. 우리는 다 사람이고, 약간 다르고 많이 비슷한데, 왜 서로에게 상처를 주는가 하는 문제였죠.

사람이 그 사람인 상태로 온전하게 존재할 수 있게 만들어주는 것, 그것을 작품에서 형태화하는 것이 중요하다는 생각을 해요. 그 점은 지금도 마찬가지인데 여성의 목소리가 더 확대돼서 나온 것은 저에게 훨씬 더 밀착돼 있기 때문이 아닐까 생각합니다. 여성의 힘을 믿고 있기도 하고요. 또 한 가지는, 제가 작가가 되었을 때부터 그런 말을 자주 한 적이 있어요. 목소리를 내기 어렵거나 억압받거나 어떤 힘에 의해 외면당한, 묻혀버린 사람의 이야기에 주목하고 싶다고요. 제가 찾아낸 그 목소리의 화자들, 존재들에 당연하게 '여성'이 많았던 것이지요.

그렇습니다. 작가님의 작품 인물은 압도적으로 여성이 많잖아요. 가장 빠른 이해, 깊은 이해가 가능한 존재이기 때문일 거라고 생각합니다.

즉각적으로 연기할 필요도 없고, 온 힘을 다해서 상상력을 발휘하거나 연구할 필요가 없는 거였죠. 그러지 않아도 여성으로 늘 문제가 있어왔고, 해야 될 이야기가 있으니까요. 절실하고 필요하다고 느낀 이야기들 말입니다.

누군가의 아내, 엄마, 조직원이 아닌 오직 작가로서만 살겠다는 다짐의 말을 하신 적이 있어요. 어떤 슬럼프가 있고 삶에 지칠 때 작가로서만 살겠다는 이 선언이 힘을 줄 수 있을까요.

한 가지 제가 지키지 못한 약속이 있다면, 제가 어떤 조직에도 속하지 않는다고 했는데, 겸임교수는 괜찮은 거죠.(웃음)

앗, 겸임교수는 작가이시기에 가능한 것이니 괜찮다고 생각합니다.(웃음) 지금 어느 대학에서 강의하시나요?

숭실대학교와 중앙대학교에서 겸임교수를 하고 있어요. 여전히 문학을 공부하고 싶어하는 학생들이 이 시대에 참 소중하게 느껴집니다. 물론 수업시간에 그런 표를 내지는 않지만요.(웃음) 그렇다면 선배로서 문학에 대해 알고 있는 것들을 알려줄 필요가 있다고 생각해요. 작가로 성공하는 법, 작가가 되는 법이 아니라 작가가 되고 싶은 것과 실제 작가가 된다는 것은 얼마나 다른지 말해주기도 하지요. 그것이 덜 실패하는 데 도움이 될 것이라고 생각합니다.

매일 네 시간을
반복하는 게 중요하죠

또한 제가 소설 쓰기에서 실패했던 경험과 과정을 이야기해주는 것이 후배들을 위해서 해줄 수 있는 작업이라고 여기고 있어요. 소설 쓰기는 앞이 보이지 않는 일이고 잘될 거라는 보장도 없는 일입니다. 자신이 좋아서 하지 않으면 불가능한 작업이고요. 그러나 소설 쓰기의 가치는 바로 그것에도 있지 않을까 합니다.

제가 수업에서 무엇보다 강조하는 것은 읽기와 듣기입니다. 정말 훌륭한 문학작품들이 많잖아요. 그것을 함께 읽고 토론하는 시간의 가치를 서로 느끼는 거지요. 소설가가 되든 그렇지 않든, 그런 시간을 인생의 어느 일주일에 세 시간 공유한다는 것은 축복이라고 생각해요. 이 일 외에는 다른 일은 전혀 떠오르지 않아요. 작가로서만 살겠습니다.


덜 실패하는 데 도움이 되는 수업은 어떤 방식일까요.


매주 작품을 정해서 읽어요. 학생들이 읽어오느냐고 묻는 분들도 있는데 100퍼센트 읽어옵니다.(웃음) 읽고 노트에 정리도 해와요. 그렇지 않으면 토론이 불가능한 수업을 만들려고 하고 있거든요. 제 경험이지만 무언가를 쓰고 싶어하는 사람들은 자신이 읽은 것에 관해서 말하고 듣고 싶어합니다. 물론 장편 수업은 따로 있어요. 단편은 어떨 땐 두 편씩 읽고 오게 하고요. 그런데 정말 열심히들 해요. 그런 것이 저한테는 즐거운 충격이죠.

**학생들의 독법은 작가님과 많이 다른가요? 생산적인 토론이 가능한지요.**

많이 다를 때가 있죠. 깜짝깜짝 놀랍니다. 제가 작품에 대해서 이런 이야기를 하리라 준비하고 갔다가 제 생각을 수정할 때가 있어요. 학생들과 토론하며 제가 깨닫게 되는 셈이랄까요. 강의 총정리를 하며 오늘 내가 이 수업에서 발견한 건 무엇이다, 라고 밝힙니다. 저도 배우는 게 많습니다. 저는 텍스트를 제시할 뿐이고 그 시간은 공유의 시간이 되는 것입니다.

**이십 대 문학청춘들과의 토론이 작가님께 신선한 자극이 되고 있는 셈이네요.**

조금은 농담인데, 가끔은 제가 더 좋은 작가가 되어야지 하는 욕심이 나죠. 아니, 의욕이라고 할까요. 내가 왜 이렇게 장편을 오랫동안 못 쓰고 있을까 싶을 때요. 장편 쓰다가 엎은 게 두 편인데 거의 다 써놓고 실패에 대한 불안감 때문에 끝을 내지 못했거든요. 이제는 실패도 내 몫이다, 라고 여기게 됐어요.

 너무 두려워하지 말고 천천히 지금 하고 있는 경장편을 열심히 쓰자는 생각, 실패해도 책임은 내가 지고 그다음 작품은 그것보다 조금 나은 거 쓰면 되지, 이렇게 겁을 집어먹은 채로 살다가는 아무것도 안 되겠다는 생각을 합니다.

매일 네 시간을
반복하는 게 중요하죠

또 다른 생각은 책을 출간하고 나서 실물을 만져보면 말할 수 없는 뿌듯함과 충족감이 들어요. 한편 아쉬움도 있잖아요. 그러면 다음 책을 위한 마음의 자세가 달라져요. 지속적으로 걸어가는 작가가 되고 싶다는 마음이 듭니다. 첫 번째는 제자들이 있으니까 더 좋은 선생의 모습을 보여줘야 되는데 수업을 잘하는 것만큼이나 현장에서 꾸준히 활동하는 선생의 모습도 필요하겠다는 생각도 들고요.

또 한 가지는 제가 열심히 키웠던 조카들이 청소년이 되거든요. 이제 이모가 뭐 하는 사람인지 알아버린 거예요.(웃음) 이모 책도 읽고 단편이 발표되면 계간지도 읽는 조카들을 위해서 좋은 작가가 되어야지 생각했어요. 미래의 독자이기도 하니까요.

궁극적으로는 이 모든 것들이 저 자신을 위한 것일지도 모르겠어요. 거대한 욕심들을 포기하고, 시선을 내 문제에서 타인으로, 바깥으로 보내면 조금 더 나은 작품을 쓸 수 있지 않을까 싶습니다.

그러나 이런 마음이 24시간 내내 드는 게 아니잖아요. 문제는 의욕인데, 어느 날은 의욕이 있었다가 어느 날은 일주일에서 한 달 의욕이 실종되기도 해요. 그런 날들의 균형 감각을 잘 유지하는 것이 어렵고 중요한 일이에요.

그리고 실제로 작품을 쓰는 일보다 쓸 수 있는 환경을 조성하고, 시간을 내는 것, 컨디션을 유지하는 것 역시 중요하고요. 책상 앞에 앉아서 글이 안 써진다는, 저의 변명을 용납하지 않으려고 해요. 원고를 시작하면 매일 저녁 6시부터 10시까지는 그냥 책상 앞에 노트북을 켜놓은 채로 앉아 있죠. 그러다가 진짜 아무것도 못 쓰기도 합

"그래서 소설은 질문, 산문은 발견이다.
이것을 잊지 않으면 쓸 수 있고
읽을 수 있겠다 하고 여기게 되었습니다."

니다. 못 쓰기도 하지만 최소한 몇 문장, 스케치라도 하게 되잖아요. 같은 시간에 그 네 시간을 매일 반복하는 것. 중요한 것은 바로 그 반복이라고 생각합니다. 쓸 수 없는 것과 쓸 얘기가 있는데 안 써지는 것은 다른 이야기입니다. 안 써져, 쓸 게 없어, 이런 변명들은 저 자신한테는 하지 않기로 했어요. 한평생 인내와 어떤 묵묵함 같은 게 필요한 직업이라고 여기고 있으니까요.

글쓰기 루틴, 작품 쓰는 방식을 말씀하셨으니 이제 글쓰기 장르에 대해서 여쭈어요. 마음산책에서 2003년에 『조경란의 악어 이야기』를 내셨습니다. 첫 산문집이었지요. 그때 산문집을 제안하는 저에게 상당히 단호한 목소리로 말씀하셨어요. '산문을 쓸 여력이 없다. 나는 소설가다.' 제안을 거절하신 셈인데 여러 상황을 거쳐 좋은 산문 원고를 받을 수 있었습니다. 등단 26년 동안 세 권의 산문집을 출간하셨는데, 마음산책은 첫 번째, 세 번째 산문집을 낸 출판사가 되었지요. 독자들은 산문을 통해 작가님을 더 이해하고 좋아하게 된 것이 분명한데 산문이 삶이라면 소설은 이야기다, 라는 것이 맞는 말일까요?

요즘은 산문에 호감을 갖고 있어요. 왜 산문이 쓰고 싶을까, 나는 왜 산문을 읽을까 하는 생각을 정리하는데 결론부터 말씀드리자면 저는 산문집을 지금보다는 더 쓰려고 해요. 소설은 사실 독자한테 가닿고 읽고 뒤돌아서도 바로 일상으로 들어가지 않기를 바라죠. 이 소설이 무엇을 말하려는 것일까, 어떤 질문을 하려는 것일까, 독자가 스스로 묻고 답하기를 바랍니다. 어쩌면 예나 지금이나 제가 소설을 너무 고지식하게, 어렵게 생각하는 것은 아닌지 모르겠어요.

독자 입장에서는 여운이 길고 작품의 질문에 대한 답을 오래 생각하게 만드는 소설이 좋긴 합니다.

네 그렇죠. 그렇다면 산문은 뭔가, 왜 산문 쓰기는 이렇게 주저하게 되는가 싶은데 산문이 진짜 헐벗은 고백이기 때문이에요. 그런 고백을 할 요량이 아니면 시작하면 안 되는 것 같아요. 제가 독자로서도 산문집을 읽다가 글쓴이가 고백을 하려다 말았다, 감추면서 쓰네, 이런 게 느껴지면 그 책은 진실되지 못하게 남거든요.

그러니까 산문이 더 어려운 것은 뭘 형상화한다, 재구성한다, 구현한다, 이게 아니라 날것 그대로의 고백을 해야 되는데 이 고백이 왜 필요한가, 내 고백이 독자에게 어떤 의미가 있는가라는 질문을 또 해야 하죠. 우리는 어딘가 상처와 아픔이 있는 나약한 사람일지도 모른다는 점에서 그런 고백의 공유가 필요하다는 생각이 들었어요. 제가 산문집을 많이 찾아 읽는 이유일지도 모르겠지만요.

나의 체험, 고백을 공유할 수 있는 문학 장르. 그것이 아픔이라면 아픔일 수 있고, 어떤 즐거움이라면 즐거움일 수 있는 산문을 독자들이 읽는다면 위로가 될 수도 있겠다는 것이죠.

매일 네 시간을
반복하는 게 중요하죠

소설은 질문을 던지고 산문은 고통이든 즐거움이든 발견하게 하는 장르가 아닐까요. 내 시각으로 발견한 것들을 공유할 수 있다면 좋겠습니다. 그래서 소설은 질문, 산문은 발견이다. 이것을 잊지 않으면 쓸 수 있고 읽을 수 있겠다 하고 여기게 되었습니다.

2005년 프랑크푸르트 도서전 주빈국이 한국이었죠. 그때 전시장을 방문했던 저로서는 작가님의 얼굴이 크게 프린트된 포스터를 곳곳에서 발견하고 신기해하며 놀랐던 기억이 생생합니다. 한국 작가를 세계인이 만난다는 서막을 여는 느낌이었는데 이후 실제로 여러 나라에서 작가님 작품이 번역 출간되었죠. 작가님의 활동도 폭넓게 이루어졌죠? 작가님이 만난 외국 독자의 소감들, 그 정서가 궁금해요.

외국 독자들이 문장에 관한 이야기를 많이 해요. 번역문을 보고서도 문장 이야기를 하는 것이 흥미롭죠. 2005년에 운 좋게도 제 작품이 독일어로 두 권이 번역되어 나온 시기라서 프랑크푸르트 도서전 때 홍보를 했어요. 「나는 봉천동에 산다」와 『코끼리를 찾아서』(문학과지성사)가 번역되어 나왔는데, 『코끼리를 찾아서』의 독일어 번역본 제목은 『코끼리가 어떻게 내 방에 들어왔는가』였어요. 아주 미묘하고 내밀한 개인의 이야기를 읽는 외국 독자가 있다는 게 고마운 일이죠. 최근에도 외국에서 독자 행사에 참여하고 돌아왔는데, 제가 등단 때부터 써왔던 주제인 가족 문제가 국경 밖에서도 독자들이 가장 흥미를 느끼는 주제 같았어요. 가족 문제는 항구불변의 주제라는 생각과 동시에 가족의 이야기만 나오면 모든 독자가 다 같이 한 공간 한 순간 속으로 빨려드는 듯한 그런 느낌이 신기했어요. 인생사의 영원한 문제죠.

사실 외국 독자를 만나고 책이 번역 출간되는 등의 결과를 어떤 성과와 연결하는 것은 아직 이르지 않을까 싶습니다. 저의 경우에는 말입니다. 금세 성과가 날 수 없기도 하거니와 이제 10년 조금 지난 동안의 노력이 있었는데 크게 바랄 수는 없다고 생각해요.

저의 미국 에이전시에서는 제게 지속적으로 장편을 요구합니다. 그러면 저는 지금 나는 단편을 쓰고 있다, 그러니 단편집을 먼저 컬렉션 형태로 출간할 수 있게 알아봐달라고 답합니다.

저는 예전부터 앨리스 먼로의 팬인데 이 작가가 노벨문학상 받았을 때 무척 기뻤죠. 팬으로서 그녀의 모든 작품을 소장하고 있기도 하고요. 노벨문학상 수상 당시 국내 매체에 저도 흥분한 상태로 서평을 쓰기도 했어요. 단편으로써 한 세계를 구축한 작가들을 남달리 좋아하는 저로서는 의미 있고 가치 있는 단편을 쓰고 싶어요. 또한 레이먼드 카버가 "나는 단편소설로 이렇게 멀리까지 갈 줄 몰랐다"라는 말을 했는데, 단편소설로도 아주 멀리까지 갈 수 있다는 점을 보여준 훌륭한 작가들을 바라보며 외국에도 저의 단편들이 번역되기를 바라죠.


외국 독자들이 문장을 이야기하는 것이 이해가 됩니다. 시구

매일 네 시간을
반복하는 게 중요하죠

처럼 단단한 문장들요. 작가님의 시 읽기는 소문났잖아요. 거의 모든 시집을 읽으신다고요. 작가님 소설에서 종종 시구를 발견합니다. 소설의 문장에서 시를 발견하는 셈인데요. 어떤 문장은 운율이 살아서 입에 착 붙을 때도 있어요. "그 밤에 복어의 뼈가 말했어. 온 몸으로 밀고 가야만 하는 삶이 있다고. 복어의 눈이 말했어. 소중한 것이 사라지기 전에 똑바로 봐야 할 것이 있다고" 소설 『복어』(문학동네) 속의 문장은 운율이 살아 있죠. 최근에 읽은 시집은 무엇인가요.

한 권을 꼽는다거나 한 명의 시인을 이야기하는 것은 불가능해요.(웃음) 몇 개월 전에 외국 독자 행사에 시인 세 분과 동행했는데, 그중의 한 분이 이제니 시인이었어요. 제니 씨가 시 낭독을 하는데 되게 좋더라고요. 돌아와서 다시 시집들을 펼쳐 읽다가 오랫동안 생각한 게 「왜냐하면 우리는 우리를 모르고」 그 시였는데 영영 그런 슬픔이 사람과 사람 사이에 남지 않을 방법에 대해서 소설로 쓰고 싶다는 생각을 했어요.

그 시도 추천해드리고 싶고, 뭘 찾아보다가 오래전에 읽었던 시인데, 나희덕 시인의 「동작의 발견」을 최근에 다시 읽었죠. "살아가는 것, 생은 도약이 아니고 회전이다"라는 구절이 있는데, 나이 들어야 쓸 수 있는 시구나, 이런 생각을 했어요. 두 시인의 시들을 다시 읽었고요. 최근 루마니아 시인 제오르제 바코비아George Bacovia의 시집 『납』(문학과지성사)도 다시 읽었어요.

시 이야기를 할 때, 이토록 눈빛을 빛내는 작가님. 왜 시인이 되지 않으셨나요. 그 유명한 에피소드로 전해지는 김혜순 선생님의 조언으로 소설을 쓰시게 된 건가요.

그 조언이 저를 결국 소설가로 만들었지요. 제가 최근에 학교에 서류 제출할 일이 있었어요. 대학교 성적표를 제출해야 하는데 학기별로 성적이 다 나와 있는 거예요. 제가 봤더니 소설은 아닌데 시 특강, 시 창작 실습 전부 A+인 거예요. 그러니까 시인이 되려고 학교에 들어가서 정말 열심히 강의 듣고 썼구나 싶었죠. 물론 1학기 때 김혜순 선생님 시 수업에서는 점수가 낮았지만.(웃음)

지금 생각하니 시인보다 시를 읽으시는 소설가가 되신 게 독자로서 좋다는 생각이 드는걸요.

제가 매일 하는 일이 두 가지 있다고 말하곤 했어요. 일기 쓰기와 시집을 읽는 일. 그런데 이제 일기는 매일 안 쓰거든요. 일주일에 한두 번 쓰는데 시는 정말 매일 읽죠. 좋은 시인들이 언어를 능숙하고 효과적으로, 군더더기 없이 다루면서 삶의 틈새를 보여주는 방식을 매일 배우고 싶습니다. 그리고 저는 지금도 시가 언어의 정수라고 생각하거든요. 시집은 읽었던 거 또 읽어도 새롭죠. 김행숙 시인의 시도 무척 좋아하고 지난여름에 읽은 이수명 시인의 『물류 창고』(문학과지성사)도 좋았고요.

매일 네 시간을
반복하는 게 중요하죠

**혹시** 시집을 내실 생각도 있으신 건가요.

시에 관해서는 아주 열렬하고 애정이 넘치는 독자로서만 만족하겠습니다. 그러나 여전히 신춘문예 때가 되면 가슴이 뛰는 건 어쩔 수가 없네요. 저는 제가 소설에 관해서 어떤 재능이 없이, 많은 점이 부족한 채로 작가가 되었다는 점을 늘 잊지 않고 있습니다. 이웃과 주변에서 일어나는 일들을 보다 주의 깊게 보려고 합니다. 더 읽고 생각하고 발견하면서 어쩌면 이전보다 부지런히 써야 할 때가 왔는지도 모르겠어요.

조경란
소설가. 소설집 『불란서 안경원』『나의 자줏빛 소파』『코끼리를 찾아서』『국자 이야기』『풍선을 샀어』『일요일의 철학』『언젠가 떠내려가는 집에서』, 중편소설 『움직임』, 장편소설 『식빵 굽는 시간』『가족의 기원』『우리는 만난 적이 있다』『혀』『복어』, 짧은 소설 『후후후의 숲』, 산문집 『조경란의 악어 이야기』『백화점』『소설가의 사물』 등이 있다. 문학동네작가상, 오늘의 젊은 예술가상, 현대문학상, 동인문학상, 고양행주문학상 등을 수상했다.

하성란

# 요즘 '한 사람'을
# 깊이 생각해요

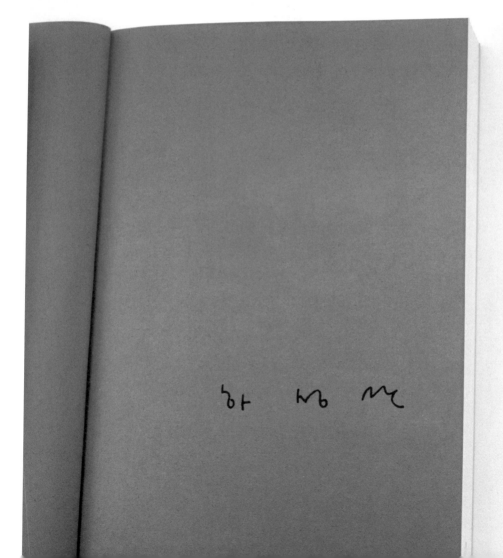

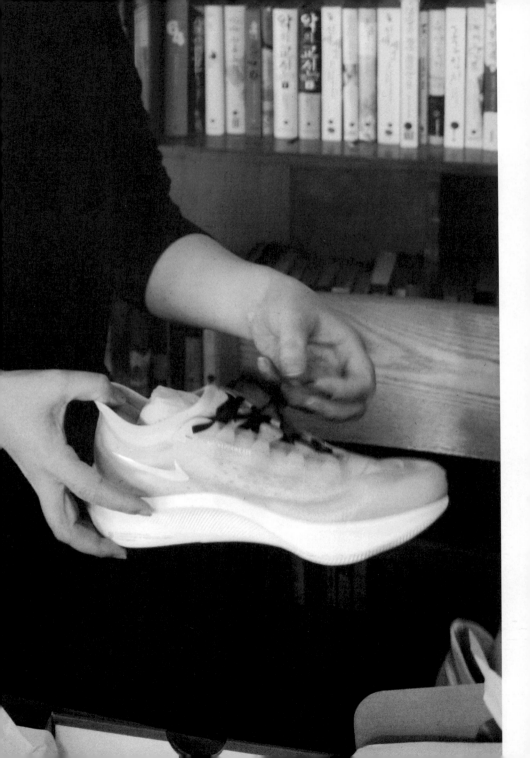

짧은 기간이지만 문학과지성사 편집자였던 하성란
작가는 그때부터 지금까지 홍대 앞에 머무르는
인생이라며 웃었다.

홍대 앞 카페에서 크고 동그란 눈을 반짝이며
어수룩하게 묻는 질문에 성실한 답을 해주었다.
내 머릿속에 각인된 하작가의 이미지는 어린
딸과 함께 웃던 흑백사진 속의 선한 모습이었다.
잡지에 실린 그 사진은 내가 하작가의 문제작,
유치원생들의 참사를 그린 「별 모양의 얼룩」을
읽기 전이었다. 젊은 엄마, 작가로서 삶의 무게나
자긍심이 느껴지는 사진이었는데 마침내 그 작품을
읽고 나서는 사진 속 모습이 '세상 모든 엄마'에 대한
이미지로 굳어졌다. 세상의 기쁨과 아픔을 예민하게
감각하며 공감의 힘으로 세상의 물결을 헤쳐나가는
세상의 엄마들. 생명을 기르고 끌어안은 그 품에서
풀려나올 이야기들은 언제나 새롭고 하염없다.
'마이크로한 묘사'로 유명했던 초기 작품들로
다시 돌아갈 수는 없다는 하작가의 음성에는
결연함보다는 강물처럼 유연한 태도가 보였고,
문학의 다양한 길에 대한 희망은 숨길 수 없었다.

현재 편집 기획 일을 소설 작업과 병행하고 있는
하작가와 출판 이야기를 나누는 일은 흥미로웠다.
창작과 편집, 출판산업 전반에 대한 이해를 안고
편집자를 배려하는 하작가의 마음이 엄마의 품과
같았다. 운동화를 받아든 작가의 표현은 "운동화
뒤축을 보니 한 척의 배 같아요"였다. 배를 선물한
느낌에 돌연 신선해졌다.

작가님 소설을 기다리고 있는 2020년입니다. 올해 작가님의
첫 책은 『사막의 꽃』(섬앤섬)의 '와리스 디리'에 대해 엮은 『와
리스 디리』(섬앤섬)인데요. 널리 알려진 그의 삶을 지금 시점
에서 다시 돌아보며 여성과 인권의 문제를 깊이 새길 듯합니
다. 작업하시게 된 배경이나 출간 이야기를 듣고 싶어요.

와리스 디리를 통해서 여성할례의 참상에 대해 알게 되었어요. 어
린 여자아이들에게 그 일을 하는 이들이 다름 아닌 그 아이들의 가
족, 어머니라는 사실에 놀라고 화도 났었지요. 기회가 될 때마다 그
참상에 대해 이야기를 나누었고 지면에 짧게 글을 쓴 적도 있습니다.
2018년 와리스 디리가 한국의 '선학평화상'을 받게 되면서 다시 그
에 대한 재조명이 필요하다고 생각하던 차에, 마침 그 이야기를 엮을
사람을 찾고 있다는 소식을 아는 분께 들었어요. 오래전부터 그의 용
기와 행동을 동경해왔던 터라 주저할 필요가 없었어요. 저는 그동안
소설뿐 아니라 산문과 인터뷰 글 등을 쓰고 원고료를 받아 생활해왔
으니까요.
　와리스 디리를 직접 만나서 새로운 이야기를 엮으면 제일 좋았겠
지만 이미 그가 쓴 두 권의 책이 있으니 그 책들과 인터뷰들을 자료

삼아 엮었어요. 『사막의 꽃』과 『사막의 새벽』(섬앤섬)을 읽던 독자의 입장에서 벗어나 찬찬히 그의 삶을 들여다보면서 새롭게 느끼게 된 건, 그가 느꼈을 죄책감과 고독이었어요. 자신에게 그런 일을 한 어머니는 죄인이 아니었죠. 딸이 좋은 신랑을 만나게 하려면 그렇게 해야만 했죠. 그곳 사람들이라면 누구나 다 그렇게 했으니까요. 하지만 그는 여성할례에 대해 알리면서 부모와 자신의 종족의 믿음에 반대되는 말을 해야 했죠. 글을 엮고 난 뒤에 그에 대한 존경심이 더욱 커졌어요. 단 한 사람이었죠. 나이 든 노인과의 결혼을 피해 먼 나라로 도망친 한 여자아이, 바로 그 한 사람의 용기가 많은 소녀들의 목숨을 살리게 된 거죠. 요즘 그 '한 사람'에 대해 생각해요. 그 외로움과 그 힘에 대해서요.

<u>외로</u>움과 힘을 느낀다는 건 그 한 사람을 깊이 끌어안으신 것이네요. 10년 전 어느 인터뷰에서 "마흔을 넘겼으니 장편소설을 많이 쓰겠다"고 하셨어요. 소설 속 인물들에게 연민을 가지고 긴 이야기를 만들고 싶다시면서요. 그 후 10여 년 동안 장편소설이 출간되지 않아 몹시 궁금합니다. 올해 장편소설이 출간되는 것인가요.

지금은 그 결기조차도 흐릿해졌지만 그 무렵 문득 파르르 그런 각오를 했어요. 아마 장편소설 『A』(자음과모음)를 연재하고 출간한 뒤였을지도 모르겠어요. 몹시 피로했고 회의가 몰려왔지요. 등단 후 10여

요즘 '한 사람'을
깊이 생각해요

년 바쁘게 글을 쓰고 책으로 묶어냈었어요. 뒤를 돌아볼 여력이 없었지요. 그때쯤 기획과 편집 일도 시작하게 되었고요. 그 당시 제 상황을 「어떤 날 엄마」라는 산문에서 풀어낸 적도 있었는데, 딱 그랬어요. 업은 아기는 보채고 치마끈은 풀렸고요.(웃음) 그렇게 연재한 소설이 『A』였고 책으로 묶어냈을 때에도 여전히 아쉬움이 남았지요. 아쉬움이 남지 않을 때까지는 절대 책으로 묶지 말자, 그렇게 생각했어요. 그런데 어느새 그런 결기도 사라지고 말았네요. 그 사이 세 편의 장편을 연재했어요. 쓰고 있었으니 불안감은 없었어요. 쓰는 동안은 제 일을 하고 있는 거니까요. 그게 더 중요하다고 생각했고요.

올해 연재했던 소설 중 한 편이 출간될 예정이에요. 작년부터 오래전에 썼던 『여우 여자』를 수정하고 있는데, 중심인물들이 열 살을 훌쩍 먹어버렸지요. 쓰는 저 자신도 기성세대가 되어버렸고 인물들의 나이를 조정해야 할뿐더러 배경 또한 달라져서 곤혹스러움에 처했어요. 다행스러운 것은 소설 속 주인공이 500년을 산 여자예요. 빠르게 돌아가는 세상 속에서 그녀도 순간순간 곤혹스러움에 처했겠지요. 그걸 조금은 알게 되었달까요.

이런 고백을 들으니 마음이 먹먹하네요. 독자들은 책이라는 형태가 아니면 작가의 글을 독립된 작품으로 인지하기 어렵죠. 작가가 글을 쓸 수밖에 없는 존재라면, 책은 자연스럽게 그 성과물이 되는 것이죠. "쓰는 동안은 제 일을 하고 있는 것"이라는 분투의 말씀이 독자에게 어떻게 잘 전달될 것인가,

"묘사의 힘에 대해 조금씩 배우게 되면서,
등단작인 「풀」을 시도해볼 수 있었지요."

책 만드는 사람으로서 새기게 됩니다. 연재하는 것과 책을 내는 일은 다르죠. 독자에게 책이 당도하기 전까지는 작가의 신작은 없는 셈이거든요.

네, 지금은 그때 그 생각이 짧았다고 반성하고 있습니다. 욕심만큼 흡족한 글을 써내지 못했다는 생각에 한계를 느낀 것은 물론 다른 여러 고민들까지도 얽혔던 게 아닌가 싶어요. 캐나다의 작가 앨리스 먼로의 소설들을 읽으면서 생각했어요. 단편소설의 세계를 확장시킨 작가이지만 결국 그 작가가 장편소설에 욕심을 낸 적은 없었을까. 작가 연보를 읽고 있다 보면 그녀 또한 주부와 어머니로서 격무에 시달리고 있었을 거라고 짐작되지요. 지금보다 훨씬 더했으면 더했겠지요. 앨리스 먼로까지 끌어들이다니, 뭔가 구차한 변명처럼 느껴지네요.(웃음) 다시 말씀드리자면 소설 한 편 한 편에 더 공을 들이고 싶었달까요. 아무래도 연재 때는 마감이 있고 쫓기듯 글을 마무리해야 할 때가 많으니까요.

『여름의 맛』(문학과지성사) 작품을 읽은 후 여름이 되면 복숭아 과즙을 묘사한 작가님의 문장들이 떠오를 때가 많아요. 장례식에 가게 되면 "우리를 움직였던 생명은 누군가 한 모금 깊이 빨고 천천히 뱉어내는 담배 연기처럼 가느다랬다"(『A』)의 감각이 전달되고 옛집 마룻장에서 나는 소리를 '잘 구운 과자 소리'로 표현했던 것도 인상적입니다. '마이크로한 묘사'에 능통하신 작가님의 문체는 어떻게 단련된 것일까 궁금했어요.

그렇게 말씀하시니 부끄럽습니다. 김윤식 선생님께서 '마이크로한 묘사'라는 말씀을 하신 이후로 제 소설에 늘 그 수사가 따라붙었습니다. 소설을 쓰는 동안 늘 그 말씀이 힘이 되었습니다. 그런데도 생전에 감사하다는 말씀을 드리지 못했습니다.

대학 시절 교지 〈예장〉을 만들었어요. 오규원 선생님이 지도교수셨지요. 선생님은 대학의 출판문화연구소에 계시기도 했는데, 교지 편집실과 바로 맞닿아 있었습니다. 수업을 마치면 자연스럽게 선생님을 뵐 수 있었지요. '묘사'는 선생님의 시 실습 시간뿐 아니라 수업 외의 시간에서도 배울 수 있었습니다. 묘사의 힘에 대해 조금씩 배우게 되면서, 등단작인 「풀」을 시도해볼 수 있었지요. 「풀」에서부터 차근차근 「옆집 여자」를 거치고 「강의 백일몽」으로 올 수 있었어요. 언젠가 어떤 분께서 최근작보다 20년 전 그 소설들이 더 좋다고 말씀하셨어요. 아주 잠깐 저도 그때의 소설들처럼 다시 써볼까, 라는 고민을 하던 차라 귀가 솔깃했지요.(웃음) 하지만 어렵지 않을까요. 많은 시간이 흘렀고 저 또한 지금 여기로 흘러왔으니까요.

지금 저는 여기에 있고 이곳에서 할 수 있는 이야기들은 그때의 그 방식으로는 담을 수 없을지 모릅니다. 어쩌다 그때의 소설들을 다시 읽을 기회가 있는데, 그때마다 제가 쓴 소설 같지 않습니다. 젊은 날의 치기가 먼저 눈에 들어오니까요.

문학과지성사 편집자 출신이라는 것, 그리고 지금도 편집 일을 하고 계셔서 저에게 더 친근한 느낌이 있어요. 책 만들기 감각이 창작 활동에 어떤 영향을 미치는 것일까요. 또 출판사와 작가는 어떤 관계라고 생각하시는지요.

짧게 문지에서 일했습니다. 아르바이트로 브리태니커백과사전 교정부에서도 일했고요. 당시 문지는 정원에 꽃사과나무가 있던 2층 단독집이었어요. 편집자가 할 수 있는 일은 대부분 교정에 국한되어 있었어요. 지금처럼 편집자가 기획에서 출간까지 맡아 하는 것과는 달랐지요. 그 당시 신경숙 작가의 『풍금이 있던 자리』가 출간되었어요. 독자들에게 굉장한 사랑을 받은 소설집이죠. 그 현장에 있었던 거예요. 그때는 도매상과 서점에서 전화로 주문을 하던 시절이었어요. 아침에 출근하기가 무섭게 전화벨이 울려댔지요. 모든 직원들이 전화로 정신없이 주문을 받던 그 기억이 아직도 선명합니다.(웃음)

당시 문지 사장님이신 김병익 선생님은 학교에서 '비평 연습'이라는 과목을 강의하셨어요. 어느 날 사장님이 계시던 2층으로 올라갔는데, 제가 소설을 습작하고 있다는 것을 기억하고 계셨는지 제게 『풍금이 있던 자리』를 어떻게 읽었느냐고 물어보셨어요. 편집자의 일상 속에서도 소설을 쓰는 것 잊지 않았죠, 라고 물어보시는 듯 따끔했어요. 그 물음이 몇 년 뒤까지도 소설을 쓸 수 있는 자극이 되어주었지요.

그때로부터 지금까지도 '홍대'에 머물고 있네요. 홍대는 단순히 한

대학의 이름이 아니잖아요. 문지가 있던 그 2층 양옥이 헐리고 건물이 들어서고 다시 요란한 이자카야로 바뀌는 과정을 보았어요. 그 부근의 오래된 집들이 아파트 단지들로 바뀌는 것도요. 홍대는 조금씩 영역을 넓혔지요. 홍대에 대한 애정 때문에 젠트리피케이션에 관심도 갖게 되었고요. 홍대 특유의 문화가 사라졌다는 것에 아직도 아쉬움이 남아 있습니다.

모든 것이 변하는 게 자연스러운 일이지만 출판사가 밀집해 있는 홍대 앞 변화는 유별나고 또 마음이 쓰입니다. 자본의

요즘 '한 사람'을
깊이 생각해요

흐름이 선명히 드러나는 곳인데, 여전히 다양한 문화의 결이 느껴지는 곳, 특히 문학의 생동감 넘치는 교류가 있기를 바라는 마음이죠. 문지 시절 편집자에게 자극과 격려를 주는 대표님을 말씀하시니 저도 생각할 거리가 많아지네요.(웃음) 저자분들과 관계는 어떠셨어요?

저는 편집부의 막내였기 때문에 저자분이 사무실에 방문하시면 차를 가져다드리는 일을 많이 했어요. 글로 읽던 작가분을 가까이에서 뵙고 이야기를 나누는 행운을 누렸지요. 가장 큰 기쁨은 작가의 글을 맨 처음 읽는 즐거움이었어요. 그래서일까요. 저는 출판사의 편집자들이 남다르게 느껴져요. 제가 그랬던 것처럼 제 원고를 제일 먼저 읽어봐주시는 분들이니까요. 글을 쓰게 되면 제일 먼저 그 분들의 반응을 살피게 되지요. 그분들이 좋았다고 말씀하시면 그제야 마음이 놓이지요.

기획과 편집 일을 시작한 지 10여 년이 되었어요. 대부분 다른 출판사와의 협업으로 이루어지는 일들이지요. 기획과 편집 일을 시작하면서 개인적으로 욕심이 있었어요. 문학이나 이론서에 관한 것보다 여러 분야의 실용서들을 기획 출판하고 싶었지요. 글을 쓰지 않을 때면 무언가를 만드는 일을 좋아했는데, 참고를 위해 구입한 실용서들에 아쉬움이 있었어요. 예를 들자면 뜨개 도안을 보지 못하는 이들은 시도조차 해볼 수 없어요. 좀더 친절한 책이 필요한 사람들이 있어요. 마침 적당한 필자를 찾았고 여러 출판사에 기획안을 내보았지

하성란

"삶도 그렇지만
소설의 시작도 고통의 공유가 아닐까
생각하고 있어요."

만 초기 비용을 감당할 곳이 쉽게 나서지 않았어요. 어렵게 출간까지
간 책이 있었지만 독자들이 알아봐주지 못한 경우도 있었고요. 책 한
권 한 권이 그렇게 어렵게 만들어진다는 것을 새삼 확인하는 일이었
지요.

다른 출판사와 협업한다는 의미는 어느 정도 관여하시는 건
가요?

다른 출판사가 기획한 책을 진행하고 편집, 디자인까지 맡기도 하고
요. 저희가 기획한 책을 진행할 출판사를 찾기도 하지요. 그동안 다
양한 출판사의 여러 편집자들과 만났습니다.

출판계의 흐름과 밀접한 자리에 계신 셈이네요.

출판의 트렌드를 알 수 있었지요. 여러 출판사의 편집자들을 만나면
서 기획력은 물론 진행까지 많이 배웠고요. 흥미로운 책 제작에 관여
할 수 있어 즐거웠어요. 아쉬움이 남는 책도 많았고요. 그동안의 습
관 때문에 어떤 책을 읽을 때면 저도 모르게 띠지 문안을 떠올리고
있어요. 표지도요.(웃음) 인물 책은 시간이 들어간 만큼 특히 기억에
오래 남아요. 그분이 계시는 곳으로 수차례 가서 하루 종일 인터뷰를
하고 글을 쓰는데, 인생사를 듣는 즐거움은 물론 제 소설을 쓰는 데
도 도움이 되었어요.

요즘 '한 사람'을
깊이 생각해요

「별 모양의 얼룩」『A』 등 작가님의 다수 작품은 사회적인 참사, 재앙에 대해 진실을 묘파하려는 창작자의 존엄한 존재 가치를 일깨웁니다. 현실적인 문제들, 뉴스에서 흘러가는 사건들을 동기 삼아 어떤 방식으로 창작하시나요.

정신의 깊이는 오직 고통의 깊이다, 라는 김상봉 선생의 말에 깊이 공감하고 있습니다. 삶도 그렇지만 소설의 시작도 고통의 공유가 아닐까 생각하고 있어요. 제 장편소설『A』에는 앞이 안 보이는 소녀가 자신의 앞에서 사람들이 죽어나가는 광경을 오감으로 느끼는 부분이 있어요. 죽은 사람들의 얼굴을 더듬어 엄마를 찾아내기도 하는데요. 그 소녀의 입장이 혹시 작가의 입장은 아닐까 생각했어요. 손으로 더듬는 것, 손으로 더듬듯이요. 알아가려는 것. 알아내려 애쓰는 것. 작가는 어쩌면 보이지 않음에도 불구하고, 자신의 오감을 총동원해서 무슨 일이 벌어지고 있는지를 알아내려고 애쓰고 있는 존재가 아닐까 하는.

1999년 벌어진 씨랜드 참사 이후에 「별 모양의 얼룩」이라는 단편을 발표했어요. 그 무렵 씨랜드 참사로 쌍둥이를 잃은 고석 씨의 고백에 마음이 내려앉았어요. 지금 그분은 한국어린이안전재단을 만들어 어린이 안전을 위해 일하고 계시는데요. 그때 그분이 이렇게 말씀하셨어요. "아이가 죽었다고 생각하는 것과 아이가 죽은 것은 다릅니다."

그 참사를 단지 소설의 소재로 삼으려던 것은 아니었음에도 그 말씀에 큰 충격을 받았어요. 그 뒤로 글을 쓰는 데 더 주저하고 더 고민하고 있어요. 그 참사로 희생당한 아이들은 저의 큰애와 동갑이에요. 그런 일이 있었음에도 비슷한 일들이 반복되었지요.

세월호 참사 이후부터는 정치에도 이전보다 훨씬 관심이 많아졌습니다. 아까 와리스 디리의 책을 엮으면서 느꼈던 부분과도 맞닿게 되는데요. 한 사람이요. 다 눈 감을 때 말하는 한 사람, 나 하나쯤이야라고 말할 때, 아니라고 말하는 단 한 사람. 그 한 사람으로 수많은 소녀들이 살 수 있었으니까요. 가장 무서운 건 "나 한 사람이 뭘 할 수 있어?"라는 생각이 아닐까 합니다.

2000년 이후 작가님의 변화만큼 독자의 변화도 많았어요. 우리 사회의 책 문화, 소설을 수용하는 태도 등이 크게 달라졌죠. 마음산책에서 2013년 출간하신 산문집 『아직도 설레는 일은 많다』는 제목이 아름다운데요. 문학 출판, 독서 문화를 둘러싸고 아직도 우리에게 설렐 일이 많을까요? 독자 변화에 대해서는 어떻게 받아들이시는지요.

처음 등단해서 소설을 발표하던 초반, 그때만 해도 희망적이었지요. 독자의 눈치를 보지 않고 좋은 작품을 고집스럽게 쓰겠다는 각오를 다지곤 했으니까요. 너무 많은 대중에게 읽히는 소설이 되면 문제다, 라는 생각을 했을 정도니까요.(웃음) 판매량을 전혀 신경도 쓰지 않았고요. 그러다 보니 자연스럽게 노동으로서의 글쓰기를 할 수밖에

요즘 '한 사람'을
깊이 생각해요

"소설이 사회에서 어떤 기능을
담당할 수 있는가에 대한 질문은
소설을 쓴 이후 줄곧
제 자신에게 해온 질문입니다."

없었지요. 기회가 주어지면 여러 지면에 열심히 글을 썼어요. 아시겠지만 사보에 실리던 글들이 제일 먼저 없어졌지요. 콩트로 불리던 짧지만 재치 있는 글들을 발표할 공간이 없어졌어요.

이제야 저는 독자들에게 조금은 쉽게 다가갈 수 있는 글에 대해 고민하고 있어요. 이런 표현이 적당한지 모르겠지만, 조금 가볍게도 쓸 수 있지 않을까, 이제야 어깨에 짊어지고 있던 문학의 무게로부터 조금 자유로워졌달까요. 그렇게 생각하자, 그렇다면 얼마나 가벼워질 수 있을까, 라는 생각으로 이어졌는데, 그 생각만으로 설레기 시작했어요.

소설은 기술적으로 다변화된 사회에서 어떤 기능을 담당할 수 있을까요. 독자를 위해서 조금 가볍게 소설을 쓴다는 것은 무슨 의미가 있을까요.

어려운 질문입니다. 소설이 사회에서 어떤 기능을 담당할 수 있는가에 대한 질문은 소설을 쓴 이후 줄곧 제 자신에게 해온 질문입니다. 그럼에도 불구하고 명확한 답을 내지 못했고요. 혹시나 포즈부터 취하게 되는 건 아닌가 움츠러들기도 하고요. 그렇지만 단 하나 이야기의 즐거움은 믿고 있습니다. 저도 그렇고 여전히 사람들은 이야기를 좋아합니다. 그래서 이야기의 고개는 자꾸자꾸 나타나고 자꾸자꾸 고개를 넘어가려는 것이겠지요.

제가 방금 '가볍게'라는 표현을 썼는데요. 그건 방법에 관한 것일

요즘 '한 사람'을
깊이 생각해요

지도 모르겠습니다. 저 머릿속에는 "소설은 풍속의 변천이 가져온 참 담한 파탄을 보여주어야 한다"라는 발자크의 말이 있는가 하면 한편 으로는 'MR'이 있습니다. 홍대 곳곳에서 'MR'이라고 쓰인 혀 그림 을 본 적 있으실 거예요. 그 그라피티는 양화대교 교각에도 있고 제 가 살고 있는 대흥동에도 있습니다. 점점 영역을 넓혀가는데요. 선 처리가 잘된 단순한 혀 모양을 보는 동안 누구나 작가가 이 세상을 향해 "메롱!" 하고 혀를 빼문다는 생각을 하게 되지요. 차를 타고 순 식간에 지나치게 되는데 너무도 통쾌합니다. 가볍지만 가볍지 않다 고 생각해요. 그 가벼움에 대해 생각하고 있습니다.

예전에 우리는 아무렇지도 않게 '이건 문학이 아니야'라는 말을 했 어요. 이제는 그런 이야기를 잘 하지 않지요. 다양한 이야기들을 담 을 다양한 그릇이 필요하지요. 장르를 파괴하고 그 경계를 넘나들고 자유자재로 글을 쓰는 젊은 작가들의 글을 읽을 때면 즐겁습니다.

무엇보다 저에게 스스로 문학적이고 뭔가 문제작을 만들어내라는 주문을 하지 않아도 되어서 좋아요.(웃음) 조금 가벼워지면 어떤 글 이든 쓸 수 있다고 생각합니다. 추리소설이나 SF소설, 써보지 않았 지만 도전할 수 있지요. 물론 웹소설에도 거부감은 없습니다. 더 많은 길이 열려 있다는 느낌입니다.

희망적이네요. 작가님의 유연한 변화를 알게 되어서 의미 있 고요. 작가님은 딸이며 엄마이며 아내인 작가님이시죠. 여성 서사, 여성성의 문제가 시대의 중요한 화두입니다. 따님도 글

을 쓰는 미래의 작가로 알고 있고요. 작가님이 다루고 싶은 여성 문제, 여성성, 여성의 삶에 대해서 어떤 생각을 정리하고 계시는지요.

딸 이야기를 물으셔서 말씀드리자면, 얼마 전 아이는 더 이상 소설을 쓰지 않겠다고 말한 상황입니다. 소설을 쓰겠다고 했을 때와 마찬가지로 저는 그냥 지켜보고 있습니다. 다만 아이가 어떤 소설을 쓰는지 그 소설을 읽어보지 못하는 것이 아쉽기는 합니다.

　여성성이라는 문제에 대해서 생각할 즈음, 르누아르의 그림들을 볼 기회가 있었어요. 어릴 적부터 화집을 통해 봐와서 그의 그림만큼 익숙하고 친근한 건 없었지요. 막연하게 거실에 걸려 있으면 딱 어울릴 그림이라고만 생각했었고요. 그의 그림 속 여성들은 책을 읽거나 피아노를 치고 있지요. 축제에서 춤을 추거나 배를 타고 있고요. 정말 한갓집니다. 그의 그림들을 찬찬히 들여다보다 문득 그는 왜 이런 그림을 그렸을까, 라는 의문이 들었어요. 생계를 위해 물론 잘 팔릴 그림을 그렸을 수도 있겠지요. 그러나 그것만으로는 의문이 풀리지 않았어요. 그의 그림들을 하나하나 찬찬히 보고 있으려니 문득 그가 바란 건 이런 평화로움이 아니었을까, 라는 데 생각이 미쳤지요. 그건 정말 너무 어려운 일이지요.

　여성성의 대표적인 성향 중 하나는 감정이입이에요. 공감의 힘이지요. 다툴 일이 없어지지요. 칼을 휘두를 일도 없지요. 내가 너가 될 수 있는 시간이지요. 우리의 사고는 강물처럼 유연하게 흐를 수 있겠지요. 언젠가 우리가 도착할 곳이지요. 피아노를 치고 뱃놀이를 즐기고 책을 읽는 일상. 여성성이 우리를 구원할 거라고 저는 믿고 있어요.

10년 전 연재했던 『여우 여자』의 '여우 여자'는 500년을 살아온 만큼 많은 사람들을 만나 사랑하고 배반을 당하기도 해요. 익숙한 모습들이지요. 소설을 쓰는 동안 가족, 결혼 제도 안에서의 여성의 삶에 대해 곰곰 생각해볼 수 있었어요. 그 사이 우리 사회는 많은 변화를 겪고 있어요. 강남역에 노랗게 붙었던 포스트잇을 기억하고 있어요. 미투 해시태그도요. 연대의 힘에 대해서도 생각하게 되었고요. 저 자신도 오랜 시간 주입되었던 것들로부터 조금씩 벗어나고 있어요. 『여우 여자』의 결말도 연재 때와는 다르게 바뀌었습니다.

　　여성성이 우리를 구원할 것이다, 그것이 우리가 도착할 곳이란 말이 힘이 됩니다. 작가님은 올해 마음산책에서 짧은 소설집 형태로 재미있는 작품을 내실 계획이 있잖아요. 올해는 마음산책이 20주년을 맞이했어요. 작가님은 마음산책과 출간 작업을 해보셨고 앞으로도 작업하셔야 하는데 어떤 당부 말씀이 있으실까요.

제임스 설터의 『어젯밤』을 읽었을 때의 기억이 새롭습니다. 이제라도 이 작가를 만나게 되어 다행이라는 생각이 들었지요. 마음산책에서 그의 소설과 산문 들이 계속 나와 즐겁습니다. 요네하라 마리의 지성과 독설은 또 어떻고요. 저와 동갑인 줌파 라히리의 작품들을 읽

요즘 '한 사람'을
깊이 생각해요

을 때마다 기가 죽습니다. 가볍게 읽을 수 있는 산문들과 함께 말의 향연인 '말 시리즈'가 있지요. 작가로서 마음산책은 작가의 어떤 시도든 다 받아주리라는 믿음이 있는 곳입니다. 마음산책에서 출간하게 될 '꿈 이야기'도 사실은 제가 드린 산문 원고들 속에 있었지요. 그 원고를 따로 떼어내어 새롭게 묶어보자는 의견도 먼저 주셨고요.

마음산책은 그 들판에 문학과 작가를 자유롭게 풀어놓지요. 한가롭게 풀을 뜯는 양들의 모습이 맨 먼저 떠오릅니다.

그 들판의 크기를 더 넓히고 풀밭과 공기의 질을 더 좋게 하는 데 힘쓰겠습니다.

앞으로 출간하실 책들도 고대하고 있습니다.

하성란

소설가. 소설집 『루빈의 술잔』 『옆집 여자』 『푸른수염의 첫번째 아내』 『웨하스』 『여름의 맛』, 중편소설 『크리스마스캐럴』, 장편소설 『식사의 즐거움』 『삿뽀로 여인숙』 『내 영화의 주인공』 『A』, 산문집 『소망, 그 아름다운 힘』(공저) 『왈왈』 『아직 설레는 일은 많다』 『당신의 첫 문장』 등이 있다. 동인문학상, 한국일보문학상, 이수문학상, 오영수문학상, 현대문학상, 황순원문학상 등을 수상했다.

정이현

# 어느 순간 다른 누군가도
# 내 등을 보고 있어요

정 이 현

정이현 작가를 만나면 나도 모르게 목소리도
한 옥타브 높아지고 상냥해진다. 예의 갖춘
밝은 표정의 정작가와 나누는 대화는 시종일관
어색함 없이 명랑하게 흘러가곤 했다. 작가의
광기는 아니더라도 신경질 정도는 부릴 수
있지 않나요, 농담처럼 묻곤 싶은 마음이었다.
정작가의 미혼 시절의 집, 신혼집에 이어 아이
둘이 자라고 있는 집을 인터뷰 차 방문했을 때,
벽에 걸린 익숙한 액자를 알아보았다. 작가와
편집자가 공유하는 건 작품뿐만 아니라 내밀한
정서이기도 하다는 건 점점 희미해지는 출판문화
속에서도 진실이었다. 박완서 작가를 뵈러 갈 때
정작가와 함께하는 경우가 많았다. 정작가가 꼭
일 때문에 동행하는 것은 아니었다. 선후배 여성
작가의 관계 맺기 자리에서 관찰자가 되었던
시절이 아득하다. 지금은 박작가님 기일에
아치울 마을에서 정작가와 만난다. 한 공간에서
셋이었던 날들이 지나고 둘이 만나 하나를
그리워하는 것이 인생인가.
　정작가의 집 안에 있던 작업실에는 한국문학
신간들이 구비되어 있었다. 여느 도서관보다 잘
정돈되어 있었다. "한국 작가의 소설을 가능한
열심히 따라 읽고 있습니다. 동시대의 작가들에게
늘, 우정과 연대감 같은 감정을 가지고 있습니다."
우정을 실천하는 방식으로 새로운 작가의 작품을
알리는 데 보탬이 된다면 뭐든 하고 싶다는 마음,
이 역시 단정한 말투에 실렸다.

안정된 가정, 안녕한 경제생활, 중산층 삶의 미세한 균열, 불안과 욕망을 세심하게 포착하시는 정작가님표 글을 2000년 이후 내내 읽어왔습니다. "세영은 남의 인생에 영향을 끼치는 일은 손톱의 때만큼도 하고 싶지 않았다"(『알지 못하는 모든 신들에게』(현대문학) 중)는 문장 하나에 무심히 상황을 흘려보내는 데 익숙한 도시인의 삶, 정서가 그대로 녹아 있죠. 도시 한가운데의 자택에서 뵙게 되니 작품이 더 생생하게 떠오르네요.

저에게 도시 생활은 일상입니다. 도시에서 태어나 쭉 살아왔고, 도시인의 삶, 생태, 관계성에 대해 써왔습니다. 제가 문학적으로 형상화하려고 시도했던 '서울'이란, 현실 그대로의 지명은 아니라는 생각이 들어요. 작은따옴표 속에 들어 있는 곳이라고 할까요. 즉 어떤 상징적인 의미를 품고 있는 장소로서의 시공간입니다. 자본주의 사회를 살아가는 이상, 누구도 그 앞에서 자유로울 수 없는 다양한 욕망들이 있지요. 제 관심은 언제나 그 끓어오르는, 계속해서 바뀌는, 그것이 정확히 무엇인지 몰라도 구성원들로 하여금 계속 좇아 따라가게 만드는 욕망들을 향하고 있습니다. 이런저런 방식으로 그 욕망에 휘둘리며 때론 욕망을 조절하며 환멸 속에서 살아가는 사람들, 안녕해

보이는 일상 속에 도사리고 있는 불안을 알면서도 그것을 안고 살아가야 하는 도시 사람들의 이야기를 소설로 써왔고 앞으로도 그럴 것 같습니다.

　첫 창작집 이후 작가님에게 기대하는, 젊은 도시인의 불온한 상상력의 세계가 작가님에게는 좀 곤혹스러운 일이 될 수도 있을까요?

글쎄요. 첫 창작집 이후 세계를 더 확장하고 싶다는 마음은 분명히 있었던 것 같습니다. 그것은 첫 책을 내본 작가라면 거의 비슷하게 느끼는 마음일 거예요. 제가 당시 곤혹스러웠던 지점은 따로 있는데요. 이 일이 결과물에 대해 불특정 다수에게 계속 평가를 받아야 하는 직업이라는 것이에요. 스스로 아주 단단해지지 않으면 힘들 수 있겠다는 것을 깨달았지요. 책에 대한 평가를 하나하나 너무 민감하게 받아들이면 어쩔 수 없이 내상을 입게 되고 오래 버틸 수 없으니까요. 제 소설에 대한 평가를, 훈계나 지적의 방식으로 하는 경우를 만날 때 어떻게 해야 할지 몰라 힘들었습니다. 또 제가 무엇을 쓰더라도, 일정한 프레임 안에서만 읽힐까봐 걱정되기도 했고요. 그래서 한때는 마치 콤플렉스처럼, 어떻게 극복할 수 있을까 고민하기도 했습니다. 그렇지만 결국 제가 쓰고 싶은 것을 쓰는 것이 중요하다는 걸 알게 되었어요.
　짧은 소설 『말하자면 좋은 사람』(마음산책)의 서문에 썼던 것처럼,

어느 순간 다른 누군가도
내 등을 보고 있어요

서로 등을 보지만 어느 순간 다른 누군가도 내 등을 보고 있다는 사실을 생각하는, 그런 도시인의 관계가 늘 화두입니다. 서로 다르고 분리되어 있는 것처럼 보이지만, 가느다랗고 투명한 끈으로 이어져 있는 사람들. 도시인들의 소통 방식에도 관심이 많고요. 지하철 안에서 모든 사람들이 가까이 붙어 있지만 다들 모르는 사이잖아요. 그런데 만약 거기서 어떤 특별한 사건이 일어나고, 그걸 누군가가 글로 써서 SNS에 올린다면 어떻게 될까 하는 상상을 해보아요. 누가 그 아래에, 나도 그날 그 자리에 있었다, 나도 봤다, 라고 쓴다면? 그들이 과연 이어져 있는 것인가, 이어져 있지 않은 것인가 궁금해져요. 이전에는 도시인의 관계에 대해서라면 나도 꽤 많이 안다고 생각했는데, 이젠 그렇지 않아요. 세상이 빨리 바뀌는 만큼 제가 미처 모르는 관계의 영역이 많아진다는 걸 통감하고 있습니다.

집 안에 작업실이 있죠? 생활공간과 연결된 작업실에서 주로, 언제, 어떤 방식으로 작업하시는지 궁금합니다. 『상냥한 폭력의 시대』(문학과지성사)의 머리말에서 글 작업이 안 될 때의 막막함을 표현하기도 하셨는데요.

작업실을 정리하고 집 안에 서재를 둔 것이 3, 4년 되었는데, 확실히 몰입이 쉽지 않기는 합니다. 그렇다고 작업실과 집을 오가며 썼을 때에 일이 잘되었던 것은 아니지만요. 그 『상냥한 폭력의 시대』의 작가의 말은 오랫동안 단편을 쓰지 못했던 때의 심정을 표현했던 것이에요. 저는 80매에서 100매 사이의 단편을 읽는 것도, 쓰는 것도 무척 좋아하는데 출산과 육아의 시기 동안 단편을 거의 쓰지 못했어요. 그 시기에 (장편이나 산문 등을 쓰고 있었음에도) 본질적인 의미에서 단편을 영원히 쓰지 못하게 될까 봐 불안감에 시달렸거든요.

지금은 전생의 일처럼 아득하게 느껴지기도 하지만, 오래전에 혼자 마음대로 사용할 수 있는 시간이 많았을 때에는 언제나 내 의지가 가장 중요한 줄 알았어요. 내가 마음만 먹으면 된다고, 그때부터 작업을 하면 된다고 생각했었어요. 시간을 편안하게 탕진했다고 할까요. 그런데 갑자기 저를 둘러싼 환경이 너무 달라진 거예요. 생활인으로서 감당해야 할 역할이 생기고, 그 몫이 점점 늘어나면서 가장 힘들었던 것이 작업을 할 시간이 절대적으로 부족하다는 사실이었어요. 매일 촘촘하고 빡빡한 일상을 살다 보니 제게 남겨지는 건 틈과 틈 사이의 시간뿐이었어요. 그 시절 기록용처럼 남겨둔 SNS의 글을 얼마 전 다시 읽어볼 기회가 있었는데 '통으로 된 시간을 가지고 싶다' '작업 시간이 하루 6, 7시간만 확보되면 얼마나 좋을까' 같은 문장들이 있더라고요. 짧은 글 한 편을 쓴다고 해도 한참 전부터 미리 천천히, 시간이 날 때마다 준비해두지 않으면 안 됩니다. 그렇더라도 마감이 닥치면 애써 유지했던 일상이 뒤집어지고 금세 엉망이 되어버리지요. 그러다 보니 제 영혼이 이쪽과 저쪽 사이에서 과부하에 걸리는 일이, 자주 일어났어요. 양쪽에서 소모되다가 결국 소멸되어버릴 것 같은 느낌. 그렇지 않기 위해서는, 소멸되지 않고 더 오래 일하기 위해서는 어떤 방법을 찾아야 했고, 이제는 에너지를 극도로

어느 순간 다른 누군가도
내 등을 보고 있어요

절약하는 방법을 사용하고 있어요. 먼저 일의 절대량을 많이 줄였어요. 그리고 한 가지 원칙을 세웠어요. 소설 쓰기나 소설에 관련된 것 외에 다른 일은 하지 않는다는 거예요. 하지 못한다는 말이 더 정확하겠네요. 그동안 외부 산문이나 칼럼 등을 많이 써온 편이지만 이제는 전부 사양하고 있습니다. 강의도 전혀 하지 않고요. 특강이나 작가 행사 등도 어쩔 수 없는 경우에 한해 1년에 두어 번을 넘지 않으려고 애써요. 그렇게 시간과 에너지를 아끼고 보호해야만, 간신히 소설 작업을 할 수 있는 시간이 확보되니까요. 어쩌면 이제야 비로소 제게 주어진 시간이 매우 한정적이라는 사실을 인정하고 받아들이게 된 건지도 모르겠어요.

언제 어떤 방식으로 작업하는지 물으셨는데, '틈틈이'가 가장 솔직한 대답이에요. 긍정적으로 말하자면 틈새 시간을 잘 활용하는 법을 배우고 있어요. 예전에는 노트북을 켜고 소설을 쓰기 시작하기까지 예열 시간이 오래 걸렸어요. 작가는 누구나 그런 줄 알았는데 아니더라고요. 이젠 스위치를 온오프하면 불이 딱 켜졌다 꺼지는 것처럼, 어떤 상황에서도 예열 없이 바로 시작할 수 있게 되었습니다.

저는 작업실에 들어가 방문을 잠그고 작업하시는 모습을 상상했어요.

방문을 잠그는 건 현실적으로 가능하지 않고(웃음) 닫는 것까지는 대충 가능해요. 『알지 못하는 모든 신들에게』마감을 할 때는, 아이들이 작업실 문 열 때마다 제가 신경질을 냈나 봐요. 나가 보니, 방문 바깥쪽에 큰 아이가 포스트잇에 '관계자 외 출입금지'라고 써 붙여놓았더라고요. 마음이 복잡해졌어요. 지금은 장편을 완성하는 것이 가장 급한 일이기 때문에 공유 오피스를 진지하게 알아보고 있습니다. 몇 달 동안만이라도 그 시간만큼은 집중해서 작업을 할 수 있지 않을까 싶어서요. 아예 다시 작업실을 구해버릴까 싶다가도 자신이 없다는 생각이 들어요. 요즈음엔 어쩌다 카페에서 이인용 책상 두 개를 붙여 쓰며 일하게 되면 내가 과연 탁자 두 개를 쓸 만큼 가치가 있는 일을 하고 있나? 그런 자의식이 들거든요. 쓰면서도 내 소설이 그만큼 의미가 있을까? 자문합니다.

2002년 데뷔 이후 눈부시게 활동하셨죠. 데뷔 바로 다음 해에 『낭만적 사랑과 사회』(문학과지성사) 작품집의 발칙하고 영리한 여성들 캐릭터로 많은 독자를 사로잡았고 2005년에서 2006년에는 일간지 일일연재로 『달콤한 나의 도시』(문학과지성사)를 쓰셨습니다. 2018년 『알지 못하는 모든 신들에게』는 사뭇 다른 톤의 소설이지만요. 데뷔 이후 많은 독자들과 소통한 작가이신데, 소설 작업의 의미를 자문하신다는 게 살짝 놀랍네요.

예전에는 너무 바빴기 때문에 스스로에게 질문을 할 틈이 없었을지도 몰라요. 일단 작업의 절대적인 분량이 많았었지요. 늘 스스로 몰

아치듯 일했던 것 같습니다. 그런데 이제는 일을 많이 줄였기 때문에 도리어 생각이 많아진 것도 같아요. 이 방향이 맞는지, 내가 맞게 가고 있는지 더 조심스러워지기도 했고요. 제가 원래 걱정도 불안도 많은 편인데 그 범위가 더 넓어졌어요. 지구 생태계에 대한 것에서부터 이웃의 삶에 대해서까지, 내가 하고 있는 작업과 연결해 본질적인 고민을 하고 있는 거예요. 무엇을 쓸 수 있을지, 무엇을 쓰는 것이 맞는지, 내가 계속 쓰는 것이 맞는지, 생각을 거듭하게 되었어요. 그러면서 어떤 내면의 호흡도 달라진 것을 느낍니다.

작가님의 내면 변화만큼 문학 독자들의 호흡도 달라지고 있지요. 한국문학을 둘러싼 환경 변화에 대해서 체감하시는지요.

여러 층위에서 얘기할 수 있겠지만 독자에 대한 이야기를 하자면, 한국문학은 어떤 의미에서 확고한 마니아의 세계가 된 것처럼 보이기도 합니다. 여러 해석이 가능하겠지만, 저는 그 안에서 의미를 찾을 수 있다고 생각하는 편입니다. 한국문학을 읽는 전체 독자의 숫자는 줄었을지 몰라도, 오히려 열정적으로 한국문학장場과 작가들에게 관심이 있는 새로운 '문학 진성 독자'들이 등장했다는 느낌이 들어요. 특히 여성 작가들과 그들의 소설을 중심으로 이런 현상이 두드러지게 나타나는 것 같아요. 한 작가의 작품 세계를 진심으로 좋아하고 그것을 같이 나누고 함께 향유하는 문화들이 생겼어요. 그 중심에는 젊은 독자들이 있고요.

어느 순간 다른 누군가도
내 등을 보고 있어요

수십만 부의 베스트셀러보다, 처음에 어느 정도 팔리고 또 천천히 입소문으로 더 나가는 작품들이 많아졌으면 좋겠다고 생각해왔어요. 그것이 한국문학의 다양성을 더 넓게 확보해줄 것 같아서요. 내가 좋아하는 소설이 무엇인지, 내 취향의 소설이 어떤 것인지 분명하게 아는 독자들, 또는 그것을 궁금해하고 적극적으로 찾으려는 독자들의 존재가 고맙게 느껴집니다. 한 명의 작가를 좋아하게 되면 그 작가를 중심으로 자연스럽게 관심의 범위가 넓어지기 마련이잖아요. 그 작가가 활동하는 생태계에도 관심을 가지게 되고요. 이런 독자들의 존재가 결국 이 공간을 건강하게 만들 거라고 믿습니다.

최근에 만난 어떤 작가님보다 독자 변화에 긍정적이신걸요.

그런가요? 제가 독자의 힘을 믿는 사람이어서 그런 것 같아요. 어떤 면에서 독자들은 무척 정직합니다. 좋은 작가, 지금 이 시대에 내가 읽고 싶은 작가, 이 시대에 필요한 작가를 잘 발견하지요. 저 또한 기본적으로 쓰는 사람이기 전에 읽는 사람이에요. 한 계절에 출간되는 한국 작가의 소설을 전부 읽지는 못해도 가능한 열심히 따라 읽고 있습니다. 동시대의 작가들에게 늘, 우정과 연대감 같은 감정을 가지고 있습니다. 평소 좋아하고 기대해오던 작가들의 첫 책이나 첫 장편에 기꺼이 추천사를 쓰곤 하는 것도 그런 마음의 한 표현입니다. 자신만의 방식으로 세상을 두드리는 작업들, 그 의미 있는 시도에 제가 작은 보탬이 된다면 왜 못하겠어요? 그게 제가 할 수 있는, 우정을

"한국문학을 읽는 전체 독자의
숫자는 줄었을지 몰라도,
오히려 열정적으로 한국문학장場과
작가들에게 관심을 가지는
새로운 '문학 진성 독자'들이
등장했다는 느낌이 들어요."

실천하는 방식이라는 생각을 해요. 정말 좋은 소설들이니 같이 읽어 봐요! 라고 널리 권유하는 역할이라면 여러 방식으로 계속하고 싶습니다.

> 작품 활동도 하셨지만 아까 말씀하신 것처럼 팟캐스트나 영화 GV, 독자 만남을 꾸준히 하셨잖아요. 그 활동에 대한 세간의 평가도 유연하고 전문가다웠다는 것인데, 글쓰기 감각과는 다른 소통에 대한 의지, 다양하고 새로운 문화를 흡수하는 일은 상당히 노력이 필요한 일입니다. 감각을 유지한다는 것, 그 노력이란 게 어떤 것일까요.

요즈음엔, 감각을 유지하는 일에 너무 연연하지는 말자는 생각을 해요. 창작자에겐 첨예한 시대적 감각을 포착해야 하는 의무가 있고, 그것에 대해 생각을 거듭하는 과정이 무척 중요합니다. 그런데 한편으로는 그 흐름 속에서, 바깥만을 관찰하는 것이 아니라, 나는 어떤 사람인가, 라는 질문을 연계하는 일도 꼭 필요한 것 같습니다. 영화 GV나 팟캐스트 등의 말씀을 하셨는데요. 그런 활동들을 수락하고 활동할 때에는, 내가 안 해본 경험은 다 해보자, 그것이 언젠가 소설 쓰기에 조금이나마 도움이 되겠지, 라는 입장이었어요. 그런데 언젠가부터 자주 하지 않게 되었네요. 특히 공개석상에서 말하는 일이 점점 어렵게 느껴져요. 어딘가에서 무심코 뱉은 말들이 공중에 흩어져 떠다니는 기분이 들기 때문에요. 일상에서도 말을 더 줄여야겠다는 결심을 하고 있기도 합니다.

팟캐스트(교보문고 낭만서점) 진행은 잊지 못할 추억입니다. 일주일에 한 권씩 소설을 꼼꼼하게 읽고 준비해야 했는데 그 녹음 일정이 버겁기도 했지만 결과적으로 공부가 많이 되었어요. 신간 소설 중에서 주제 도서를 선정하곤 했기 때문에 이번 주에 새로 출간된 소설들이 뭐가 있는지 늘 신경을 곤두세우고 찾아보곤 했거든요. 거의 매일 온라인 서점의 신간 카테고리에 들어가 훑어보는 습관이 그때 굳어졌어요. 그러고 보니 제게 당대의 감각을 알려주는 존재, 제가 늘 배우는 존재는 역시 책이네요.

문학뿐 아니라 인문, 사회 분야 등의 화제 신간은 사두는 편입니다. 일단 쌓아두면 틈틈이 조금씩이라도 읽을 시간이 생기니까요. 저는 한 권을 완독하는 스타일은 아니고 동시다발적으로 여러 권을 섞어 읽어요. 현재 읽고 있는 책이 네다섯 권일 때도 있어요. 아이들을 키우면서 어린이문학, 청소년문학에도 새롭게 눈을 뜨게 되었어요. 아이들이 읽는 책을 같이 고르고 저도 읽습니다. 신기한 지점은 제가 어떤 책이 재미있다고 하면 아이들은 그렇게 재밌어하지 않을 때도 있는데, 반대로 아이들이 열광하는 작품은 제가 읽어도 재미있어요. 함께 좋아하는 작품들도 생겼고요. 최근에 저희 집에서 최고의 인기를 얻었던 책은 그래픽노블 『내 인생 첫 캠프』(시공주니어)예요. 러시아계 미국인인 젊은 여성 작가의 작품인데 작가가 어릴 때 겪었던 캠프 생활 경험을 바탕에 둔 작품이에요. 저 역시 그동안 잊고 있었던 유년 시절이 훅 살아 다가오는 느낌이었어요. 그렇게, 이런저런

"제게 당대의 감각에 대해
 알려주는 존재,
 제가 늘 배우는 존재는
 역시 책이네요."

다양한 방식의 감각들을 새로 배우면서 그 속에서 숨 쉬고 있습니다.

마음산책에서 작가님의 산문집『풍선』『작별』과 짧은 소설
『말하자면 좋은 사람』을 출간했습니다. 젊은 여성 독자들이
특별히 아꼈던 책들로 반응이 참 좋았죠. 본격적인 소설과는
결이 다른 책들, 마음산책과 출간 작업을 하시면서 소설가로
서 어떤 느낌이었을까요.

『말하자면 좋은 사람』은 마음산책 짧은 소설 시리즈의 두 번째 책이
에요. 시리즈 첫 책으로 박완서 선생님의 짧은 소설을 준비하시는 과
정, 출판사에서 이 시리즈를 론칭하는 과정을 가까이에서 지켜보기
도 했고요. 당시만 해도 이 장르가 생소했어요. 콩트인가, 엽편인가,
짧은 소설인가, 용어가 혼란스럽기도 했지요. 과연 이 시리즈가 지속
적으로 자리 잡을 수 있을까 개인적으로는 걱정도 없지 않았는데, 마
음산책은 과연 그 길을 내시더군요. 무언가를 시작하면 차근차근 꾸
준하게 진행하는 것이 마음산책답다는 생각입니다. '차근차근, 꾸준
하게'가 마음산책의 키워드 아닐까 싶어요.
　저에게 마음산책은, 제가 너무나 좋아하는 줌파 라히리와 제임스
설터의 책을 차근차근 꾸준히 내는 출판사예요. 마음산책이 내는 길
은, 딱딱하고 고정적인 돌길 같은 느낌은 아니에요. 좀 더 편안하고
자연스러운, 나무로 만든 디딤판으로 길을 놓는다는 생각이 들어요.
이제 20년이 되었지만 제게는 늘 젊은 출판사라는 느낌이 강합니다.

　　　　　　　　　　　　　　　　　어느 순간 다른 누군가도
　　　　　　　　　　　　　　　　　　　내 등을 보고 있어요

이번에는 어떤 새로운 책이 또 나올까 기대하게 됩니다.

우리가 이야기를 시작할 때 나누었던 '정이현표' 소설들은 한국문학에 소중히 자리매김 되었죠. 앞으로 쓰실 새로운 작품은 무엇일까 궁금합니다.

지금 초고를 가지고 있는 장편은 두 편인데요. 하나는 일종의 사회파 미스터리 소설이고, 다른 하나는 스포츠 꿈나무였지만 여성이라는 이유로 그만두게 된 고등학생의 성장 서사입니다. 계속 이렇게 저렇게 매만져보고 꼼지락거리다 보니 완성이 점점 늦어지고 있어서 걱정입니다.

아, 소녀 이야기는 몹시 흥미로워요. 기대합니다.

천천히, 가봐야죠. 존 맥피 식으로 말하면 '두려움 가득한 작업실에서 두려움에 굴하지 않고.'

정이현

소설가. 소설집 『낭만적 사랑과 사회』 『오늘의 거짓말』 『상냥한 폭력의 시대』, 중편소설 『알지 못하는 모든 신들에게』, 장편소설 『달콤한 나의 도시』 『너는 모른다』 『사랑의 기초 ─ 연인들』 『안녕, 내 모든 것』, 짧은 소설 『말하자면 좋은 사람』, 산문집 『풍선』 『작별』 등이 있다. 이효석문학상, 현대문학상, 오늘의 젊은 예술가상 등을 수상했다.

백선희

# 남의 머릿속에 들어가서 옮겨야 해요

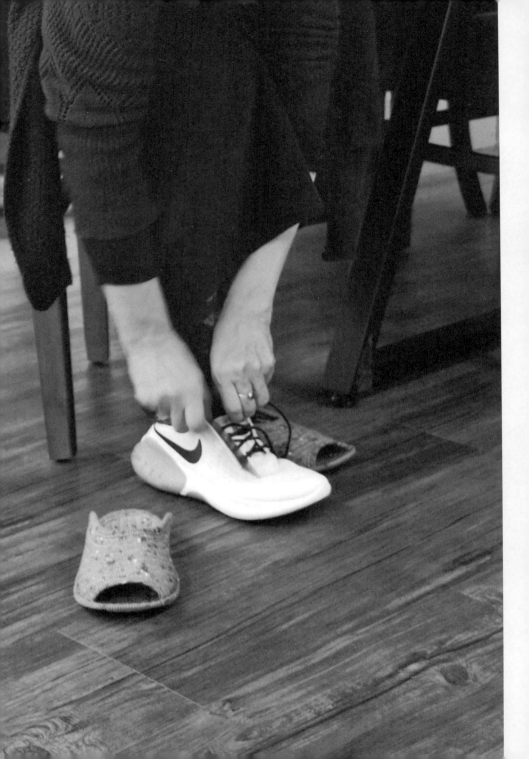

문학작품 번역가는 문인이다. 원작의
문체를 살리는 언어를 고르는 일은 창작과
같다. 인터뷰이 명단에 있는 유일한 번역가,
프랑스어권 백선희 선생은 마음산책에서
열일곱 권의 책을 번역 출간했다. 그중 상당수는
백선생의 추천으로 저작권을 확보하고 작업하게
된 것이니 긴밀한 관계로 살아왔다는 말이 맞다.
프랑스 유학을 떠나기 전부터 알았던 백선희
선생은 귀국 후에 번역가로 활동하면서 훨씬
가까운 사이가 되었다. 남편분인 김병욱 선생도
마음산책의 번역 작업에 참여했기에 편집팀은
부부 번역가와 와인 파티를 연 적도 있다.
　인터뷰를 한 곳은 백선생이 조합원으로
활발히 활동하고 있는 협동조합 공간 '누군가의
집'이었다. 북촌의 한옥을 활용한 이 작업실은
하루 종일 뒹굴거리며 책을 읽고 싶은
공간이었다. 이 공간에서 재발견한 것이 있으니
백선생의 이야기꾼으로서 면모였다. 평소에는
주로 기획, 편집 중인 원고 이야기라는, 목적
있는 대화를 할 수밖에 없어서였을까. 이렇게
풍성한 이야기를 에피소드와 함께 들려주는
번역가라는 걸 실감하지 못했다. 인터뷰는
너무도 흥미로웠고 시간이 지나 멈춰야 한다는
게 아쉬웠다. 북촌을 걸어나올 때 내 얼굴이
발갛게 흥분되어 있다는 것을 일행이 알려줘서
깨달았다. 책 한 권으로도 거뜬히 묶어낼 수
있는 '번역' 이야기를 이렇게 짧게 싣는다.

편집자가 그렇듯 번역가는 저자의 원고를 먼저 읽는 사람입니다. 쓰기보다 읽기가 먼저죠. 어떤 작품을 읽으면 번역하고 싶다는 욕망을 갖게 되나요. 그 욕망이 일어나는 지점은 무엇일까요. 출판사가 의뢰한 작업보다 출판사에 직접 제안하는 번역 작업이 더 많은가요.

보통은 책을 읽다가 발견하죠. 소설은 주제가 독특하다든지 플롯이 기가 막힌다든지, 아니면 내가 읽고 있는 책의 저자가 너무 감탄한 책을 찾아보는 경우도 있고요. 읽어보고 좋으면 추천하는 경우가 많죠. 예전에 마음산책에 추천한 데이비드 로지의 『교수들』은 『읽지 않은 책에 대해 말하는 법』(여름언덕)을 읽다가 교수들의 세계를 기막히게 포착한 아주 흥미로운 책 같아서 추천했죠. 프랑스어권 책은 아니지만 번역되어 나오면 좋으니까요. 또 『올랭프 드 구주가 있었다』(마음산책)는 프랑스혁명사를 읽다가 그 인물을 발견한 거예요. 이 인물이 아직도 소개가 안 됐다니 싶어서 그 인물에 관한 책을 찾아서 추천했죠. 그리고 로맹 가리는 프랑스 안시에 머물 때 『흰 개』(마음산책)를 먼저 읽고 감동받고는 그길로 책방에 나가 우리나라에 출간되지 않은 로맹 가리의 책을 몽땅 사와서 읽었지요. 제가 작업하든 못하든 이런 작품들은 반드시 출간되어야겠다 싶어서 마음산책에 추천했고요.

출판사가 번역 의뢰하는 경우와 제가 제안하는 게 반반 정도 되는 것 같아요. 제가 추천한 책이야 좋아서 추천한 것이니 당연히 번역하고요. 의뢰받은 경우엔 대략 읽어보고 번역을 할지 말지 결정하지요. 여하튼 독서에서 독서로 이어지는 것이 번역이죠.

세 달 전쯤 선생님이 번역하신 책이 동시에 세 권 나온 적이 있습니다. 『어느 인생』(새움), 『잘못된 만찬』(문학동네), 『파졸리니의 길』(뮤진트리). 출판사와 작가가 각각 다른데 한 분의 번역가 이름으로 동시에 나오니 번역가의 노고를 새삼 생각해보게 되더군요. 초벌 번역과 개고 방식은 어떻게 이루어지나요. 번역 작업 스타일이 궁금합니다. 컴퓨터 활용과 메모의 기술 등도 궁금하고요.

제가 추천한 책이 아니라면 저는 웬만하면 책을 끝까지 안 읽고 초벌을 바로 시작해요. 노트북에 작업을 하죠. 책 내용을 모른 채 처음 읽는 독자처럼 다가가고 싶어서요. 간혹 어떤 작품은 결말에 반전이 있기도 한데, 미리 다 알고 번역하면 그런 기미가 들통날까 싶기도 하고요. 대신 초벌을 마치고 나면 반드시 교정을 거듭합니다. 교정지 수정도 하지요. 몇 주 만에 끝나는 번역도 있어요. 심지어 초벌 같은 경우는 한 주에 끝난 것도 있어요. 대신 수정하는 시간이 훨씬 많이

남의 머릿속에 들어가서
옮겨야 해요

걸리지요.

보통은 새벽 3시나 5시에 사이에 깨어 일하고, 피곤할 때까지 일을 해요. 새벽에 하면 너무 좋은 게 세상이 고요하니까 집중이 잘 돼요. 피곤해지면 다시 좀 자고 일어나서 특별한 일이 없는 한 또 종일 번역을 합니다. 노동 강도가 엄청나요. 최소한 하루 8시간 이상은 일하니까요.

제가 느끼기에는 선생님은 자신의 글을 쓰고 싶어하실 듯도 한데요. 저자로서 책을 내고 싶은 욕망도 있겠죠.

나는 번역가예요. 작가와 번역가를 수직적으로 이해하는 사람들도 있지요. 뭐랄까요, 번역가를 용이 못 된 이무기쯤으로 여긴달까요? (웃자고 하는 말입니다.) 저는 번역가로서 자부심을 갖습니다. 쓰고 싶은 책을 생각해둔 게 있어 끄적여놓기도 했는데, 번역할 일이 있으면 무조건 번역을 우선으로 합니다. 그러니 글쓰기는 항상 뒤로 밀리죠. 다행인지 번역이 끊긴 적이 없다 보니 계속 밀려서 여기까지 온 것도 같아요. 쓰고 싶은 주제로 이런 게 있어요. 이 주제도 번역하다 보니까 생각난 것인데 문인들의 특별한 우정이 있거든요. 르네 샤르와 알베르 카뮈라든지 세잔과 에밀 졸라의 우정. 이런 우정에 대해 쓰고 싶죠. 재밌는 것은 이런 생각을 하다가도 기막히게 잘 쓴 책을 읽고 번역하다 보면 나는 이렇게 못 쓰잖아 해버리는 것이죠. 한편으로 내 이름이 뭐 그렇게 중요하다고, 아주 훌륭한 작품을 쓰면 모르겠는데,

"저는 번역가로서 자부심을 갖습니다.
번역할 일이 있으면
무조건 번역을 우선으로 합니다."

그것도 아니고 단지 내 이름으로 된 창작집을 갖고 싶다면 그건 아니다 싶어요.

> 몇 년 전에 이세욱 번역가님과 안나 가발다 작품의 오역 문제로 일간지에서 논쟁하신 적도 있죠. 다른 번역가의 작업을 눈여겨보시는 편인가요. 의역과 직역, 번역가의 권한에 대한 생각이 궁금합니다.

안나 가발다 원서를 먼저 읽었어요. 그러다가 우연히 이세욱 번역가님의 번역본을 읽게 된 것이죠. 가독력이 아주 좋았어요. 그런데 좀 이상하다 싶었죠. 단문이 주조인 안나 가발다 작품에는 뭐뭐한 듯이, 같은 표현은 없거든요. 그런데 번역본에서는 원서의 단문에 번역가 자신이 해설하듯 문장을 덧붙인 게 상당히 눈에 띄었지요. 그럼 독자는 안나 가발다를 읽는 게 아니라 이세욱을 읽는 것이잖아요. 신문기사는 마치 의역과 직역의 문제처럼 다루었더라고요. 그런 문제가 아니지 않느냐 했더니 지면을 따로 줘서 '배반의 유혹'이란 제목으로 기고를 했더랬죠. 사실 번역하다 보면 저자의 문장에 간섭하고 싶어지기도 해요. 이렇게 덧붙이면 더 낫겠는데 싶은 심정이 되지만 절대 끼어들면 안 되지요. 번역가가 어디까지나 하지 말아야 할 일이라고 생각합니다.

다른 번역가의 번역에 대해서는 되도록이면 평가를 안 하려고 해요. 다만 번역이란 것은 번역가가 눈에 안 띄어야 좋은 거예요. 읽기

백선희                                                                                                       235

거슬리는 책을 만나면 누가 번역한 거지, 하고 살피게 되고 오히려 잘 읽히면 번역가를 생각 안 하고 그냥 책에 빠져서 읽게 되지요.

그때 논쟁은 했지만 이세욱 씨는 워낙 번역을 잘하시는 분이죠. 그런데 이 작품은 어째서 이렇게 덧붙인 게 많을까 싶었는데, 그 후에 이세욱 씨와 만났어요. 먼저 연락이 왔더라고요. 이세욱 씨는 제 말에 수긍했고 출판사가 교정 보는 단계에서 좀 문장에 손댄 상황도 있다는 걸 알았지요. 몇 년 전에 개정판이 나온 것 같더군요.

선생님은 어떻게 번역 작업을 시작하셨어요? 연구자가 되실 분이라고 생각했었는데요.

프랑스에서 박사 과정까지 마치고 논문을 쓰다가 IMF 외환위기 상황이 되어서 완전히 못 끝내고 한국에 돌아왔거든요. 그때부터 강의하고 번역하다 보니 다시 프랑스로 가서 논문을 쓰는 시기가 늦어졌고, 번역가로 일하는 데 구태여 박사 학위가 있어야 하는 것도 아닌지라 그냥 강의와 번역 일에 전념했죠. 논문 주제는 마르그리트 유르스나르였는데, 이제 까마득한 옛날 얘기 같네요.

프랑스는 자국의 책, 특히 문학작품의 수출에 공들이는 나라죠. 프랑스문화원의 번역 지원 정책도 있는데, 한국의 출판사들이 지원받기도 해요. 프랑스 문학에 대한 국가적 차원의 지지와 자부심이 느껴집니다. 번역가로서 파악한 프랑스적인

남의 머릿속에 들어가서
옮겨야 해요

문학 풍토나 분위기가 남다르죠?

프랑스는 어려서부터 문학책을 많이 읽히죠. 요즘엔 프랑스도 예외 없이 젊은 사람들이 책을 안 읽는다며, 어떻게 보들레르를 모를 수가 있느냐고 한탄들 하던데요.(웃음) 정책적으로 보면 국립도서센터가 중심이 되어 출판과 독서 사업 지원을 많이 합니다. 부서 이름도 재밌어요. '책과 독서부'. 집필 계획 있는 작가들을 지원해주거나 번역가들을 지원하는 등 출판 관련한 지원 계획의 중심은 항상 문학이지요. 그 지원 정책에 저도 번역가로서 신청해서 한번은 3개월 체류하고, 이후 두 번째는 2개월 체류 지원을 받았죠. 한 번 지원받고 3년이 지나면 다시 신청할 수 있어요. 신청하려면 프랑스문화원에 서류를 내고 인터뷰하고 나면 파리에서 최종 결정을 하죠. 공무원이 아니라 문인들이나 책 관련된 사람들로 구성된 위원회가 결정하는가 보더라고요. 파리에 도착해서 등록하면 바로 지원금을 주고, 자유롭게 놔두죠. 무슨 경비 영수증을 내라고 하지도 않고요. 그냥 매달 2천 유로 정도를 지원해주지요. 체류 공간이 필요한 사람은 신청하면 아를에 있는 '에스파스 반 고흐'에서 묵게 해주기도 해요. 책과 독서 문화와 관련된 사람들을 다양하게 지원하고 신뢰하는 분위기가 참 좋더라고요.

한국에서는 프랑스 문학을 어떤 취향이 섞인, 정말 문학적인 작품이라고 생각하죠. 최근 가독력 높은 추리소설이 팔리기도 하지만 영미권에 비하면 번역된 작품 수도 적고 판매량도 많지 않습니다. 정작 프랑스는 한국을 중요한 출판시장으로 이해하고 있어요. 프랑스 문학 수출국 중 한국이 손꼽히거든요.

오랫동안 프랑스 문학을 주로 접해온 저는 영미권 작품을 읽으면 뭔가 채워지지 않는 게 있어요. 물론 일반화해선 안 될 일이지만요. 이걸 뭐라 설명할 길이 없어요. 현지에서 감염된 무슨 풍토병인가 싶기도 해요.(웃음) 프랑스에서 한국문학 이해가 점점 높아지는 편이에요. 제가 에릭 파이 작가의 『나가사키』(21세기북스)라는 작품 번역을 한 적이 있어요. 작년에 한국에서 김탁환 작가와 대담도 한 프랑스 작가죠. 몇 번 만나서 친구가 된 작가인데, 이 작가는 파리에서 한국문학 관련 행사가 있으면 꼭 참석해요. 좋아하는 한국 작가들도 몇 있고요. 특히 이승우 작가의 작품이 좋다고 하더라고요. 자신의 작품 세계와 비슷하다고 생각하는 듯했어요. 그뿐 아니라 제 주변의 프랑스 친구들도 점점 더 번역된 한국 작품을 읽고 얘기하더군요. 프랑스 문학과 한국문학이 잘 만나는 지점이 분명히 있을 거예요.

출판사에는 종종 번역가를 지망하는 젊은이들의 샘플 원고가 도착하곤 합니다. 번역을 외국어 능력과 동일시해서 생기는 현상일 수도 있지만 정말 꽤 많은 번역가 지망생이 있다는 생각이 들어요. 번역가가 되려는 자세나 훈련법에 대해 말씀하실 게 있나요.

남의 머릿속에 들어가서
옮겨야 해요

"프랑스어와 우리말처럼
  뿌리가 완전히 다른 언어를
  옮길 때는 번역가의 역할이
  더욱 중요하죠."

꼭 얘기해주고 싶은 게 있어요. 로맹 가리가 『레이디 L』(마음산책)을 원래 영어로 썼잖아요. 영어로 쓸 때는 6주가 걸렸어요. 그 후에 직접 자기 작품을 프랑스어로 번역했죠. 9개월 걸렸어요. 그러면서 번역을 '순교'라고 표현했어요. 그 작업 하다가 힘들어 죽는 줄 알았다고 말이죠. 본인은 자기가 쓴 걸 옮기는데 그렇게 힘들었다는데 번역가는 남의 머릿속에 들어가서 그걸 이해해서 옮겨야 되는데요. 내 머릿속도 아니고 남이 써놓은 것을 완전히 소화해야 하니까 결코 쉬운 일이 아니죠. 당연히 언어만 잘해서 해결될 문제가 아니에요. 그리고 언어만 해도 그래요. 일단 누구라도 처음 번역을 시작하면 내 어휘가 이렇게 빈약했나를 느끼게 될 거예요. 좋은 글을 많이 읽는 게 중요해요. 어휘력, 문장력에 도움이 되지요. 지금도 저는 책을 읽을 때 내가 잘 안 쓰는 어휘들은 반드시 메모해요. 번역할 때 선택할 단어 폭을 넓히기 위해서죠.

번역가 지망하는 분에게 희망을 주셔야 하는데, 이렇게 막 어렵다고 차단을 해버리시면 출판의 미래가 어두워지는데요.(웃음)

번역이 고역이라는 걸 먼저 말해주지 않았다간 오히려 왜 헛된 희망을 안겼냐고 나중에 원망을 들을지 모르잖아요.(웃음) 번역을 하려면 무엇보다 책 읽기를 좋아해야죠. 번역한다면 한 책을 여러 번 읽는 셈인데 읽기가 즐겁지 않으면 번역가로 일하긴 힘들어요. 번역가

남의 머릿속에 들어가서
옮겨야 해요

에 관한 재미난 소설이 있어요. 국내에 출간되진 않았는데 제목이 『번역가』예요. 이 작가가 번역가를 주제로 두 작품을 썼는데 『번역가』 그리고 『사랑에 빠진 번역가』예요. 그 두 작품 모두 '나는 번역가다'라는 문장으로 시작돼요. 주인공 번역가가 어느 날 조금씩 반역을 하기 시작합니다. 세미콜론(;)을 쉼표(,)로 바꾸는 거에요. 그러면서 번역가가 자기 반역 행위를 단두대 처형이라고 불러요. 왜냐하면 세미콜론의 모가지를 날렸으니까. 오늘은 단두대 처형을 몇 개를 했다, 뭐 이런 표현을 쓰죠. 이런 반역을 저자도 모르고 편집부도 모르게 점점 많이 저지르죠. 처음에는 겨우 쉼표 몇 개 바꾸다가 나중에는 쓱 단어를 바꿔봐요. 그러다가 점점 대담해져서 단어를 빼기도 합니다. 더 나중에는 심지어 없는 말을 집어넣기까지 하지요.(웃음) 더 재미난 건 소설에서 주인공 아내의 배반과 번역가의 배반을 연결해서 얘기해요. 소설 속의 번역가 아내가 바람을 피우고 있어요. 이건 남편에 대한 배반이잖아요. 아내의 배반이 대담해질수록 번역가의 배반도 대담해집니다. 원작을 자꾸 훼손하는 거지요. 그런데 번역본이 출간되고 책이 많이 팔려서 저자가 스타가 됩니다. 원작은 안 팔리는데 번역본만 잘 팔리는 겁니다. 번역자가 엄청나게 고쳐놨으니까요. 이후로 저자와 출판사에서 낌새를 알아차리지만 오히려 번역가가 배반해주기를 기다린다는 내용이에요.

제가 번역하는 사람이라 그런지 이 소설이 아주 재밌더라고요. 일반 독자는 어떻게 느낄지 모르겠지만, 번역가를 지망하는 분이라면 읽어보면 좋을 소설이지요. 번역가가 쉼표 하나, 단어 하나에 얼마나

의미를 부여하고 사는지 사람인지 알게 될 겁니다.(웃음) 좋은 번역
이 뭘까 늘 고민하는데요. 움베르토 에코가 번역이란 '거의 같은 것
을 말하기'라고 했어요. 그러니까 결코 원문과 똑같이는 못 한다는
얘기죠. 어차피 번역이라는 게 해석이 들어갈 수밖에 없어요. 특히나
프랑스어와 우리말처럼 뿌리가 완전히 다른 언어를 옮길 때는 번역
가의 역할이 더욱 중요하죠.

　　아름답지만 원문에 충실하지 못한 번역은 프랑스어에서 '부
　　정한 미녀'로 빗대지기도 하고, 반대로 원문에 충실하나 가독
　　성이 떨어지는 번역은 '정숙한 추녀'로 불리기도 하는데요. 선
　　생님이 최근 번역하신 사례에서 깊은 고민을 했던 부분은 무
　　엇이 있을까요.

최근에 번역한 모파상의 『어느 인생』(새움)은 『여자의 일생』으로 한
국에서 알려진 작품인데, 원래의 제목으로 돌려놓으면서 많이 고민
했지요. 『여자의 일생』으로 너무 굳어서 그대로 둘까도 생각했는데
요. 여성의 일대기로 한정 짓는 단정적인 제목이 저자의 의도를 거스
른다 싶어서 원제대로 옮겼지요.
　처음 번역을 할 때는 대개 원문의 의미를 살리는 데 집중하죠. '정
숙한 추녀' 쪽이죠. 그런데 의미에 충실하다고 해서 꼭 '정숙'하다고,
다시 말해 반역을 하지 않았다고 할 수 있을까요? 원문은 그 나라 언
어로 편안하게 읽히는데 번역문이 의미 전달은 되지만 껄끄럽다면

　　　　　　　　　　　　　　남의 머릿속에 들어가서
　　　　　　　　　　　　　　　　　　　　　　　옮겨야 해요

이것도 '정숙하지 못한' 번역이 아닐까요? 원문의 자연스러움을 배반한 거라고 볼 수 있지요. 그러니 번역가의 목표는 '정숙한 미녀'가 되어야겠지요. 그 목표에 얼마나 도달할지는 또 다른 문제지만요.

남편인 김병욱 선생님도 번역가이신데, 작업하실 때 상호작용이 있을 듯하고요. 장단점이 있으시겠지요?

좋은 점이 많죠. 서로 번역하다가 막히면 물어보고 의견을 주고받기도 하죠. 한 작가의 다른 작품을 각각 번역한 적이 있어요. 로맹 가리라든가 밀란 쿤데라, 피에르 바야르를 둘 다 옮겼죠. 이런 일도 있었어요. 바야르 번역을 하면서 어떤 문단이 너무 친숙한 거예요. 찾아보니 바야르 작가가 다른 작품에 쓴 한 문단을 그대로 또 쓴 것이었어요. 문학 이론에 관한 내용이다 보니 두 작품에서 똑같이 쓴 것이죠. 그런데 그 다른 작품이 마침 김병욱 씨가 번역한 책이었죠. 그래서 원문을 존중해서 김병욱 씨가 번역한 그대로 옮겼지요. 작가의 자기표절을 충실히 번역한 셈이죠.(웃음) 만약 다른 사람이 번역한 책이라면 그렇게 못했겠지요. 나중에 바야르 작가를 만났을 때 "내가 작가님의 자기 표절을 발견했잖아요." 그랬더니 "그랬어요? 설마 많지는 않겠죠?" 그러면서 웃더라고요.

마음산책에서 출간하는 거의 모든 프랑스어권 책은 백 선생님의 눈과 손을 거쳤죠. 직접 번역하시는 경우가 아니더라도

검토해주시고요. 20년 동반자로 사신 셈입니다.

제가 프랑스에서 돌아온 게 1998년 4월이었어요. 10년 동안 한 번도 돌아오지 않았던 한국에서 어떤 번역 일을 할 수 있을까 물정 모를 때 정 대표님이 도와주셔서 인연이 되었죠. 이후 마음산책 일을 지속적으로 하다 보니 가족 같은 느낌마저 들어요. 지금까지 마음산책과 열여섯 권 정도 작업했던데, 이건 정말 엄청난 인연인 것이죠. 마음산책과 오래 같이 갈 수 있으면 좋겠네요.

여기 인터뷰 공간인 '누군가의 집'은 독특하고 아름답네요. 북촌의 한옥을 살린 모던한 곳인데, 어떻게 사용되며 선생님은 무슨 역할로 관여하시는지요. 강의나 이벤트 등이 종종 열리는 공간으로 알고 있습니다.

여기 주인분과 몇몇이 스페인 여행을 한 추억이 있어요. 이후에 이 집에 놀러왔다가 이 공간이 창고로 쓰이는 것을 발견하고 누구랄 것도 없이 의기투합했죠. 함께 여행했던 몇 사람이 힘을 합해 협동조합을 만들어 문화공간으로 바꿔보자고요. 누구나 찾아와서 책도 읽는 공간이 되면 좋겠다 싶었지요. 집에 책이 엄청 많으니 함께 공유하면 좋겠다 싶기도 했어요. 여섯 명이 뜻을 맞추어 조합을 만들고 이 공간을 운영하죠. 강연도 지금까지 31회 정도 했어요. 문학, 예술, 건축, 인문 할 것 없이 다양한 분야의 강연자들을 모시고 소규모로 20명

신청자를 모집하는데, 매번 금세 예약이 차버려요. 소규모니까 깊이 있는 질문을 할 수 있어서 강연하시는 분도 듣는 분도 모두 좋아해요. 또 북클럽도 해요. '뒷북클럽'이라는 이름인데, 왜 뒷북클럽이냐면 시류에 흔들리지 말자고, 그냥 앞서가지 말고 우리 흐름대로 가자는 의미에서요. 게다가 여기가 조금 뒷골목이잖아요. 북촌 분위기에 뒷북클럽이 어울리죠. 혼자 읽기 힘든 라블레의 『가르강튀아』를 완독했고요. 지금은 『돈키호테』 함께 읽는데 토론은 안 하고 소리 내서 윤독해요. 너무 좋아요. 낭독자의 목소리마다 색이 달라서 듣는 작품

남의 머릿속에 들어가서
옮겨야 해요

이 새롭게 느껴져요.

주인분의 배려로—주인도 조합원이니 어쩌겠어요?(웃음)—만든 공간이니 월세도 없고 자유롭게 책과 관련된 행사를 하면서 유지할 수 있어서 좋습니다. 조합원들이 돌아가며 하루씩 나와 작업실처럼 쓰기도 하니 북촌에 제 작업실이 생긴 듯도 하지요. 여기에 와서 작업할 때도 많아요. 제가 여기서 관여하는 건 주로 강연 기획이나 책과 관련된 일들이지요. 앞으로 또 어떤 일을 꾸밀까 늘 궁리합니다.


번역가의 새로운 미래를 보는 듯합니다. 선생님의 손끝에서 새로운 문화가 만들어지고 작품이 태어난다고 생각하니 고마운 마음이 더 커지네요. 더 재밌는 이야기는 다음엔 마음산책에서 하시죠.


네, 불러주세요. 20주년 축하하고요.


백선희

번역가. 덕성여자대학교 불어불문학과를 졸업하고 프랑스 그르노블 제3대학에서 문학 석사 학위를 받았고 박사 과정을 마쳤다. 로맹 가리, 밀란 쿤데라, 아멜리 노통브, 피에르 바야르, 로제 그르니에, 리디 살베르 등 프랑스어권 주요 작가들의 작품을 우리말로 옮겼다. 옮긴 책으로 『웃음과 망각의 책』 『마법사들』 『햄릿을 수사한다』 『흰 개』 『울지 않기』 『예상 표절』 『하늘의 뿌리』 『내 삶의 의미』 『알베르 카뮈와 르네 샤르의 편지』 『책의 맛』 등이 있다.

김연수

# 뭔가를 선택할 땐
# 첫 마음을 떠올려요

김연수 작가가 백석 이야기를 쓰고 있을 때 인터뷰가
이루어졌고, 인터뷰집이 나오기 전에 바로 그 이야기,
『일곱 해의 마지막』(문학동네)이 나왔다. "전쟁이
끝나자 지옥보다 더 나쁜 게 있다는 것을 알게
됐다. 그것은 지옥 이후에도 계속되는 삶이었다.
그런 삶에도 탈출구가 있는 것일까." 소설 속 백석은
자문한다. 외롭고 높고 쓸쓸한 예술가의 삶을
끌어안으며 작가의 육성을 정리하는 일은 한낮의
서늘한 바람을 맞는 것이다.

일산의 호수공원 앞 작가의 작업실에는 몇 번 간
적이 있다. 널리 알려진 작업실은 아닌 것이, 김연수
작가의 성정이 작업실에 사람을 들이는 일에 익숙하지
않았던 듯하다. 마음산책에서 네 권의 산문집을
내는 동안 불가피하게 작업실에 '쳐들어갈' 일이
있었다. 대면할 때도 메일이나 전화로도 김작가는
늘 쑥스러워하며 조용히 말하는 스타일을 유지했다.
편집 일의 특성상 당장 해결할 일이 생겨서 당황하고
흥분할 때도 있는데, 그 일에 응하는 김작가의 평온한
태도에 급작스럽게 차분해지던 기억이 난다.

이번 인터뷰도 무척 평온한 가운데 조용히
이루어졌다. 마치 아무일도 일어나지 않는 오후의
티타임 같은 느낌이었다. 선물로 들고 간 캠퍼 신발을
받아들었지만 김작가의 표정에 변화가 없었다(나만
"어서 신어보세요" 하고 흥분했다). 김작가는 오로지 작업
중인 '시인 백석'에만 신경이 쏠려 있는 듯 보였다.
작업실을 나와 호수공원을 함께 걸었을 때 비로소
중요한 인터뷰를 마쳤다는 안도감이 들었다.

일산의 작업실은 이전과 조금도 달라지지 않았네요. 반가운 공간입니다. 이곳에서 소설 작업을 하실 때도 음악을 배경으로 삼으시는지요. 작가님의 인생에서 음악은 빼놓을 수 없잖아요. 90년대 중반에 한 문예지에 음악 칼럼을 연재하신 적도 있고요. 시규어 로스나 호드리구 레아우의 음악을 좋아한다는 말씀에 저도 더욱 그 음악을 좋아하게 되었습니다만.

요즘은 이전처럼 음악을 많이 듣지 않습니다. 요즘 듣는 음악은 북한 노래들이에요. 지금 쓰고 있는 소설이 1950년대 후반의 백석 시인 이야기입니다. 그래서 제가 잘 모르는 그쪽 정서를 알기 위해 음악을 구해서 듣고 있어요. 두 곡 정도를 소개해드린다면, 하나는 미국 가스펠 그룹인 캐스팅 크라운즈Casting Crowns의 〈White Dove Fly High〉입니다. 원곡은 〈비둘기야 높이 날아라〉입니다. 2007년 평양 공연에서 우리말 가사와 영어 가사를 번갈아가면서 불렀다고 하더군요. 이 노래는 애플뮤직에도 있으니 쉽게 들을 수 있습니다. 다른 노래는 〈눈이 내린다〉라는 곡입니다. 여러 가지 버전이 있는데 제가 듣는 건 연변 출신의 김계옥이 옥류금이라는 악기로 연주한 버전이에요. 가야금을 개량한 악기로 가사 없이 연주한 곡이 소설 정조와

어울려요. 〈눈이 내린다〉는 한때 백석의 아내였던 문경옥이 가곡을 옥류금 연주곡으로 편곡한 곡입니다. 모스크바 유학을 다녀온 바 있는 그녀는 북한에서는 존경받았던 작곡가였습니다. 그밖에는 1937년에 실연한 백석이 자주 불렀다고 해서 아와야 노리코의 〈남의 마음도 몰라주고〉(人の気も知らないで) 같은 노래들을 찾아듣고 있습니다. 소설 쓰면서 그 시대로 들어가야 하니까 계속 자료를 보고 책 읽고 하는데 이 음악들이 더 빨리 그때로 데려가주죠. 바로 이런 느낌이었겠지 하며 음악을 계속 반복해서 듣는 거죠. 이런 음악은 유튜브에서 찾아서 듣고 녹음도 하죠. 전문적으로 말하면 어떤 노래와 장면을 결부시키는 앵커링 효과 같은 건가 싶어요. 그 정서를 그래서 소설 쓸 때 빨리 소환할 수가 있는 거죠.

음악에 관한 책을 내실 계획은 없으신가요.

지금은 완전히 음악에 푹 빠져서 듣던 시기는 지났고요. 소설을 쓰기 위해 관련된 음악을 찾아 듣는 정도입니다. 예전보다는 덜 듣습니다. 그래서 책으로 쓸 만한 얘깃거리가 많지 않습니다. 요즘은 라디오를 많이 듣고 있습니다. 들리는 대로 듣고 맙니다.

마음산책에서 내신 첫 산문집 『청춘의 문장들』 때문에 청년 아이콘으로 독자들에게 각인된 후 여전히 그 이미지가 남아 있습니다. 첫 장편소설 『가면을 가리키며 걷기』(세계사)를

뭔가를 선택할 땐
첫 마음을 떠올려요

"뉴트롤즈의 아다지오를 들으며 87년 대선을 투표권이 없는 눈으로 지켜보았고 <영웅본색> <개 같은 내 인생> <천국보다 낯선> 순으로 보았던 나의 세대에게 바친다"고 기록하셨던 작가님. 지금 이 시절, 새로운 세대를 어떻게 이해하고 계시나요.

젊었을 때는 뭐든 달라지기를 원했죠. 저와 저 자신을 둘러싼 세계도 바뀌었으면 좋겠고요. 그래서 지금까지 살아온 세계를 부정하고 그랬죠. '지금까지와는 다른 삶을 살 거야.' 이런 희망 속에서 스무 살이 시작되는 거죠. 그게 세대적으로는 '우린 다른 삶을 살 거야' 이렇게 되나요? 우리는 대중문화와 가까운 세대였습니다. 예를 들어 일찌감치 서태지도 있었지만, 봉준호나 장준환 같은 영화감독이나 유재석 같은 연예인들과도 같은 세대로서 공유하는 문화가 있었어요. <응답하라 1988> 같은 것이랄까. 우리는 이전 세대들과 문화적으로는 공유하지 못했거든요. 아버지 세대의 문화와 우리의 문화는 완전히 달랐죠. 그런 식의 단절이 우리 다음 세대와는 아직 결정적으로 일어나진 않은 것 같습니다. 그런 점에서는 운이 좋습니다. 우리에게 좋은 문화가 지금 젊은 사람들에게도 좋은 문화일 수 있어서. 저는 그들에게 더 좋은 것을 주고 싶습니다.

가령 백석 시인의 이야기를 소설화하면 어떤 독자들이 수용하게 될까요? 문학 독자는 물론 한 편의 중요한 작품으로 대하겠지만 대체로 어떤 독자층이 읽게 된다고 생각하시는지요.

계속 고민하는 부분 중의 하나인데요. 1950년대 북한의 백석 이야기가 지금 독자들한테 어떤 의미가 있을까, 어떤 식으로 읽힐 수 있을까 계속 고민하고 있습니다. 제가 쓰고자 하는 것은 역사나 분단의 아픔, 오로지 고통일 뿐인 인생의 허무 같은 게 아니라 살아가면서 우리가 직면하게 되는 선택의 문제입니다. 우리의 현재 삶은 언젠가 우리가 선택한 것들의 결과죠. 미래의 삶은 지금 뭘 선택하느냐에 따라 결정되고요. 아무런 선택을 하지 않았다고 해도 인생에서는 그 선택하지 않음이 하나의 선택이에요. 그 뒤의 인생을 살아야만 한다는 점에서. 백석은 평양에 남아 시인으로서 여생을 보낼 수도 있었어요. 하지만 그는 결국 삼수로 쫓겨나 시인으로 살지 못했습니다. 찬양시를 쓰라는 북한 정권의 강요가 중간에 있었을 것이고, 어떤 식으로든 그는 뭔가를 선택했을 겁니다. 당대의 관점에서 보자면 그의 선택은 실패로 돌아갔지요. 그리고 북한에서는 완전히 잊힌 시인으로 죽었어요. 아무도 그를 기억하지 않아요. 하지만 그의 죽음 이후까지, 그리고 북한의 바깥까지 시야를 넓혔을 때 그의 선택이 잘못된 것이라고, 그의 삶이 실패였다고 말할 수 있을까요? 이런 질문은 지금 세대에게도 유효하다고 봐요. 산다는 것은 뭔가를 선택하는 일이고, 각 개인은 선택한 대로 살아가는 거죠. 좁은 시야에서 보는 사람은 거기에 맞는 삶을 선택할 것이고, 넓은 시야에서 보는 사람은 또 그런 관점에서 선택할 것입니다. 그렇다면 어떤 삶을 선택할 것인가? 그런

뭔가를 선택할 땐
첫 마음을 떠올려요

"우리의 현재 삶은 언젠가
우리가 선택한 것들의 결과죠.
미래의 삶은 지금
뭘 선택하느냐에 따라 결정되고요."

이야기를 하고 싶은 것입니다.

기대됩니다, 백석 이야기. 마음산책은 작가님께 특별히 감사한 마음으로 살고 있죠. 메리 올리버를 발견해주신 것. 이후에 마음산책이 메리 올리버 책을 출간할 수 있는 동력을 제공하셨죠. 또 페터 회의 『스밀라의 눈에 대한 감각』에 쓰신 애정 어린 추천사로 많은 독자들이 스밀라를 만났습니다. 요즘은 작품 쓰시느라 즐겨 읽으시던 영미권 책들은 못 읽고 계신가요?

이전처럼 원서를 많이 읽지를 않아요. 웬만한 작품은 다 번역돼 있으니까. 그리고 번역 작업을 안 한 지도 꽤 됩니다. 2000년대에 번역을 많이 했지만 2010년대 들어와서는 거의 안 했어요. 시간이 흐를수록 글에 대한 시야가 넓어지면서 예전에 비해 문장을 쓰는 데 더 많은 시간이 걸립니다. 그렇게 되면 소설에 집중하는 시간이 늘어나면서, 아무래도 같이 하기가 어렵더라고요. 번역이 되게 힘든 작업이잖아요. 대부분 번역가들이 번역하는 이유는 그 책이 좋고 자신에게 잘 맞아서죠. 경제적 보상이 많지 않기 때문에 그런 동기가 아니라면 번역하기가 어렵습니다. 하지만 아이로니컬하게도 좋은 책일수록 덜 팔립니다. 그리고 번역에 대한 지적도 더 많이 받지요. 그래서 번역은 정말 어려운 일이에요. 번역가들은 대단합니다.

뭔가를 선택할 땐
첫 마음을 떠올려요

레이먼드 카버의 『대성당』(문학동네) 번역본은 김연수 작가님의 영향으로 더 많은 독자가 찾은 작품이 되었죠. 번역과 작품 쓰기의 시너지가 있을 수도 있다고 지레짐작했는데 양립하기 어렵다는 고백을 들으니 수긍하게 됩니다.

　좀 곤혹스러운 질문을 드리게 되는데 최근 이상문학상과 관련된 저작권 침해 문제로 출판사-작가의 관계를 다시 돌아보게 되었습니다. 작가님도 『파도가 바다의 일이라면』(문학동네) 작품을 2013년, 이전 출판사의 부도덕한 상행위에 저항하는 뜻으로 절판을 선언하셨던 아픈 기억이 있으시죠. 출판사와 작가의 관계에 대한 생각을 여쭈어도 될까요.

제가 출판사에 처음 가본 게 고3 때예요. 1988년 겨울, 정신세계사에 처음 갔어요. 우연히 정신세계사에서 독자 모니터 회원을 모집한다는 공지를 보고 글을 써서 보냈더니 연락이 온 거였어요. 그렇게 연락을 주고받다가 대입 지원서를 내러 서울에 간다니까 출판사로 한번 찾아오라고 하더라고요. 그래서 찾아갔죠. 당시 『성자가 된 청소부』 같은 정신세계사의 책들이 잘 팔리던 때였는데 광화문에 있는 출판사 사무실이 근사했어요. 제가 TV 드라마에서 본, 삐걱거리는 나무 계단, 난로 위의 주전자, 담배꽁초가 가득한 재떨이가 놓인 탁자 같은 게 있는, 그런 곳이 아니었어요.

　류시화 씨가 편집장이었는데 독립된 편집장 방도 되게 멋있더라고요. 저랑 말하면서 표지를 펼쳐놓고 교정을 보는데 너무나 전문적

으로 보였고요. 완전히 출판에 빠진 거죠. 서울 한복판, 광화문과 세종문화회관 근처에서 책을 만드는 출판사라니. 그걸 보고 와서는 출판 자체를 동경하게 되었습니다.

그래서 글 쓰는 것도 마찬가지이고 책을 내는 것도 동기가 다 그거예요. 멋있는 일을 한다는 것. 나도 이런 멋진 일을 꼭 해보고 싶었다는 것. 등단하기 전에는 당연히 문인들에 대한 선망이 있었지요. 등단한 뒤에는 재능 있는 문인들과 재능 있는 편집자들을 직접 만난다는 것 자체도 좋았습니다. 등단 후 뒤풀이 자리에서 만난 문인들은 저한테는 스타인 분들이잖아요. 물론 실망도 하게 되었지요. 실제로 얘기하고 이런저런 뒷얘기를 듣다보면 재능에 가려졌던 실제 모습이 보이고, 출판사들 중에도 말도 안 되는 짓을 하는 곳도 있고. 하지만 그래도 저는 이 일을 하는 게 좋았습니다.

멋있다, 선망한다, 저렇게 나도 일해보고 싶다, 기본적으로 여기서 시작했기 때문에 지금까지 뭔가를 선택할 때가 되면 그 첫 마음을 떠올립니다. 상식적으로 말이 안 되는 일이 벌어지면 저는 주로 제 쪽에서 그냥 관계를 끊는 것을 택했습니다. 제가 초라해지면서까지 관계를 맺고 싶지는 않았으니까요.

전 저 자신이 예술가라고 생각하며 일합니다. 제가 선망했던 것도 예술의 차원이니까. 마음에 드는 소설을 쓸 수 있다면 그것으로 되었다고 생각합니다. 하지만 그렇게 쓴 원고를 제작하려면 출판사와 일해야만 합니다. 출판사는 영화로 치자면 제작사죠. 돈의 문제가 얽히게 됩니다. 그래서 출판사와 일할 때는 돈과 글 사이에서 고민하는

뭔가를 선택할 땐
첫 마음을 떠올려요

경우가 생깁니다. 어떨 땐 돈을 지켜야 하죠. 제가 돈을 지켜야겠다고 생각할 때는 대부분 돈 때문에 한 일들, 번역이나 잡지에 쓰는 산문 같은 경우였어요. 그때는 돈을 지켜야겠어요, 받아내야겠어요, 그래서 끝까지 받아내죠. 물론 쉽지는 않습니다만.

소설과 관련해서는 글을 지켜야죠. 이것도 쉽지는 않습니다. 그전에도 이상문학상은 운영이 주먹구구였어요. 일단 무리한 조건을 제시하고 작가가 반발하면 조금 물러나고 아니면 그대로 밀어붙이고, 그런 식이었죠. 그래서 작가마다 계약 사항이 그때그때 다 달라요. 주먹구구라는 게 받아들이든 반발하든 작가는 피곤해지게 돼 있어요. 피곤해지더라도 원칙상 글을 지키는 게 맞죠. 이런 일을 하면서 초라해질 수는 없는 거니까. 그래서 이번에 소설가들이 잘했다고 생각합니다.

작가님은 장편소설과 소설집을 문학동네 출판사로 모아 전집의 느낌처럼 출간작을 정리하고 계시죠. 표지 이미지의 일관성이나 정연한 편집 형태로 '김연수 마니아' 독자에게 선물처럼 주어지고 있어요. 그런데 산문집만큼은 여러 출판사에서 다양한 형태로 출간하고 계신데? 산문에 대해서는 자유로운 마음이신 건가요? 작가님께 산문은 어떤 의미가 있나요?

소설과 산문은 확실히 다르죠. 산문집을 펴내는 건 여전히 익숙하지 않습니다. 몇몇 산문집은 절판시키기도 했습니다. 시대에도 뒤떨어지고 지금 저의 생각과 다른 부분도 많기 때문에요. 소설은 시간의 영향을 받지 않는데, 산문은 지나고 보면 글을 쓰던 그 당시에 머물러 있더라고요. 아무래도 제 캐릭터가 그대로 반영돼 있기 때문이겠죠.

산문은 또 그게 매력 아닌가요. 당대의 기록, 날것의 표정이 살아 있는 것이니까요.

그렇기는 한데, 지금도 글을 쓰는 입장에서는 부담스럽기도 해요. 독자들은 10년 전의 저와 지금의 저를 혼동할 수도 있거든요. 달리기야 지금도 좋아하지만 예전과는 다른 방식으로 좋아합니다. 덜 빠져 있어요. 하물며 세상에 대한 생각들은 이것저것 달라진 게 참 많습니다. 그렇지만 독자들은 모든 글을 현재의 시점에서 읽습니다. 그럴 때 생기는 불일치를 제가 감당해야만 하는데, 그게 감당이 되나요? 그래서 쓸 때는 산문이 자유로운 것 같지만, 시간이 지나면 산문이 더 제한적이고 소설이 훨씬 자유롭다는 걸 알게 됩니다. 소설은 잘못 읽혀도 상처가 덜 해요. 내 손을 떠나 저 혼자 훨훨 날아다니니까. 아마도 제가 죽고 난 뒤에도 그 책들은 혼자서 잘 살아가겠죠. 하지만 산문은 잘못 읽히면 마음이 아픕니다. 형보다 못난 동생 같달까. 물론 그래서 매력이 있는 것이겠지만요. (웃음)

동아시아 출판계에서는 많은 편집자들이 작가님의 작품을 알고 있습니다. 실제 일본에서는 독자 만남을 몇 차례 가지셨

"쓸 때는 산문이 자유로운 것 같지만,
시간이 지나면 산문이 더 제한적이고
소설이 훨씬 자유롭다는 걸 알게 됩니다."

죠. 독일어로 『나는 유령작가입니다』(문학동네), 프랑스어로 『파도가 바다의 일이라면』(문학동네), 러시아어로 『원더보이』 (문학동네)가 번역되기도 했고요. 문화의 차이가 상이한 독후 감을 남길 텐데, 실제 외국의 독자를 만나보니 어떠시던가 요? 또 오디오북 낭독도 하시고 소설 쓰시는 일 외에도 영화 도 출연하시고 기행 다큐도 진행하시고요. 작가로서 이런 활 동에 어떤 자의식을 갖고 계시는지요.

2005년 프랑크푸르트 도서전에서 한국이 주빈국일 때, 준비단장이 셨던 황지우 선생이 제안해 1년 내내 작가들이 독일에서 낭독회를 했어요. 저는 함부르크에 낭독회를 하러 갔습니다. 그때 축제를 하 는 기간에 부두에서 부스를 차리고 한국 작가들이 낭독회를 열었죠. 그런데 현지 사람 누구도 안 듣더군요. 저와 같이 낭독회를 하게 된 이제하, 조정래 선생 이런 분들만 앉아 계시더라고요.(웃음) 그분들 앞에서 소설이랍시고 낭독하게 됐으니 난감하죠. 그런데 그때 바깥 에서 관계자가 소리치더라고요. "한국 작가들이 낭독회를 합니다. 들 어와서 한번 들어주세요." 호객 소리였죠. 덕분에 한두 명이 들어왔 지만 금세 나가더라고요. 그게 해외 독자를 만난 첫 경험이었어요.
　그리고 그다음 해인가 일본문화교류기금재단의 초청을 받아 일본 전역을 돌며 제 문학에 대해 강연하는 프로그램에 참가했습니다. 보 름 동안 후쿠오카, 오사카, 도쿄, 센다이, 삿포로, 이렇게 다섯 개 도 시에서 강연하는 큰 행사였는데, 거기에는 청중이 많았습니다. 그때

뭔가를 선택할 땐
첫 마음을 떠올려요

만 해도 일본어로 번역된 작품이 없었는데, 일본은 그런 일에 열심인 분들이 많은 곳인지라 이 강연을 위해 번역해 재단 홈페이지에 올린 단편들을 읽고들 오신 거죠. 지역마다 청중들의 특성이 다 달랐는데, 센다이에는 점잖은 중년 여성들이 많았습니다. 그때 한창 '욘사마'로 인한 한류 붐이 시작될 때여서 소개하는 사람이 저를 '욘사마'라고 말하기도 했어요.(웃음) '용'이나 '연'이나 일본어로는 발음이 같았기 때문에. 그때 이와나미 출판사를 방문해서 이와나미 문고 편집자와 두 시간 얘기를 나누고 절망감을 느꼈습니다. 일본에서 한국문학 번역은 좀 어렵겠구나, 그런 생각을 했습니다.

지금은 한국문학 작품이 많이 번역 출간되어 있는 상황인데 당시에는 그런 징후가 없어서 어떤 장벽을 느끼셨군요.

이와나미 문고에서 한국의 소설 몇 권이 번역되어 있는 상황이었어요. 그런데 그 번역본이 대부분 민족문학 계열의 책들이었습니다. 그들의 관심은 한국의 역사와 민주화 과정이지, 문학이 아니었던 거예요. 물론 출판사의 특성은 있었겠지요. 아마 다른 출판사는 한국의 역사와 민주화 과정에 대한 관심마저도 없었을 겁니다. 그 과정에서 이와나미 편집자 몇백 명 중 한국어 해독자가 한 명도 없다는 사실을 알게 됐죠. 편집자들이 한국어를 전혀 모르는데, 한국문학 작품을 낼 수가 있을까 싶었죠. 이미 출간되었던 책들은 번역자들이 찾아와 이 책은 반드시 내야 한다고 해서 출간한 것이었고요. 그래서 큰 기대가 없었는데, 금방 바뀌더라고요. 2015년에 일본에 다시 갔을 때는 한국문학에 관심 많은 독자들이 상당수 있었어요. 진보초에서 한국 책을 소개하는 에이전트 김승복 선생도 계시고 쇼분샤의 한 편집자 는 한국어를 한국인만큼 하시더라고요. 편집자들이 한국문학에 관심 을 가지니 책이 출간되기 시작한 것입니다. 일본의 독자들은 민족이 나 역사 같은 개념보다는 서로 감정이 통하는 문학을 좋아하는 듯했 어요. 그래서 한국의 젊은 작가들 작품이 많이 번역되고 인기가 있는 것일 테고요.

　　작가님의 작품을 읽은 일본 독자의 이해는 어느 정도였나요?

이해가 깊은 편이었어요. 한국 사회에 대해서 많은 것을 알고 있더군 요. 사실 저는 일본에 오랫동안 관심이 많았고, 여러 차례 일본을 방 문하며 일본 사람들이 한국을 잘 모른다는 인상을 받았어요. 한국문 학을 읽으면 한국을 이해하고 한국을 대하는 태도도 바뀔 텐데, 그러 지 못하니 안타깝다는 생각이 들었습니다. 일본 신문과 인터뷰하면 그들은 매번 한국의 반일 감정이나 한일 관계에 대해 묻더군요. 그때 마다 제가 말했습니다. 한국에는 일본의 문학작품이 엄청나게 들어 와 있기 때문에 큰 문제가 없지만, 일본은 문제가 많다고요. 저만 해 도 일본 소설을 읽고 나서 일본인들의 삶을 이해하게 됐거든요. 하지 만 일본은 어떤가요? 서점에 가면 한국 소설을 찾아볼 수가 없잖아 요. 2013년까지도 제가 그렇게 인터뷰를 했는데, 이제 완전히 달라졌어요.

　　작가님의 여성 독자들이 특히나 작품을 아끼는 대목은 소설
　　속 여성 캐릭터들이 열정적이고 세다는 것입니다. 남성 작가
　　로서 여성 캐릭터를 만들 때 참고하는, 혹은 영감을 얻는 방
　　식이 있을까요.

글쎄요. 남성인 제가 기본적으로 여성 캐릭터를 잘 쓸 수가 없다고
생각하고요. 이런 인식이 있다면 쓰지 말아야만 하는데도 쓰고 싶은
소설들이 있어요. 그럼 소설을 시작할 때 제가 아는 게 없기 때문에
공부해요. 관련 책을 다 보는 거죠. 『파도가 바다의 일이라면』 쓸 때
는 여고생의 문장들을 계속 봤죠. 여고생들이 쓰는 문장들, 여고생들
이 쓰는 표현들……. 아무리 읽어도 어떻게 해서 이런 문장들이 나오
는지는 모릅니다. 그 마음은 알 수가 없어요. 그런데 문장은 제가 읽
을 수 있기 때문에 문장만을 봅니다. 한두 문장 읽고 그대로 소설에
가져다 쓰면 안 되니까 비슷한 문장들을 계속 읽어요. 그러다보면 마
치 마음을 아는 것처럼 문장을 쓸 수는 있더라고요. 하지만 그럴 때
도 저는 그 마음은 모릅니다. 문장을 구사하는 방식을 알 뿐이죠.
　이렇게 된 데에는 그간 실패를 많이 경험했기 때문입니다. 처음에
는 여고생을 쓸 때, 제가 생각하는 대로 플롯을 짰어요. 하지만 그건
제가 생각하는 여고생이지, 소설 속 인물이 될 수 없더라고요. 저는
수많은 편견과 선입견을 가지고 있습니다. 작가가 훌륭한 사람일 필

김연수　　　　　　　　　　　　　　　　　　　　　　　　　269

요는 없지만, 적어도 자기 캐릭터에 대해 편견과 선입견이 있어서는 안 되죠. 작가는 캐릭터의 말들이 저절로 흘러나올 때까지 계속 그들의 말을 따라 해야만 해요. 그러다 보면 그런 캐릭터들이 나오는 것 같습니다. 물론 그 어떤 말을 따라하고 싶은 사람들은 제가 선망하는 여성들일 테니까 또 그런 여성들이 나오는 것 같고요.

독립적인 여성들, 자기 말을 가진 여성 캐릭터가 이렇게 공부를 통해 나오는군요.

저는 사람들을 좋아한다기보다는 존경합니다. 여성들도 마찬가지고요. 인간으로서 굉장히 멋있다든지 용기가 있다든지 그런 거에 반하죠. 남성이든 여성이든 멋있다고 생각하는 사람에게 끌리는데, 그게 소설에 반영이 되죠.

2000년 이후 문학의 지형도랄까, 문학을 대하는 독자들의 자세가 달라지고 있습니다. 문학 자체가 갖는 힘은 그대로겠지만 수용하는 세계가 달라지고 있다는 생각이 드는데요. 체감하시나요. 이제 작가들이 SNS에 작품을 홍보하고 독자를 직접 만나는 일이 흔해지고 있습니다. 이런 환경 변화가 작가 생활에 어떤 변화를 가져오는 것일까요. 20년을 돌아보는 소회가 궁금합니다.

뭔가를 선택할 땐
첫 마음을 떠올려요

"저는 각 세대의
작가들에게는
각자의 역할이
있다고 생각합니다."

제가 1990년대 중반에 등단했을 때만 해도 모임에 가면 거기 있는 작가 누구도 판매 부수 이런 얘기는 안 하더라고요. 누구 책이 잘 팔렸냐 하는 화제는 약간 속물적으로 보는 분위기였어요. 속으로는 다 관심이 많았겠죠.(웃음) 그런데 대놓고는 책 잘 팔렸어? 이러면 화내는 사람도 있었어요. 정말 옛날 얘기죠. 그런데 그렇게 된 데에는 독자들의 영향이 컸습니다. 문인은 돈과는 거리가 멀어야 하며, 문학에는 깊이가 있는데, 독서란 그 깊이를 맛보는 것이다. 그런 독자들이 많았고, 저도 마찬가지였습니다. 그래서 어렵고 잘 이해되지 않는 책들도 공들여 읽었습니다. 반복해서 읽었고요. 이제 시대가 달라졌죠. 옛날엔 독자가 내 소설에 적극적으로 참여해서 읽어주면 좋겠다, 왜 이런 문장을 썼는지 적극적으로 해석하며 읽어줬으면 좋겠다는 기대가 있었는데 이제 독자들이 그런 걸 좀 피곤해하는 것 같아요. 그래서 약간 주춤하게 돼요. 가독성을 희생해가면서 굳이 이렇게까지 한 번 더 해석이 필요한 문장을 쓸 필요가 있나? 있다와 없다, 사이에서 고민 중인데 물러날 수 없는 선은 있죠.

예를 들어서 이미지를 계속 끌고 간다고 쳐요. 백석에 대해서 쓰면 눈의 이미지를 계속 끌고 갈 텐데, 그래서 떨어지는 이미지가 반복적으로 나올 텐데, 서사의 관점에서는 생뚱맞을 수 있거든요. 거기까지 읽어달라고까지 요구할 수 없지만 읽는데 뭔가 이상하다는 생각이 든다면 거기에 작가의 의도가 있는 것은 아닐까 하는 생각 정도는 할 수 있으면 좋겠다는 것이죠.

저는 각 세대의 작가들에게는 그들만의 역할이 있다고 생각합니

뭔가를 선택할 땐
첫 마음을 떠올려요

다. 제가 처음 등단할 때만 해도 제 작품에 대해 의견을 들려주는 사람들은 대개 편집자들 아니면 평론가들이었습니다. 저는 그런 풍토에서 글을 써왔기 때문에 완성도를 더 많이 따지게 된 것 같아요. 지금은 그때와는 완전히 다른 환경이지요. 시작할 때와는 다른 환경이니 앞으로는 글 쓰는 게 더 힘들어질지도 모르겠습니다. 그래도 저는 제가 줄 수 있는 가장 좋은 것을 독자들에게 주고 싶습니다.

김연수

소설가. 소설집 『나는 유령작가입니다』 『내가 아직 아이였을 때』 『스무 살』 『세계의 끝 여자친구』 『사월의 미, 칠월의 솔』. 장편소설 『일곱 해의 마지막』 『꾿빠이, 이상』 『7번국도 Revisited』 『사랑이라니, 선영아』 『네가 누구든 얼마나 외롭든』 『밤은 노래한다』 『원더보이』 『파도가 바다의 일이라면』. 산문집 『청춘의 문장들』 『여행할 권리』 『우리가 보낸 순간』 『지지 않는다는 말』 『소설가의 일』 『시절일기』 『대책 없이 해피엔딩』(공저) 등이 있다. 동서문학상, 동인문학상, 대산문학상, 황순원문학상, 이상문학상을 등을 수상했다.

이해인

# 주소를 적지 않아도
# 편지가 도착해요

이모 같다. 수녀님과 연결되어 생활하다 보면 이모의
정서가 전달된다. 스무 해 넘게 수녀님과 연락을
주고받았는데, 따뜻한 마음을 표현한 카드나 문자
수신량이 발송량을 능가한다. 수녀원의 촘촘한
생활을 알고 있기에 그런 응답과 먼저 건네는
인사말이 황송할 뿐이다. 20여 년 전 처음 부산
베네딕도 수녀원의 '해인글방'을 찾아갔을 때
명랑한 목소리로 반겨주던 모습은 조금씩 색상을
달리했다. 암 투병 등 어두운 소식을 전해 들었지만,
만나면 언제나 밝고 은혜로운 인사말을 먼저
건넸다. 수녀님과 한나절 서울의 인사동이나 종로를
걸어보라. 많은 사람들이 다가온다. 반가워 울먹이는
사람도 있다. 수녀님의 작은 손가방에는 색연필과
스티커가 들어 있다. 사인을 원하는 독자에게
정성스럽게 그림을 그리고 스티커를 붙여준다. 가는
길이 바빠도 외면할 수 없는 일이라고 고백한다.
　　수녀원의 보직인 '문서 선교'로 시작한 글쓰기는
첫 시집 『민들레의 영토』(가톨릭출판사)의 폭발적인
반응으로 새로운 길을 열었다. 시를 쓰고 강연하고,
언어를 나누며 좋은 마음을 가꾸는 걸 최우선
사명으로 섬기는 수녀님. 인터뷰를 위해 부산
수녀원의 '해인글방'에 들어섰을 때 정돈된 모습에
깜짝 놀랐다. 삶 이후의 날들을 준비하고 계셨다.
수많은 편지와 자료 들을 촘촘히 검토 중이라고.
조심스러운 질문에도 관련 자료들을 이내
보여주시는 '명랑 수녀'의 모습은 내내 웃음을 잃지
않게 만들었다.

부산에 내려오니 봄 같은 따사로움이 있네요. 오랜만에 수녀원에서 수녀님을 뵈오니 살아가는 기쁨을 느끼게 됩니다. "살아갈수록 오늘 하루 한 순간이 소중합니다." 수녀님의 메시지는 한결같고도 늘 새롭죠. 설날이 지났고 새로운 한 해가 시작되었다는 자각이 더욱 강합니다. 수도 생활의 씨실과 날실을 엮는 시간표 속에서 일상을 영위하는 수녀님께서도 2020년 새해를 맞는 특별한 감회가 있으시겠지요. 새해 가장 큰 과업은 무엇인지요.

어렸을 때는 새해가 되면 설빔을 차려입고 새로 결심해야 될 것 같고 했지요. 하지만 수도원에서는 매일 새롭게 결심을 하고 미사부터 시작하니까 매일을 새해같이 산다는 생각이 들어요.

재작년에 금경축golden jubilee이라고 수도서원 50주년을 보냈어요. 지내고 나서 주변을 살필 겸 창고를 정리했는데, 1980년대 초에 내가 서강대 대학원 다니면서 시험 봤던 것, 리포트 썼던 것, 소논문 썼던 자료들이 많이 나오더군요. 갑자기 공부에 대한 그리움이 되살아나면서 『논어』를 집중적으로 읽던 그 시절이 떠올랐어요. 수도자로서 2020년 새해부터 하늘을 공경하고 인간을 사랑하는 경천애인敬天

愛人의 마음으로 살아야지 생각해요. 하느님을 사랑하고 이웃을 사랑하라고 성경에서도 가르치잖아요. 결국 모든 종교와 상관없이 우리 수도자는 하늘을 공경하고 이웃을 사랑하는 그런 삶을 지향하고 있구나 싶죠.

옆방에, 지금은 돌아가신 신영복 선생님께 강의를 해달라고 하니까 강의는 못 오시고 대신 붓글씨를 하나 써 보내주신 게 있어요. '평상심平常心'. 그 평상심이라는 단어가 수도생활 하는 내내 새해 결심을 할 때마다 새롭게 다가옵니다.

올해는 경천애인이라는 단어와 평상심, 또 바다 가까이 사니까 바다같이 넓은 마음을 떠올리며 하루하루 살겠어요. 마음을 넓히는 데 바다가 도움을 준다는 생각이 들어요. 바다 같은 마음으로 살아야죠.


마음을 잘 가꾸는 게 중요하죠. 마음이 흩어지지 않도록 하는 게 어렵습니다. 수녀님.


수도원에서는 마음을 '잠심潛心'이라는 단어로 많이 표현해요. 나 자신, 이웃, 하느님을 위해 마음을 모으는 것. 그런 잠심하는 삶. 이 책상 위에 있는 엽서 좀 읽어보세요. 독자가 보낸 카드예요.


읽겠습니다. 시집 『필 때도 질 때도 동백꽃처럼』(마음산책)에 나오는 시를 캘리그래피로 작업했군요. "오늘은 내가 나에게 칭찬도 하고 위로도 하며/ 같이 놀아주려 한다/ 순간마다 사

주소를 적지 않아도
편지가 도착해요

랑하는 노력으로/ 수고 많이 했다고 웃어주고 싶다/ 계속 잘하라고, 힘을 내라고/ 거울 앞에서 내가 나를 안아준다." 잠심, 자신을 사랑하는 마음이로군요.

잠심, 마음을 모으는 것이죠.

마음을 모아서 자신을 사랑하는 마음. 새겨듣겠습니다.

우리는 수도원에서 늘 쓰는 말이기도 하지만 불교에서 말하는 '일심' '초발심'이라는 낱말들이 저에게 새롭게 다가오더라고요. 가만히. 신문에 우리말 '말모이'에서 '가만히'라는 단어에 대해 내가 쓴 글을 보고 사람들이 새롭게 느끼더라고요.

'가만히'라는 부사가 정적인 의미가 있지만, "가만히 있지 말고 어떻게 좀 해보세요" 이럴 때는 능동성을 강하게 드러내잖아요. '가만히 숨어 있기도 하지만 필요할 때는 가만히 있지 않고 적극적으로 움직일 수 있는 사랑의 천사가 되기를 다짐한다. 얼음장 밑으로 흐르는 봄처럼 가만히' 이런 글을 썼거든요. 초등학교 때 불렀던 '가만히 귀 대고 들어보면 얼음장 밑으로 흐르는 물 봄이 온다네 봄이 와요' 이 노래를 인용도 하고요. 우리가 남의 뒷담화를 하고 싶을 때도 "가만 있어보세요" 그렇게 말하지 않나요? 가만히 가만히 살아보고 싶다 그런 내용이에요.

이해인

"어렸을 때부터 지금까지의
　사진 일기를 써보면 어떨까
　그런 생각도 하지만
　수도자인 나로서는 신분상의
　특성이 주는 제약이 있지요."

수녀님은 시 전집을 포함하여 열두 권의 시집과 동시집, 산문집 열 권과 번역서까지, 꾸준히 책을 내시면서 창작을 통한 '문서 선교'를 해오셨어요. 최근에『필 때도 질 때도 동백꽃처럼』오디오북 제작에 직접 참여하셔서 낭독 녹음도 하셨죠. 책과 관련된 수도 생활을 오랜 기간 해오셨는데 혹시 더 새로운 작업을 하고 싶은 게 있으실까요.

다작한다는 느낌은 없었지만 꾸준히 멈춤 없이 다양한 책이 나왔어요. 처음에는 시집『민들레의 영토』한 권만 내야지 했는데 여기까지 왔네요. 수도자라는 신분으로 닫힌 공간에서 지향하는 바가 분명한 삶을 살다 보니까 어떤 상상을 하다가도 상상력에 제동이 걸린달까요.

다만 내가 세상을 떠나기 전에 아름다운 동화를 한 편 쓰고 싶다는 생각은 해요. 아동문학의 영역은 물론 쉽지 않죠. 막연히 꾸는 꿈이어서 동화는 아무래도 포기해야 하나 싶긴 해요.

『독일인의 사랑』의 막스 뮐러나『어린 왕자』의 생텍쥐페리처럼 시적인 소설이나 산문 같은 걸 써보고 싶어요. 요즘 자료 정리를 하다 보니까 사진들이 많이 나오더라고요. 어렸을 때부터 지금까지의 사진 일기를 써보면 어떨까 그런 생각도 하지만 수도자인 나로서는 신분상의 제약이 있지요. 공동체를 우선해야 하므로 망설이게 되지요. 지금까지 나온 것으로 충분했다, 뭘 또 새로운 구상을 하느냐, 그런 생각이 들 때도 있고요.(웃음)

나는 시가 어울리는 것 같아요. 그래서 한때 동화를 꿈꾸다가 꿈을

비운 시인으로 남고 다른 작가와 시인의 글을 읽는 것으로 만족할까
해요.

수녀님께는 남녀노소, 지위와 지역 상관없이 수많은 사연이
담긴 편지가 도착합니다. 답장 쓰시는 일의 과중함이 걱정될
정도인데요. 편지 관리는 어떻게 하시나요. 이메일로도, 문자
로도 세상 사연이 많이 날아들죠?

몇 년 전에 강원도 양구의 출생지에서 조그맣게 문학관을 열었다가
1년 만에 문을 닫았어요. 거기 있던 자료들, 물건들을 어떻게 처리할
까 하다가 수녀원 회의 끝에 내가 졸업한 성의여고 교내에 제 이름을
딴 문학관을 열기로 협의했어요. 그래서 이미 몇백 건의 자료가 성의
여고로 가 있고요. 그동안 내게 도착한 수많은 편지들, 영혼의 기록이
고 외침들이죠. 이미 세상을 떠난 이들의 편지도 있고요. 그게 다 기
록이니까 차근차근 정리하고 있어요.

옛 편지들을 읽다 보면 참 놀라워요. 십 대들이 편지를 많이 보내
왔는데 구체적으로 책 이야기도 하고 생활을 보여줘요. 지금 보면 새
롭고 소중한 자료입니다. 묵상할 만한 편지가 많아요. 아픈 사람이
쓴 편지를 읽다 보면 삶을 묵상하게 되지요. 이제는 손 편지가 귀한
세상이잖아요. 내게 온 편지들, 30~40년 된 것들, 물론 편지 보낸 이
의 사생활과 저작권 문제가 있으니 함부로 책으로 엮을 수도 없지만,
하여튼 참 그것 자체로 귀한 거예요. 그 편지를 쓴 사람도 다 잊어버

렸을 테지만요.

이런 에피소드도 있어요. 결혼하기 전부터 나한테 편지를 보내던 사람이 결혼하고 아기 낳고 시댁과의 갈등이 생길 때마다 계속 편지를 썼어요. 그 사람이 암에 걸려서 세상을 떠났어요. 마음 아파하는 가족들한테 이 사람이 나한테 보낸 편지를, 남편이나 시댁 흉을 심하게 본 것은 빼고 파일에 한 장 한 장 넣어가지고 보내줬지요. 그 편지에는 가족에게도 없는 아기 사진도 있고 희귀한 이야기도 있지요. 가족들이 그 편지를 책으로 만들어서 남편 조카 언니 동생이 나눠 가졌어요. 그 사람이 교사로서 문학도로서 살면서 느꼈던 생활의 기록이 가족에게 얼마나 감동을 줬겠어요. 내게 도착한 편지들이 그런 역할을 할 때도 있다니까요.

어떤 신부님이 로마에서 보내온 엽서들이 있는데 전부 모아뒀다가 본인이 귀국했을 때 보여주니까 자기 영혼의 성장통이 여기 다 있다고 하더라고요. 가져가라니까 여기 그냥 두고 갔어요. 편지를 간직한다는 것은 그런 거더라고요.

잘 버리지 못하는 제 성격을 원망할 때도 있고 어떻게 다 정리하나 한숨지을 때도 있어요. 편지 중에 박두진 선생님이 1974년 11월에 내가 질문한 것에 답한 것이 있더라고요. 내가 복사하고 원본을 박두진문학관에 주니 얼마나 귀한 자료가 되었겠어요. 그런 역할을 내가 하는 거지요.

학교에 강연 나갈 때는 학생들한테 「우화의 강」의 마종기, 피천득 선생의 글귀하고 법정 스님 편지 글을 복사해서 나눠주고 문학과 작

"오는 말이 안 고와도
　가는 말을 곱게 할 수 있는
　용기와 지혜를 갖지 않으면
　우리는 후회하게 돼요."

가에 대해 이야기해주면 참 좋아하더군요.

수녀님이 편지를 봉투까지 함께 묶어 보관하시니까 우표도 그대로 중요한 자료가 되겠습니다.

우정사업본부에서도 소문이 났는지 나에게 법정스님, 박완서 선생님 등등 유명 문화예술인들의 편지와 봉투를 빌린다니까요.(웃음) 법정스님, 박완서 선생님의 편지와 봉투를 빌려 전시회 끝나면 돌려주곤 했어요. 제 이모부가 아들인 이숭원 교수(문학평론가)에 대한 편지를 나에게 보냈는데 조카에게는 그 편지가 너무 귀한 것이지요. 아버지가 자기를 무시하고 홀대한 줄 알았는데 편지 보니까 안 그렇다고요. 편지의 가치가 인류 역사 속에 정말 중요한 거더라고요. 이렇게 모인 편지들이 몇십만 통이 되거든요. 우리 수녀원에서도 선배 수녀님들이 주고받은 편지를 보관하고 함께 읽거든요. 정신 유산을 남기고 기록한다는 게 정말 중요하구나, 생각해요.

수녀님은 상대방에게 말로 상처 주지 말라는 글을 많이 쓰셨지요. "종이가 나의 손을/ 살짝 스쳐간 것뿐인데도/ 피가 나다니/ 쓰라리다니" 이 시구는 「작지만 큰 결심」의 한 단락입니다. 종이처럼 가벼운 말에도 상대방이 피 흘릴 수 있다는 경고를 하신 셈인데요. '말하기' 수련은 어떻게 이루어지나요.

내가 수도자니까 모범적인 답을 내놓을 거라고 생각하겠지요. 인간 관계에서 마음은 들여다볼 수 없고, 말은 소리로 전달이 되니 모든 관계가 말을 통해서 좋아지기도 하고 깨지기도 하잖아요. 오는 말이 안 고와도 가는 말을 곱게 할 수 있는 용기와 지혜를 갖지 않으면 우리는 후회하게 돼요. 나도 인간이니까 누가 날카롭게 나를 모욕하면 고운 말을 하기 힘들겠지요. 그러나 그 순간을 넘어가면 정말 그 사람하고 안 좋았던 관계도 다시 좋아지고 원수 같은 관계도 가까워질 가능성이 있어요.

말하는 순간은 재밌고 시원할지 몰라도 내가 후회하겠다 싶은 말은 한 번 더 생각해보는 그런 지혜가 있으면 좋겠다 싶어서 내가 열 가지 계명을 만들었어요. 읽어보세요.


이해인 수녀님의 고운말 차림표

1. 아무리 화가 나도 극단적인 말은 삼가자.

2. 비교하는 말을 할 땐 신중하게 하자.

3. 푸념과 한탄의 말은 줄이자.

4. 애덕을 가지고 상대방의 말에 맞장구를 치자.

5. 사람이든 사물이든 함부로 비하하는 말을 삼가자.

6. 농담이나 유머를 지혜롭게 하자.

7. 비록 흉을 보더라도 좀 더 고운 말로 순화해서 하자.

흉을 어떻게 안 보냐? 그 사람이 성격이 지랄 같고~ 이렇게 말하고 싶을 때는 좀 특이해, 이런 식으로.

†
고귀한 Claudia 수녀님

보내주신 글과 사진이
너무너무 좋습니다.
특히 밑줄로,
'가만히' 란 말이
어쩌그리 깊게 마음속
깊이 들어왔는지요.

늘 사람들 곁에서
내려 싶어하는
못난 모습에 영세

바로 앞의 내 마음
바로 앞의 그 사람
놓치지 말자
보내지 말자

8. 자신을 표현할 땐 잘난 체하지 않는 겸손함을 지니자.

9. 때와 장소에 맞는 말을 하자.

10. 기분 좋은 상징 언어들을 자주 사용하자.

'마음씨가 비단결 같으세요' '노래를 듣는 것 같아요' '음성이 예술입니다' 이렇게 바꿔서 말하는 노력이 필요해요. '놈'자 좀 빼고 하면 좋지 않을까요? 긍정적인 맞장구도 자주 치고, 상대방의 말도 가로채지 말고, 푸념과 한탄도 조금만 줄일 것.

가령 "수녀님 봄이 좋아요, 가을이 좋아요?" 누가 물으면 나는 "글쎄, 봄에는 꽃이 많아서 좋고 가을에는 단풍이 많아서 좋지" 이렇게 말하지요. 고운 말을 쓰려고 노력해야 해요. 강연 갔을 때 이거 한 번 읽으면서 10분에서 15분간 미니 스피치를 해요. 사진만 찍고 사인만 받고 그러면 너무 서운하잖아요. 시 한 편 읽고 이런 거 하나라도 노력하자 이야기하는 거지요. 이 중 한 가지만 제대로 기억하고 어디에 써놓고 실천하려고 하면 구체적으로 좋은 일이니까요.

1976년부터 살고 계시는 부산 수녀원 앞에는 광안리 바다가 펼쳐져 있죠. 부산의 명소죠. 사투리를 전혀 쓰시지 않지만 부산 정서라든가 어떤 지역적 특성이 수녀님 글쓰기에 반영이 되겠지요. 어떤 영향을 받게 되시나요.

아, 아니지요. 1964년에 입회해서 1965년부터 광안리에서 살았어요.

동백꽃의 매력도 잘 알게 되었고, 바다를 항상 보고 사니까 항구 사람들의 투박하고 무뚝뚝한 모습 안의 진실하고 따뜻한 심성, 넓은 마음을 좋아하게 되었어요. 말을 앞세우는 게 아니라 행동을 먼저 하는 그런 경향이요. 누가 부산 사람 거칠다고 하면 투박함 속에 감춰져 있는 따뜻함을 보라고 옹호하죠.

이렇게 수영구민으로 50년을 살았다고, 수영구청에서 '자랑스러운 수영구민상'을 받아달라고 하는 거예요. 쑥스러워서 안 받겠다고 그랬는데 18만 명의 수영구민을 대표해서 받으라고 해서 할 수 없이 받았어요. 내가 이웃 주민들에게 봉사한 것도 없는데 정서를 함양하고 문화예술 활동한 것이 자랑스럽다고요.

수녀원의 공식적인 명칭이 '올리베따노 성 베네딕도' 수녀원이잖아요. 그런데 사람들이 잘 몰라요. "이해인 수녀님 아세요?" 그러면 알죠. 사람들이 다 안대요. 그래서 우리 수녀님들이 나보고 "수녀님이 여기 창설자야?"라고 더러 농담을 하지요. 수녀님 이름 대야 수녀원도 안다고요.(웃음) 아무 주소도 적지 않고 부산 이해인 수녀라고만 적어도 편지가 도착해요. 너무 신기하죠. 민들레 영토 수녀님이라고 써도 들어오고요. 편지도 하도 많이 오니까 우체국장이 꽃과 케이크를 선물로 보냈어요. 수녀님 덕분에 편지가 꾸준히 오간다고. 그래서 우정사업본부 표창장도 받았어요. 이런 게 다 독자들 마음이겠지요.


수녀님은 마음산책에서 다섯 권의 책을 출간하셨어요. 『기쁨

주소를 적지 않아도
편지가 도착해요

이 열리는 창』『사랑은 외로운 투쟁』『희망은 깨어 있네』『필 때도 질 때도 동백꽃처럼』 그리고 『그 사랑 놓치지 마라』. 이 제 수녀님의 독자분은 마음산책에 각별한 정을 느끼실 듯도 하고요. 특히 수녀님을 아끼는 '민들레의 영토' 카페 회원들 중에는 마음산책을 가족처럼 여기는 분도 있어요. 마음산책 20년에 부탁하실 말씀이 있을까요. 또 워낙 다독하시니 요즘 출판에 대한 생각은 어떠신지 궁금해요.

20년이 긴 세월이라고 할 수는 없지만 잘 성장했어요. 지난 마음산 책 북클럽 행사를 해보니 회원들이 품위 있고 수준도 높던데, 이렇게

독자들을 잘 모시면서 더 가깝게 다가가는 출판사가 되었으면 하고 바라죠.

북클럽 회원들 생일에 카드도 보내는 건 어때요? 관리가 중요하거든요. 교회도 마찬가지예요. 영세 받고 가만있는 게 아니라 점검하고 관리를 잘하는 게 중요하니까요. 출판사가 좋은 책을 만들어서 많이 파는 것은 당연한 일이고, 독자들도 품는 그런 출판사가 되었으면, 그래서 마음을 사로잡는 마음산책이 되길 바랍니다. 아, 필자 관리도 잘해야죠.(웃음)

> 명심하겠습니다, 수녀님. 지금 이야기를 나누는 이 공간은 수녀원의 '해인글방'인데 보물창고 같기도 하고 세상과 연결된 창 같기도 한 독특한 글방입니다. 여기에서 수많은 세상 이야기가 모이고 흩어지고 새롭게 글로 창조되기도 하죠. 이 공간의 미래는 어떻게 되나요.

사후에는 어떤 일이 생길지 모르겠지만 '해인글방'은 내가 다 만든 공간이 아니에요. 수녀원이 허락하여 독자들이 완성해가는 곳이죠. 저 창문의 커튼도 평화방송에서 촬영한 해인글방을 보고 창문이 낡았다, 커튼이 필요하겠구나 해서 독자분이 자발적으로 달아주고 간 거예요. 평화방송에서 20분짜리 〈해인글방〉을 6개월 동안 방송했잖아요.

내게 편지가 하도 많이 오니까 봉사하는 분들도 찾아와요. 정리할 손길도 필요하거든요. 우표 등 필요한 물품을 제공하는 분도 있고요. 여기에서 글도 쓰고 독자들도 만나요. 문서 선교의 의미로 독립된 소임을 수녀회가 허락해준 것이 고맙죠. 해인글방이 마침내 TV까지 나와버렸으니 해인글방 보고 싶다고 나 없을 때도 오는 거예요. 어떤 개신교 신도가 수녀원이라서 못 들어온다고 생각하다가 내가 들어오시라고 환대해주니 들어왔어요. 얼마나 좋은 일이에요.

해인글방의 일도 많아서 사람 만나고 나면 쌍꺼풀이 두 겹 세 겹 생기고 쉬운 게 아니다 싶은데 그래도 그렇게 함으로써 종교 관계없이 이웃과의 통교가 생기고, 자살하고 싶다가도 살고 싶어지고, 이런 희망을 주는 거지요. 올해는 건강도 안 좋으니 강의도 나가지 말고 수녀원 안에만 있으라는 게 수녀원 방침인데 찾아오는 사람들을 거절할 수도 없어서 여전히 일은 많아요.


저는 해인글방에 와서 이렇게 좋은데, 수녀님께는 또 힘든 일이 될 수도 있다고 생각하니 송구스럽습니다. 건강은 좀 어떠세요. 치료는 꾸준히 하시는 거죠?


항암 약은 이제 안 먹고 당뇨하고 콜레스테롤, 혈압약과 신경안정제 그런 약을 한 번씩 먹고 인공관절 부분도 좀 조심하고 그래요. 이 나이 되면 힘들어요. 팔순잔치 해준다고 벌써부터 그런단 말이에요.(웃음)

그래도 나보고 나이에 비해 총기 있는 거래요. 그럼, 나는 독자들

을 위해서라도 치매 걸리면 안 될 것 같아요.(웃음)


그럼요, 우리를 위해서 건강하셔야 해요.


이해인

올리베따노 성 베네딕도 수녀회 수녀이자 시인. 바닷가 수녀원의 '해인글방'에서 사랑과 위로의 메시지를 전하고 있다. 시집 『민들레의 영토』『내 혼에 불을 놓아』『오늘은 내가 반달로 떠도』『작은 위로』『희망은 깨어 있네』 등과 산문집 『기다리는 행복』『꽃삽』『향기로 말을 거는 꽃처럼』『기쁨이 열리는 창』『사랑은 외로운 투쟁』 등이 있다. 천상병시문학상, 부산여성문학상 등을 수상했다.

이승우

시간과 체력과 돈과 인내와
격려와 행운을

대화하는 동안 거리감을 두기 어려운 작가가
있다. 모든 말에 고개를 끄덕이게 된다. 아무
말이나 던져도(그래서는 안 되겠지만) 문학이라는
자리로 금세 화제를 잡고 마무리하는 작가. 프랑스
도서전에 갔을 때 우연히 만난 프랑스인이 "이승우,
읽었어요"라고 말을 붙일 만큼 프랑스에 알려진
작가. 스물다섯 살에 처음 만났고 지금까지도 그
첫인상이 그대로 남아 있어 살포시 웃음 짓게 하는
작가. 나는 이승우 작가의 책을 많이 편집하지는
않았지만 충실히 따라 읽은 독자다.

조선대 연구실로 찾아가고 싶었다. 작업 현장을
보고 싶었던 것이다. 그런데 먼 길이라며 우리를
극구 만류, 사양하는 작가는 마음산책 근처
서점으로 찾아왔다. 질문을 거침없이 쏟아냈고
언제나 그렇듯이 그의 성실하고 솔직한 답이
이어졌다. 언젠가 장흥의 대표적인 작가, 이청준
선생을 따라 생가 여행을 떠난 적이 있다.
일행들은 「서편제」의 배경, 『축제』의 현장에서
문학을 이야기했고 빠지지 않고 이승우 작가를
거론했다. 철학적이고 형이상학적인 주제로 소설을
쓰는 맥락에서 두 작가는 닮았고, 고향이 같으니
연상이 바로 되었던 것이다.

이승우 작가의 생가 여행을 떠날 수 있을까.
외국 독자들은 이승우 작가의 소설에서 '한국적인
요소'를 많이 발견한다고 한다. 고향에 대한 애착이
그리 크지 않다고 말하던 작가가 이제 장흥을
이야기한다. 회귀에 대한 소망도 이야기한다.

제게 작가님이 젊게 느껴지는 것은 여전히 활발한 창작 활동, 그리고 사회적인 관계망에서 자유로우신 모습 덕분이라고 생각해요. 문학 독자들이 신뢰하는 작가, 새 작품을 기다리는 독자가 많은 작가이신데 대학 교수라는 직업을 가진, 제도권 안의 직업인이란 것을 종종 잊습니다.

거의 40년 동안 소설을 썼어요. 얼마나 더 살지 모르지만, 그걸 누가 알겠어요, 사는 날 동안 아마 계속 소설을 쓸 거예요. 다른 능력이 없기도 하고, 또 새로운 것에 도전할 용기도 좀 없는 편이에요. 40년 동안 소설을 써온 게 대단한 일 같지만, 사실은 그렇게 말할 수 없어요. 어떤 사람은 40년 동안 물건을 팔고 어떤 사람은 40년 동안 농사를 지으며 살지요. 여러 가지 일을 바꿔 가며 사는 사람도 있겠지만 대개는 한 가지 일을 평생 하면서 살잖아요. 각자에게 자기 일이 있는 거라고 생각해요. 소설 쓰기는 내 일이에요. 누구나 그렇듯 나는 그냥 내 일을 해온 거예요. 그 일을 성실하게 했느냐, 그렇지 않았느냐의 차이는 있겠지요. 굳이 말하자면 나는 좀 성실한 편이라고 할 수 있을 텐데, 그건 타고난 재능이 대단치 않은 사람에게는 불가피한 일이지요. 역할을 감당해내려는 안간힘 같은 걸 덕목이라고 할 수 없어요.

이승우                                                                303

새 작품을 기다리는 독자들이 많은 작가라는 말씀을 하셨는데, 정말 그런가요? 듣기 좋은 말이긴 하나 수긍할 사람이 많을 것 같지는 않네요.(웃음) 저는 오래 소설을 써왔지만 우리 문단의 중심에 있어본 적은 없는 것 같아요. 한국문학에 시대별로 중요한 흐름이라는 게 있어왔는데, 저는 그 복판에 들어가지 못하고 늘 변두리에 있었다는 생각이 들어요.

한국문학의 독특한 영역에 늘 계셨지요.

네, 제 자리가 늘 있기는 했어요. 다행이고 고맙게 생각하죠. 살아남았으니까요. 살아남을 수 있는 환경을 가졌다는 건 행운이죠. 가령 변두리에서라도 계속 소설을 쓸 수 있는 조건을 제공한 직장인 대학 같은 거요. 가르치는 일을 제가 썩 잘한다고 생각하지 않거든요. 학생들과 소설 이야기를 하는 건 즐겁고 보람도 있지만, 좋은 선생이라는 생각은 하지 않아요. 저는 무슨 일을 적극적으로 하지는 않지만, 일단 시작했으면 열심히 하려고 하는 편이에요. 그러니까 내게 주어진 일을 최선을 다해 하려고 애를 써요. 그러나 잘 안 되는 건 안 되는 거잖아요.

저는 교수라는 생각을 되도록 하지 않으려고 해요. 내가 아는 어떤 사람은 축구에 대한 모든 걸 좋아해요. 축구를 직접 하는 것은 물론 축구 경기를 보는 것, 축구에 대해 이야기하는 것, 심지어 게임도 피파 게임만 해요. 제가 그런 사람인 것 같아요. 소설에 대해서만 읽는

시간과 체력과 돈과 인내와
격려와 행운을

거든 쓰는 거든 적극적인 사람이거든요. 그 때문에 소설을 안 쓰거나 잘 못 쓰면 교수 자격도 없는 거라는 강박이 처음부터 있었어요. 내가 학생들한테 창작 방법을 누구보다 잘 가르칠 수는 없는 노릇이고. 그래서 생각했지요. 좋은 소설을 쓰는 것이 내가 할 수 있는 최선의 가르침이다. 그러니까 좀 철저해지게 되더군요. 그렇게 해서 이나마 하고 있는 거예요.

최근 출간하신 소설 『캉탕』(현대문학)에 '낯선 언어로 들어가 자신 자신으로부터 자기를 숨기는 행위'에 대한 이야기가 나와요. 독자들과 자주 만나시는 편도 아니고 주로 소설 속 언어에 자신을 숨기는 작가분 같다는 인상이 깊습니다.

그런 면이 좀 있는 것 같아요. 일부러 그러는 건 아니고 성격이 그래요. 사람을 만나는 것에 부담을 느끼며 젊은 시절을 지냈어요. 무엇인가를 쓰는 것은 나를 드러내는 유일한 방법이면서 동시에 드러내지 않도록 숨는 일이기도 했어요. 언어로 성을 쌓고 그 안에 숨지만, 동시에 그 성으로 내가 여기 있다고 표현하는 거니까, 좀 복잡하지요. 감추면서 드러내고, 드러내면서 감춘다는 식의 표현을 『생의 이면』(문이당)이라는 소설에서 썼던 게 생각나네요. 요즘은 좀 달라졌다고 스스로 생각해요. 독서 모임이나 작가와의 대화 같은 자리에도 많이 익숙해졌어요. 독자의 존재를 의식하기 시작한 게 그리 오래되지 않았어요. 전에는 내 책을 읽는 누군가를 떠올리는 것 자체가 어색하고 쑥스럽고 곤혹스러웠어요. 지금은 가끔 내 책을 읽는 누군가를, 일종의 혈육의 정 같은 걸 가지고 상상해요.

방송이나 팟캐스트에 출연하셔서 말씀하시는 게 자연스럽던걸요.

그럴 리가요. TV는, 물론 나오라는 데도 거의 없지만 안 나가려고 해요. 카메라를 보고 말을 하는 게 많이 힘들더라고요. 라디오도 되도록 안 나가고 싶어요. 자료들이 남잖아요. 나중에 들어보면 오글거리거나 무안하거나 대개는 자랑스럽지 않은 말들이더라고요. 요즘은 그냥 일회성 강의라고 알고 갔는데 영상을 찍겠다고 하는 데도 있어요. 그럴 땐 모질게 거절은 못하지만 좀 난감해요. 그래도 뭐 그게 사회생활이다 생각해야죠.

소설가로서 40년, 교수로서 20년을 보내셨고, 안식년에 런던에 가신 적도 있고 최근에 남프랑스 엑상프로방스에서 창작활동을 하셨지요. 그 세월 속에서 집필하시는 데 어떤 공간이나 시간 원칙 등 까다롭게 고집하시는 게 있을까요?

언제나 어디서나 글을 쓸 수 있어요. 언제나 어디서나 글이 잘 써진다는 뜻이 아니라, 언제나 어디서나 잘 안 써지니까 기회가 있으면 때와 장소를 가리지 않고 쓴다는 뜻이에요. 학기 중에는 시간이 없으

시간과 체력과 돈과 인내와
격려와 행운을

"무엇인가를 쓰는 것은
나를 드러내는 유일한 방법이면서
동시에 드러내지 않도록
숨는 일이기도 했어요."

니까 방학에 더 많이 쓰려고 하고요. 이번에 엑상프로방스에 가면서
도 많이 걷고 읽고 쓰자는 계획만 세웠어요. 실제로 많이 걷고 읽고
쓴 것 같아요. 무슨 원칙이나 버릇 같은 게 없는 편이에요. 조금 긴
시간이 주어지면 못 쓴 것을 벌충할 생각만 해요.

　　마음산책에서 출간하신 『소설을 살다』에 보면 메모 단상이
　　많이 나옵니다. 수첩 기록의 중요성, 무언가 중요한 것이 스
　　쳐 지나갈 때의 기록이 나중에 소설이 되는 것이라는 표현도
　　있고요. 아직도 아날로그 방식의 수첩 메모를 즐기시나요?

메모는 자주 하지요. 스마트폰에 펜으로 기록할 수 있는 기능이 생긴
이후 스마트폰의 노트 기능을 많이 활용해왔어요. 편하고 좋아요. 그
런데 일정한 시기가 되면 휴대폰을 바꿔야 되잖아요. 그러면 그전에
해둔 메모를 보기 어렵다는 문제가 있어요. 물론 손 글씨로 기록한
수첩의 경우도 메모를 많이 하다 보면 수첩 교환 시기가 빨라지고,
그러면 옛날 수첩을 보지 않게 되긴 하지요. 그래도 기계에 다시 전
원을 연결하는 것이 훨씬 복잡하게 여겨져요. 그래서 최근에 다시 수
첩을 쓰기 시작했어요. 병행하고 있는 셈이죠.
　메모를 뒤적이는 건 무엇을 쓸지 찾는 과정이에요. 메모 상태는 부
화 전의 알과 같아요. 뭔가 될 것 같아서 붙잡아놓은 것. 시간이 흐르
면서 새로운 경험 또는 인식이나 이미지, 상상력, 독서 등과 결합되
면 구체적인 어떤 형태가 만들어지는 순간이 오죠. 메모가 중요하긴

시간과 체력과 돈과 인내와
격려와 행운을

하지만 써놓고 펼쳐보지 않으면 그냥 메모 그대로 있겠죠. 쓰는 것도 중요하지만 뒤적이는 것도 중요하더라고요. 무엇이 어떤 것과 결합해서 무얼 만들지 누가 알겠어요.

> 작가님은 펴내신 작품 수에 비하여 높은 비율로 문학상을 수상하셨어요. 1993년 대산문학상을 시작으로 동서문학상, 현대문학상, 황순원문학상, 동인문학상, 동리문학상, 오영수문학상까지, 그리고 프랑스 페미나상 최종후보이기도 하셨고요. 수상하실 때마다 성취감을 누리고 격려를 받으실 듯한데 다음 작품에 분명 동력이 되겠지요.

제가 오래 소설을 쓰면서 살았고, 또 많이 쓰기도 했잖아요. 다 마음에 드는 소설이라고 할 수는 없지만요. 그러니까 뭐……. 그래도 능력에 비해 과분한 대접을 받은 건 맞지요. 그런데 온라인의 제 소개에 오류가 좀 있어요. 이효석문학상과 이상문학상을 받은 것처럼 인터넷 서점 작가 소개란에 적혀 있던데, 아마 수상작품집에 후보작이 실린 것을 보고 수상한 것으로 착각하는 것 같아요. 지난번 무슨 문학상을 받을 때에는 이효석문학상과 이상문학상을 수상한 것으로 표기된 채 수상작품집이 나왔다가 바로 수거한 일이 있어요. 최근에도 어떤 행사에서 내가 받지 않은 문학상 수상자로 나를 소개하더라고요. 아직도 그런 상태가 아닐까 싶어요.

이런, 마음산책이 책임지고 내일 당장 인터넷 서점에 제보하고 작가 소개글을 정정하겠습니다.

그렇게 할 수 있으면 해주세요. 내가 처음 받은 문학상은 대산문학상인데, 등단하고 12년 지나서 받은 거예요. 그리고 또 10년 가까이 어떤 상도 못 받다가 2004년에 동서문학상을 받았어요. 그 이후 다른 문학상들을 받은 거예요. 이걸 어떻게 해석해야 할지 모르겠어요. 제가 갑자기 소설을 잘 쓰게 된 걸까요? 그보다는 포기하지 않고 오래 버틴 데 따른 보상 같은 것이 아닐까 하는 생각이 들어요. 용하다, 가상하다, 뭐 그런 평가가 문학상 선정에 작용하는 게 아닐까.(웃음) 실제로 어떤 문학상을 받는 자리에서 제가 그런 말을 한 적이 있어요. 나는 소설을 썩 잘 쓸 자신은 없지만, 꾸준히 오래 쓸 자신은 있다. 썩 잘 쓰는 것도 중요하지만 오래 꾸준히 쓰는 것도 중요하다는 게 제 생각이에요. 이것이 소설 쓰기를 내 일이라고 생각하는 사람의 자세라고 생각해요. 한 편의 훌륭한 소설로 기억되는 작가도 있지만, 평생의 소설 쓰기를 통해 기억되는 작가도 있는 거지요.

글쓰기는 혼자 하는 거잖아요. 실제로 외롭다고 느낄 때가 더러 있어요. 누가 읽는지 모르겠고 어떤 반응도 느껴지지 않을 때, 허공에 주먹질을 하는 것처럼 공허하고 의기소침해질 때가 있어요. 독자를 별로 의식하지 않는 편이고 평가와 관련해서도 그다지 예민하지 않은 편인데도 그렇더라고요. 그럴 때 주어지는 문학상이 공허함과 외로움을 덜어주는 효과가 있지요. 첫 문학상 받은 후 10년 동안 아무

시간과 체력과 돈과 인내와
격려와 행운을

상을 못 받았다고 했잖아요. 사실 그 10년간 소설을 정말 열심히 썼거든요. 그런데 반응이 시원찮으니까, 항상 그런 건 아니지만 어떨 땐 좀 힘이 빠지더라고요. 그때 동서문학상을 받고 시상식장에서 그런 감정을 토로했어요. 소설가들을 너무 외롭게 내버려두지 말라고 했던가. 요즘 문학상 때문에 말이 많아요. 상이 너무 많다는 말도 있고요. 그래도 나는 문학상이 많으면 좋겠어요. 그래서 고독한 창작의 시간을 견딜 수 있도록 작가들을 격려하면 좋겠어요.

최근에 『모비딕』을 다시 읽었는데, 어느 페이지에서 아주 특별한 것을 발견했어요. 『모비딕』은 허먼 멜빌이 1인칭 화자인 이슈메일을 내세워 쓴 소설이잖아요. 몇 장인지 모르겠는데, 서술자가 '고래학'에 대해서 장황하게 말하는 장이 나와요. 그런 장은 대개 대충 훑어 읽으며 넘어가지요. 나도 그랬어요. 그랬는데 그 장의 끝 부분에 인상적인 문장이 나와서 처음부터 다시 꼼꼼하게 읽었어요. 거기서 이 1인칭 화자가 이런 말을 해요. 고래학이라는 걸 완성하려는 의욕으로 쓰고 있지만, 미완성일 수밖에 없다는 이야기를 하면서, 여러 세대를 거쳐 지어지고 있는 쾰른 성당을 예로 들어요. 보잘것없는 건물은 한 사람이 짓지만 위대한 건축물은 세대를 이어가면서 짓는다는 식으로. 그다음 한 문장이 눈에 확 들어오는데, '오오, 시간과 체력과 돈과 인내를!' 하고 느낌표를 찍어놓았어요.

그 문장을 읽으면서 내가 무슨 생각을 했느냐 하면요. 이 소설을 쓰다가 어떤 이유로든 몹시 지친 멜빌이 텍스트의 여백에다가 한탄 같은 걸 써놓은 게 아닐까, 그런 것이 편집 과정에서 실수로 원문에

Haily Hill's White ... Haily H.
Once upon a ...

"작가들이 자기만의 고유한 문학세계를
마음껏 드러낼 수 있고
또 그것이 소통되는 문학적 환경이
유지되기를 바라는 마음입니다."

들어가버린 게 아닐까, 하는 느낌이 드는 거예요. 이 190페이지쯤에서 힘들어하는 작가가 눈앞에 그려지더라고요. 그래서 한탄처럼, 혹은 자기에게 암시를 걸듯 시간과 체력과 돈과 인내를, 하고 메모하지 않았을까? 완전 공감하게 되었지요. 모든 작가들의 기원 같은 것이 아니겠어요? 글을 쓰기 위해서는 정말 이것들이 필요하거든요. 그런데 이것들은 자기 안에서 끌어내야 하는 것도 있지만 대개는 외부에서 행운처럼 주어져야 하는 것이거든요. 그래서 저는 이 리스트에 몇 개를 더 추가해서 말해요. "오오, 시간과 체력과 돈과 인내와 격려와 행운을!"

> 2000년 이후 20년을 돌아보면 문학의 변화만큼 독자의 변화가 컸습니다. 독자의 변화를 체감하시나요, 학생들과 생활하시니까 젊은 독자의 성향이 변한다는 것을 느끼실 듯도 한데요. 문학서보다는 '문학적인 어떤 책'들이 많이 나오고 있고, 에세이라는 범주에는 인문서 가까운 촘촘한 기록에서부터 일기나 SNS에 업로드했던 글까지 폭넓게 들어가 있어요. 문학에 대한, 책에 대한 작가님의 생각이 궁금합니다.

에세이에 대해 '문학적인 것'이라는 표현이 있어요. 문학의 범위를 조금 좁히거나 높이고, 문학의 외곽에 있는 이른바 에세이, 우리나라에서 산문이라고 더 많이 불리는 글들과 구분한 것 같은데, 저는 생각이 달라요. 산문을 소설과 구분해서 부르는 것도 이상하고요. 우리

시간과 체력과 돈과 인내와
격려와 행운을

가 에세이에 대한 편견을 가지고 있는 것 같아요. 우리 문학에 좋은 에세이가 없어서일 수도 있겠으나 에세이에 대한 인정이 박해서, 말하자면 에세이를 문학으로 인정하지 않는 의식 때문에 우리 문학에서 에세이가 약해진 거라고 생각할 수도 있을 거예요. 유럽에서 에세이가 당당히 문학의 자리를 차지하고 있는 걸 보면 대조적이지요. 소설과 에세이가 자연스럽게 결합하여 사유의 깊이를 더 잘 보여주는 작품이 많이 나오는 것 같기도 하고요. 카뮈, 보르헤스, 도스토옙스키, 루소, 릴케, 쿤데라……. 소설의 외양을 한 에세이라고 불러야 할 작품들이 많아요. 아까 페미나상 이야기가 나왔는데, 그 문학상에 에세이 부문이 있더라고요. 저는 좋은 에세이들이 문학의 이름으로 더 많이 독자들과 만났으면 좋겠어요. 나도 좋은 에세이를 쓰고 싶은 욕심이 있어요. 그런 점에서 마음산책이 중요한 역할을 하고 있다고 생각해요. 처음부터 꾸준하고 한결같이 이 장르의 책들을 기획하고 출판함으로써 중요한 성과들을 만들어내고 있잖아요.

2000년대에 들어서 한국 소설은 이전 시대와 달리 주류문학이라고 할 만한 것이 약화되고 다양성이 대두되었어요. 물론 그 배경에는 문학 전반의 위상 약화가 자리하고 있겠지요. 그래도 저는 작가들이 자기만의 세계를 표현하고 자신만의 문학 코드에 따라 독자들과 어울리는 그런 경향이 좋았어요. 마치 각각의 시냇물들이 큰 강에 흡수되지 않고 곧바로 바다로 흘러가는 것 같다고 할까. 수없이 많은 각자의 물줄기들이 제각각 흘러 이룬 문학의 큰 바다. 근사하잖아요.

그런데 최근 들어서는 여러 가지 문학 외적 내적 요인들이 결합하면서 여성 서사가 두드러지는 것 같아요. 쓰거나 읽는 이의 여성 비중이 전보다 높아진 것도 이유가 될 테지요. 1990년대의 개인화, 개인의 내면 탐구의 한 영역으로서의 문학적인 반응과는 다르지만, 어쨌든 새롭게 주도적 경향이 나타나는 것은 아닌지 지켜보게 됩니다. 하긴 요새는 하도 변화가 빨라서 언제 어떤 흐름이 다른 흐름을 덮을지 모르겠더라고요. 저는 작가들이 자기만의 고유한 문학세계를 마음껏 드러낼 수 있는 문학적 환경이 유지되기를 바라는 마음입니다.

다양성 이야기에 연결이 될 수도 있는데, 작가님은 한 출판사에서 작품을 출간하시는 방식이 아니라 아주 다양한, 많은 출판사에서 책을 내셨더군요. '이승우 컬렉션'이 시작되었을 때 이제 한 출판사에 작품을 모으시는가 했는데, 그 출판사에서 더 이상 진행을 안 하는 것으로 알고 있고요. 직접 출간 작업을 해보니 작가님처럼 부드럽고 유연한 분이 없다는 생각을 합니다. 이런 작가님의 부드러운 성격으로 인해 인연 닿는 대로 책을 출간하고, 절판되어도 금세 다른 출판사로 옮겨 개정판을 내시는 등 까다롭게 관리하시지는 않는 것일까 싶기도 하고요. 작품 자체가 사라지는 것은 아니니까요.

그게 아니고, 나를 욕심 내는 출판사가 없어서 그런 거예요.(웃음) 내 작품을 내고 싶으면 출판사들이 가만두겠어요? 근데 그렇지 않은 거

시간과 체력과 돈과 인내와
격려와 행운을

죠. 물론 어느 정도는 제 성격과도 관계가 있을 거예요. 책을 자기 자식에 비유하기도 하던데, 그 비유를 따라 말한다면 자기 자식을 사랑하지 않는 사람이야 없겠지만 그 사랑을 남들 앞에서 표 나게 드러내는 부모도 있고 반대로 그런 걸 쑥스러워하는 사람도 있잖아요. 그 자식을 별로 자랑스럽게 생각하지 않아서 그럴 때도 있을 테고요. 별로 자랑스럽지 않은 자식인데도 사랑한다는 티를 지나치게 내는 사람도 있어요. 여러 경우가 있을 테지요. 군이 말하자면 저는 그런 표현을 쑥스러워하는 쪽인 것 같아요. 실제로 그렇게 자랑스럽다는 생각이 들지 않기도 하고요. 사랑이 없는 것과는 달라요. 자존감 부족이라고 해석하지도 말아주었으면 좋겠어요. 그냥 성격일 거예요. 사회나 사람, 일, 관계, 성취 같은 것에 욕심이 아주 큰 사람은 아닌 것 같아요, 제가. 적극적인 사람은 아니에요. 아니면 좀 게을러서 그렇거나. 표지나 해설이나 디자인 같은 것에 별로 간섭하지 않는 편이지 않아요? 편집자의 안목을 신뢰해야지요. 소설가가 까다로워야 하는 것은 글을 쓸 때여야 한다고 생각해요. 자기 자신에게요. 책을 만드는 데 까다로워야 하는 사람은 편집자이지 소설가가 아니라는 생각입니다. 가끔 소설집 낼 때 해설을 누구에게 부탁하면 좋겠느냐고 묻기도 하는데, 전 편집부에서 알아서 하라고 대답해요. 평론가를 잘 모르고, 또 개인적으로 알고 지내는 평론가도 거의 없어서 그러는 것이긴 해요. 최근에는 이런 단서를 붙여요. 직장 동료들한테는 부탁하지 말라고요.(웃음) 제가 근무하는 조선대에 훌륭한 평론가가 두 명 있거든요. 그분들도 그렇겠지만, 저도 좀 민망할 것 같아서 그래요.

어떤 계기가 있어서 그동안 쓴 책들을, 절판된 책을 재출간도 할 겸 한군데에서 모아 내볼까 하는 기획을 한 적이 있었는데, 중단했어요. 아직 새로운 글을 더 써야지 과거에 쓴 책들을 정리할 단계는 아니다, 그런 생각이 들었고 또 절판된 책은 절판될 만한 이유가 있겠거니 하는 생각도 들고요. 출판사에 대한 제 나름의 판단이 없지는 않지만, 이해관계보다 그때그때 어떤 계기로 생긴 인연을 소홀히 하지 못한다고 할까, 그런 편인 것 같아요.

　　작가님의 책은 유럽과 일본에서 번역되어 있고 특히 프랑스
　　독자들이 많은 편이죠. 좋은 작품이 그렇듯 다양한 독후감이
　　있을 텐데 외국 독자의 인상적인 독후감을 접해보면 어떠신
　　가요?

특별하다고 할지는 모르겠는데, 한국에서는 제 소설에 상대적으로 한국적인 요소가 덜 들어 있다는 인식이 있잖아요. 그런데 유럽의 독자들은 내 소설을 읽으면서 한국적인 것을 발견한다고 해요. 처음엔 좀 의아했는데, 작가가 무얼 의도하고 쓰든 결국 자기가 살고 있는 현실 세계를 담을 수밖에 없는 거구나, 생각하게 되더라고요. 또 지나치게 지역적이거나 특별한 요소는 보편에 접근하는 데 어려움을 줄 수도 있다는, 어찌 보면 당연한 사실을 확인하는 계기이기도 했고요. 다른 문화권의 독자들이 이해하기 어려운 유별난 풍속이나 고유한 의식 같은 것이 보편성을 담보하지 않을 때 그저 특별하다는 인

시간과 체력과 돈과 인내와
격려와 행운을

"작가가 무얼 의도하고
어떤 걸 쓰든 결국 자기가
살고 있는 현실 세계를
담을 수밖에 없는 거구나,
하는 생각을 하게 되더라고요."

상만 줄 뿐이고 그 뜻은 제대로 전달되지 않을 수 있는 거잖아요.

한국 독자들로부터는 듣지 못한 반응으로, 폭력적인 요소를 발견한 외국 독자도 있었어요. 우리 사회와 역사 속에 내재되어 있는 무의식적 억압과 폭력의 표현을 한국 독자들은 읽지 못하거나 당연하게 여기고 넘어가는데, 외부자들의 눈에는 그것이 보이는 것 같아요. 예를 들어 『식물들의 사생활』(문학동네) 앞부분이 좀 그렇게 느껴진 게 아닌가 싶어요. 재미있는 이야기를 하자면, 그 소설은 실제로 러시아에서 19금 소설로 분류되어 출판되었어요. 책이 나와서 러시아에 갔는데 표지에 19라는 표기가 제법 크게 되어 있었어요. 이게 뭐냐고 물었더니 19금 표시래요. 놀랐지요. 제가 그런 소설을 썼다고 한 번도 생각하지 않았거든요. 출판사에서 자율적으로 그렇게 정했다는 겁니다. 그 나라에서 책을 낼 때 출판사에서 자율적으로 정하게 되어 있는데 나중에 혹시라도 기준에 적합하지 않은 책으로 판단되면 제재를 받는다고 해요. 그래서 출판사에서 미리 19금으로 정했다고. 제가 19금 작가입니다.(웃음)

몇 년 전에 프랑스의 어떤 도시에서 행사를 할 때, 그때까지 출판된 제 책 여섯 권인가를 모두 가지고 사인받으러 온 독자가 있었어요. 한국에서도 드문 일이라 좀 놀라고 감동했지요.

작가가 생산한 작품을 세계의 독자가 공유하고 함께 성장시킨다는 점에서 보면 특별한 연대감이 생길 듯합니다.

시간과 체력과 돈과 인내와
격려와 행운을

네, 공감한다는 거잖아요. 내가 쓴 어떤 것에 대해 같은 느낌이나 감정을 갖는다는 것, 저 사람은 나와 같은 사람이라는 느낌, 친밀감, 작가이면서 독자인 내가 또 다른 독자한테 느끼는 그런 감정이 특별하지 않을 수 없죠.

어린 시절 자폐처럼 견디었던 고향을 십 대에 떠나와 도시 사람으로 사셨습니다. 고향을 잊지 못하시죠? '매생이' 같은 의뭉하고 은근한 힘을 가진 고향을 의식하지 못한 채 소설화했다는 고백을 작가님의 글에서 읽었어요. 몇 년 전부터 고향과 화해했다는 말씀도 들었고요. 요즘 고향은 가보시나요. 동향의 작가이신 이청준, 한승원 선생님처럼 고향에 집을 짓거나 작업실을 두실 계획은 없으신지요.

이청준 선생님이나 한승원 선생님은 고향에 대한 애틋함이 큰 분들이에요. 감정적으로 착근돼 있다고 할까. 문학이나 삶이 고향 장흥에서 기원하고 그쪽을 지향하고 그런 것 같아요. 제 문학에서 고향은, 산천으로든 정서로는 두 어른들만큼 압도적이진 않아요. 불화했다고 말할 수는 없죠. 고향하고 나하고 싸운 적은 없으니까. 이런 말이 어떨지 모르겠는데, 고향은 나에게는 과거였어요. 지나가버린 시간이라는 의식이 꽤 오래 나를 지배했던 것 같아요. 돌아보고 싶지 않은, 부정하고 싶은 무의식이 있었던 것 같아요. 제가 무엇에 대해서 절실하지 않은 면은 있어요. 특히 사람에게 그런데, 사람에게 들러붙는 상황을 스스로 잘 못 만들기도 하고, 또 그런 상황을 피하기도 해요. 인간미가 없다고 할 수 있는데, 고향에 대해서 그런 마음을 오랫동안 유지해왔을 거예요.

그런데 장흥을 드물게 오가고 사람들을 만나며 문득 이런 생각을 했어요. 내 많은 것들이 여기서 형성됐구나. 그리고 내 안에 남아 있는 강렬한 기억들, 아름답고 기분 좋은 것만은 아니지만 그것들이 나를 이룬 거고 내 문학의 기반이 됐다는 걸 인정하지 않을 수 없더군요.

지난 6월에 프랑스 드크레센조 출판사의 대표인 장 클로드와 그의 아내 김혜경 선생(번역가) 부부가 한국에 와서 장흥을 함께 여행했어요. 장 클로드, 이분 한국 이름이 장길도인데, 한국을 무척 좋아해요. 벌써 장흥을 세 차례나 같이 여행했어요. 이번 여행 중에 제가 살던 집이 있는 바닷가도 갔는데, 그때 그분이 거기에 집을 짓고 같이 살면 좋겠다고 하더군요. 농담만은 아닌 것 같았어요. 제가 동의만 하면 실제로 거기 땅을 살 것 같은 기세였어요. 한국에 와서 살고 싶다는 말을 전에도 자주 했으니까 그냥 한 말이 아니었을 거예요. 글쎄, 그러니까 저도 막연하게 공상을 하게 되네요. 나중에 정말로 그 고향 바닷가에 집을 짓고 살 수 있으려나. 한승원 선생님은 오십 대 후반에 고향으로 가서서 정착하셨지요. 나도 60이 되니까, 그런 생각도 하고, 그렇게 되네요.

이번에 보니까 장흥의 해변 도로가 거의 완성이 됐더라고요. 그 도로가 완성되면 해변을 따라서 문학 기행을 할 수 있어요. 이청준, 한승원 선생님의 생가는 이웃 마을에 있고, 두 분 선생님들의 소설 무

시간과 체력과 돈과 인내와
격려와 행운을

대와 이청준 선생님의 소설을 영화화한 축제의 세트장, 그리고 현재 한승원 선생님이 살고 계시는 바닷가 마을 등이 연결되어 의미 있는 문학 길이 될 거라는 생각이 들어요. 아까 언급한 제 고향 바닷가도 그 길에 있어요.

언젠가 고향 장흥에서 다시 인터뷰할 날도 있지 않을까요.

장흥에서 인터뷰, 좋겠네요. 좋아요.(웃음)

이승우

소설가. 소설집『구평목씨의 바퀴벌레』『일식에 대하여』『미궁에 대한 추측』『목련공원』『사람들은 자기 집에 무엇이 있는지도 모른다』『나는 아주 오래 살 것이다』『심인 광고』『신중한 사람』『모르는 사람들』, 중편소설『캉탕』, 장편소설『에리직톤의 초상』『생의 이면』『식물들의 사생활』『그곳이 어디든』『지상의 노래』『사랑의 생애』, 짧은 소설『만든 눈물 참은 눈물』, 산문집『당신은 이미 소설을 쓰기 시작했다』『소설을 살다』『소설가의 귓속말』등이 있다. 대산문학상, 현대문학상, 동서문학상, 황순원문학상 등을 수상했다. 조선대 문예창작학과 교수로 재직 중이다.

이기호

손목 힘보다 허리나
허벅지 힘이 더 중요해요

나이스하다는 것. 좋다, 멋지다와는 느낌이
조금 다르다. 이기호 작가는 나이스하다.
『웬만해선 아무렇지 않다』 출간 관련한
일로 처음 만난 날 알게 되었다. 조금도
꼬이지 않은 사람, 무슨 일이든 물 흐르듯
자연스럽게 맞이하고 풀어내고 흘려보내는
사람. 담대한 마음의 소유자라는 것을.
　이기호 작가의 가족을 모두 만나보았다.
도서전이나 시상식장에서 딸의 손을 잡고
있는, 쑥스러워하며 아내 곁에 있는 작가의
모습은 나이스했다. 작품 속의 가족이
세상으로 걸어나와 현현한 캐릭터 같았다.
얼마나 반가웠는지, 아직도 그 장면을
떠올리면 입꼬리가 올라간다. 인터뷰를 하러
광주로 내려갔다. 광주대 문예창작학과
교수인 작가의 연구실을 보고 싶었다.
식당에서 먼저 만나자는 작가의 제안에
군침이 돌았다. 남도 음식은 기대만큼
맛있었다. 감탄하며 맛있게 먹은 소감을
털어놓는 우리에게 조용히 계산을 미리 마친
작가의 한마디, "아니, 이 정도로. 이건 뭐
광주에서는 일종의 김밥천국 같은 데예요."
이런 유머력.
　광주대의 교정은 사진에서 보았을 때보다
낯설고 웅장했다. 계단을 올라 작가의
연구실에 도착했을 때 책들의 합창을 들었다.
문학은 그런 자리에서 태어나고 있었다.

광주에 와서 작가님을 뵙게 되니 뭔가 감흥이 새롭습니다. 1999년 데뷔 후에 이효석문학상, 김승옥문학상, 한국일보문학상, 황순원문학상, 동인문학상 등 주요 문학상을 수상하시면서 그야말로 21세기 한국의 대표작가로 활동하셨어요. 스무 해를 돌아보시면 어떤 기분인가요?

어제 예고도 없이 우편물이 하나 왔는데, 첫 책『최순덕 성령충만기』(문학과지성사)였어요. 그 책이 2004년에 나왔는데 중쇄를 찍었다고 출판사가 보내왔더군요. 16쇄예요. 이게 저한테는 좀 중요한데, 평상시에는 내가 작가인지 뭔지 잊을 때가 많거든요. 작가라는 직업이 정체성이나, 좀 과하게 표현해서 어떤 소명의식 같은 걸 느끼기엔 좀 어려운 직업이잖아요. 그냥 쓰는 사람이라는 자의식만 있지 누군가 다른 사람이 내 글을 읽고 있다는 생각을 잘 못하게 돼요. 한데 이렇게 한 번씩 중쇄를 찍게 되면 그제야 현실감 같은 게 듭니다. 얼굴도 모르는 독자를 생각하게도 되고, 지금 쓰고 있는 글에 대해서도 다시 고민하게 되죠. 사실 예전엔 이렇게 중쇄를 찍으면 막연한 자부 같은 게 생겼는데, 이젠 좀 바뀌었어요. 꾸준히 시간을 건너 혹은 세대를 넘어서 제 작품들이 읽히고 있다는 사실이 그저 감사한 일이 되었습

이기호

니다. 더 솔직하게 말하면 예전엔 한꺼번에 책이 확 팔리는 걸 기대했어요.(웃음) 아, 그러면 마음 편히 소설만 쓰고 살 수 있겠다, 출근 안 하면 얼마나 좋을까, 하고요.(웃음) 한데 지금은 그렇지 않아요. 오히려 그 상황이 오면 어쩌지 걱정하는 마음이 큽니다. 만약 그런 경우가 생기면 저는 잃어버리는 게 더 많을 거 같아요. 저는 제 자신을 잘 안 믿거든요. 약한 사람이기도 하고요. 쉽게 흔들리기도 하죠. 이렇게 1년에 한 번 정도 중쇄 찍는 상황이 저한텐 딱 좋은 거 같아요. 일상을 그대로 유지할 수도 있고, 글쓰기에 대한 긴장도 계속 유지할 수 있고, 또 한 번씩 이렇게 인세가 들어오면 갑자기 그달치 카드값 고민이 사라거든요.(웃음) 그게 저에겐 큰 기쁨입니다. 운 좋게 그 상태로 20년을 온 거 같아요. 운이 좋았구나, 그래도 딴짓은 하지 않았구나, 부패하진 않았구나, 하는 기분으로요.

첫 창작집이 16쇄라니 확실한 축복이 맞아요. 작가로서 이런 삶을 꿈꾸어오신 거잖아요.

그렇죠. 축복받은 20년이었죠. 하지만 이런 삶을 꿈꾸진 않았어요. 작가로서의 꿈? 사실 그런 건 없었어요. 계속 소설을 쓸 수 있을까, 몇 년이나 더 쓸 수 있을까, 그런 환경이 지속될까, 계속 의문과 불안 속에서 살았거든요. 등단하고 첫 책 계약하기까지 한 4년 정도 걸렸어요. 그 4년 동안 청탁도 없었고, 찾는 사람도 없었죠. 그렇다고 다른 일자리를 잡을 수도 없어서 계속 아르바이트만 하면서 살았는데,

손목 힘보다 허리나
허벅지 힘이 더 중요해요

자취하던 옥탑방으로 밤늦게 올라가던 그 마음이…… 그때 그 기분이 지금도 또렷하게 남아 있어요. 슬프고 외롭고 불안하고 무서웠던 감정들이죠. 지금도 새로운 작품을 시작할 때면, 아니, 매일 작업실에 갈 때면 그런 기분이 들기도 합니다. 그 기분과 함께 가기도 하고, 그 기분을 모르는 척 무시하면서 가기도 하죠. 그 기분으로 20년을 지낸 거 같아요. 별로 좋지도 않은데, 슬프고 외롭고 불안하고 무섭기만 했는데 어떻게 버텼지, 생각해볼 때가 많은데, 그 기분으로 어렵게 어렵게 첫 문장을 내디디면 또 어느 순간 언제 그랬냐는 듯 다른 감정으로 확 넘어가거든요. 그게 좋았던 거 같아요. 내 감정과 전혀 다른 감정을 만나는 순간이 말이죠. 소설이라는 게 다른 건 모르겠지만, 내게 많은 감정을 느끼게 해준 거 같아요. 내가 미처 알지 못했던 감정도 느끼게 해주고, 또 거기에서 빠져나오는 느낌도 주고. 그런 사이클이 저를 좀 예민하게 만들어주었던 거 같아요. 그게 지난 20년의 삶이었죠.

　　작가님 작품을 떠올리면 소설 속 인물 캐릭터가 생생하게 살아납니다. 작품 제목에 인물 이름이 그대로 드러나는 것도 특징이고요. '교회 오빠 강민호' '한정희와 나' '최순덕 성령충만기' '권순찬과 착한 사람들' 등, 소설 속 인물 이름을 짓는 작가님의 방식이 뭔가요?

최순덕이라는 이름이 처음 나온 때를 명확하게 기억하는데, 그때가

"작가들은 쓰지 않는 시간이
더 중요한 거 같아요.
쓰지 않는 시간 동안 어떻게 썼는가?
이게 핵심일 수도 있죠."

1990년대 말이었어요. 2000년대로 막 넘어가기 직전이었죠. 그 시기 많이 나오고 읽혔던 소설들은 대개 이전 세대의 것들과 다른, 정치적으론 자유롭고, 개인의 진정성 같은 것들을 찾아가는 인물들이 주로 나오는 서사였거든요. 그러다 보니까 캐릭터상 주인공들이 아주 진지하고 심오한 사람들이었어요. 세상 모든 우울을 한 몸에 지니고 사는 친구들이었고, 그래서 이름들도 지적이고 현실성 없는 경우가 많았죠.

저는 좀 다르게 쓰고 싶은 욕구가 컸던 거 같아요. 내 몸에 맞지 않는 캐릭터를 쓰는 게 불편하고 어색했죠. 다르게 쓰고 싶긴 한데, 그게 또 말처럼 쉽지가 않았어요. 그때 제가 읽고 습작했던 이야기는 모두 다 그런 소설들뿐이었으니까요. 다르게 써야지, 에이 좀 진지하지 않으면 어때, 하는 마음으로 쓰다가도 어떤 관성이나 두려움 때문인지 또 갑자기 막 진지해지고 그러더라고요. 그래서 아예 시작부터 어떤 못질을 해두자, 캐릭터만 보면서 가자, 하는 마음으로 이름을 더 마이너하게 짓고 시작했죠. 그렇게 시작되었던 거 같아요. 그때부터 두 번째 창작집까지는 일부러 그런 이름들을 찾기도 했어요. 그 이름들이 정해지지 않으면 아예 소설이 시작되지도 않았고요.


마이너한 그 이름들, 무엇을 참고로 찾으셨어요?


뭐, 교회 주보도 보고 현상수배 명단도 보고 그랬죠. 교회를 다니진 않았지만, 아내가 늘 주보를 갖고 왔거든요. 거기 보면 이번에 감사 헌금을 어느 집사님이 얼마만큼 내셨다, 적혀 있는데 어, 이 집사님

이름은 되게 독특하네, 뭐 그런 걸 눈여겨봤어요.

한데 그렇게 두 번째 창작집까지 내고 나서 슬럼프를 좀 겪었어요. 편견일 수도 있는데 우리나라 작가들은 주로 세 번째 창작집으로 넘어가는 시기에 슬럼프를 많이 겪는 거 같아요. 첫 번째 소설집에서 가능성을 보인 작가들이 두 번째 소설집으로 넘어갈 땐 꽁장히 작업 속도가 빨라지거든요. 청탁이 밀려오고, 또 출판사에서도 기대하는 바가 있으니까 출간 일정도 촉박하게 정하는 경우가 많죠. 저도 첫 번째 소설집 낸 후 2년 만에 두 번째 창작집을 냈으니까 거의 모든 시간을 소설에 다 투여한 거예요. 어떤 한계치까지 이른 적도 있었으니까요.

두 번째 창작집을 내고 나니까 어떤 회의 같은 게 오더라고요. 아, 지금 내가 동어반복을 하고 있는 게 아닐까? 그냥 기계적으로 소설을 쓰는 게 아닐까? 그런 생각이 많아졌어요. 무엇보다 가장 큰 건 쓰는 재미가 사라지고 그냥 쓰는 시간만 남더라고요. 꽁장히 독특한 벽돌을 만들어냈는데 반응이 좋으니까 계속 그 벽돌만 죽어라 찍어내는 거 같은 기분도 들고요. 그렇게 계속 찍어내면서 살 수도 있겠지만, 그게 좀 한심하고 지루했던 거예요. 그런 생각이 많아지니까 쓰지 못하게 되고, 그게 슬럼프로 이어지고 그랬죠. 그래도 그런 슬럼프가 도움이 됐던 것도 사실이에요. 물론 다 지나고 나서 하는 말이지만, 어쨌든 쓰지 않으면서도 계속 소설을 생각했고, 소설을 읽었으니까요. 작가들은 쓰지 않는 시간이 더 중요한 거 같아요. 쓰지 않는 시간 동안 어떻게 썼는가? 이게 핵심일 수도 있죠. 저는 그러

손목 힘보다 허리나
허벅지 힘이 더 중요해요

니까…… 그 시간에 어깨에 힘이 좀 많이 빠진 거 같아요. 손목 힘으로 치는 게 아니라 허리나 허벅지 힘이 더 중요하다는 것을 배운 느낌이에요. 그래서 그 뒤부터는 과잉된 인물들 말고 김숙희니, 한정희니, 강민호니 하는 이름들이 나오게 된 거죠. 지금은 또 그 이름들에서도 벗어나는 중이고요.

독자들에게 이기호 작가님은 이야기꾼, 재담꾼이라는 공식이 있습니다. 신형철 평론가의 적확한 표현이 있지요. "이런 무거운 소재 앞에서도 이야기꾼의 어조와 호흡을 절묘하게 운용하면서 시종 희비극적이라고 해야 할 어떤 균형을 유지하는 것이 이기호 소설의 특징"이라는 표현. 웃겨야 산다, 소설가는 스스로 감상에 빠지지 않고 고통스럽게 웃기자는 준칙이 있다는 생각마저 듭니다. 작가님의 소설론은 무엇일까요?

저한테 무슨 특별한 소설론이 있는 거 같지는 않아요. 소설은 분석하고 논리를 만들어내는 순간 망가진다는 생각이 있기도 하고요. 잡스럽고 케이스 바이 케이스의 이론만 존재하는 게 소설 같아요. 다만 소설론이라고 하긴 좀 그렇지만 제가 쓰고자 했던 방향 같은 건 있죠. 그 방향에서 나온 게 아마 유머일 텐데…… 실은 그것도 잘 모르겠어요. 문학비평가 테리 이글턴이 그랬는데, 유머도 분석하면 끝장이라고.(웃음)

쓸 때마다 느끼는 거지만 저는 유머를 생각하면서 글을 쓰진 않거든요. 유머나 농담을 하겠다는 생각으로 글을 쓰면 그건 정말 어려운 일일 거예요. 사람들이 잘 웃지도 않을 거고, 썰렁하고 싸늘해지는 반응만 남게 될 가능성이 크죠. 유머는 말뿐만이 아니고 행동이나 표정이나 상황 같은 게 다 있어야 하잖아요? 근데 그걸 문장만으로 밀고 나간다는 건 아무래도 어려운 일이죠. 차라리 그냥 가장 가까운 사람들을 웃기는 게 낫죠. 그러면 싸늘해져도 용서가 되니까요.(웃음) 그러니까 그걸 목표로 가면 안 되고…… 윤리에 대해서 좀 고민하게 되는 거 같아요. 이걸 좀 복잡하게 말하면 작가와 작가가 만들어낸 인물 사이의 윤리 같은 건데, 아무리 작가라고 해도 자기가 창조해낸 인물의 소유권을 요구할 순 없는 법이거든요. 사실 그 인물이 온전하게 작가 자신만의 머리에서 나온 것도 아니잖아요? 거기에는 작가가 그동안 만났던 수많은 사람들, 가족들, 다른 이야기 속 인물들의 그림자가 다 포함되어 있는 거죠. 한데 소설을 쓰다 보면 어느 순간 그걸 잊어버리고 자기가 만들어낸 하나의 조각으로 여길 때가 많은 거 같아요. 작가의 페르소나, 뭐 이런 차원으로 격하시키죠. 그리고 그때마다 인물들은 현실의 우리와는 다른, 질문 그 자체로만 남는 사람이 되는 거 같아요. 사람이 사람이지 질문은 아니잖아요?(웃음) 저는 소설을 쓰고 나서 계속 그 부분을 집중적으로 고쳐나갔던 거 같아요. 부모님이 돌아가셨다고, 애인이 떠나갔다고, 계속 내적 질문만 하고 있는가? 그도 아니면 또 몰래 숨어서 라면을 끓여 먹는가? 저는 그 인물의 이중성을 그대로 유지하려고 노력했어요. 좀 더 솔직하고 적나라하게, 편들지 않고 드러내려고 노력했죠. 그게

손목 힘보다 허리나
허벅지 힘이 더 중요해요

어느 순간 유머와 맞닿기도 했고요. 그게 제 소설론이라면 소설론일 거예요.

> 광주에 내려오신 지 10년이 넘었습니다. "다작을 하겠다고 내려왔는데 그만 다산을 하고 말았다. 이 무슨 봄날 개나리 꽃망울 같은 일인가"라는 웃음 터지는 문장으로 소회를 밝히기도 하셨죠. 광주 사투리, 음식, 문화에 익숙해지셨나요.

아내하고 그런 얘기를 해봤어요. 우리가 광주에 내려오지 않고 계속 일산에서 살았으면 어떻게 됐을까? 아내의 첫 마디가 "아마 둘째하고 셋째는 만나지 못했겠지"였어요. 이게 좀 서글픈 이야기이기도 하지만, 또 그만큼 이곳에서의 우리 삶이 자연스러웠구나, 자연인까지는 아니지만(웃음) 무언가 인위적으로 안간힘을 쓰면서 살진 않았구나, 하는 뜻이기도 하죠. 12년을 그렇게 살았네요.

  범위를 좀 좁혀서 제 문제만으로 보면 여기 안 내려왔으면 소설도 많이 쓰진 못했을 거 같아요. 직장을 가진 채 소설을 쓴다는 건 어떤 루틴을 만들어내야 한다는 뜻이거든요. 그 루틴 안에서 최대한 소설 안으로 들어가야 하는데, 서울에서의 삶은 그게 많이 깨져버렸어요. 말만 루틴이지 루틴을 깨는 게 루틴이었으니까요.(웃음) 광주에서는 그게 저절로 지켜졌어요. 제 일상이라는 게 오전 10시에 출근해서 오후 6시 퇴근, 7시까지 아이들 저녁을 차리고 아내와 함께 집안일을 하고, 밤 10시에 다시 작업실로 출근, 새벽 2시나 3시까지 책상에 앉

이기호                                                    **337**

아 있는 거예요. 여기서 핵심이 출퇴근 거리인데, 음, 이런 말하면 서울에 사는 많은 동료 작가에겐 미안하지만, 저는 5분밖에 안 걸리거든요. 담배를 물고 차에 오르면 그 담배를 다 피우기도 전에 직장에 도착해요. 그게 별거 아닌 거 같지만 직장 생활을 하면서 글을 쓰는 작가에겐 무척 중요한 일이죠. 그게 가능한 광주 생활이었어요. 조용했고, 상대적으로 이 도시에서 느껴지는 정치적 스트레스도 덜했고, 아내와 아이들과 함께 더 많은 시간을 보낼 수도 있었어요. 그러면 된 거죠, 뭐. 얼마 전엔 아이들에게도 물어본 적이 있었어요. 혹시 서울로 전학 가고 싶니? 아이 셋 다 아니래요. 전학 가면 바로 학교 그만두겠다는 아이도 있고.(웃음) 모르긴 몰라도 아마 저는 계속 여기 머물 거 같아요. 시골로 더 들어가는 일이 없다면 말이죠. 그리고 결정적으로 제가 추위에 너무 약해요. 겨울에 서울하고 광주는 5도 정도 차이가 나거든요. 그게 큽니다. 여기가 아니면 제주도나 치앙마이, 아니면 베트남을 생각하고 있으니까요.

광주에서 좋은 작품을 많이 쓰셨으니 독자로서도 계속 여기에 사시면 좋겠다는 바람을 가져봅니다. 광주가 고마운 도시네요.

그 작가가 사는 곳이 작품에도 당연히 영향을 주는 거 같아요. 제 외적인 포즈는 사십 대이고, 이성애자 남자이고, 대학교수이자 소설가이며 문예지 편집위원이기도 해요. 주류 기득권의 외양은 두루두

"작가가 사는 곳이
작품에도 당연히
영향을 주는 거 같아요."

루 다 갖춘 셈이죠. 한데 내적으로 들여다보면 별거 없어요. 권력이 니 권위니 하는 것들은 남아 있지 않은데, 그 그림자만 남아 있는 상 태예요. 한심하죠. 단순하게 보자면, 지방 사립대 교수 생활이란 일 반적으로 생각하는 그런 교수의 삶과는 많이 다르거든요. 비굴해지 는 순간도 많고, 속물적인 모습을 보여야 하는 순간도 많아요. 한데 제 자신이 그걸 인정하지 못하고 자꾸 딴청을 피우거나 스스로 속이 려 드는 경우가 많은 거 같아요. 그나마 그걸 자꾸 인식하게 해주는 게 제가 지금 살고 있는 장소 같아요. 중앙과 지방의 이분법의 문제 가 아니라, 이분법으로 보는 제 시선을 느끼는 거죠. 제 안에 남아 있 는 욕망 같은 것도 보고요. 그걸 계속 보고 느끼면 저절로 반성하게 됩니다. 반성하기 좋은 곳이죠.

언젠가 웹소설을 쓰려는 문예창작학과 학생을 대면하는 곤 혹스러움을 이야기하신 적이 있어요. 문예창작학과 무용론 이 몇 년 전 논쟁이 된 적도 있고요. 선생님으로서 창작자가 되려는 학생을 바라보는 심정은 뭘까요?

안쓰럽게 생각했던 거 같아요. 선생이 선생으로서 위험해지는 순간 은 자꾸 자기 자신을 학생들에게 대입할 때거든요. 저는 교육학 같은 걸 배운 적도 없고, 대학 교육자로서의 학위 같은 걸 충실히 이행하 지도 못한 사람이에요. 어찌 보면 굉장히 미숙하고 모자란 선생인데, 그러다 보니까 자꾸 학생들에게서 제 모습을 봐요. 객관적이지 못하고 감정적이죠. 저 친구가 지금 무슨 생각을 하고 있는지도 알 것만 같고, 밤에 돌아가서 뭘 할지도 눈에 빤히 보이고, 학생이 써 온 소설의 어느 지점에서 잠깐 쉬었는지, 다 알 것만 같은 거예요. 그게 정말 다 맞는 줄 알았죠. 한데, 그런 건 없거든요. 비슷한 지점이 있을지 모르지만 다 달라요. 문예창작학과라는 곳에 대한 세간의 오해는 뭔가 창작의 세밀한 기술 같은 걸 가르쳐주는 학과라는 거잖아요? 근데 기술이라는 게 어디 있어요? 소설의 기술이라는 건 다 거짓말이거든요. 그냥 노동만 있을 뿐이죠. 사실 문예창작학과라는 곳은 노동을 가르치는 곳이에요. 산문을 쓰는 것은 노동을 하는 것이고, 노동에서부터 자기 글이 나온다는 것을 인식하게 만들어주는 곳이에요. 글에 대해서 생각하는 것만으로는 아무것도 할 수 없고, 한 문장 한 문장 쓰고 고치는 것이 시작이라는 것을 인식하게 만들어주는 곳이죠. 그러니까 여기 선생은 약간 중간도매상 같은 스타일이 좋아요.(웃음) 빨리 물건 납품하라고 재촉하는 중간도매상이요. 그런 중간도매상이 학생들의 모습에 자기 자신을 대입하면 안 되는 거죠. 학생 각자의 근력을 믿고, 각자의 손힘을 믿으면서 기다려주는 거죠. 그게 전부인 거 같아요. 재촉하고 기다리는 거. 말하자면 웹소설이라는 것도 그렇게 보면 되는 거예요. 처음엔 그게 저한텐 이상한 장르로 다가왔거든요. 야, 이건 그냥 날것 그대로의 욕망이구나, 무슨 과천 경마장 같은 세계구나, 그런 느낌이 많았어요. 작품도 비슷비슷한 거 같고, 플롯도 이게 무슨 『심청전』이나 『장화홍련전』인 것만 같고.(웃음) 한데도 학생들 중에는 그쪽으로 쓰려는 친구들이 많고……

좀 당황했어요. 그쪽으로 가려는 친구들을 많이 말리려고도 했고, 일부러 관심을 기울이지 않으려고도 했지요. 한데, 그게 다 어떤 동일시의 욕망 때문에 생긴 감정이라는 걸 알게 된 거죠. 은연중에 웹소설이나 장르소설을 하위 장르로 구분 지으려는 자의식도 있었고, 소설은 이러이러해야 해, 라는 고정관념도 단단하게 뿌리박혀 있었던 거죠. 그러면 거기에서부터 기술이 나오는 거예요. 소설에 기술이 어디 있어, 하면서도 내면에선 기술이 있어, 그래서 가르칠 수도 있어, 라는 믿음이 있었던 거죠. 우리 학생들과 생활하고 대화하면서 그런 저의 이중성을 많이 알게 된 거 같아요. 노동의 측면에서 보면 웹소설이나 장르소설 친구들을 따라 잡을 수 없거든요. 거긴 말하자면 소설계의 상하차, 소설계의 새우잡이 어선 같은 곳이니까요.(웃음) 저는 그것만으로도 그 일을 해내는 사람들을 존경하고 있어요. 웹소설을 쓰는 학생들도 마찬가지고요.

　　　즐거운 얘기로 넘어가야겠어요. '복사씨와 살구씨' 같은 아이 셋의 풍성한 이야기로 마음산책에서 『세 살 버릇 여름까지 간다』를 출간했습니다. 하루가 다르게 커가는 아이들, 거기에서 소설의 씨앗을 발견하는 일도 있겠지요. 아이들의 성장 이야기를 듣고 싶어요.

이 책을 얘기하면 저는 거의 자동으로 세월호 사건이 떠올라요. 말하자면 거기에서 멈춘 이야기인데, 그전까지는 자기 새끼 먹여 살리는

손목 힘보다 허리나
허벅지 힘이 더 중요해요

데 온 신경을 다 쓰던 한 어리숙한 초보 아빠가 비로소 다른 자식들, 다른 아이들이 있다는 사실을 알게 되는 서사이지요. 우리 아이들이 다른 아이들과 연결되어 있다는 생각도 하게 만들어준 책이었습니다. 처음엔 그럴 의도가 전혀 없었죠. 아내와 아이들과 함께 써나가는 일기였으면 좋겠다고 쓴 글이었어요. 거의 제 실수에 대한 기록이기도 했고요. 저는 가부장제를 싫어하고, 또 제 자신이 나름 실천하고 있다고 생각했어요. 그런데 글은 거짓말을 못하거든요. 그 안에 제가 싫어했던 아버지의 모습, 무의식적으로 튀어나오는 말과 행동, 꼰대를 욕하면서도 꼰대가 되어가는 제 모습들, 뭐 그런 것들이 다 배어 있더라고요. 책이 나오기 전에 교정본을 보면서 그런 걸 많이 느꼈죠. 그 때문에 충격을 많이 받기도 했습니다. 멍청하게도 그걸 그제야 알게 되었으니까요……. 그러면서도 책으로 묶은 건 감추지 않고 숨기지 않으려고 했기 때문이에요. 아내에게도 그 이야기를 제일 먼저 했고요. 아내가 조언을 많이 해주었습니다. 그 뒤로 내가 좀 변했는가 생각해보면, 아무래도 아직 많이 부족하죠. 부족하지만 노력하고 생각하고 고민하는 상황까지는 온 거 같아요. 그러니까…… 이 책의 외양은 아이들의 성장 이야기이지만, 동시에 한 아빠의 성장담이기도 하죠. 아이들보다 늦게 자라고, 아이들보다 미숙한 아빠의 모습.

아이들이 이 책을 읽었을까요?

안 읽은 줄 알았는데, 어느 날 첫째와 방 청소를 하는데 툭, 책상 아래로 이 책이 떨어지더라고요. 알고 보니까 첫째도 읽었고, 둘째도 읽었더라고요. 읽었으면서도 아빠한텐 아무 말 안 하고 자기들끼리만 킥킥거린 거죠. 심한 배신감을 느꼈습니다.(웃음) 다른 작가들은 어떤지 몰라도 저는 제 글을 아이들이 읽는 게 무척 창피해요. 친한 친구에게 속마음을 들킨 거 같은 기분도 들고, 연인에게 사랑을 고백한 느낌도 듭니다. 그러면서도 한편으론 계속 이 이야기들을 적어놓고 싶다는 생각이 들어요. 상대가 킥킥거린다고 해서 사랑이 변하는 건 아니니까요.(웃음)

청소년 이야기도 흥미롭고 만만찮은 게 있을 것 같아요.

한 편의 거대서사이자, 판타지이고, 약간의 로맨스와 SF가 결합된 복합장르이지요.(웃음) 첫째가 어느새 자라 이번에 중학생이 되었고, 둘째와 셋째는 5학년, 3학년이 되었어요. 거기에 거북이 두 마리, 강아지 한 마리까지 있으니까 약간 자연 다큐 느낌도 들어요. 첫째는 약간 겁이 나는 게 계속 소설책만 읽고 있어요. 둘째는 하루 종일 랩만 하고 있고, 막내는 친구들과 뛰노느라 얼굴 보기도 힘들죠. 저녁을 준비하다 보면 아이들 친구들이 한 명 두 명 찾아와서 어느 날은 일곱 명이 함께 식사를 하기도 합니다. 그런대로 남들과 다르지 않은 삶을 살고 있어요. 어떤 시기가 지나가고 있다는 느낌이 드는데, 사실은 시간은 거기 그대로 있는데 우리만 지나가고 있는 거겠죠. 앞으

손목 힘보다 허리나
허벅지 힘이 더 중요해요

로 또 많이 싸우기도 하겠고, 어려운 일도 다가오겠지만, 지금 이 시간들은 여기 그대로 있겠죠. 그 생각으로 살아가고 있어요.

　　짧은 소설집 『웬만해선 아무렇지 않다』가 웬만하지 않게 팔렸고 독자층이 다양했습니다. 페이소스가 묻어나는 이야기에 독자들은 각각 '내 이야기'로 읽었다는 독후감이 많았는데, 마이너리티에 대한 애정, 다양한 삶에 대한 기술은 어떤 취재를 통해 이루어지나요?

소설을 위해서 누군가를 일부러 만나거나 취재하진 않았어요. 제 소설에 마이너리티에 대한 애정이 묻어났다면 그건 그냥 제가 그런 존재이기 때문일 거예요. 아까도 말했듯 외적 조건은 그렇지 않지만, 저는 제가 뼛속부터 마이너리티라는 걸 잘 알고 있거든요. 약간 유전적인 영향이나 기질 때문에 그런 건데, 그건 아마 죽는 날까지 변하지 않을 제 조건일 거예요. 그 시선으로 세계를 바라보는 것뿐이죠. 소설가가 세계를 바라본다는 건 그 세계가 되어본다는 것과 같은 말일 거예요. 감정이입이 먼저고, 객관화가 그다음이죠. 그래서 아무리 짧은 소설을 쓴다고 해도 그 인물이 되는 과정이 먼저인데, 저는 직업도 갖고 있고, 가족의 한 구성원이기 때문에 그런 감정이입의 단계가 쉽지는 않아요. 그래서 저한텐 작업실이 필수인 거죠. 거기로 가는 단계에서부터 단절이 이루어지고, 온전히 제가 그리고자 하는 인물이 돼보려고 노력합니다. 작업실에선 인터넷도 하지 않고 전화도 받지 않으려고 하고요. 그 상태로 계속 모니터를 주시하다 보면 겨우 그 인물의 목소리가 나옵니다. 그 과정의 연속이었던 거 같아요. 지금도 마찬가지고요.

책을 잘 안 읽는 사회적인 분위기죠. 앞으로 젊은 세대는 책에 대해 어떤 감각을 가질까요? 또 앞으로 우리 사회에 책이란 어떤 문화상품, 매체가 될까요?

작가도 책을 잘 안 읽는데, 다른 사람들, 젊은 세대 탓할 것도 없지요. 재미있는 게 너무 많잖아요? 또 책을 읽는다는 건 물리적으로도 많은 시간과 노력이 필요한 일이니까, 어쩌면 이게 더 자연스러운 현상일지도 모르죠. 한데 좀 허무한 건 있죠. 재밌는 것만 하고, 웃기만 하면 좀 멍한 상태가 되지 않나요? 그게 우리가 어떤 수동적인 상태에만 놓이게 될 때 찾아오는 감정일 텐데, 저는 그런 감정의 균형을 맞춰주는 게 책 같아요. 그래서 너무 걱정하진 않아요. 다들 알아서 돌아올 거라는 믿음도 있지요. 하지만 조금 걱정되는 건 청소년들이죠. 그 친구들은 아직 감정의 균형이 무엇인지 잘 모르고 있거든요. 책을 읽는다는 게 자신의 감정을 해친다는 생각도 하고 있고.(웃음) 그 친구들한테 뭐라고 할 게 못 되는 게, 아마 저도 그 세대에 속해 있었다면 똑같은 모습이었을 거예요. 그러니까 어른들이 잘해야 하죠. 교육이 문제다, 애들이 스마트폰에만 빠져 있다, 싸가지가 없다, 말만 하지 말고 자기들이 먼저 자신을 사랑하는 모습을 보여야죠. 감

손목 힘보다 허리나
허벅지 힘이 더 중요해요

"제 소설에 마이너리티에 대한
애정이 묻어났다면
그건 그냥 제가
그런 존재이기 때문일 거예요."

정의 균형이 뭔지도 모르니까 아이들을 혼내는 거예요. 그게 꼭 책일 필요는 없죠. 책은 하나의 보조재일 뿐이니까요. 보조재로서의 문학, 보조재로서의 책, 저는 그것만으로도 훌륭하다고 생각해요.

구상하시고 있는 작품, 지금 쓰고 계시는 것이 모두 궁금해요. 이기호 작가님의 근미래를 들려주세요.

소설이야 늘 쓰고 있고 써야 하니까 따로 계획이랄 것도 없고요. 요즘은 아내와 그런 이야기를 자주 합니다. 우리가 아이 셋 키우다 보니까 자꾸 시야가 좁아지는 것은 아닐까? 우리 아이들이 다른 아이들과 연결되어 있다면 우리가 해야 하고, 할 수 있는 일은 무엇일까? 그런 고민이 좀 있습니다. 얼마 전에 제가 난생처음 시민단체에도 가입했는데, '기본소득한국네트워크'라고 우리나라에 전면적인 기본소득 도입을 위해 노력하는 단체예요. 거기에 들어간 것도 그런 생각의 연장선상이었죠.

문학 쪽으로는 아무래도 제가 이제 작가가 된 지 20년이 되다 보니까 후배 작가들 생각을 많이 하게 됩니다. 이건 뭐 저만은 아니고 저와 동년배 작가들이 다 같이 하고 있는 고민일 거예요. 후배 작가들이 좀 더 나은 환경에서 글을 썼으면 좋겠다, 경제적인 측면에서도 더 보탬이 되었으면 좋겠다, 그래서 그냥 한두 번 목소리를 내는 것이 아니고, 실질적인 작가연대나 예술가의 권리 보장 법률 제정에도 같이 노력해보자, 그런 논의들을 하고 있습니다.

손목 힘보다 허리나
허벅지 힘이 더 중요해요

개인적으론 곧 안식년이 다가와요. 학교에서 근무한 지 12년이 되었는데, 한 번도 그 제도를 제대로 써먹지 못했거든요. 일이 너무 많아서 그럴 수가 없었죠. 한데 이번엔 꼭 안식년을 가지려고요. 아내도 적극적으로 권유하고 있습니다. 1년 동안 아일랜드로 어학연수를 다녀오거나, 가파도 같은 섬으로 들어갈 생각을 하고 있는데……. 그러자니 아내가 계속 걸립니다. 나 혼자 그렇게 훌쩍 떠나면 아내가 독박으로 일을 해야 할 텐데, 그게 쉬운 일은 아니죠. 그렇게 떠나서도 결국 아무것도 못할 가능성이 크고요. 그래서 계속 고민 중입니다. 첫째에게 함께 가자고 계속 꾀고도 있고요.

소설은 아마 또 변하겠죠. 변하려고 애쓰고 있습니다. 그게 저한테는 가장 알 수 없는 미래이지요. 알 수 없고 예측할 수 없는 미래가 있다는 사실에 감사해하면서 살아가고 있습니다.


와, 이기호 작가님은 그냥 나이스하네요. 근미래가.


이기호

소설가. 소설집 『최순덕 성령충만기』 『갈팡질팡하다가 내 이럴 줄 알았지』 『김박사는 누구인가?』 『누구에게나 친절한 교회 오빠 강민호』, 중편소설 『목양면 방화사건 전말기』, 장편소설 『사과는 잘해요』 『차남들의 세계사』, 짧은 소설 『웬만해선 아무렇지 않다』 등이 있다. 이효석문학상, 김승옥문학상, 한국일보문학상, 황순원문학상, 동인문학상 등을 수상했다. 광주대학교 문예창작학과 교수로 재직 중이다.

김중혁

# 김중혁의 여러 버전이
# 모여 살아요

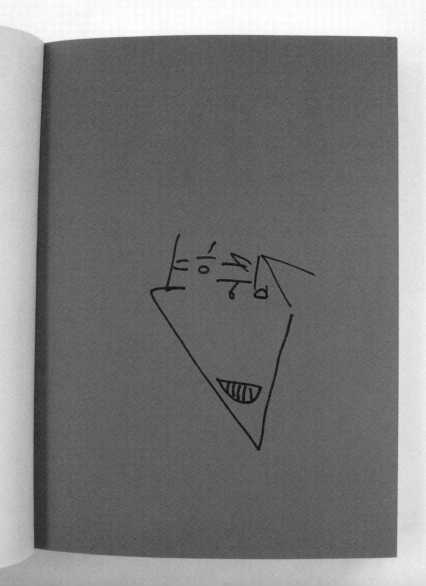

언제나 청년 같은 작가가 있다. 김중혁 작가가
그렇다. 마음산책 사무실이 있는 홍대 앞 거리에서
흔히 마주치는 청년 무리에 섞여도 전혀 어색하지
않는 외양과 느낌을 풍긴다.

　김작가와 몇 마디 이야기를 나눠보면 알게 된다.
다양한 장르에 걸쳐 작업하며 호기심 어린 눈길이
세상 어느 곳에 가닿을지 짐작하기 어렵다는 것을.
유연한 생각에서 나오는 활력이 전달되는 기분 좋은
상태를 상대방이 유지하도록 하는 힘이 느껴진다.

　책을 출간하기 위한 사전 만남에서 김작가는
아이패드를 꺼내 들었다. 거기에 저장되어 있던
이미지들은 아이디어를 형상화한 것이고, 편집팀
모두는 빨려들 듯 그 화면을 바라보았다. 그렇게
출간된 것이 『뭐라도 되겠지』『모든 게 노래』
산문집이다. 본문은 물론이고 표지 그림도
작가가 직접 그렸다. 독특한 차례 디자인에 대한
의견도 작가의 것이었다. 편집자는 작가가 던져준
아이디어의 볼을 잘 받으면 되는 포수가 되었다.
운동하듯 역동적인 출간 작업이었고 결과도
만족스러웠다.

　블러썸 크리에이티브 스튜디오에서 인터뷰했다.
이 기획사는 몇몇 작가들이 소속되어 있어서
화제의 중심에 있다. 오랫동안 팟캐스트를 진행했던
작가의 발음은 명료했고 설명도 명쾌했다. 질문자가
버벅거렸다.

　스튜디오 하얀 벽의 매끈한 질감처럼 인터뷰는
짧고도 유쾌하게 미끄러지듯 시작되었고 끝났다.

창작에 필요한 장비에서 시작해 글 쓰는 데 적합한 공간, 음악까지 치열한 준비를 하시는 것으로 유명하죠. 이 인터뷰 장소도 그 치열한 준비의 하나일까요. 준비성, 계획성이 있는 면모와 자유분방한 면모가 공존하는 대표적인 작가님이십니다.

제가요? 전혀 계획적이지 않은데요? 저는 딱 1년씩만 계획해요. 올해는 이걸 해야지, 이것만 해야지. 그다음에 뭐 할지는 생각 안 하고요. 작년에는 장편소설 한 편 내는 게 계획이었어요. 방송 역시 언제 어떤 제안이 올지 모르기 때문에, 계획한다고 되는 게 아닌 걸 알기 때문에 늘 무계획입니다.

으아, 정말인가요? 그런데 어쩌면 그렇게 준비를 잘하시는 작가님처럼 보이는 걸까요?

제안 오는 것 중에서 재미난 일은 다 해서 그런 거 아닐까요? 재미있는 제안이 오면 가능한 한 하니까 부지런해 보일 수도 있어요. 계획적이어서 그런 게 아니고 운이 좋았던 거죠. 글쓰기에 대한 아이디어는 지금도 한 100개 있는데, 그걸 계속 굴리다 보면 두 개 정도는 살아남는 것 같아요. 머릿속에서는 굉장한 아이디어였는데, 현실적으로 안 되는 일도 많고요. 아이디어는 많고, 하고 싶은 것도 많은데, 계획적으로 움직이는 사람은 아니다 보니까 의외로 실현되는 일은 적어요.

요즘은 어떤 글을 쓰고 계신가요.

얼마 전에 타자기를 하나 사서 쳐봤는데요. 너무 힘들더라고요. 타자기를 손가락으로 치는 것 자체가 너무 힘들어요. 그래서 전동 타자기를 하나 더 구입했습니다. 그건 좀 낫더라고요. 그걸로 시를 써보고 있어요.

시요?

발표는 안 할 거고요.(웃음) 오랜만에 사용해보니까 타자기가 시라는 장르하고 잘 어울리더라고요. 속도가 아주 빠르지는 않고, 생각할 여유도 있고, 타자기 치는 소리도 시적으로 들리고요. 시 역시 김중혁다운 시를 써보고 싶어서, 전자기기에 대한 시를 쓰고 있어요. 그러면서 놀고 있죠.

그러니까 항상 뭔가 쓰고 계시다는 생각을 하게 됩니다. 2000년 이후 장편소설 여섯 권, 단편소설집 네 권, 산문집 다

김중혁의 여러 버전이
모여 살아요

"많은 작가들이 평생

짊어지고 가는 하나의 주제가 있고,

그 주제에 천착하면서

깊은 이야기를 쓰게 되는데요,

저는 아직 그런 게 없는 것 같아요."

섯 권과 다양한 공저, 수상선집 등을 내셨어요. 누가 봐도 중견작가인데 또 여전히 '젊은 작가' 이미지를 유지하고 계시죠. 끊임없이 작업하시는 분위기랄까요. 소설 외에도 그림, 방송 진행 등 재능 만발인 셈인데, 어떨 땐 꼭 신인작가 같기도 하고요. 그 열정이나 신선함이요.

대표작이 없다는 얘기죠.(웃음) 왜 그런 이미지를 갖고 있을까 생각해봤는데 제가 쓰는 글의 주제와 형식 때문인 것 같습니다. 많은 작가들이 평생 짊어지고 가는 하나의 주제가 있고, 그 주제에 천착하면서 깊은 이야기를 쓰게 되는데요, 저는 아직 그런 게 없는 것 같아요. 관심사가 많아서 이야기 자체도 계속 바뀌고 있고, 형식도 바뀌고 있어서 신인 같다는 느낌을 받으시는 것 같습니다.

"자신의 소설집을 단순히 시기별 모음집으로 묶어오지 않았다. 각자의 소설집마다 콘셉트가 분명 있다는 뜻이다." 차미령 평론가님의 이 문장이 참 적확하다는 생각입니다. 작가님 책이 출간되면 내용도 내용이지만 편집자들은 책 구성이나 일러스트 등 다양한 아이디어를 먼저 보게 되는데요. '김중혁표' 콘셉트는 어떻게 그렇게 다양하죠?

집에 김중혁의 여러 버전이 모여 살고 있어요. SF 작가도 있고, 스릴러 작가 한 명, 추리 작가 한 명, 유머 작가 한 명.(웃음) 제가 재미를 추구하고 지루함을 못 참아서 그러는 것 같습니다.

편집자들이 김중혁 작가님 책을 특별히 눈여겨보는 이유를 아시나요?

제가 책 낼 때 중요하게 생각하는 게 표지와 작가의 말입니다. 표지가 재미있었으면 좋겠고, 작가의 말이 그냥 작가의 말이 아니라 책과 상관 있는 흥미로운 작가의 말이었으면 좋겠다고 생각하죠.

작가님을 떠올리면 '빨간책방' 팟캐스트 흑임자로서 열띤 목소리로 논리정연하게 많은 책을 소개하시던 것이 먼저 생각납니다. 지금은 사라진 '빨간책방'에서 좋아하는 작가도 꼽아주시고 책들도 많이 소개해주셔서 출판인으로서 고맙고 흥미로웠어요.

저는 평론가도 아니고 기자도 아니기 때문에, 어떤 시기에 나오는 책들을 무조건 따라서 읽지 못해요. 소설 쓸 때는 어떤 책이 출간되는지 전혀 관심이 없고, 자료만 보기 때문에 최근 4, 5개월 동안에도 발표한 소설과 관련 있는 책들을 집중적으로 읽었고요. 최근에 재미있게 읽은 책은『가재가 노래하는 곳』(살림)입니다.『엄청나게 시끄럽고 믿을 수 없게 가까운』(민음사)의 조너선 사프란 포어, 김초엽, 김금희 작가님 좋아하고요. 정용준 작가 좋아하고, 정지돈 작가 좋아하

"어디까지 마중 나가야 독자들이
제 소설로 쉽게 들어올 수 있을까
그런 고민을 하죠.
그게 저한테는 '장르'일 것 같아요."

고……. 요즘 재미있는 소설이 많더라고요.

주어진 일을 열심히 하시는 편이라고 하셨는데 보통 하루를 어떻게 보내시나요. 글 쓰는 패턴이랄까 스타일이 있을까요.

요즘은 장편소설을 쓰고 있으니까 글 쓸 때의 패턴을 말씀드릴게요. 예전에는 카페에서 쓰는 게 편했어요. 이제는 제가 청각 초능력이 생겨서 (웃음) 모든 소리들이 너무 시끄럽게 다가와서 작업이 안 될 때가 많아요. 카페를 포기하고 사방이 막힌 상태에서 쓰는 게 훨씬 더 편해졌습니다. 글 쓰다가 잠깐 시간 날 때 산책하거나 책 읽거나 영화 보고요. 그것 말고는 사람도 거의 안 만나죠.

요즘 독자 변화에 대해 느끼신 점이 있나요. 문학작품 중에 특별히 많이 팔리는 작품도 있지만 대체로 새 책에 대한 관심 주기가 짧아지고 있어요. 독자들은 어디로 가고 있는 것일까요?

저도 답을 모르죠. 예를 들면 웹툰이나 영화 같은 장르에 훨씬 더 많은 사람들이 몰리니까, 그러면 내 소설이 그 방향으로 가야 하나, 그건 일단 아닌 것 같아요. 그렇게 쓸 수도 없으니까요. 그러면 타협 지점 같은 게 생기게 됩니다. 내가 절대 양보할 수 없는 형식과 주제, 글 쓰는 방식이 뭘까, 그런 생각을 먼저 해보고요. 다음에는 타협할 수 있는 건 뭐가 있을까 생각해요. 타협이라기보다는 제가 마중 나가

김중혁의 여러 버전이
모여 살아요

는 것일 수도 있어요. 어디까지 마중 나가야 독자들이 제 소설로 쉽게 들어올 수 있을까 그런 고민을 하죠. 그게 저한테는 '장르'일 것 같아요. 사람들이 흥미로워할 만한 장르, 소재 혹은 형식을 통해 제 영역으로 들어올 수 있게 하려고 노력하고 있습니다.

젊은 독자를 많이 만나시죠. 독자 만남 행사에서나 기타 공개된 곳에서 이십 대 독자를 만나시면 어떤 느낌이 드나요.

제가 가장 많이 듣는 독후감은 엄청 빨리 읽었다, 하룻밤에 다 읽었다라는 얘기예요. 이 가독성을 유지한 채 제가 하고 싶은 얘기를 확장해나가면 젊은 독자들도 어느 정도 볼 거라는 자신감 같은 건 있죠.

그림을 잘 그리시잖아요. 약력을 잘 들여다보지 않는 독자는 미술을 전공하신 것으로 알기도 하고요. 그림 작업은 계속 하실 거죠?

미대 나왔는데 이렇게 못 그리면 문제 아닌가요.(웃음) 한 권 정도는 카툰집을 내고 싶어요. 언제가 될지는 모르겠고요. 사실 제가 해본 장르 중에 제일 힘든 장르 같아요. 네 컷으로 기승전결을 만들어서 반전도 있어야 되고 복선도 있어야 되고 여운도 있어야 되니까 진짜 힘들더라고요. 네 컷으로 만들어진 카툰집, 도전하고 싶어요.

마음산책에서 출간하신 첫 산문집 『뭐라도 되겠지』의 신선함과 노래를 테마로 한 『모든 게 노래』의 반응은 참 뜨거웠죠. 2017년에 위즈덤하우스에서 글쓰기에 관한 『무엇이든 쓰게 된다』를 출간하면서 명실상부 김중혁표 산문의 매력을 널리 전파하셨는데요. 산문 쓰기는 계속 되는 것이죠?

『무엇이든 쓰게 된다』는 원래 창작자들을 인터뷰해서 창작의 비밀을 캐내는 것이었는데, 인터뷰했던 부분을 빼게 되어서 다른 책이 돼버렸어요. 그러는 바람에 제 얘기가 많이 들어가게 됐죠. 그러고 나니까 제 얘기를 이제는 많이 했다는 생각이 들어서 산문을 안 쓰게 되더라고요. 당분간은 산문을 안 쓰고 다른 콘텐츠를 준비하고 있어요. 1년 동안 산문은 거의 안 쓴 것 같네요.

그러셨나요. 왜 산문을 늘 보고 있다는 느낌이 들었을까요.

방송을 하고 있어서, 계속 제 목소리가 들리니까 그런 느낌이 드신 거 아닐까요?

꾸준히 책을 내시는데, 아까 계획적인 사람이 아니라고 고백하셨어요. 그래도 약속된 출간 일정이 있는 거죠.

1년에 한 권은 내야겠다는 다짐을 합니다. 장편소설을 많이 쓰고 싶

김중혁의 여러 버전이
모여 살아요

고요. 단편은 조금씩 써나갈 예정입니다. 단편소설집 같은 경우에는 단편소설을 대략 여덟 편, 아홉 편씩 묶었던 경우가 많은데, 편수를 줄여서 출간 간격을 줄이는 것도 좋을 듯해요. 짧은 소설 같은 것도 형식 자체가 새롭기 때문에 재미있을 것 같습니다. 요즘 관심 있는 주제는 과학자들인데요. 예를 들면 과학 저널리스트 메리 로치Mary Roach의 작업 같은 걸 해보고 싶어요. 과학자들과 얘기한 내용을 재미있게 김중혁 식으로 풀어쓰고 싶은 마음이 있죠. '물리학자들과의 일주일' '우주과학자들과의 일주일' '화학자들과의 일주일' '진화생물학자들과의 일주일' 이런 식으로 지속적으로 내면 재밌겠다 생각해봅니다. 소설 형식이 아니라 논픽션으로요. 예전에 출간했던 『메이드 인 공장』(한겨레출판)처럼 어딘가 찾아가서 취재하는 얘기를 또 하나 쓰고 싶기도 하고요. 일단 아이디어는 많은데 그 중에서 몇 개가 현실화될지는 모르겠어요.

마음산책에서 짧은 소설을 내셔야 하지 않을까요.(웃음)

그런 날이 올 수도 있겠죠. 내년 계획 외에는 모르는 일이니까요. 갑자기 노르웨이에서 석 달 동안 살면서 뭘 해보지 않겠냐는 제안을 받으면 바로 할 수도 있어요. 다른 걸 포기하고 새로운 시도를 해볼 수 있겠죠. 새로운 제안이 언제 올지 모르니까 약간은 여유 있게 살고 있어야 된다는 생각을 해요. 여유가 있고 뭔가 빈틈이 있어야 새로운 일을 할 수 있기 때문에, 모든 일이 꽉 차 있으면 새로운 일이

김중혁의 여러 버전이
모여 살아요

들어오지 못하기 때문에, 그것 하나만큼은 꼭 지키려고 해요. 그래서, 생각보다 한가해요.

빈틈의 의미를 새기게 됩니다. 여러 버전의 김중혁 작가님이 서로 상승, 협력해서 독자를 고무시키고 즐겁게 해주시길 바랍니다.

김중혁

소설가. 소설집 『펭귄뉴스』 『악기들의 도서관』 『1F/B1 일층, 지하 일층』 『가짜 팔로 하는 포옹』, 장편소설 『좀비들』 『미스터 모노레일』 『당신의 그림자는 월요일』 『나는 농담이다』 『내일은 초인간: 유니크크한 초능력자들』 『내일은 초인간: 극장 밖의 히치 코크』, 산문집 『뭐라도 되겠지』 『대책 없이 해피엔딩』(공저) 『모든 게 노래』 『메이드 인 공장』 『바디무빙』 『무엇이든 쓰게 된다』 등이 있다. 그 밖에 『우리가 사랑한 소설들』(공저) 『탐방서점』(공저) 『질문하는 책들』(공저) 등도 썼다. 김유정문학상, 젊은작가상 대상, 이효석문학상, 동인문학상, 심훈문학상 대상 등을 수상했다.

권혁웅

비슷한 세계를 반복하지
말자는 원칙이 있어요

권혁웅

시인, 교수, 평론가. 성실하고 반듯한 면모의
권혁웅 선생은 책 만드는 동안에도 예의를 갖추고
편집자를 배려했다. 문인 기질이 없어 보이기까지
했다. 시집을 읽어보면 강력한 상상력이 힘센
염소처럼 느껴지는데 시집 밖에서는 부드러웠다.
오랫동안 '가르친다'는 자리에 있다 보면 글과 사뭇
다른 모습으로 삶의 태도가 재구성되는 것일까
궁금했다.

　일정한 시간을 학교에서 보내는 선생에게
언제, 어떤 방식으로 글쓰기를 하는 것이냐고
단도직입적으로 물었다. 그만큼 생산력이
왕성했다. 인터뷰 동안 새삼 알게 되었다. 읽고
가르치고 쓴다는 것. 읽어서 가르치고 가르쳐서
배우고 그래서 쓰고, 쓰고 난 결핍감으로 다시
읽고. 책을 둘러싼 순환의 삶이 권혁웅 선생을
만들었다.

　마음산책에서 동물감성사전 『꼬리 치는 당신』과
일상어사전 『외롭지 않은 말』을 펴낸 권선생의
매력은 박학다식 잡식성 지식을 시적인 감각으로
하나씩 정리한 데 있다. 짧은 단락에서 생물의
경이와 언어의 생동감을 동시에 얻게 해줬다.

　인터뷰는 한양여자대학교 연구실에서 만나 학교
내 카페에서 이루어졌다. 옆 테이블에는 학생들이
분주하게 자기 몫의 일들을 해나가고 있고, 소음이
끊이질 않아 녹음 테이프를 자꾸 확인하게 만드는
공간이었다. 권선생은 익숙한 듯 예의 그 반듯한
자세를 무너뜨리지 않았다.

2000년 이후 열여덟 권의 책을 내셨습니다. 공저나 수상 선집을 빼고도 단독 저서만 열여덟 권이란 건 놀라운 생산력입니다. 개성이 모두 다른 시집 다섯 권 출간도 의미 있고요. 강단에서 매일같이 학생들의 창작 수업을 진행하는 교수님이라서, '읽고 쓰는 생활'을 매일 추구하는, 그런 직업의 영향도 있는 것인가요?

선생은 가르치는 것뿐 아니라 학교 행정 일도 제법 합니다. 그런 일은 소모적일 수밖에 없는데요. 그래도 교실에서 학생들 만나는 일은 제 글쓰기에도 도움이 되는 것 같아요. 새로운 시대를 감당하게 될 젊은 감수성들을 만나는 일이니까요. 학생들과 함께 최근 시들을 읽노라면, 시를 받아들이는 감수성이 조금씩 달라지는 걸 느껴요. 제가 좋아했던 시를 소개하면 분위기가 생뚱해지기도 하고.(웃음)
　시는 읽고 쓰는 이의 삶과 감정에 밀착해 있거든요. 학생들 덕분에 시대의 고민과 미의식을 느낄 수 있어서 많은 도움이 됩니다.

　제가 생각이 짧았네요. 저는 창작을 가르치는 선생님은 학생들을 격려하고 끊임없이 글을 수정하도록 하는 역할을 담당

하시니까 감정적 소모가 심하고 소진되는 느낌일 것이라고
집작했습니다.

문학하는 사람끼리 진심으로 만나야 하는 일이니까 힘들지 않을 수
는 없죠. 다만 거기서 자극받고 깨우치고 고양되는 것이 학생들만은
아니거든요. 문학 교육은 일방통행이 아닌 것 같아요. 제가 이론서도
쓰고 평론도 가끔 하잖아요. 기본적으로 이론이라는 게 지금 있는 작
품들을 잘 설명할 수 있도록 틀을 만드는 것이니까 동시대의 새로운
작품들을 다룰 수 있어야 해요. 그걸 설명할 수 없으면 잘못된 이론
이거나 낡은 이론인 거죠.
　학생들의 작품은 단순한 습작이 아니라, 미래의 미의식을 미리 보
여주는 예언서(?) 비슷합니다. 학생들 덕분에 이론의 큰 틀을 설정하
거나, 새로운 작품에 맞춰서 세세한 부분을 수정할 수 있으니까, 어
떤 면에서는 학생들이 스승인 셈이죠.

　　장르를 설명하기 어려운 책들, 시인의 감각과 평론가의 기질
　　이 드러난 산문집들과 감성사전들, 인문서들, 스스로 이 작업
　　의 경계를 어떻게 구분하시는 것일까요. 복잡다기한 길을 쏙
　　쏙 헤치고 앞으로 나아가시는 듯해 신기합니다만.

대학원까지 쭉 문학을 공부했고, 선생이 되고 나서도 시나 평론, 논
문을 쓰면서 살았는데요. 제도권 내에서 자유로운 글쓰기는 시 쓰기

비슷한 세계를 반복하지
말자는 원칙이 있어요

밖에 없었어요. 시는 마음 가는 대로 쓰는 장르니까요. 마음산책에서 냈던 동물감성사전『꼬리 치는 당신』도 저는 시집이라고 생각하는데요. 그런데 평론이나 논문은 형식의 강제가 심해서 쓰다 보면 제가 논문을 쓰는 건지, 논문이 저를 쓰는 건지 헷갈릴 정도입니다.(웃음) 정해진 방식과 규격과 논거를 벗어나면 안 되거든요. 그런데 그 틀을 지키면 생각도 동시에 화석화됩니다. 상투성이야말로 문학의 적인데, 상투적이지 않으면 논문은 쓸 수가 없거든요. 그래서 제가 하고 싶은 말에 제일 잘 맞는 형식을 찾아보고 싶었어요.

   또 제가 오랫동안 책을 읽어온 방식이 그냥 '닥치는 대로 읽기'였거든요. 계통 없이 끌리는 대로 읽기, 손이 가는 대로 읽고 싶은 것부터 읽기였죠. 형이 물리학과 나와서 천문학, 물리학책이 집에 있어서 읽었고요, 공룡 얘기 좋아해서 읽다 보니 생물학책들을 찾아서 읽게 되었고요, 교회 다니며 성경 공부하다 보니 고고학이나 신화책들을 이어서 읽었고요, 이런 식으로 자꾸 여기저기 쏘다니게 되었습니다. 자유롭게 링크를 타고 넘나들던 책 읽기가 그렇게 넘나드는 글쓰기로 이어진 것 같아요. 어렸을 때 "애가 머리는 좋은데 산만해"라는 얘기 듣는 애들 있잖아요? 제가 그런 경우가 아니었을까 싶어요.(웃음)

   2013년에 출간하신 시집『애인은 토막 난 순대처럼 운다』(창비)에는 화제의 시들이 많았어요. 술 냄새가 많이 나는 흥미로운 시집이었는데,(웃음) 몇 년 동안 시집 소식을 들을 수 없어서 궁금합니다.

그 시집이 그때 제 나이에 맞는 중년의 감수성을 티 나게 드러낸 시집인데요. 그때는 술자리도 많았고 그래서 술안주가 많이 나오는 시집이었죠.(웃음) 그런데 그 시집을 내고 나니 같은 방식으로 쓰려면 노년 얘기를 해야 하잖아요. 그렇게 저물기에는 아직 세월이 많이 남았고……(웃음)

제가 시집을 낼 때마다 꼭 지키고 싶은 원칙이 한 가지 있는데요. 하나의 시집 안에서 갈무리되는 세계는 다음 시집에서 다시 다루지 않는다는 거예요. 비슷한 세계를 반복하지 말자……. 예전에는 아무래도 젊고 의욕도 있으니까 시집 내는 주기가 빨랐는데, 이번에는 어려웠어요. 새로운 길을 못 찾겠더라고요. 한 권 분량의 시들을 버렸어요. 최근에야 겨우 새로운 길을 찾은 듯합니다. 오랜만에 시를 쓰면 기분이 좋아요. 그 시들로 시집을 채우려면 1, 2년 더 기다려야 할 듯합니다.

권혁웅 시인의 시에 대한 신형철 평론가의 명문을 잊지 못해요. "우리는 밤거리의 취객과 연포탕의 낙지를 연민 없이 지나친다. 거기서 이야기를 상상해내지 못하기 때문이다. 그러나 그는 수많은 사람/사물을 이야기의 주인공으로 만들어서 우리 앞에 쓱 밀어놓는다. 뭇 존재자들을 '이야기가 없는' 상태로부터 구출해내는, 마음-씀으로서의 시-씀. 그는 긴 소설이 아니라 짧은 시에, 웃음과 울음을 다 담아, 그 일을 해낸다." 이야기를 만들고 마음을 쓴다는 것, 요즘은 무엇에 마음

비슷한 세계를 반복하지
말자는 원칙이 있어요

"제가 시집을 낼 때마다
꼭 지키고 싶은 원칙이 한 가지 있는데요.
하나의 시집 안에서 갈무리되는 세계는
다음 시집에서 다시 다루지
않는다는 거예요."

을 쓰고 계신지요.

사는 데 최고의 자극은 역시 꼬맹이고요. 아이의 언어가 변화하는 걸 보면 정말 놀랍습니다. 얼마 전에 편도선 수술을 했는데, 그 이전에는 낮고 허스키했거든요. 그런데 갑자기 톤이 하이소프라노로 바뀐 거예요. 집에서 변신담을 느낍니다.

> 아이는 시를 말하죠. 시를 쓰지 않지만 시인이죠. 아무 말이나 던져도 시처럼 들리는, 그런 다섯 살 아이의 일상어는 놀라울 거예요.

그래서 아이에 대한 얘기를 자꾸 시에 쓰면 내가 정말 망하겠다 싶어요.(웃음) 자제하려고 애를 쓰는데 가끔 그런 시가 나오기는 하고요. 학생들에게 '이야기'에 대해서 말하곤 하는데요. 소설에서 이야기는 인물이 어떤 사건을 특정한 시간 동안 겪는 것이잖아요. 그런데 시에서는 그 사연, 곡절曲折이라는 게 어조의 꺾임이에요. 시는 그런 방식으로 이야기를 품습니다. 문장마다, 행과 연마다 말이죠. 첫 구절이 던져지고, 그다음 또 그다음 구절에서 꺾이는 것, 예측 가능성을 배반하는 것, 독자가 다음에 무슨 말이 나올 거라고 추측하는데, 전혀 다른 말이 튀어나오는 것. 그게 경탄이거나 경악이 될 수도 있고요. 그런 점에서 보면 시는 소설보다 더 많은 이야기를 품은 장르이고, 세상과 닮아 있는 장르라는 생각이 듭니다.

권혁웅

아이는 세상을 '놀람'으로 접하죠. 모든 게 새로우니까요. 그런 점에서는 문학에서의 감동을 평소에도 느끼는 이들이 아이들이라는 생각도 듭니다.

　마음산책에서도 권혁웅 시인께 육아기를 내자고 조른 적도 있지요. 예민하고 섬세한 묘사들, 능청스러운 해학과 섬뜩한 인식을 보여주는 시를 쓰시지만 또 이렇게 만나 뵈면 참 부드러운 분이셔서 시적 감각과 생활 감각이 많이 다른 분인가 싶어요.

나이를 먹으니까 아무래도 집중적으로 글을 쓸 수 있는 능력이 줄었어요. 생산적인 글을 쓸 수 있는 기한이 얼마 안 남았다는 생각도 들고…… 노안도 왔고, 손가락도 아프고.(웃음) 요즘은 생활을 가능한 한 단순하게 만들려고 노력합니다. 주중에는 아침 9시 출근, 밤 9시 퇴근, 주말에는 가족과 함께, 이런 리듬을 지키려고 노력합니다. 곧 주중 시간을 더 줄여야 하겠지요. 지금부터는 새로운 것을 알아가는 것보다는 알았던 것을 정리하는 게 더 필요하다는 생각을 합니다.

　공부하면서 알았던 일을 정리한다는 뜻은 뭘까요?

제가 『시론』(문학동네)을 2010년에 냈는데요, 개정판을 낸다 낸다 하면서 아직도 못 냈어요. 그동안 이론 공부도 더 했고, 새로운 시들도

비슷한 세계를 반복하지
말자는 원칙이 있어요

많이 나왔으니 당연히 냈어야 할 책인데 못 낸 거죠. 또 거기서 갈라져 나온 시 이론의 분야가 있어요. 리듬, 이미지, 이런 분야인데요. 이 부분도 정리해서 한 권씩 순서대로 내려고 합니다. 힘 있을 때 써야 나중에 개정판도 내지, 이러다 본편 없이 예고편만 남으면 안 된다 싶어요. 그런데 기질이 그래선지 문학 아닌 쪽 글을 자꾸 쓰고 있네요.(웃음)

시인께서는 문예창작학과 학생들에게 신춘문예 투고를 과제로 내신다고요? 당선에 실패하더라도 우편물로 제출하고 결과를 기다리는 것도 글쓰기 과정이라고 알게 하려는 의도이신 듯해요. 저녁 9시까지 연구실에 계시면 글쓰기를 종일 지속적으로 하시는 건가요?

매번 같은 과제를 낸 건 아니고요. 지난 학기 졸업반 학생들에게 투고의 경험을 해보라는 의미에서 냈어요. 한 번에 척 붙으면 좋겠지만 그렇게 되긴 쉽지 않지요. 저도 3년인가 신춘문예에 연속으로 떨어진 다음에 잡지로 등단한 경우인데요. 비슷한 시기에 등단한 시인들을 만났더니 서로가 서로에게 모르는 새에 상처를 주었더군요. 저는 A에게 최종심에서 밀리고, B는 저 때문에 최종심에서 떨어지고……이런 식으로요. 덕분에 동시대 시인들의 감수성을 꼼꼼히 읽어보게 되죠. 낙선도 나름대로 공부가 된다고 생각합니다.

첫 시집 낼 때는 수첩에 틈틈이 적어둔 메모들 도움을 많이 받았

"쓰고 싶은 테마는 있어요.
상상지리학이라고, 지리학이긴 한데
사람들의 마음속 지도를
탐색해보는 거예요."

는데요. 지금은 컴퓨터 자판에 종속돼버린 인간이 되고 말았어요. 컴퓨터가 없으면 한 줄도 못 씁니다. 그래서 무조건 컴퓨터 앞에 앉아 있어야 해요. 깜빡이는 커서가 있어야 생각도 깜빡인다고나 할까. 요즘은 드롭박스를 쓰는데요, 집에서, 연구실에서, 휴대폰으로 연동해서 쓰고 있어요. 전자파를 온몸으로 받으며 살지요.

학생들에게 문창과에서 배울 수 있는 최고의 덕목은 평생 책을 곁에 두고 사는 습관이 아닐까, 말한 적이 있어요. 읽고 쓰는 거, 몸에 익히고 나면 외롭거나 심심할 틈이 없으니까요. 제 주변에도 슬슬 은퇴해서 집에만 있는 이들이 생기고 있는데, 책을 안 읽는 이들에게는 여생이 감옥 비슷하게 변하더라고요. 남아도는 시간이 너무 낯선 거지요. 책과 자판, 이 둘만 있으면 세상과 언제든 통할 수 있습니다.

> 마음산책에서 내신 두 권의 독특한 책, 동물감성사전 『꼬리치는 당신』과 일상어사전 『외롭지 않은 말』은 독자 반응이 좋았죠. 지금도 어느 페이지를 펼쳐도 흥미로운데, 난다 출판사에서도 몸과 사물 감성사전을 내시기도 했고요. 이런 사전류의 책을 또 기획하신 게 있나요?

시도 못 쓰면서 사전 글 쓸 때는 아니지 않나…… 싶은데, 그래도 쓰고 싶은 테마는 있어요. 상상지리학이라고, 지리학이긴 한데 사람들의 마음속 지도를 탐색해보는 거예요. 자료를 모아서 읽고는 있는데, 지금도 다른 걸 쓰고 있어서 아직 시작은 못 했습니다. 재작년에는 만화『원피스』(대원씨아이)를 인문학의 테마로 읽은 연재 글을 썼고요. 작년과 올해에는 성경과 불경, 신화에서 가려 뽑은 테마를 유물론과 심리학의 시선으로 읽은 연재 글을 쓰고 있어요. 기웃거리는 버릇이 여전해서 걱정입니다.(웃음)

제가 좋아하는 권혁웅 시인의 시가 「봄밤」이에요. "전봇대에 윗옷 걸어두고 발치에 양말 벗어두고/ 천변 벤치에 누워 코를 고는 취객/ 현세와 통하는 스위치를 화끈하게 내려버린/ 저 캄캄함 혹은 편안함/ 그는 자신을 마셔버린 거다/ 무슨 맛이었을까?" 자신을 마셔버린 사람들, 취객을 대상화한 시가 많은 편인데 흥미롭습니다.

우리가 취객에게 너그러운 편이잖아요. 진상 부리는 취객 말고, 뭔가 자기가 가진 것을 놓아버리는 그런 방심放心이나 무소유의 주인공들 말이에요.(웃음)

마음산책이 홍대앞에 사무실이 있으니 청춘들의 기운을 많이 느낍니다. 단순히 밝고 생동감 있는 그런 청춘의 기운뿐만 아니라 현실 속 애환들을 몸으로 드러내는 존재감을 느끼는 것이죠. 청춘들 가까이 지내시니 그들의 고민, 불안을 잘 아실 듯해요.

비슷한 세계를 반복하지
말자는 원칙이 있어요

문학을 선택한 청춘은 이미 어떤 관문을 지나온 청춘입니다. 부모의 반대, 사회의 걱정 어린 시선 같은 거요. "거기 나와서 뭐 할 건데?" 이런 말 안 들어본 친구가 거의 없을 거예요. 그게 기본 값으로 설정되어 있어서 그런지, 스펙이나 취업에 대한 걱정은 별로 안 합니다. 내가 선택한 삶이야, 다른 기준으로 내 삶을 평가하지 마. 이런 마인드예요. 여학생끼리만 있어서 그런지 공동체 내에서 가부장적인 의식도 거의 없고요. 남녀차별을 내면화한 사고방식 때문에 대학에서도 종종 충돌이 있다는 말을 들었는데, 제가 있는 곳에서는 그런 충돌이 있을 수가 없죠. 덕분에 제 안에 있는 낡은 관념들을 교정할 기회를 순간순간 얻습니다. 감사한 일입니다.

문예창작학과 학생들은 책을 많이 접하고 읽는 편이죠. 책 안 읽는 이십 대에 대한 이야기가 많은데 청년들의 독서 문화, 이거 어떻게 보세요?

저는 국문과 나왔고, 시 쓰는 친구들이 주위에 있어서 이십 대에 책을 많이 읽은 편이죠. 방학에 다른 친구들 토익 공부할 때 옆에서 『제3세대 한국문학』 전집, 도스토옙스키 전집…… 이런 거 목표로 정해놓고 읽곤 했어요.(웃음) 제가 만나는 학생들도 실기시험을 준비해야 하니 문학책을 많이 읽었고요. 그런데 사회에서 만난 친구들은 정말, 전혀 안 읽습니다. 예전에는 지하철에서 책 읽는 사람들 흔했는데 요즘은 휴대폰만 본다고 걱정하는 말을 가끔 들어요. 그런데 전

이렇게 생각해요. 예전에도 안 읽는 이들은 안 읽었고, 지금도 읽는 이들은 읽는다고요.

제가 대학 다닐 때에도 『낙서시』 같은, 시라고 보기는 어려운 책이 수십만 권씩 팔렸거든요. 대학 동아리실에 놓아둔 잡기장 같은 거 있잖아요. 회원들 간에 소식 전하거나 자기 사연 적는 노트, 그런 거 베껴서 낸 책이에요. 그런 기획은 예전부터 있었고, 그런 방식으로 팔리는 책도 늘 있었고, 다른 한편으론 진짜로 당대의 예민한 정신을 보여주는 특별한 고백이나 감수성을 캐치한 책들도 있고요. 요즘 펭수나 보노보노가 그런 예가 되겠죠.

어느 시대나 그렇지만, 지금 시대에도 이 시대만의 특별한 기쁨과 슬픔이 있을 거예요. 그런 특별한 감정이 확산된 미디어 형식을 통해 발현되는 게 아닐까 싶어요. 이 점에서는 마음산책이 중요한 역할을 하고 있다고 생각해요. 시는 아니지만 시집 같은 책, 소설은 아니지만 소설 같은 책, 철학서 아니지만 철학서 같은 책을 내잖아요? 특히 '말 시리즈'는 감탄스러워요. 보르헤스나 파스칼 키냐르는 사실 소설로는 잘 안 읽히는데, 말 시리즈로 읽으면 술술 읽혀요.

구어가 갖는 힘이야말로 새로운 형식의 글쓰기를 가능하게 하는 기본 문법이 아닐까 생각했어요. 화석화된, 고정되어서 지루한 글쓰기가 아니라 새롭게 말하고 싶은 욕망이 꿈틀대는 글쓰기라고 생각해요.

아이고, 마음산책 20년 덕담을 자연스럽게 해주셨습니다. 출

비슷한 세계를 반복하지
말자는 원칙이 있어요

판과 글쓰기 변화에 대해 긍정적이고 밝게 이야기를 해주셔서 뭔가 환한 느낌으로 돌아갈 수 있을 듯합니다.

글에서보다는 제가 좀 긍정적으로 느껴지셨죠?(웃음)

권혁웅

시인, 평론가. 시집 『황금나무 아래서』『마징가 계보학』『그 얼굴에 입술을 대다』『소문들』 『애인은 토막 난 순대처럼 운다』. 평론집 『미래파』『입술에 묻은 이름』. 이론서 『시론』 등이 있다. 그 밖에 장르를 설명하기 어려운 여러 책들(『태초에 사랑이 있었다』『몬스터 멜랑콜리아』 『꼬리 치는 당신』『생각하는 연필』『미주알고주알』『외롭지 않은 말』)을 냈다. 한양여대 문예창작학과 교수로 재직 중이다.

황인숙

# 삶 자체가 싫어진
# 적은 없는 것 같아

마음산책 저자 중 유일하게 '언니'란 호칭을 붙인
황인숙 시인. 그래서 인터뷰 답변도 경어체가
아니다. 그래서 각별한 인터뷰 기록으로 남았다.
황인숙 시인은 직업을 가져본 적이 없다. 삶이,
시가 직업이다. 시인을 알고 지낸 지 서른
해가 넘었지만 만날 때마다 새롭다. 편견과
지레짐작으로 지친 세상살이의 묵은 각질이
벗겨진다. 다소 엉뚱한 일화를 자주 들려주는
시인은, 내용은 처연해도 웃는 얼굴이었고 유머가
실려서 듣는 사람의 마음을 풀어헤쳤다. 시인이란
이런 경지구나, 실감하는 게 만남의 전부였다.

해방촌에서 백여 마리의 길고양이 밥을 매일
주러 다니는 시인은 저녁 약속 자리에서도 잠깐
일어나 두어 시간 다녀오기도 했다. 고양이
사료 냄새는 약간 비릿했다. "나한테 좀 이상한
냄새가 나지? 모르는 사람은 노숙자로 여길지도
모르겠어." 역시 웃는다.

황시인의 시집은 출간 주기가 길었다. 기다리다
지칠 때쯤 나왔다. 기다린 만큼 좋았고 자꾸
읽게 되었다. 시를 많이 쓰기를 간절히 바라는
건 독자의 마음이지만 시인은 시 쓰기가 점점
어렵다고 고백한다.

마음산책에서는 『인숙만필』『일일일락』두
권의 산문집을 냈다. 경쾌하고 말맛이 살아 있는
글들은 시인이 동시대 살아주어서 고맙다고
인사하게 만든다. 고양이들을 위해서, 아니 우리
독자들을 위해서 황시인은 힘을 내주시라.

언니의 해방촌에서 인터뷰를 하게 되다니 각별한 마음입니다. 지난 20년 동안 꾸준히 스무 권 가까운 책을 출간하셨어요. '책'이란 말 대신에 '시집'이라고 말할 수 있으면 좋으련만……. 시 독자로서 아쉬움이 큰데 시집은 딱 세 권 출간하셨어요. 소설, 산문, 동화 등 다양한 장르의 책을 내셨는데 시집은 더 기다려야 하나요? 『리스본行 야간열차』(문학과지성사) 내고 10년 만에 『못다 한 사랑이 너무 많아서』(문학과지성사)가 나왔고, 이번에 『아무 날이나 저녁때』(현대문학)가 나왔는데요.

그러게, 앞으로도 10년 걸리면 어쩌면 유작시집이 될지도 모르는데.(웃음) 나도 시 많이 쓰고 싶지. 그리고 내가 시 못 쓰고 게을리 쓰고 하는 걸 자꾸 벼슬인 것같이 말하는데, 그런 말만 할 게 아니라 아예 입을 다물고 써야지. 그런데 너무 오래 시를 안 쓰니까 시 쓰는 것을 잊어버리고 있었어. 이번 달에 마감 날짜를 잘못 알아서 넘길 시를 못 쓰고 있었는데, 미루어달라고 부탁해서 또 미루었는데 아휴 또 낙망스러워. 아무튼 무리를 해서라도 써서 줘야겠어, 그렇게 마음을 먹으니까 머리 아픈 것도 좀 없어지고.

황인숙

시집을 내고 안 내고가 문제가 아니라 내가 시를 너무 안 쓰고 있는데, 시는 너무 오랫동안 안 쓰면 매번 ABC부터 시작해야 된다고. 그거는 아는데 그걸 알면서도 그러네.

　　시를 쓰시는 게 아니라 시를 살고 계시잖아요.『아무 날이나 저녁때』시집에 "10년이 지난 너의 메모를 발견하고" 같은 시구를 보면 평소 메모도 많이 하시는 듯하고 끊임없이 책을 읽고 계시잖아요. 그 메모가 시와 어떻게 연결이 되는 건 아닐까요?

그건 메모 많이 하는 증거가 아니라 방 정리도 청소도 안 하고 사는 증거야. 10년 전 메모지가 내내 그 자리에 있다 발굴된 것. 메모는 많이 하는 편이었는데, 요즘은 뭐 떠오르는 게 있어야 메모를 하지. 그러니까 사람이 어느 정도 여유를 갖고 살아야 해. 기본적으로 자기가 갖고 있는 에너지를 전부 써버리고 살면 안 된대. 남겨놓고 살아야지 건강한 삶이고, 정돈된 삶이라는 거야. 내가 1년 내내 절대 못 지키는 캐치프레이즈가 '단아하게 살자'였거든. 그러지 못하니까 늘 탈진 상태에 있는 것 같아.

　　책이야 걸어가면서도 읽어. 그런데 그게 어쩌면 나한테 독이 될 수도 있겠다 싶어. 그러니까 쓸 시간이 없이 읽는 거야. 그런데 독서가 피가 되고 살이 되는 게 아니라 그냥 강박증이나 도피겠지. 그거랑 비슷한 패턴으로 나한테 나쁜 게 먹는 거거든. 그러니까 사람이 살아

삶 자체가 싫어진
적은 없는 것 같아

가는 데 중요한 양쪽 양식, 마음의 양식인 독서랑 먹는 거 그거를 내가 아무 제어를 못하고 브레이크 없이 하고 있어서 몸도 이 모양이고, 정신적으로도 그런 상태가 된 거지.

아무튼 삶에서 뭘 하고 싶어도 다 자기 뜻대로 되는 게 아니잖아. 그러니까 '내 뜻대로'가 내 마음대로 할 수 있다는 뜻이 아니라 나한테 달렸다는 뜻으로, 책 읽기도 먹기도 좀 단정하게 하고 살려는 게 내 목표인 거야.

　　손에서 책을 놓지 않는 시인. 읽고 나면 타인에게 주저 없이
　　책을 주시고 읽기를 권하고 서평도 남기시잖아요. 요즘 무엇
　　을 읽으셨어요?

1년 정도 가장 집중적으로 읽은 건 존 버거인데, 존 버거 책은 뭐든지 좋고……. 최근에 마음산책에서 나온 안드레 애치먼의 『알리바이』를 읽었어. 근래에 프루스트 『쾌락과 나날』(미행)이라는 책이 나왔는데 그걸 읽어서 그런지 안드레 애치먼이 굉장히 프루스트적인 데가 있다는, 비슷한 사람이라는 그런 친근감을 느꼈어. 흥미로웠어.

　　서평이나 책과 관련된 글을 정기적으로 쓰시나요?

글쎄, 시 써야 돼.

그렇죠. 왜 시를 안 쓰시냐고 해놓고 서평 이야기를.(웃음) 뭔가를 쓰시다 보면 자연스럽게 시로 이어질 것 같다는 생각이 들거든요. 자동적으로 시로 넘어갈 것이다, 뭐 이런…….

그나마 조금 긍정적으로 생각하는 건 내가 언제 시를 편히 쓴 적 있었나. 다 쥐어짜듯 하면서 썼잖아 하는 거야. 그러니까 어제오늘 일이 아니라는 게 그나마, 그러니 이번에도, 그러면서.

누군가 황인숙 시인의 건강과 생활을 걱정하고 아끼면서, 시인의 시에서 슬픔마저도 명랑하게 읽혀 더 아프다는 이야기를 했습니다. "쓰지 않아도 저절로/ 소진돼버리는/ 생의 비누의 거품"(시「묽어지는 나」) 세월이 흘러도 묽어지지 않을 것 같던 시인이 조금 쓸쓸해 보여서 안부를 특별히 여쭙고 싶네요.

쓸쓸할 시간이 없는 게 쓸쓸해. 사실 청소년시집을 작년에 계약했어. 창비 청소년시집 시리즈가 있더라고. 이런 말이 실례일지 모르겠는데, 그때는 청소년시집은 일주일이면 다 쓰겠다 싶어서 그거는 진짜 사람들 깜짝 놀라게 얼른 내봐야지 했는데, 아직까지도 이러고 있네. 그때 내가 전용 노트도 장만했어. 그런데 어떻게 잠깐 지나는 사이에 다시 약발이 떨어져서…….
　내가 단아하게 못 살아서 그런 것 같아. 삶에 질서를 줘야 하는데,

삶 자체가 싫어진
적은 없는 것 같아

"시는 잘 썼으면 좋겠지만,
 잘 쓰는 건 나중 문제이고,
 자주 썼으면 좋겠네."

내가 원래 질서 엄청 싫어하는데 책 읽는 걸 엄청 좋아하다 보니 구역질이 날 정도로 책만 읽고 살고, 질서를 엄청 싫어하다 보니 질서가 필요한데도 완전히 카오스로 살고 있잖아. 결국 삶은 다 자기가 원하는 대로 굴러가니까, 잘 원해야 할 것 같아.

맞아요. 잘 원해야 해요. 김사인 선생님은 『2018 현대문학상 수상시집』(현대문학) 평문에서 "인간사에 '경지'란 말을 써야 할 적절한 자리가 있다면, 오늘의 황인숙 시가 바로 그러한 지점에 도달해 있는 것이 아닐까 생각하게 된다"라고 쓰셨죠. '인간사의 경지에 이른 시'라는 평가에, 짓궂지만 그 득도의 체험담이랄까 궁금합니다. 화나고 무료할 때 어떻게 해결하시나요?

나는 삶 자체가 싫어진 적은 없는 것 같아. 나는 내가 굉장히 합리적인 인간인 것 같아. 그러니까 이건 내가 원래 나라고 생각하는 거랑은 다른 정체성인데, 내가 굉장히 합리적인 인간이라서 어떤 때는 불합리한 걸 보면 화가 나지. 그런데 감성적으로 화가 나는 건 아니야.

나에 대해서는 내 나이쯤 되면 스스로에 대해서 자기혐오, 그런 걸로 자기를 높이는 일은 없어. 정말 병적으로 혐오스런 소양이 있고, 그것을 스스로 깊이 깨닫는 사람이 아니라면 그럴 일은 없을 거야. 자기한테 익숙해져 있기도 하고, 세상을 어느 정도 아니까 공평하게 세상 다 그렇지 식으로 나도 거기서 그냥 놓으면 되는 거지. 그런데

삶 자체가 싫어진
적은 없는 것 같아

부러운 거는 많아. 시는 잘 썼으면 좋겠지만, 잘 쓰는 건 나중 문제고, 자주 썼으면 좋겠네.

계속 못난 거 유세하는 것도 안 좋은 거긴 한데, 아까도 말했지만 그런 거에 천착할 정도로 내가 한가하지 않아서 스스로가 싫구나, 이런 거는 없어. 한편 내가 좋구나, 이런 것도 없어.

그게 인간사의 경지 아닌가요. 자꾸 경계 짓고 이건 좋은가 싫은가 자꾸 묻는 건 피곤한 삶이잖아요. 이것이 나한테 좋은가 싫은가 내가 좋은 상태인가 나쁜 상태인가를 묻지 않고 그냥 좋지도 싫지도 않은 상태가 많아야 좋을 듯해요.

그런데 그런 상태가 되면 시 쓰는 데 불리하지. 그러니까 편견이 심하고 편애가 심하고 이런 게 작업을 하는 데는 유리할 거야.

아, 시인께 무슨 좋은 삶을 엉터리로 설명하고 난리죠, 제가. 시 이야기 말고 산문 이야기를 해요. 마음산책에서 『일일일락』과 『인숙만필』을 출간하셨죠. '인숙만필' 제목이 전 참 좋았어요. 그리고 읽는 동안 억지로 힘을 주고 쓰지 않은 듯한 문체가 참 좋았는데요.

제목들 참 잘 지었지? 『일일일락』은 정은숙이 지어준 제목이고 『인숙만필』은 고종석이 지어준 제목이지. 그때 우리 셋 다 사뭇 젊고 건

강했어. 산문은 확실히 시 쓰기와는 다르지 싶어. 시도 어떻게든 쓰려고 포기하지 않으면 쓸 수 있겠지만 쉽지 않고, 산문은 일단 시간을 내면 쓰게 되네. 시는 무슨 핵이 하나 있어야 되거든. 그런데 나는 시도 핵 없는 시 많이 쓰니까 면구스럽기는 하다.(웃음)

한때 시 쓰기 교실을 운영한 적도 있지요. 김정환 선생님이 추천하셔서요. 시에 대해 무슨 이야기를 해주시나요.

내가 강의를 못해. 합평하는 시간에 내 경험에서 우러난 말은 한두 번쯤 한 것 같아. 시가 진짜 안 써질 때는 스스로 잘 썼다고 생각하는 시를 읽어보면 감이 좀 살아나는 것 같다고 해. 다른 사람이 뭐라 하든지 간에 이거 내가 써서 너무 흐뭇하다 싶은 시, 그거를 읽으면 감이 좀 살아난다고. 또 지금 생각하면 아무짝에도 쓸모없는 말인데, 쓰고 싶은 대로 전부 한 바닥 다 늘어놓고 그다음엔 자기가 쓰고 싶었던 거를 잊어버리고 늘어놓은 걸로 시를 만들어라. 왜냐하면 자기가 쓰고 싶었던 거에 너무 연연하면 불필요한 것도 자꾸 넣거든.

저도 가끔 글쓰기 강좌에서 글을 많이 대하는 편집자의 자격으로 한두 마디 할 때가 있어요. 글은 쓰는 게 아니라 고치는 것이다, 같은 말. 첫 행부터 부드럽게 써내려가는 글이란 없다. 하고 싶은 말을 다 쏟아놓고 이후에 거리를 두고 다시 글을 읽으며 고치면 된다, 라고 이야기하죠. 처음부터 잘 쓰겠

삶 자체가 싫어진
적은 없는 것 같아

노라는 강박을 버리라는 의미도 있고요.

시의 경우는 그게 더 조금만 익숙해지면 가능해. 위치도 바꾸고 그러면서 적재적소에 순서를 잡는 것. 그러니까 창문이 있을 자리에 창문 놓고 벽이 있을 자리에 벽 놓고 이러지 않고, 순서만 조금 바꿔도 깜짝 놀라게 시 같아지거든. 그러니까 억지로라도 시랑 오래 있어서 그런지 기본적으로 시를 만들어내는 방법은 생기지 않았나 싶어. 그런데 만들 거리가 없는 거야. 습작시들을 보면 어떤 거는 사실 읽기도 피곤하게 말도 안 되지. 그런데 아무튼 말을 더듬고 횡설수설하는 와중에 엿보이는 쓰고자 하는 의욕도 부럽고, 쓸 거리 많은 게 부럽더라고.

요즘 독자들은 모바일을 통해 짧은 글을 참으로 많이 읽죠. 그러면서 짧은 글은 시라는 오해를 하기도 합니다. 트위터의 짧은 문단을 시처럼 써야 한다는 말도 나오고 있고요. 시의 팬시화 경향도 심하고 강박적 유머 감각으로 만들어낸 광고 카피 같은 문장을 시집으로 묶어 내는 경우도 많고요. 이런 시속에 대한 시인으로서 생각은 어떠세요.

글쎄, 옛날부터 문학 독자는 사실 적었는데 우리나라가 특이하게 지난 세기에 시 독자들이 많았던 거지. 진짜 시를 알고 즐기는 독자는 만 명이면 충분한 거 아닌가? 그래도 시랑 짧은 글은 정말 다른 건

"시가 없어질까 봐
　걱정할 필요는 없을 거야."

데. 예전에는 국악을 한다든가 창을 한다 그러면 약간 이물스럽고 특이하게 느꼈는데, 이제 시 쓴다고 하면 그 비슷하게 느끼는 것 같아. 그게 한 10년은 된 거 같아. 언제부턴가 국악에 대해서는 오히려 친근해진 사회 분위기고. 그러고 보니 국악이 첨단예술인 느낌까지 드네.

그런데 창비 등 문학 출판사들은 좋은 의미로 시의 대중화를 위해 노력을 많이 하거든요. 읽어주는 오디오 시집도 있고 매일 시를 가깝게 하는 방식을 연구하죠. 그래서 얼핏 시를 읽는 독자가 더 많아진 것처럼 느껴져요. 그런데 알고 보면 시집이 그렇게 팔리는 것도 아니고 무엇보다 시에 대한 오해가 깊다는 생각이 들어요. 상업적인 광고 카피가 시라고 생각하니까요. 어떤 기발한 문장을 시적이라고 생각하기도 하고요.

기발함 얘기가 나와서 말인데 내가 시 잘 쓴다고 생각한 젊은 시인들, 심보선, 이장욱, 김언, 이현승 시인 등 굉장히 잘 쓰지. 그리고 정한아를 비롯해서 우리나라는 정말 시가 지적으로는 굉장히 탄탄해졌어. 곱씹어 읽는 맛이 있잖아.

그런데 생각해보니까 내가 감탄하는 게 그들이 쓴 시에 지적으로 감동을 받고 그 말맛에 감탄하는 것이지 내 심금을 울린 건 드문 것 같아. 뭉클하다든가 가슴이 뻐근하다든가. 옛날에 기형도가 시는 웃기거나 울리면 성공이라고 그랬는데, 이 시인들의 시를 읽으면서 위트 이런 걸로 웃은 적은 있어. 그런데 울컥한 기억은 안 나네. 내가 울컥하고는 잊어버린 건가? 그럴지도 모르지만.

**시가** 사람을 울리고 뭉클하게 만드는 시의 시대는 이렇게 멀어지는 걸까요?

아니, 그런 시대도 오겠지. 그런데 지적이거나 서술적인 걸 떠나서 우리가 시라고 말하는 그거는 내가 시인이라서가 아니라, 또 그런 거에서 한참 멀어져서 살고 있는 게 나의 가장 병이기는 하지만, 나를 제일 괴롭히는 것은 내가 지금 시와 너무 멀어져서 진짜 향수조차도 안 느끼고 그런 게, 정말 인간이 그런 걸 영영 읽을 일 없이 산다고 생각하면 그게 삶인가 싶은 거야.

　거의 원초적으로 글에 대한 욕구가 있는 것 같아. 욕구가 있거나 자기 안에 그런 게 있거나. 본능을 누가 어떻게 할 수 없는 것처럼 시가 없어질까 봐 걱정할 필요는 없을 거야.

"고양이들아, 너희 핏줄 속 명랑함을 잃지 마렴"이란 시구는 황인숙 시인을 바로 떠올리게 하죠. 해방촌 길고양이들에게 매일 저녁 몇 시간씩 밥을 주고 계시는데요. 인간관계와 삶의 패턴이 고양이 중심으로 흐르고 있는 듯합니다. 해방촌 고양이 근황을 알려주세요.

삶 자체가 싫어진
적은 없는 것 같아

몇 마리에게 밥을 주는지 모르겠네. 요즘 밥 주는 시간이 더 많이 걸리는 게 전에는 거의 건사료만 줬는데, 요새는 캔 사료 를 많이 주니까 시간이 더 많이 걸려. 그리고 아픈 애들이 이상하게 많이 생겨. 옛날에는 구내염을 앓는 고양이가 30마리에 한 마리 꼴, 다니다 보면 기억에 남게 두세 마리 정도 있었는데, 요새는 최소 열 마리는 되는 것 같아. 애들이 나이가 들어서 그런 건지. 영양제도 섞어서 먹이고 그러다 보니까 시간이 더 많이 걸려.

하루에 최소 두 시간은 걸리죠?

두 시간 조금 넘고 많이 걸리는 날은 다섯 시간, 이렇게 걸리는 것 같아.

걷기 운동은 정말이지 저절로…….

걷는 거, 달리기 좋아하니까 알겠지만 내가 헬스장에 15년 동안 다녔다가 2년 전에 샤워나 간신히 하고 나오면서 거기 들르는 것도 매이는 일 같아서 그만뒀거든. 그런데 나한테 좀 애니미즘이 있잖아. 그만둘 때 제일 섭섭한 게 15년 동안 쓰던 129번 사물함을 비우고 그 열쇠를 넘겨준 거였어. 되게 기분이 이상하더라고.
　고양이 밥 주는 일의 이로운 점이 그거야. 약간 기분도 가라앉고 몸도 가라앉을 때 꼼짝도 하기 싫어도 고양이 밥을 줘야 되니까 꼼지락거리고 일어나서 걷다 보면 서서히 멀쩡해져. 그러니까 우울증

황인숙　　　　　　　　　　　　　　　　　　　　　　　　**405**

인 사람은 고양이 밥을 줘야 돼.(웃음) 치료책으로. 힘에 부치게 밥 주러 다니면 그게 또 우울증 요인이 될 수도 있으니까 30분에서 한 시간 정도. 그러면 굉장히 좋을 것 같아.

> 황인숙 시인을 기억하는 독자들의 머릿속에 있는 키워드는 해방촌/ 파마머리/ 의성어 의태어/ 리듬감/ 명랑일 거예요. 쓸쓸함, 적요 같은 이미지는 정말 안 어울리는데…….

내 시는 온통 쓸쓸함투성이 아니냐? 그래도 남의 글 읽는 즐거움은 크네. 최근에 신문에서 읽은 칼럼인데, 연대 노문과 나온 젊은 친구의 칼럼. 자기가 81년생이래. 그런데 요새 어디 매체를 보니까 자기는 X세대인 줄 알았는데 81년생부터 밀레니얼 세대라고 돼 있더래. 그래서 너무너무 기뻤대. X세대 끝물보다 밀레니얼 첫물이 좋아서.

그래서 자기보다 열한 살 어린 친구한테 너랑 나랑 같은 세대야, 그러니까 말도 안 되는 소리 하지 말라고 화를 내더래. 그래서 아니야 우리 같이 늙어가니까 말 놔, 그러니까 극존칭을 쓰면서 끝내 인정을 안 하더래. 그래서 밀레니얼 세대에 대해서 조사를 해봤더니 어디는 79년생부터 밀레니얼이라 하고 어디는 80년부터 밀레니얼이라 하는데 또 다른 글을 읽고 충격받았대. 거기서는 82년생부터라고 했대, 그런 시시껄렁한 얘기를 쓴 글인데, 그 친구 글이 되게 웃겼어.

> 최근에 제가 느낀 즐거움은 영화였어요. <프란치스코 교황>,

삶 자체가 싫어진
적은 없는 것 같아

빔 벤더스 감독의 다큐. 교황청에서 전례 없는 제작 의뢰를 한 영화인데 84세 교황이 전 세계의 모든 고민을 다 나누어 짊어지죠. 전쟁, 기아, 테러, 편견, 그 모든 문제들. 이분이 강조하는 말은 "웃는 것은 마음의 꽃이다. 웃는 연습 자주 해야 된다"입니다. 아침 기도 끝나면 낭송하시는 '유머를 위한 시'가 있어요. 토머스 모어 경이 쓴 그 시를 읽는데 절로 미소가 지어졌어요. "제가 지금 먹은 음식이 소화가 잘 되게 해주시고, 그리고 소화할 음식도 좀 주소서." 이런 시. 또 "너무 나만 생각하려고 고민을 많이 안겨주지 마소서." 이런 거. 미소하고 유머 감각은 우리에게 중요하죠.

그 영화 개봉했어? 봐야겠다. 지금 이 지구가 너무너무 이상하잖아. 교황이라도 있어서 다행이지. 얼마 전에 김우창 선생님 글을 읽는 즐거움도 있었어.

대학 입시 제도에 대해서 썼는데, 더 공부 잘하는 학생이 운수에 따라서 마침 자기가 모르는 문제만 나와서 시험을 못 볼 수 있고, 아는 문제만 나와서 더 잘 볼 수도 있잖아. 그래도 모든 사람이 좋은 대학에 가고 싶어하니까 최소한의 도구가 필요하다는 거지. 왜 저 사람 붙고 나는 떨어졌느냐 할 때 201점이어야 붙는데 당신은 200점이라는 근거가 있어야 하지 않느냐.

그리고 요즘 시험 때문에 애들이 제대로 된 공부를 안 하고 외우기만 하는 게 문제라고 그러는데, 그런 얘기는 퇴계 때부터 있었대.

삶 자체가 싫어진
적은 없는 것 같아

얼핏 생각하면 그때는 시를 써서 시험을 봤는데 뭐가 문제일까 싶지만 그래도 시험 패턴이 있었나 봐. 그 폐단이라 할까. 그런데 퇴계가 별수 없지 않냐, 그렇게라도 해야 공부를 하지 않냐 그랬대. 아닌 게 아니라 그렇더라고. 그런 내용이었는데. 김우창 선생님이 합리적인 분이시니까 읽는 즐거움이 있었어.

　　황인숙 시인은 책 속에서 책과 함께 시를 살며 즐거움을 찾으시는구나. 인터뷰 이제 끝났어요.

잘 끝났네!(웃음)

황인숙

시인. 시집 『새는 하늘을 자유롭게 풀어놓고』『슬픔이 나를 깨운다』『우리는 철새처럼 만났다』『나의 침울한, 소중한 이여』『자명한 산책』『리스본行 야간열차』『못다 한 사랑이 너무 많아서』『아무 날이나 저녁때』, 장편소설 『도둑괭이 공주』, 산문집 『우다다, 삼냥이』『황인숙·선현경의 일일일락』『인숙만필』『그 골목이 품고 있는 것들』『해방촌 고양이』, 시 모음집 『하루의 시』 등이 있다. 동서문학상, 김수영문학상, 형평문학상, 현대문학상 등을 수상했다.

호원숙

내가 읽고 생각해서
내 길을 가야죠

호  원숙

아치울의 '노란집'에는 호원숙 선생이 산다. 2011년 이전에는 박완서 작가가 사시던 그 집이다. 노란집이 처음 지어진 1998년부터 나는 드나들었다. 아치울 마을의 변화를 체감하는 단골 방문객 중 한 명이었다. 아차산의 그늘 아래 한적한 전원주택이 몇 채 보이던 마을에 지어진 눈에 띄는 노란집. 이제는 건물이 들어서고 차량 통행이 빈번해져 서울 주택가 느낌과 엇비슷해졌지만 노란집만은 변함없이 아름답다. 특히나 대문을 열고 들어서면 눈앞이 환해지는 정원의 꽃들과 나무, 맑은 소리를 내는 처마 끝 풍경은 변함없다.

　박완서 작가가 쓰시던 침실, 응접실, 부엌을 돌아보면 마음이 아릿했다. 그 노란집에서 당신의 큰따님, 마음산책에서 산문집『그리운 곳이 생겼다』를 출간한 저자 호원숙 선생을 만났다. 박완서 작가에 관한 이야기를 안 꺼낼 수 없었지만 호선생의 <뿌리 깊은 나무> 기자 시절 이야기는 흥미롭고 귀한 체험담이었다. 큰 나무 사이로 걸어온 인생의 교훈이 몸에 밴 호선생의 한마디 한마디가 정답고 간결하고 깊었다.

　인터뷰를 마치고 돌아오는 길에는 추억의 꽃길이 펼쳐진 듯했다. 그 추억의 길을 걷는 걸음은 더 힘차졌다.

'큰 나무 사이로' 걸어오신 삶(호선생의 첫 번째 산문집 『큰 나무 사이로 걸어가니 내 키가 커졌다』(샘터사)에서 가져온 표현)을 사셨습니다. 박완서 작가님의 큰따님으로 박작가님이 떠나신 후 글을 엮어서 매년 새로운 책을 출간하시고 또 직접 쓰신 책 『엄마는 아직도 여전히』(달)와 『그리운 곳이 생겼다』(마음산책)를 펴내셨죠. 앞으로 어떤 책을 쓰실 계획인가요?

저는 치밀하게 언제 뭐를 하고 몇 년도에 뭐를 하고 어느 날에 뭐를 하고 그렇게 계획하는 삶을 살지 않았어요. 물론 뭐를 할 것인가에 대한 아이디어는 늘 있지요. 그런데 감사하게도 나 혼자서 계획을 세워서 진행하는 것이 아니라 나한테 주어지는 것을 하다 보면 아이디어가 현실이 되어 있곤 했어요.

선생님의 소명이라고 할 수 있는, 우리가 모두 좋아하는 박완서 작가님과 관련된 작업을 끊임없이 하셨지만 선생님만의 글쓰기도 있는 것이니까요. 호원숙 선생님은 어느 지면에 글을 쓰고 계실까, 어떤 메모들을 하실까 종종 궁금했어요.

제가 사실은 항상 머릿속으로는 글을 굴리고 있어요. 그런데 그거는 아주 어릴 때부터 그랬어요. 글을 직접 쓴다는 뜻보다 글을 늘 생각한다는 것이죠. 제가 대학 졸업 후 〈뿌리 깊은 나무〉 잡지사 기자 생활을 했는데, 그곳에는 필력이 뛰어난 문인 같은 분들이 많아서 저와 비교하면 아주 힘들었어요. 막내 기자니까 주도적으로 무엇을 하기도 어려운데 글쓰기는 더욱 힘들었고요. 제 글이 어떤 수준에 이르지 못한다는 생각이 많았죠.

1년 반 정도 〈뿌리 깊은 나무〉에 재직했는데, 문화적인 글을 쓸 수 있는, 정말 꿈꾸던 생활이었지만 내가 미치지 못했다는 생각을 하죠. 그래도 참으로 세련된 사무실에서 한창기 사장의 앞선 생각을 배우며 문화란 무엇인가를 체감했죠.

전설적인 잡지 <뿌리 깊은 나무> 이야기를 직접 들으니 설렙니다. 지금은 순천에 한창기 선생님의 컬렉션으로 만든 박물관이 있지요. 가까이에서 보신 한창기 선생님은 소문대로 멋쟁이셨겠지요.

그럼요. 1978년 당시 사무실은 서구의 어떤 세련된 장소보다 나았어요. 입사 면접 때인데요. 마침 한창기 사장 비서가 제 동창이었어요. 거짓말을 정말 싫어하고 솔직하고 당당한 사람을 좋아한다는 말을 면접 전에 귀띔으로 들었거든요. 그런데 정말 그랬어요. 또 요즘엔 특별할 것도 없지만 사무실에서 커피도 직접 내려마셨고요. 잡지 제

내가 읽고 생각해서
내 길을 가야죠

작 자체도 혁신적이었지요.

<뿌리 깊은 나무>에 입사하셨다는 것은 글 쓰는 시험에서 통과하신 것인데, 글에 대해 자책하시는 것은 왜일까요. 아, 그리고 대학에서 국문학을 전공하셨잖아요?

대학교에서 글을 써본 적이 없는 거예요. 글쓰기 훈련을 받아보지 않았다는 것이죠. 그때 국문과 교육이 산문 한 편 쓰게 하지 않았으니까요. 물론 스스로 글 쓰는 친구들은 있었겠지만 저의 경우는 글을 따로 써본 적이 없어요. 그렇다고 공부도 안 했어요. 그냥 대학 4년 동안의 소득이라면 좋은 친구들, 머리 좋고 독서량이 많은 친구들하고 교류하면서 계속 책을 읽었다는 것이죠. 솔직히 교수님들께는 죄송한 소리지만 학교에서 배운 게 별로 없는 것 같고. 아, 이거는 들어가면 안 되는 얘기인데.(웃음)

〈뿌리 깊은 나무〉에서 저의 첫 기사는 인터뷰였는데, 인터뷰 대상이 숨겨진 비밀이 있는 유명인이었어요. 그 비밀을 캐면서 삶을 기록하면 되는 거였지만 그게 어디 쉽나요. 겨우 대화하고 밋밋한 인터뷰 기사를 썼습니다. 어떤 의미에서는 묻고 답하는 인터뷰가 아니라 그냥 받아쓴 것이죠. 구술이라고 할 만한 기사였지요.

구술 기사도 중요한 장르죠. 그래도 스스로 인상 깊었던 인터뷰 기사는 남았을 듯한데요.

잊지 못할 기사가 있지요. 강도근이라는 남원의 판소리 명창을 만나 나눈 이야기를 잊지 못하죠. 그분을 만나러 남원을 갔어요. 남원까지 침대칸이 있는 밤기차를 타고 내려갔죠. 그때 동행한 사진기자가 저와 나이가 비슷한 여자였는데, 멀리 취재를 함께 가면서 우정을 나누고 일하니까 아주 좋았어요.

남원에서 내려 광한루 옆에 있는 여관에서 자고 그다음 날 아침에 일어났는데 하얀 눈이 내리는 거예요. 얼마나 새로운 체험이었던지요. 침대칸 열차 타고 출장 가서 광한루 옆 여관에서 외박을 했는데 바깥에 나와 보니 눈이 내린다, 놀라운 일이었지요. 광한루에 눈이 쌓이니까 그 사진기자가 나를 앉혀두고 사진을 찍었어요. 원래 사진기자는 일과 관련된 것이 아니면 동료들이나 친구들 사진을 잘 안 찍어주잖아요. 그 사진기자가 출장까지 와서 눈이 내리자 흥분한 나를 보고 그냥 사진을 찍은 거죠. 그리고 나서 초가집에 살고 있던 강도근 명창을 만나서 목소리를 틔우는 이야기라든가 감동적인 삶을 잘 취재해서 최선을 다해 기사를 썼어요. 그런데 재미있는 것은 그 광한루에서 찍은 내 사진을 우연히 사진기자의 슬라이드 필름에서 발견한 한창기 사장이 표지에 싣고 싶다는 겁니다. 〈뿌리 깊은 나무〉 표지는 주로 연륜 있는 문화인들, 노인들이 주인공인데 그때 아주 젊었던 저의 고개 숙인 사진을 표지로 싣겠다니 놀랐죠.


저도 〈뿌리 깊은 나무〉 잡지를 공부 삼아, 자료 삼아 지금도 보는 편인데 표지에 정말 선생님 사진이 실렸나요?

내가 읽고 생각해서
내 길을 가야죠

1979년 2월호. 실렸죠. 잊을 수 없는 일입니다. 단순히 눈 내린 풍경도 아니에요. 아주 기하학적인 형태로 프레임이 있고 제가 앉아 있지요. 최근에 제가 아는 분이 박물관에서 그 표지 사진을 찍어 왔더라고요.

그 남원 출장 가서 쓴 인터뷰와 비슷한 형태의 기사를 여러 편 썼어요. 「그는 이렇게 산다」라는 제목의 시리즈였던 듯해요. 그때 글쓰기와 편집을 많이 배웠어요. 어느 순간에 잡지 쪽이 아니라 출판부로 발령이 나서 기사를 더 쓰지는 못 했는데 많이 느끼고 배웠죠.

더 오랫동안 재직하시면서 기사 쓰셨다면 지금이라도 책 한 권을 낼 만한 흥미로운 주제인데요.

까다로운 직장이었어요. 입사 시험도 영어 문제를 풀어야 했어요. 『브리태니커 어린이 백과사전』 문장을 번역하는 거였어요. 그때 당시 그 사전을 번역하는 사업을 하고 있었거든요. 그곳 사업부에서 007가방 들고 다니며 한창기 사장한테 사업을 배웠던 분들 중에 나중에 큰 기업을 이룬 분도 있죠. 그리고 문학평론가 김현 선생님도 편집위원이셨으니까 지근거리에서 관찰하는 즐거움도 있었죠. 또 편집실에 어떤 원고가 입수되면 논평하고 깔아뭉개고 말도 못했죠. 그런 분위기에서 작가 어머니를 둔 저는 글도 못 쓰고 참 힘들었습니다. 직장으로서 참 고맙고 아까운 곳인데 더 잘할 수 없을 듯해서 그만두었죠. 원고 청탁하러 안 가본 대학도 별로 없습니다. 직접 교수님들을 찾아가서 원고를 청탁하곤 했으니까요. 월급도 많이 주던 곳이었는데 아깝습니다.

　선생님이 글을 발표하신 것은 언제부터라고 할 수 있나요? 젊은 날 잡지사 인터뷰 기사 말고 쓰고 싶으신 글을 발표하신 것은요.

글을 그냥 썼어요. 그냥 썼는데, 쓰면서 쓰게 됐죠.

　와, '쓰면서 쓰게 됐다.' 굉장히 중요한 말이네요. 써야 써지는 거거든요.

네. 제 글을 써야지 생각한 건 사실 1997년도였어요. 어머니랑 여기 아치울에서 같이 살기 전에 부산에 있을 때였는데 글이 너무 쓰고 싶었어요. 아들이 중학교에 다닐 때 "우리 국어 선생님이 계신데 참 좋은 분이야"라고 말하는 거예요. 그 국어 선생님이 학부모 교육의 하나로 글쓰기 강좌도 하신다고 들었고요. 그래서 찾아갔죠. 다른 학부형들도 있었는데, 그중에는 친한 이웃도 있었어요. 모두 문학적인 욕망이 있었던 듯해요. 그 선생님과 글을 쓰기 시작한 거죠. 그때 처음으로 노트북을 사용했어요. 그 선생님이 단편소설 한 편을 읽고 서평을 쓰게 했어요. 그리고 이후엔 어떤 제목을 줘서 글을 쓰게 하고 그랬는데 정말 문화센터 방식이에요. 그렇지만 내용은 훨씬 앞서 있었어요. 같이 공부했던 이웃들은 소설도 쓰고 열심히 뭔가 창작을 했

"글을 그냥 썼어요.
그냥 썼는데,
쓰면서 쓰게 됐죠."

어요. 나는 그때 영화 리뷰 같은 걸 썼어요. 그때 제목 하나를 줘가지고 그 제목에 맞춰서 영화 이야기도 쓰고 여행 갔다 오면 여행기도 썼죠. 자발적으로 열심히 썼고 선생님께 보여드렸죠.

그중 한 사람은 시인이 되었어요. 〈현대시학〉을 통해 시인으로 데뷔를 했고, 또 한 사람은 동화를 썼어요. 그 사람은 책을 몇 권을 냈지요. 지금은 호주에 있지만…… 아들 선생님의 제자인 셈이에요. 오랫동안 한 것도 아니고 돈을 주고 한 것도 아니고, 학교 프로그램으로 학부모를 위한 교육을 시킨 셈인데 재미있게 했죠.


**선생님**이 글을 발표하신 건 훨씬 전이셨죠?


어머니가 웅진출판사에서 『박완서 문학앨범』을 출간하는데, 딸의 자격으로 어머니를 그리는 글을 썼습니다. 어머니가 어떤 문인이 쓰는 것보다 당신의 삶을 잘 아는 딸이 쓰는 게 좋겠다고 하셔서요. 어머니는 내가 일을 안 하고 그냥 집에서 애들 키우고 그런 거를 나보다 더 괴로워했어요. 나는 언젠가는 또 내 일을 하겠거니 하는 막연한 기대도 있었고 책 읽고 육아하고 살림하는 것도 좋았거든요. 나는 어떤 상황에도 충만하게 지내는 그런 성향이기 때문에 괜찮았는데, 어머니가 못 견뎌하시는 것 같더라고요. 그래서인지 저한테 자꾸 쓰라 그래서 200매 정도를 썼는데, 사실 굉장히 힘들었죠.


**박완**서 선생님에 대해 새삼 알게 되는 면모입니다. 따님이 집

내가 읽고 생각해서
내 길을 가야죠

안 살림뿐 아니라 글 쓰는 여성, 일하는 여성이 되기를 원하셨고 지원하신 셈이네요.

책 낸 시점까지의 어머니의 일대기를 쓴 거예요. 내가 어릴 때부터 관찰해온 어머니, 마치 이 글을 쓸 것을 알고 준비한 것처럼 기억나는 것을 다 썼지요. 거짓이 하나도 없고 꾸밈이 없는 어머니의 일대기를 쓴 거예요.

제가 와 있는 아치울의 '노란집'은 한번 다녀간 사람에게는 잊지 못할 공간입니다. 이제 선생님의 댁이기도 합니다만 박완서 작가님 살아생전에 이 '노란집'에 일부러 찾아오는 독자도 많았죠. 작가님이 떠나시고 침실과 작업실을 사시던 때 그 모습으로 보존하고 있는데, 이 '노란집'에 얽힌 추억이 많은 저로서는 선생님께 감사한 마음뿐입니다. 선생님에게 '노란집'도 특별한 추억이자 삶이시죠?

어머니가 1998년도에 노란집을 지어서 들어오셨죠. 이 집을 짓게 된 사연은 여러 가지죠. 방이동 아파트에서 오래 사셨지만 전원주택 같은 집을 오랫동안 갖고 계셨어요. 언젠가 아파트를 떠나 자연 가까이에서 사시려고요. 원래 있던 집을 헐고 지금의 노란집을 지어서 혼자 사셨죠. 저는 어머니가 홀로 사시는 것이 마음에 걸렸어요. 그러다가 대학 진학 등으로 서울로 올라온 우리 아이들과 같이 지내자고 하신

"어머니는 출판 자체를
매우 중요한 일로 여기셨어요.
책 나오는 거는 보통 일이
아니라고 생각하신 거죠."

거지요. 그렇게 손주들하고 지내는 걸 굉장히 좋아하셨어요. 그래서 남편하고 저는 부산에서 왔다 갔다 하면서 그때부터 노란집 살림은 제가 많이 했어요. 어머니가 모든 걸 나한테 맡겼죠. 손님도 많이 치렀어요. 어머니가 떠나신 후에는 제가 아래층에서 살고 있어요. 여기 위층은 어머니가 사시던 때 그 모습 그대로 두고요.

박완서 선생님이 가꾸시던 마당의 꽃나무도 그대로이고 작업실도 그대로여서 올 때마다 다정했던 선생님 모습이 떠올라 뭉클합니다.

어머니가 돌아가시기 전에 말씀하시더라고요. "네가 이 집에서 살아라." 그냥 그 말만 하셨어요. 그 자리에 소설가 이경자 선생님이 계셨죠. 무슨 문학관, 기념관이니 생전의 공간을 보존하라든가 그런 말씀은 전혀 없으셨고요. 여기서 살라는 말에는 많은 것이 포함돼 있지요.
　어머니가 돌아가시고 나서 이 집을 저만의 소유로 하고 싶지 않았어요. 부담도 되고 동생들이랑 공동소유로 해야지 싶었죠. 집 관리는 제가 한다 해도요. 그런데 동생들이 "엄마의 뜻이다"라고 모두 제가 갖도록 해주어서 이렇게 노란집을 보존하게 된 것이죠. 동생들이 참 훌륭해요. 노란집에 살게 되었을 때 '영인문학관' 관장 강인숙 선생님이 전화를 주시더라구요. "집에 있는 어머니 것을 그대로 보존하세요. 흩어지지 않게 하세요." 그때 저도 보존한다는 생각까지는 못했어요. 그 전화를 받고 어머니의 공간을 손 안 대고 그대로 두어야겠다 다짐을 한 것이죠. 사실 여기 살면서 어머니 것을 그대로 보존한다는 것이 쉬운 일은 아니지만, 그렇게 하고 있습니다.

박완서 작가님의 자료들을 선생님이 잘 정리하셔서 매년 1월 22일 기일에 맞추어 의미 있는 책들이 나오기도 했고 덕분에 박작가님의 귀중한 목소리로 남게 된 것이죠.

네. 어머니가 남기신 일기, 편지, 원고 그리고 사진 자료들. 모아놓으신 거를 전부 디지털로 보관해놓고 그걸 묶은 책을 상상해보기도 하고 그렇습니다. 마음산책에서 출간한 『박완서의 말』도 어머니가 모아놓은 인터뷰 자료들을 보다가 정리해서 넘겨드린 거잖아요. 『세상에 예쁜 것』도 어머니가 남겨놓은 원고를 정리한 것이고요.

박완서 작가님 기일마다 아치울에 문인들과 출판인들이 모여서 작가님을 기리고 음식을 나눕니다. 저도 거의 개근상인데요.(웃음) 선생님이 제사 음식을 얼마나 정성스레 준비하셨는지 모이는 손님들은 음식 먹으며 행복해하죠. 노란집에서 축제를 벌인 것 같다고나 할까요.

어머니가 살아 계실 때, 명절에도 그랬고 아버지 제사 때도 우리 가족들은 축제 분위기였어요. 어머니 계실 때도 그랬으니 떠나신 후에도 찾아오신 분들께 최고로 맛있는 걸 드려야겠다 싶은 거죠. 와인

내가 읽고 생각해서
내 길을 가야죠

도 충분히 드시도록 하고요. 처음에는 그냥 제사 음식만 넉넉히 했는데, 동생들이 제사 음식 말고도 더 준비하자고 해서 음식 가짓수가 늘었죠.

> 박완서 작가님도 출판사를 대하실 때 참 따뜻하셨는데, 선생님도 늘 우리를 다정하고 따뜻하게 대하시죠. 때로 마당에 핀 꽃 사진을 선물처럼 보내주시기도 하고요.

어머니가 늘 하시던 말씀이 출판사 존중이었어요. "내가 아무리 글을 잘 쓰면 뭐하니? 출판사가 있어야지. 책을 잘 내줘야지. 그리고 또 잘 팔아줘야지." 어머니가 그런 합리적이고도 확실한 생각으로 출판사를 대했기 때문에 저도 문인들, 출판인들은 가족 같아요. 재밌는 기억은 어머니의 첫 책부터 표지 디자인을 논의한 것이에요.

첫 책이 『부끄러움을 가르칩니다』라는 창작집인데, 일지사에서 출간했거든요. 이청준 작가님의 『별을 보여드립니다』가 일지사에서 나온 책인데 너무나 아름다웠어요. 그래서 일지사에서 나오기를 바랐는데 바람대로 일지사에서 어머니의 첫 책이 나오게 된 것이죠. 그때 표지를 하기 위해서 어머니가 『부끄러움을 가르칩니다』의 표지 원화를 직접 사기도 하셨고요. 이후 첫 산문집 『꼴찌에게 보내는 갈채』의 표지에는 이왈종 화백의 그림을, 『도시의 흉년』은 이두식 화백님, 『휘청거리는 오후』인가? 그거는 김승옥 작가님이 그림을 그리셨죠.

어머니는 출판 자체를 매우 중요한 일로 여기셨어요. 책 나오는 거는 보통 일이 아니라고 생각하신 거죠. 출판사의 막내 직원도 존중했고, 사장은 경영을 하는 사람으로 똑같이 존중해줬어요. 그거는 아마 다 아실 거예요.

　　말씀하실수록 박완서 작가님이 그립습니다. 그리울 때 찾아갈 수 있는 문학관을 구리시가 짓는다고 했다가 결과적으로 못 지었죠. 독자분들이 그 문학적 향기를 맡을 수 있는 공간은 어디에 있을까요?

'박완서 자료관'은 구리시 인창도서관에 있습니다. 어머니 살아 계실 때 이미 있었던 거예요. 그런데 얼마 전에 도서관 사업에서 예산을 땄다고 하여 보완을 했지요. 어머니 문학에 대한 박사학위 논문을 모두 찾아 책으로 만들어 모아놓기도 했고요. 자료가 충실한 편입니다. 이후에 제가 사진 자료도 제공하고 모두들 애써주셨어요. 이 파일들을 보시겠어요?

　　일반 독자 누구나 가서 열람할 수 있는 자료지요? 자료 수집과 관리에 정성이 느껴집니다.

또 영화 비디오테이프, 어머니 육필 원고도 있어요. 그리고 어머니 책의 외국 판본도 있고요. 「환각의 나비」 공연한 것과 『그해 겨울은 따뜻했네』를 드라마 등 작품을 다른 장르로 만든 것을 구비해놓았어

"내가 읽고
내가 생각해서
내 길을 가는 것이죠."

요.『미망』『휘청거리는 오후』등도 있어요. 최불암 배우가 나왔던 거죠.

문학관은 예산이 많이 들어가야 한다고 해서 구리시에서 안 하겠다고 했습니다. 애초 계획할 때엔 김원 선생님이 건축 설계를 맡아주시기로 했는데, 아쉽지만 그렇게 결정이 났어요.

마음산책에서 출간한 『박완서의 말』을 읽다 보면 생생한 작가님의 목소리가 들리죠. 지금 이 시점에서 읽어도 앞서간 생각이 놀라워요. 여성의 현실과 인권 문제 등을 보는 시각도 조금도 옛이야기처럼 들리지 않습니다.

저는 어머니한테는 항상 배웠어요. 『박완서의 말』은 어느 페이지를 펼쳐도 항상 배울 게 있고, 메시지가 있지요.

가족들도 늘 박완서 작가님과 추억을 되새기시죠? 평범한 어른은 아니셨을 듯하지만 따뜻하고 다정한 마음을 자주 보여준 분이었을 텐데요.

언젠가 제 아이들이 할머니 작품 이야기를 한 적이 있어요. 사회생활을 하다 보면 힘든 일도 많은데 『그 산이 정말 거기 있었을까』를 읽으며 힘을 많이 얻었다고 해요. 어머니가 주시는 힘은 달콤한 위로와는 조금 다르죠. 그저 어루만져주는 느낌을 받은 것이 아니라 상처를

내가 읽고 생각해서
내 길을 가야죠

스스로 딛고 일어서는 어떤 힘을 느꼈다는 겁니다.

　올해는 '여성문학인회'에서 어머니를 조명한 세미나가 있었어요. 저도 도왔죠. 어머니 문학이 주제인데 관심이 안 갈 수가 없지요. 6월 달 행사의 토론자, 좌장 섭외에 저도 나섰고요. 주최 측이 저에게도 한마디 하라 해서 준비했습니다. 가족으로서 어머니 작품 토론회에 참여한다는 것은 의미 있으니까요. 그때 나온 토론집이 이렇게 나와 있어요. 좋은 행사였어요. 행사장에서 '신여성'이라는 말에 대한 어머니 작품의 대사를 인용했는데, 중요한 구절이었어요. 어머니가 "신여성이 뭔데?" 했을 때 할머니가 "신여성이란 공부를 많이 해서 이 세상 이치에 대해 모르는 게 없고 마음먹은 것은 뭐든지 할 수 있는 여자란다." 이 대사는 단지 여자한테만 한 얘기가 아니다, 그냥 우리한테 한 얘기다 했어요. 공부를 많이 한다고 이 세상 이치에 대해서 다 알 수는 없잖아요. 중요한 거는 마음먹은 건 뭐든지 할 수 있다는 거죠. 자기 주도적으로 할 수 있는 것. 누구의 지배를 받지 않고 휘둘리지 않고 내가 세상의 이치를 알아서 산다는 거잖아요. 읽는데 전율이 왔어요.

　　　달콤한 위로가 아닌 세상에 대한 냉철한 인식, 그래서 박작가님의 글은 지금도 살아 있는 말이고 문장이 되는 거죠. 그런 냉철함, 세태풍자 면모를 보면 어찌 저리 관찰을 잘하시고 중요한 포착을 잘하시는 걸까 싶어요. 『세상에 예쁜 것』 책을 보면 삶의 이치가 자연스럽게 읽는 사람에게 스며들어 깨우

"기본적으로 사람이
글을 읽으며 상상하는 힘은
여전히 중요하다고 생각해요."

치게 됩니다. 세상을 떠나는 사람이 있는가 하면, 그 DNA를 물려받은 부드러운 발을 가진 어린아이는 태어나는 생명의 순환을 이야기하는 어조가 깊고 따뜻하죠. '세상에 예쁜 것'이란 말도 평범하다고 여길 만한 병문안 이야기를 종교적인 차원의 기록으로 남기셨어요.

박완서 작가님이 남기신 것은 문학적인 가치 외에 여성으로서의 가치, 개인의 존엄성, 차별 없는 세상 등 여러 측면에서 토론 거리입니다. 이렇게 가르치려 들지 않으면서 억압하지 않으면서 중요한 화두를 던져주는 분을 잊지 못합니다. 박 작가님을 좋아하는 우리들은 큰어른으로 존경하지만 또 마음속 애인처럼 느껴진다며 친근감을 표현하지요.

어머니는 평소에 "내가 싫은 건 남한테도 시키지 마라"며 억압받는 걸 못 견뎌하셨어요. 간섭받는 거를 싫어하시니까 간섭을 안 하신 겁니다. 딸의 서랍을 열어보지 않는 건, 만약 당신의 서랍을 누군가 열어본다면 싫으니까 안 하신 거예요. 그 마음인 거예요. 항상 그러셨어요. 어머니는 간섭도 꾸중도 안 하셨어요. 진짜 이건 아니다 싶은 것만 얘기하셨지. 그런 면이 저를 단련시킨 것 같아요. 우리한테 선택하는 자유를 주시고, 또 그 선택이 다소 잘못됐다고 하더라도 참견을 안 하셨거든요. 내가 선택한 거니까 내가 어떻게든 해결해야 된다는 그런 가르침이 있었던 것이죠.

요즘 독자들은 영상 이미지에 친숙하고 민감합니다. 박작가님도 살아생전 영화나 그림 관람을 즐기셨고 글쓰기에 반영이 되었지요. 선생님도 박물관에서 봉사하시며 이미지 문화에 대한 생각을 많이 하실 텐데요. 앞으로 우리 사회의 글쓰기는 어떤 방향으로 나아갈까요?

박물관에서 봉사한 지가 10년이 넘었어요. 매년 미술 강연 프로그램을 짜고 강연을 열면 첨단예술계 종사자들의 강의를 듣게 되지요. 화가나 건축가 들이 강연하는 흐름을 저도 보고 느끼고 있어요. 미술 전공자는 아니지만 관심이 많으니 세계적인 예술가들의 작품을 보고 공부하지요. 어떤 책을 읽다가 모르는 작품, 화가 이름이 나오면 검색해서라도 확인해봅니다. 책을 읽다가 음악 이야기가 나오면 금세 찾아 들을 수 있지요. 검색하고 들으며 감동을 받을 때도 있지만 시큰둥해질 때도 있어요. 편하게 습득한다는 것이 꼭 좋은 것일까 싶은 것이죠. 그 책을 통해 상상하고 더 읽어나가면서 내 것으로 만들고 예술에 빠지는 것의 힘이 있다고 생각합니다. "종이책을 안 읽으면 뇌 안의 깊이 읽기 회로가 사라진다"는 말을 믿습니다. 더 고전적인 것의 가치. 글이 주는 힘이 있지요. 시대의 흐름에 따라 남는 것은 남고 사라지는 것은 사라지겠지만, 기본적으로 사람이 글을 읽으며 상상하는 힘은 여전히 중요하다고 생각해요.

내가 손주들까지는 전혀 참견을 안 하지만 그래도 애들이 책은 읽도록 챙기는 편입니다. 유튜브로 보는 지식 정보는 시간을 단축하고 쉽게 익힐 수 있지만, 남의 눈을 통해 보는 것으로 생활하면 좀 아쉽죠. 내가 직접 읽어야 남는 것도 있으니까요. 남 따라하는 생활은 매력 없지요. 내가 읽고 내가 생각해서 내 길을 가는 것이죠.

마지막 말씀이 참 좋네요. 남 따라하는 생활이 아니라 내가 생각하고 길을 내는 것이 중요하다는 말씀.

그러니까 남이 하는 거를 왜 그렇게 열심히 보나요? 요새는 잘 안 보는데 사람들이 연애하는 것을 따라다니며 적나라하게 보여주는 프로그램도 있잖아요. 그걸 왜 봐요? 자기들이 연애를 해야지.(웃음)

호원숙

산문가. 소설가 박완서의 맏딸로 태어났다. 〈뿌리깊은 나무〉편집기자를 지냈고 어머니의 연대기 「행복한 예술가의 초상」을 썼다. 어머니가 돌아가신 후 아치울에 머물며 『박완서 소설 전집』『박완서 단편소설 전집』『나목을 말하다』『박완서 산문 전집』등의 출간에 관여했다. 지은 책으로 『큰 나무 사이로 걸어가니 내 키가 커졌다』『엄마는 아직도 여전히』『그리운 곳이 생겼다』등이 있다.

임경선

# 감정이 있는
# 어른으로 살고 싶어요

임경선 작가는 독특한 어른이다. 이미지를 포장하거나
가식적인 말을 하지 않는다. 마음에 없는 말을
하지 않는, 솔직함이 놀랍고 반가웠다. 액면 그대로
받아들이면 되니까 심플했다. 따뜻한 말과 작은
애정의 표현도 아끼지 않는 세심한 작가였다.
한편 편집자 사이에서는 다소 까다로운 작가로
자리매김하는 듯했다. 편집 타이포부터 표지의 사소한
요소까지 알고 싶어하고 관여했다. 묘하게도 임작가가
까다로울수록 책은 더 선명한 콘셉트를 보여주었고,
신간이 나올 때마다 새로운 독자가 생겨났고
독자층이 두터워졌다. 결국 편집자가 웃는 게임이었다.
　인스타그램에서 '임경선_열락'이란 작은 독자
이벤트를 벌이는 작가. 원고 작업을 하러 부산에
내려간 작가는 한 작은 책방에 10만 원을 선입금하고
부산 독자라면 누구라도 선착순으로 책방에서
책 한 권을 갖고 갈 수 있게 했다. 책방 주인에게
'임경선_열락'이라는 암호명을 대면 끝. 이 작은 행사를
여는 작가의 마음을 헤아려보았다. 독자와 즐거움을
나누는 작가. '열락'이란 다소 예스러운 단어를 매단
에피소드가 부산에서 있었단 것은 일종의 비밀처럼
독자들 사이에서 퍼져나갔다. 얼마나 사랑스러운
이야기인지.
　인터뷰는 전업 작가의 작업실이라고 불리는 당인리
발전소 앞 '커피발전소'에서 시작해서 마음산책
사무실로 이어졌다. 기대한 대로 솔직한 답변이
나올 때마다 귀가 시원했다. 지면에도 그 솔직함은
생생하다.

작가님의 책을 만들 때 삼십 대 여성을 타깃 독자로 설정하기도 했었는데요. 꼭 읽어줄 타깃 독자를 설정하는 것은 출판사에서 중요한 일입니다. 글을 쓰실 때 의식하는 독자가 있을까요.

제가 기업에서 마케팅 업무만 12년을 한 경력이 있다 보니 그 부분이 독자들과 만나는 것을 도와준 측면은 분명 있을 거예요. 하지만 글을 쓸 때에 독자를 의식해본 적은 단 한 번도 없는 것 같아요. 특정 독자한테 이런 메시지를 전달해야지, 같은 건 전혀 없어요. 마찬가지로 사회 트렌드를 의식하면서 글을 써본 적도 없습니다. 정말 중요한 것들은 시류에 초연한 곳에 있으니까요. 어찌 보면 죄송할 정도로 그저 제가 그 시점에 쓰고 싶은 이야기만 계속 써온 셈입니다. 그리고 쓰고 싶은 글을, 쓰고 싶을 때에 쓸 수 있었다, 라는 것은 분명 인생에서 누릴 수 있는 몇 안 되는 행운이라고 생각해요.

독자에 대해 굳이 의식하는 측면이 있다면 이거예요. '나는 독자들과 그대로 함께 나이 들어가고 싶지 않다'는 것. 무슨 말이냐 하면 제가 삼십 대 중반에 회사를 그만두고 처음 글을 쓰기 시작했는데, 그때 대학생이던 독자가 지금은 삼십 대 중반이 되어서도 꾸준히 제

책을 읽어주고 있단 말이죠. 그건 무척 고마운 일이지만 그 '따뜻함'
에 안주해서는 안 되겠다 싶어요. 끊임없이 새로운 십 대와 이십 대
독자들이 있어야 '아, 내가 제대로 일하고 있구나'라는 실감이 날 것
같아요. 그와 동시에 남성 독자들의 숫자가 늘어나고 있다는 것도 저
에겐 고무적인 신호이기도 하고요. 단순히 제 독자 풀이 넓어진다는
의미보다 한국에 괜찮은 남자들이 많아지고 있다는 신호니까요.(웃
음) 아무튼 저는 나이나 젠더로 제 정체성이 고정되는 것이 싫고, 신
규 독자 유입은 반드시 새로운 풀에서 일정 부분 이루어져야 저술업
이 지속 가능하다고 생각하는 입장입니다. 그래서 요새 독자들과의
만남에서 저를 기쁘게 해주는 것은, 이십 대 대학생 딸과 사십 대 엄
마가 같이 와주셨을 때, 그리고 커플이 함께 왔는데 남자가 여자 친
구에게 추천해서 같이 와주셨을 때. 아 뭔가 기분이 산뜻해지면서,
와 진짜 열심히 해야겠다 다짐합니다.

　　십 대, 이십 대 새로운 독자와 소통하려면 작가님은 매번 새
　　로운 감각, 새로운 이야기를 풀어내셔야겠는걸요.

그럴 필요 없고 저는 그냥 꾸준히 저의 모습으로 가면 되는 것 같아
요. 십 대나 이십 대가 뭘 좋아하고 싫어하는지 가늠하는 것도 편견
이고, 사실 그들에게 잘 보이려고 눈치 보는 순간부터 망하는 거라고
생각해요. 일부러 '젊은 감각' 같은 것을 가지려고 애쓰는 건 너무나
비루하고 매력 없지 않나요? 결국 사람들은 나이에 상관없이 '어떤

감정이 있는
어른으로 살고 싶어요

가치를 지향하느냐'로 유유상종 모이는 게 아닐까 싶어요. 비슷한 기질을 가진 사람들의 일종의 느슨한 가치 공동체 같은 거요.

가령 제가 더 나이가 들어 하루는 〈아침마당〉 프로에서 섭외 왔다고 해서, 신나서 출연할 것 같진 않거든요? 예전에 한번 섭외받았을 때 잠시 고민은 했었죠. 이름을 알릴 기회니까. 그런데 역시 자신 없었어요. 기질이나 성향상 맞지 않으니까요. 별거 아닌 것 같지만 프리랜서로 저술업을 지속하면서 어떤 일을 하고 안 하고의 사소한 선택 하나하나가 무척 중요해요. 왜냐하면 어떤 일을 하느냐, 어떤 경로로 나를 드러내느냐에 따라 내가 만나게 될 사람들이 달라지거든요. 저는 기왕이면 제가 선택하는 모든 일들이 '나를 제대로 이해하고, 나를 오래도록 좋아해줄' 독자들을 만나는 데에 도움이 되길 바라고 있어요. 물론 그 이전에 저의 글이나 말이 그들에게 즐거움이 되어야 하는 거고요. 한마디로 나와 잘 맞는 독자들한테 제대로 가닿는 게 가장 중요한 거예요. 거기서 조금씩 자체적으로 확장을 해나갈 수 있으면 감사한 거고요. 나를 '아는' 사람들 100만 명보다 나를 '좋아하는' 독자들 19만 명이 훨씬 소중합니다.

> 말씀하시는 걸 듣다 보면 빠져들게 됩니다. 말의 효용이랄까 말의 기법이 특별하다는 생각이 들 정도로요. 요즘 작가분들은 독자 만남 행사를 많이 하는 편이고 그래서 글이 아닌 말을 통해 작품을 표현하거나 소통해야 합니다. 작가님의 경우 방송도 자주 하시는 편이니 여쭙고 싶어요. 말과 글의 간극은

임경선

어떤가요. 말로 풀어내버리면 글로 쓸 어떤 소재나 주제가 잘 고이지 않는 것일까 상상도 해보고요.

골방에서 글만 쓰다가도 어느 순간에는 말을 많이 할 필요가 있는 것 같아요. 제가 평소 말수도 적고, 사교 생활도 없고, 하는 일도 주로 조용히 글을 쓰는 일이다 보니, 오히려 종종 여러 사람들 앞에서 말할 기회가 생기면 좋아요. 투명한 호의를 보여주시는 분들 앞에서 제가 하고 싶은 이야기를 제대로 전달했다는 느낌이 들면 큰 에너지를 받아서 옵니다. 아주 가끔 뭔가가 엇나갔다는 느낌이 들면 기가 빨리지만요.

한편, 저는 비단 경제적인 이유가 아니더라도, 기본 조건들만 맞는다면 강연, 행사 섭외는 아무리 낯선 장소나 단체라도 웬만하면 다 수용하는 편입니다. 왜냐하면 저를 잘 모르는 사람들이 있는 곳, 제가 그다지 환영받지 않는 곳에 정기적으로 가줘야 할 필요가 있다고 생각해서예요. 작가로서 출판사나 독자들이 잘해주는 것에 자기도 모르게 길들여지다 보면 그것을 당연하다 여기게 되고 정신 못 차리게 될 수 있거든요. 이 역시도 뜨뜻미지근한 안온함에 익숙해지는 것을 경계해야 한다는 뜻인데요. 그래서 정기적으로 냉수마찰을 해주자는 거죠. 정신 차려, 세상 사람들이 다 너를 아는 건 아니야! 세상 사람들이 다 너를 좋아하는 건 아니야! 그래서 내가 주인공이 아닌 자리나 딱히 환영받지 못할 자리라는 걸 뻔히 알면서 가곤 해요.

만약 제가 운이 좋다면 그곳에서 나를 처음 알게 된 100명의 사람들 중, 제 강연을 다 듣고 나서 다섯 명 정도가 아마 제게 관심을 가지게 될 거예요. 그것만으로도 충분히 만족스럽고 희망적이죠. 나를 원래 좋아했던 사람들을 잘 챙기는 것도 중요하지만, 쟨 뭐하는 애야? 하는 그런 냉소적인 시선에도 굴하지 않고 먼저 나를 알리고 손을 뻗는 일이, 저는 대중을 상대로 하는 일이라면 피해 갈 수 없다고 생각해요. 롱런하기 위해서는 그렇게 찬바람 부는 장소에 일부러 자기 자신을 데려가는 패기 같은 것도 필요한 것 같아요.

제가 작가님과 대화하면서 다른 분과 다른 점을 느끼는 지점이 있어요. 누군가에게 잘 보이려 한다는, 눈치를 본다는 게 없는 그런 솔직한 화법이랄까요. 학창 시절을 외국에서 보낸 영향이 있는 것일까 싶었어요. 그리고 그런 성장기의 특수한 경험이 작가 생활에 영향을 미치는 거겠지요?

외국에서 성장기를 보내서 솔직하다기보다는 권위주의적인 환경에서 크질 않아서 자기표현에 있어서 직설적인 것 같아요. 눈치 보지 않고 내가 느끼는 대로, 생각하는 대로 표현해도 된다는 안도감 속에서 컸으니까요. 제겐 여전히 '자유'가 가장 큰 가치이기도 하고요.

외국에서 성장기를 보낸 경험이 작가 생활에 미친 영향은 200퍼센트라고 봅니다.(웃음) 남들과 다른 경험을 했다는 건 그만큼 남들과는 다른 이야기를 할 수 있다는 가능성이 있다는 것이죠. 예전에는 맨날 전학 다니면서 외롭고 속상하고 힘든 것들만 생각했는데 지금

"남들과 다른 경험을 했다는 건
그만큼 남들과는 다른
이야기를 할 수 있다는
가능성이 있다는 거니까요."

은 그런 아웃사이더로서의 경험들 역시 무척 소중한 자양분이라고 여기고 있어요. 또한 영어와 일본어, 그리고 포르투갈어의 환경에서 초중고 교육을 받은 부분도 그게 단순히 텍스트 해독의 문제가 아니라 그 문화권의 정서나 체계를 자연스럽게 이해하게 해준다는 점에서 큰 혜택이라고 보고요. 불평할 수 없다고 생각합니다.

같은 맥락에서 여행 산문집을 내서도 여느 작가님의 문학적인 여행기와 많이 다르고요. 앞으로 여행서를 또 내실 거죠?

지금까지 독립출판물을 포함해서 세 권을 냈어요. 도쿄, 교토, 그리고 리스본이요. 독립출판물 『임경선의 도쿄』(마틸다)는 제가 직접 경험하고 정말 좋았던 곳들만 엄선해서 한정된 독자분들하고만 공유하고 싶다는 욕심에서 낸 작은 책이었어요. 어찌 보면 도쿄를 매개로 저의 주관이나 취향을 마음껏 피력한 책이라고도 볼 수 있죠. 『교토에 다녀왔습니다』(예담)는 그 도시 고유의 '정서'를 일본에서 6년의 시간을 살아온 사람으로서 알기 쉽게 소개하고 싶었어요. 저는 늘 작금의 한일관계가 보다 나은 방향으로 발전되기를 바라는 사람이기도 하고요. 리스본은 제가 열 살 때 부모님과 셋이서 가장 행복한 시절을 보낸 곳이라 뜻깊은 곳이에요. 재작년에 아버지의 장례를 치르고 그때 열 살이던 딸아이를 데리고 단둘이 떠나서 '애도 일기' 같은 산문인 『다정한 구원』(미디어창비)을 썼어요. 제게 여행서란 그 도시 혹은 장소와 제가 어떤 '개인적인' 관계를 맺고 있느냐가 가장 중요

감정이 있는
어른으로 살고 싶어요

해요. 여행지가 아무리 근사하고 멋져도 거기에 '이야기'나 '의미'가 없다면 여행은 피상적이기 쉽다고 생각해요.

향후에 또 여행서를 낼지는 저도 잘 모르겠어요. 뭔가 딱 그 시점에서 하고 싶은 얘기가 생겨야 하는데······. 한때는 제가 타탄체크무늬를 워낙 좋아해서 스코틀랜드 기행문을 써볼까도 생각했었는데 너무 마니악한 덕질 같기도 해서 고민 중입니다.

> 작가님의 장래 희망은 무엇인가요. 김연수 작가가 산문집 『시절일기』(레제)에서 장래 희망이 '할머니'라고 밝혀서 웃음을 주셨는데, 글쓰기와 방송, 강연 등을 쉼 없이 해오신 작가님의 희망은 무엇인지 궁금합니다.

음, 딱히 없는 것 같아요. 일적으로는 꾸준히 제가 쓰고 싶은 책을 쓸 수 있는 환경이 되고, 사적으로는 제가 좋아하는 사람들과 즐거움을 나눌 수 있다면, 덧붙여 가족들(남편과 딸)이 각자 자기 인생 잘 살아준다면 더 바랄 나위가 없을 것 같아요. 작가로서의 야망(?)은 잘 모르겠어요. 한때는 내 책이 해외로 수출되면 좋겠다, 문학상을 타면 좋겠다, 정식으로 등단했으면 좋았겠구나, 이런 갈증들도 종종 있었는데 이제는 별로 없는 걸 보니 예전보다 조금은 스스로에 대해 편안해진 걸지도 모르겠어요. 그저 지금 쓰는 책을 최선을 다해 잘 써야겠다. 그리고 다음 책은 뭘 쓰고 어떻게 하면 더 잘 쓸 수 있을까, 퇴보하지 말고 좀 더 나아져야 할 텐데, 뭐 이런 생각을 하면서 항상

임경선                                                          **449**

1년 단위로만 생각하는 게 습관이 되어버렸어요. 다시 말해 '장래'를 생각하지 않고 '올 한 해'만 생각합니다.

그럼 어떤 어른이 되고 싶으세요?

감정이 있는 어른으로 살고 싶어요. 다른 불필요한 것들은 최대한 걷어내고 보다 심플해지는 게 좋겠지만, '감정'만큼은 포기하고 싶지 않아요. 살아가면서 다양한 감정들을 느낄 수 있기를 바라요. 그것들이 없다면 이미 죽어 있는 인생일 것 같아요. 그 감정들 중에서 가장 중요한 것은 누군가를 혹은 무언가를 어떤 형태로든 '좋아하는' 감정이고요. 그런 불꽃 같은 게 제 안에 없으면 저는 글도 못 쓸 거 같고, 일단 제가 너무너무 슬플 것 같아요. '좋아함'이 인생을 견뎌내게 해주는 것 같아요.

작가님은 출판사와 관계도 그렇지만 특히 담당 편집자에 대한 애정이 깊은 분으로 알려져 있죠. SNS에 담당 편집자의 사진도 올리고 칭찬하시고, 애정 표현을 많이 하시는 편입니다. 작가와 편집자의 관계에 대한 특별한 시선이 느껴지는데요.

저 성격 되게 못됐고요(아시잖아요), 애정이 깊거나 그런 건 잘 모르겠습니다. 다만 제 원고가 일차로 완성되고 나서부터 책이라는 결과물로 나오기까지 담당 편집자가 사실상 최측근이 되거든요. 가족들

보다 더 많은 이야기를 집중적으로 나누고 있었을 거예요. 원고 수
정에 대한 방향, 책 제목이나 표지 디자인에 대한 의견, 출간 후 판촉
등 진짜 많은 의견을 나누게 되고, 아마 제가 그런 부분에선 유달리
편집자와 탁 터놓고 일하는 편인 것 같아요. 서로가 서로의 모든 생
각과 의견에 대해 가감 없이 열려 있어야 된다고 생각해요. 편집자와
저자가 서로를 신뢰하면 불필요한 자존심을 내세우거나 서로 눈치
볼 것 없이, 기면 기고 아니면 아니다, 라고 솔직하고 분명하게 얘기
할 수 있겠죠. 또 그렇게 발을 푹 담그는 식으로 일해야 한다고 봅니

다. 왜냐, 일단 책이 잘되어야 하거든요! 함께 최선을 다해 성공 체험을 공유해봐야 둘이 함께 성장했다는 실감도 나고요. 그게 두 사람의 관계 지속에도 어쩔 수 없이 중요한 영향을 미치곤 합니다. 아무튼 그 뿌듯한 결말을 위해 한 계절 치열하게 같이 달리다 보면 미운 정, 고운 정 다 들고 인간적으로 서로를 '이해'하게 되는 면이 생기죠.

혹은 제가 회사 생활 나름 즐겁게 했던 사람이라, 맨날 혼자 외로이 글만 쓰다가 이렇게 정기적으로 파트너들과 같이 일하는 게 너무 신나서 더 그런 걸 수도 있겠고요.(웃음)

전업 작가이신데 '출근' '퇴근'이라는 표현을 곧잘 쓰시죠. 규칙적으로 날마다 쓰시는 것을 지향하시는 모습이 성실한 직장인의 모습과 오버랩되면서 그 루틴이 작가님의 오늘을 만들었구나 싶습니다. 글쓰기 작업 패턴이 궁금해요.

지금은 아이가 중학생이 되어 스스로를 챙길 수가 있지만 아기 때부터 초등학교 4학년 때까지의 첫 10년간은 혼자 둘 수가 없어서 저의 하루는 그 아이에 맞춰서 돌아갔죠. 아침에 아이를 어린이집, 유치원, 학교에 데려다주고 나면 그때부터 저는 '출근'을 찍고 집이든 카페든 어딘가에서 무조건 일을 시작하죠. 워밍업 같은 것 없이 바로 어제 하다 만 부분으로 들어가고요, 네 시간 정도 쉼 없이 원고 작업을 했던 것 같아요. 시간으로 치면 오전 8시 30분 정도부터 오후 한두 시까지 일하고, 그다음 점심 식사하고, 그다음 운동을 하러 체육

감정이 있는
어른으로 살고 싶어요

관에 가거나 머리 덜 쓰는 다른 일들을 처리하곤 했어요. 종종 SNS 에 출근, 퇴근 찍은 이유는 그사이엔 내게 말 걸지 말아달라는 뜻도 있었고, 저 스스로도 딴짓하지 못하게 막는 효과도 있고요. 그러고 나서 오후 5시부터는 아이를 돌보는 등 가족들과 시간을 보냈었죠. 오전에 글 쓰는 습관은 순전히 육아 덕분에(?) 생긴 습관이지만 확실히 오전에 일이 더 잘되는 건 맞는 것 같아요.

가사 일을 직접 하시는 편인가요.

예전에 아이가 '아기' 시절에는 체력이 달려서 격주로 일요일 반나절 씩 가사 도우미의 도움을 받았었는데요, 유치원에 다니게 된 이후로 는 남편과 둘이 직접 가사와 육아를 챙깁니다. 우리가 벌여놓은 건 우리가 치워야 한다는 생각이에요. 대신 가사 일을 최소화하는 시스 템으로 가는 거죠. 가령 청소는 청소기를 돌리지 않고 일회용 물걸레 밀대로 한번 밀고 끝이고요, 다림질하지 않고 옷 펴주는 스프레이 뿌 리고 말아요. 요리하는 걸 썩 좋아하지 않아서 종종 반찬을 시켜 먹 거나 남편이 퇴근하면서 식당에서 포장해 와요. 이런 식으로 일단 가 사 일을 최소화할 수 있는 만큼 최소화한 다음 가사 분담을 합니다. 남편은 설거지와 쓰레기 분리배출, 면류 요리를 맡아 합니다.

작가님의 책을 통해 작가님을 롤모델로 삼는 젊은 여성들이 있습니다. 사회적인 일도 인간관계도 잘하고 싶고 무엇보다 자존감을 유지하고 싶은 여성들이죠. 이 여성들이 주로 관계 맺기에 에너지를 많이 쏟는데, 작가님의 인간관계론이 궁금합니다.

『태도에 관하여』(한겨레출판)라는 책에 일목요연하게 정리가 되어 있긴 한데요, 간단히 말씀드리자면 공적 관계는 '머리'로 하고, 사적 관계는 '마음'으로 하길 바라고 있어요. 공적 관계는 내가 선택하는 인간관계가 아니니 당연히 힘들 수밖에 없어요. 내가 좋아하는 사람들하고만 일할 순 없으니까요. 그래서 '마음'으로 전전긍긍하는 대신 가능한 한 스트레스를 덜 받을 수 있게 '머리'를 쓰는 방식이었으면 좋겠고요. 그 대신 사적인 관계는 철저히 자유로웠으면 해요. '지금 내게 기쁨을 주지 않는 인간관계'는 죄책감 없이 다 끊어도 된다고 봐요. 극단적으로는 부모님까지도요. 특수한 사적 관계의 경우는 '볼 장 다 봐도' 서로를 이해하고 받아들일 수가 없다면, 서로의 존재가 고통이라면, 결국 내가 먼저 놔줄 수밖에 없어요. 왜냐하면 그런 인간관계에 기 빨리고 있기엔 우리 인생이 너무 짧고 소중하거든요. 그런데 가만 보면 많은 분들이 공적 인간관계와 사적 인간관계에 그 반대로 대처하고 계세요. 공적 인간관계인데 너무 감정적으로 굴거나, 사적 인간관계인데 '책임'이나 '도리'에 너무 얽매여 있거나.

편집자들은 인격보다 원고 격이 더 중요하다는 말을 하곤 합니다. 인격의 문제는 우리 영역을 넘어서는 문제고 원고가 가

감정이 있는
어른으로 살고 싶어요

장 중요한 것이라고요. 사람 좋은 필자보다 더 환영하는 건 좋은 원고죠.

그렇죠. 그것은 공적 인간관계니까요. 우선 '일'이 잘되게끔 하는 게 우선이니까 당연하지요. 마찬가지로 저자 입장에서도 '선생님 선생님' 하면서 저를 인간적으로 챙겨주고 듣기 좋은 말 해주는 것보다 (그것들이 확실히 기쁘기는 합니다만), 일적으로 저를 자극하고, 저의 잠재력을 최대치로 끌어올려줄 수 있는 실력과 안목이 있는 편집자인지 여부가 중요하지요.

작가님은 몇몇 분과 깊은 우정을 나누고 계시잖아요. 요조 뮤지션이나 〈페이퍼〉 정유희 편집장과 나누는 정담을 곁에서 듣고 있으면 여성의 우정이란 무엇인가 묻고 싶어요.

친하죠. 저는 친한 여자 친구들과 남자 친구들이 엇비슷한 비중으로 있어요. 숫자로 보면 많지 않지만 그래도 각양각색의 배경을 가지고 있어서 흥미진진하고 도움이 되기도 하고 그래요. 하지만 깊은 우정을 나눈다고 해서, 절친하다고 해서 자주 만나거나 같이 노는 것은 아니고요. 삶의 많은 부분을 같이 나눌 수 있는 것도 아닌 것 같아요. 예를 들어서 대외적으로 기혼인 사람은 배우자와 가장 가까운 관계로 보이잖아요. 하지만 현실은 부부가 모든 것을 같이할 수 없고, 모든 것을 이해하는 것도 아닙니다. 그걸 상대에게 바라는 것도 무리고요. 절친한 친구도 마찬가지로 그러한 '한계'가 있어요. 그렇다고 해도 그게 나쁜 건 아니에요. 바꿔 말하면 그 사람하고 나눴을 때 가장 좋은 부분, 서로의 가장 좋은 부분이 매칭되는 부분이 어느 지점인지를 파악하고 있다는 뜻이거든요. 그 지점을 서로한테 주거나 함께 나누면서 최대한의 성의를 보이면 된다고 생각해요. 『다정한 구원』에서도 썼지만 제가 온전한 책임을 느끼는 인간관계는 오로지 제 자식뿐이고 나머지는 사실 다 유동적이라고 생각합니다.

독특하게 여성의 우정은 뭐가 다르냐 하면, 서로 뒤를 봐주는 관계가 아닐까 싶어요. 뒤를 봐준다는 표현이 좀 웃긴데 이게 뭐냐면 사회가 여자들에게 더 가혹한 부분이나 부담 지우는 면이 있기에, 여자 친구들끼리는 서로 지켜보고 챙겨주는 일이 중요한 것 같아요. 또한 이건 여자든 남자든 다 해당되는데, 깊은 우정을 이어나가는 데에 있어서 중요한 것은 질투를 하지 않는 것입니다. 부러워하는 건 괜찮지만 질투는 안 돼요. 질투라는 감정은 자학과 가벼워지는 입을 불러오거든요? 자학의 스멜이 넘치면 주변 사람들을 진짜 힘들게 하고 입이 가벼워지면 친구 간의 비밀을 못 지키고 말죠. 그래서 친구 간에 서로 잘된 일을 질투라는 감정 없이 순수하게 기뻐해줄 수 있어야 하고, 그러려면 각자 자기 인생에 만족해야 돼요. 객관적인 잣대가 아니라 주관적으로 충만해 있느냐의 문제예요. 그 이전에 '나는 나, 너는 너'라는 독립된 인격이어야 하겠죠. 거기까지 오는 것도 만만치는 않지만요.

새로 생기는 우정들도 있는데요, 저는 어린아이처럼 순수한 호기

"공적 관계는 '머리'로 하고,
사적 관계는 '마음'으로 하길
바라고 있어요."

심과 호감으로 가까워지는 관계가 좋더라고요. 제 나이쯤 되면 그 반대의 불순함이 뭔지 너무 잘 알잖아요. 어떤 계산된 의도 같은 거요. 그런 게 아니고 내게 바라는 것 아무것도 없이 그저 어린아이들처럼 같이 놀자! 그런 느낌 참 좋아요. 어린아이들끼리 친구 하자고 하면 별것도 아닌 것 가지고 깔깔대며 즐거워하고, 진지하게 비밀 엄수하고, 우리끼리만의 세상을 만들고 지켜나가잖아요. 그렇게 '유치하게 놀 수 있는 관계'는 남녀불문, 이 각박한 시절을 살아가는 우리를 자유롭게 해주는 것 같아요. 서로한테 정말 용감하게 솔직할 수 있는 사이, 그 이상은 없어요. 아 물론 재밌고 웃겨야 하고요.

　　　마음산책에서 세 권의 책을 내셨죠. 『엄마와 연애할 때』 『나라는 여자』 『어디까지나 개인적인』. 폭넓은 여성 독자층이 작가님 덕분에 마음산책에도 생겼습니다. 여성 정체성에 대한 질문이 포함된 책들이고 또 취향과 애정에 대한 책이기도 해요. 마음산책과 작업하시면서 어떤 생각을 하셨는지요.

마음산책과 만든 첫 책이 『엄마와 연애할 때』인데요. 이때가 제가 회사를 그만두고 전업으로 글을 쓴 지 7년이 된 시점이었어요. 어떤 일을 꾸준히 담금질하듯 해나가다 보면 어느 순간 일시에 확 달라지는 단계가 오는데, 저는 마음산책하고 일하던 시기에 그 도약이 이루어졌다 생각합니다. 마음산책을 통해 처음으로 서정적인 글을 써낼 수가 있었고, 그게 아니었으면 그 이후에 소설도 쓰지 못했을 거예요.

그러니까, 제가 진심으로 쓰고 싶었던 톤의 글을 이때 처음 쓸 수 있었던 것이죠. 그전까지는 제 직장 경력을 활용한 글이나 독자들에게 실용적 정보를 전하는 취지의 글을 썼다면, 이때부터는 그 너머에 숨겨졌던 '나라는 사람'에 대한 글을 쓸 수가 있었고, 그런 계기를 만들어 준 마음산책에 참 감사한 마음이죠. 아시다시피 공교롭게도 제가 마음산책 편집자한테 책 출간 제안을 받은 같은 날에 다른 출판사한테도 출간 제안을 받았잖아요. 그것도 똑같이 육아를 주제로 한 산문집을!

> 네, 재밌는 일이었지요. 그런데 두 출판사의 제안이 완전 달랐죠?

네, 주제는 동일하게 육아 산문집이었지만 콘셉트가 정반대였지요. 다른 출판사는 기존에 저에게 있던 '똑 부러진' 엄마의 느낌을 그대로 이어가길 기대했고, 마음산책은 '불완전한' 엄마의 진솔한 이야기를 원했어요. 마음산책 편집자가 나를 더 깊이 이해하는구나, 싶었어요. 섭외 제안 이메일도 군더더기 없는 두 문단으로 완벽했지만, 왜 그런 거 있잖아요. 그간의 내 글들을 허투루 읽지 않으셨구나, 하는 느낌. 그 안에서 내가 아직 피우지 못했던 다른 가능성을 발견해주셨다는 것은 저자한테 얼마나 큰 기쁨인지 몰라요. 이것은 아마도 편집자가 저자한테 줄 수 있는 가장 큰 선물일 거예요. 이런 계기가 도약의 발판이 되는 것이죠. 첫 시도이기 때문에 의미도 있고요.

임경선 **459**

반면 기존의 잘 알려진 이미지나 콘셉트를 우려먹는 방식으로 쓰면 물론 판매가 안정적이긴 하겠죠. 하지만 '너는 이런 걸로 유명하고, 사람들이 너한테 이런 걸 기대하니까 안전하게 가자'고 하면 저자는 좀 슬퍼요. 아, 그보다 더 슬픈 제안도 있어요. 요새 이런 콘셉트가 시류에 잘 맞으니까 우리도 그와 비슷한 걸 써보자, 같은 거요. 저자는 소모품이 되는 기분이 들죠. 왜 선도하지 못하고 뒤따라가야 하는지 이해도 안 가고요. 게다가 이건 특정 저자의 고유성을 전혀 존중하지도 않고, 깊이 알려고 노력하지 않는 거잖아요. 이런 접근이 왜 그토록 슬프냐면요. 이때 출판사나 편집자는 '저 사람이 저자로서 오래가는 것'에 대해 요만큼도 관심이 없다는 거거든요. 지금 당장 팔릴 것, 그것만을 생각하고 저자의 장기적인 커리어 따위 일말의 고려 없이 지금 그 저자가 가진 알량한 것들을 우려먹을 생각만 하는 거니까요. 저자가 그 책을 냄으로써 저자로서 성장을 할 수 있고, 저자의 지속적인 성장을 출판사와 편집자가 긴 안목으로 지켜봐주고 있다, 라는 감각은 저자에게 너무나 절실합니다.

출판사가 새겨들어야 할 말씀이에요. 저자가 피운 꽃만 보지 말고 그 뿌리를 살피고 새로운 꽃을 피우도록 노력해야 한다는 것은 편집자의 역량과도 연결되지요.

모든 저자들은 똑같은 소망이 있어요. 오래오래 좋은 마음으로 좋은 글을 쓰고 싶고, 이미 출간했던 책보다 더 나은 책을 쓰고 싶다는 바

감정이 있는
어른으로 살고 싶어요

람이요. 더 나아지고 싶다는 마음을 잘 드러내지 못했던 그런 저자들을 발견하고, 그들의 갈망을 이해하고, 그 저자가 가진 좋은 지점들을 최대한 끌어내주는 편집자와 출판사는 얼마나 소중한지요. 저도 한 사람의 저자로서, 그러한 편집자와 출판사를 기다리고 좋아하고 응원하고 있습니다.

임경선

소설가. 산문가. 소설집 『곁에 남아 있는 사람』『어떤 날 그녀들이』, 장편소설 『나의 남자』『기억해줘』, 산문집 『엄마와 연애할 때』『나라는 여자』『태도에 관하여』『어디까지나 개인적인』『자유로울 것』『교토에 다녀왔습니다』『다정한 구원』『여자로 살아가는 우리들에게』(공저) 등이 있다.

김소연

오로지 홀로인 방식에
대해 쓸 거예요

키가 크고 손가락이 긴 김소연 시인은 느긋한
행동과 찬찬히 말을 고르는 저음의 어투가
인상적이다. 정말 시인답다고 생각한다. 등단
직후부터 지켜본 김시인은 지금까지도 그
모습이다. 시 말고 다른 것을 생각하지 않는
듯하다.

마음산책에서 낸 시인의 세 권의 책,
『마음사전』『한 글자 사전』『시옷의
세계』에서는 귀한 시인의 언어들이 과즙처럼
흘러나온다. 저절로 나올 리가 없잖은가.
어투만이 아니라 글쓰기에도 엄격함은
작동된다. 쓰고 지우고 다시 쓰고…… 책 만드는
동안에도 시인은 낱말들을 고르고 고민한다.
쉽지 않은 편집 작업이다. 고쳐 쓴 문장들을
마주할 독자들의 축복을 떠올리게 된다.

시 수업을 하는 선생으로서 김시인은 당연히
기법이 아닌 정신을 되묻는다고 전해들었다.
나는 그 강의록을 책으로 내고 싶었다. 아직
시인이라고 불리지 않는 시인들의 시를 읽는
김시인의 생각은 어떤 과일로 익어가는 것인가.

김시인의 제자인 유희경 시인이 운영하는
서점 '위트 앤 시니컬'에서 만난 우리는
여유롭고도 낮은 목소리로 시집과 산문집
이야기를 나누었다. 운동화 선물을 받아든
김시인의 목소리는 순간, 예외적으로 높았다.
"내 발이 큰 편이라서 고르시기 힘들었죠. 이
녹색은 정말 예뻐요."

산문집 『사랑에는 사랑이 없다』(문학과지성사)를 정독했어요. 참 좋았습니다. 제목을 보며 사랑의 전복에 대한 이야기일 수도 있고 진지한 사람의 탐구일 수도 있겠다 싶었는데…… 동사형으로서 사랑, '사랑하다'의 정의를 새기며 읽으니 어떤 시집보다 마음에 와닿았습니다. 마음산책에서 출간한 『마음사전』만큼이나 독특한 산문이었어요. 독자 반응을 알고 계시나요? 요즘에는 무엇을 주제로 붙들고 계시나요?

사랑에 대한 인문서적을 많이 찾아 읽어왔어요. 고대부터 현대까지 사랑의 개념이 어떻게 변해왔는지를 논리적으로 잘 정리한 경우라든가…… 그러나 어딘지 모르게 성에 차질 않았고 겉면만을 맴돈다고 느꼈어요. 그때는 어딘지 모르게라고 생각했는데 나중에 알게 되었어요. 그러니까 가부장제 구조 속에서 남성이 권력 우위를 점한 채로 여성을 타자로 놓고 사랑에 대해 정리하고 있었다는 걸 나중에야 알게 된 것이죠. 사랑의 영토에서 과연 제가 주인이라는 생각을 한 적이 얼마나 될까, 어쩌면 짐작보다 더 형편없겠구나 알아채게 됐고요. 더 열심히 사랑에 대한 담론들을 찾아보게 된 계기가 되었어요. 특히 여성 저자의 저서에 집중했는데, 여성이 사랑에 대하여 지적 탐구를 한 경우가 생각보다 다양하지 않았어요. 더 많은 여성들이 더 많이 사랑 이야기를 했으면 좋겠다 하면서, 좋은 독자의 자세를 갖추고 기다리는 마음이었는데요. 어쩌다 보니 제가 이렇게 산문으로 쓰게 되었습니다. 아마 제가 읽고 싶었던 것을 스스로 쓰게 된 것 같아요.

『사랑에는 사랑이 없다』를 요약하자면, '실패'로부터 배운 것이라고 해야 할 것 같아요. 좀더 꼼꼼한 반성. 무엇을 반성하고 싶은지 잊지 않고 싶은 마음. 이후를 살아가기 위해 꼭 필요한 작업이었던 것 같습니다. 반성으로써 출발하자는 마음이었기 때문에 사랑에 대한 이야기 중에서 서론을 기록한 거라고 볼 수 있어요. 앞으로 천천히 본론 작업을 해보려고요.

> 시인의 사랑 이야기를 읽으며 되게 애쓰셨구나, 상대에게 결례가 되지 않는 어떤 선을 지키며 충분할 만큼 녹이신 것 같다는 생각을 했습니다. 어떤 시리즈의 한 권인데, 사랑을 역시 키워드로 선택하셨군요.

네. 사랑을 키워드로 쓰겠다고 했지요.

> '사랑이 없다'는 것을 증거하기가 참으로 어려운 글쓰기였을 듯한데요.

마지막까지도 주제를 놓고 제목 짓기를 많이 헤맸어요. 출판계 풍토

인가요? 부정어가 제목에 있으면 안 된다고, 이미 망조라고.(웃음)

　그렇죠. 독자가 선뜻 읽기가 두렵다고나 할까요.

이 제목밖에 안 되겠더라고요.

　그런데 흥했잖아요. 김소연 시인은 영원히 사랑 이야기를 하셔야겠어요. 등단 이후 시를 열심히 쓰셨지만 시집을 많이 내지 않으셨죠. 강의도 하시고 문학적인 프로젝트 등도 참여하시는 편이지만, 전업인 셈인데 다섯 권의 시집으로 20년 넘게 살아오신 것이죠. 한 권 한 권 모두 어떤 시기의 특징을 담아내는데 최근에 『i에게』(아침달)는 또 흥미로운 시집이었어요. "엄마가 싸준 묵은지 한 포기를 도마 위에 올려놓으며 밥에 대한 내 입장을 분명히 하였습니다"(「스웨터의 나날」 중). 이 시구가 바로 떠오르는데 찬찬히 읽을수록 시의 변화가 느껴지는 시집이었어요.

『수학자의 아침』(문학과지성사)에서부터 상상 가능한 스토리가 있는 한 장면에서 출발해서 멀리멀리 나아가보자는 생각을 하고 있어요. 『i에게』가 그걸 좀 더 분명히 드러내는 경우인 듯하고요. 시적 정의에 대한 고민을 특히 많이 했고, 시인의 정체성에 대해서 자꾸 알고 있던 것으로부터 벗어나고 싶어했어요.

김소연　　　　　　　　　　　　　　　　　　**469**

"시를 써야겠다고
생각할 때마다 먼저 하는 것은,
어떤 것을 쇄신하고 싶고
어떤 것을 계속 지키고 싶은지
저의 욕망을 꺼내보는 거예요."

시를 써야겠다고 생각할 때마다 먼저 하는 것은, 어떤 것을 쇄신하고 싶고 어떤 것을 계속 지키고 싶은지 저의 욕망을 꺼내보는 거예요. 그리고 제 접촉면에 대하여 생각해요. 어떤 장면과 어떤 사람이 떠오르고, 가장 모호하고 기묘한 순간들에서 출발하려고 해요. 비평가를 경유하지 않는 텍스트가 되길 바라는 마음에서 기인한 태도인 것 같아요. 선연한 장면은 누가 해석하고 매개해주지 않아도 직관적으로 이해되는 것이니까요.

그러니까 요즘에도 시집에 해설이 붙잖아요. 전통이라면 전통인데, 해설이 때로는 시의 생기를 앗아갈 때도 있다고 느껴요. 『i에게』는 해설이 없었고 더욱 활달한 기운을 그대로 독자에게 전달했는데, 출판사 '아침달'도 신선한 느낌이고 해서 궁금했지요. 여섯 번째 시집은 무엇이 될까요? 이야기를 더 확장하는 건가요.

다음 시집은 제 얘기만 하고 싶어요.

오, 너무 좋아요.

오로지 홀로인 방식에 대해서인데. 시시할 거예요.

시詩 시詩 하죠. 그러니까 시 한 편 시 한 편이죠.

김소연                                                                                     471

그래도 오롯이 그런 시간을 갖고 싶어요.

정말 기대되네요. 『마음사전』 이야기를 안 할 수가 없네요. 제가 마음산책 대표라고 인사하면 꽤 많은 사람들이 『마음사전』을 말합니다. 심지어 마음사전 출판사에서 낸 『마음산책』이라는 귀여운 오해를 하는 경우도 있는데,(웃음) 이 책을 만들면서 저는 독자들이 지속적으로 찾는 중요한 책이 될 것이라는 생각이 들었어요. 시인만 쓸 수 있는 글이고, 일독하는 것으로 끝나는 게 아니라 두고두고 펼칠 책이라고 봤습니다. 책 만드는 자부심과 확신은 있었지만 이렇게 많은 독자가 호응할 줄은 몰랐죠. 독자 자신도 자신의 사전을 써보겠다고 하는데 사전식 글쓰기에 대한 욕망은 무엇일까 생각하게 되었죠.

기존의 어떤 설명으로도 자신의 마음 상태가 납득이 안 될 때가 있지요. 어떤 프레임이나 정의도 자기가 처한 마음의 풍경을 묘사할 수 없는 거예요. 그때 『마음사전』을 펼쳐서 정확히 내 마음을 이해해보려는 시도, 그래서 『마음사전』이 좋았다는 이야기를 많이 들었습니다. 사실 책을 내려고 원고를 썼다기보다는 어떤 메모들, 사람의 감정에 대해 정확하게 쓰려는 의도로 정리한 메모들이 모여서 책이 된 것이죠?

네. 『마음사전』은 메모가 먼저였죠. 요즘도 어떤 콘셉트를 가지고 메모하면서 뭔가를 늘 쓰지요. 이제는 스스로 예뻐하고 싶은 부분인데,

오로지 홀로인 방식에
대해 쓸 거예요

평생 동안 부대꼈던 저의 특징 중의 하나가 너무 지독한 반골이라는 점이에요. 또 그럼에도 불구하고 타인과 정확한 교감을 하고 싶어하고요. 진실한 교감을 하고 싶다는 생각을 하죠. 그런데 이 두 가지 기질을 동시에 구현하는 것은 불가능할 줄 알았는데, 『마음사전』을 쓰면서, 특기로 발휘될 수 있어서 신이 나서 썼어요. 단어들을 틀에서 꺼내오고, 전복하고, 정확하게 재정의하는 작업이 제 기질과 꽤 어울렸어요.

김소연                                                    473

독자들 중 많은 사람이 『마음사전』을 시처럼 읽어요. 이야기가 없는 상태에서도 '외로움' 항목의 글을 그냥 시로 읽는 거예요. 자기 마음 상태를 시적으로 표현해줬다고 생각한다는 것이죠. 시인이 시로 쓰고 싶어하는 것과 산문의 형식을 빌리는 것은 많이 다른데 독자가 이걸 한 편의 시로 읽는 걸 보고 놀랍다 싶었습니다. 시로 읽히는 것에 대해서 어떤 느낌이 드나요?

『마음사전』『한 글자 사전』 등은 어쨌든 짧은 글이 더 많죠. 짧은 글을 쓸 때에는 리듬감을 되게 중요하게 생각해요. 시 쓸 때처럼요. 초고를 퇴고하는 과정에서 시 쓰기하고 비슷한 공정을 거치는 것 같아요. 산문이라는 자의식은 있지만. 그래서 대구나 대조를 만들면서 뜻이 선명해지길 바라는 거죠.

제가 『마음사전』 중 즐겨 인용하는 문장은 "기쁨은 달려들고 행복은 스며든다"인데요. 이 문장은 저절로 외워지죠. 운율을 맞춘 시처럼요. 독자들이 이 책을 좋아하는 이유가 완독하지 않고 항상 옆에 두면 되니까 마음에 강박이 없는 거라고 할 수 있는데 또 출판사 입장에서는 완독해야 된다는 의무가 없으니까 일단 사놓으시라고 해서 좋은 거죠.(웃음)

사람들이 선물하고 싶은 책이라고 말할 때 제일 기분이 좋더라고요.

오로지 홀로인 방식에
대해 쓸 거예요

마음산책에서 『마음사전』 리커버작을 출간했죠. 아마 새로운 독자보다도 이미 책을 읽었거나 사놓은 기존 독자가 새롭게 산 경우가 많았을 거예요. 재밌는 것은 독자들이 김소연 시인의 책 출간 속도도 아는 듯해요. 자주 책을 내는 시인이 아니다, 그러니까 새 책을 기다리기보다 이미 출간된 좋은 책을 한 번 더 읽자는 느낌이랄까요. 얼마 전에 김소연 시인이 인스타그램에 "가을에는 '가을'이라는 스케줄만 있었으면 한다"는 포스팅을 해서 제가 가슴이 철렁했지요. 아, 인터뷰해야 하는데 하면서요. 아무것도 안 해야 된다는 다짐을 할 정도로 바쁜 것 무엇일까요.

매번 가을이 제일 바빠요. 강의도 많이 다니고, 낭독회도 많이 하게 돼요. 시인들과 함께하는 행사 등 활동을 꾸준히 하고 있어요. 진짜 내키는 일만 최소한으로 골라서 하는 건데도 일정으로 점철된 시간이에요.

산문에서 좋은 외국 시를 발견하게 해주시는데, 독자로서 이 또한 기쁨입니다. 외국 시인의 시는 주로 어떻게 정하시나요. 요즘 빠져든 시인은 누구인지도 궁금해요.

쉼보르스카 산문집 『읽거나 말거나』(봄날의책)를 읽다 보면, '체스와프 미워시Czesław Miłosz'라는 시인이 등장해요. 쉼보르스카가 너무너무 좋아해요.

　체스와프 미워시 시집은 한국에 아직 번역이 안 됐어요. 오래전에 김정환 선생님이 실천문학사에서 『폴란드 민족시집』이라는 제목으로 폴란드의 시인들 몇 명을 소개했는데, 거기에 포함되어 있어요. 당연히 체스와프 미워시의 시를 한국어로 읽어보고 싶어지고, 누군가가 번역해서 출간을 해주면 좋겠다 바라고 있어요.

　　김정환 선생님은 일찍이 책 번역 작업을 많이 하신 분이어서 다소 늦게 발견해도 여전히 좋은 주제의 글들이 많더군요. 김소연 시인의 일상생활 패턴은 어떤가요? 일상 규범이랄까 패턴이 평범하지 않을 듯해 여쭈어요.

늦게 일어나요. 늦게 일어나서 오전에 오는 전화는 다 부재중 처리가 되어요.(웃음) 아예 에어플레인 모드로 꺼놓고 자요. 빵, 커피, 과일, 이런 것들을 예쁘게 차려놓고 햇빛을 보면서 천천히 먹어요. 약속이 없는 날은 더 천천히 먹으려고 노력하고요. 그 시간이 제가 가장 좋아하는 시간이에요. 햇살을 보고 식물을 보고 음악을 틀어놓고. 아침을 완전히 소유하는 것이 가장 큰 낙이에요.

　일주일에 절반 정도는 아무도 안 만나는 시간을 확보하고 싶어해요. 혼자 있는 시간이 4고 밖에 나가는 시간이 3일 때에는 좋은데, 3 대 4로 바뀌면 휘청거려요. 감정이 많이 안 좋아지고요. 그걸 지키려 애쓰면서 스케줄을 짜는 편이에요. 원고 청탁이든 미팅이든, 그걸 확

오로지 홀로인 방식에
대해 쓸 거예요

"평생 동안 부대꼈던
저의 특징 중의 하나가
너무 지독한 반골이라는 점이에요.
또 그럼에도 불구하고
타인과 정확한 교감을 하는
태도를 갖고 싶어하고요."

보하기 위해 다음 달로 미루기도 하고요. 그 질서를 잃으면 큰일 날 것처럼 굴어요.

아침을 소유하는 시인, 뭔가 부러운걸요. 늦게 자는 편인 것 이죠?

4시 정도에 자요. 제가 10년 전까지만 해도 해 뜨는 거와 해 지는 거, 두 개를 다 보는 삶을 원했거든요. 언젠가부터 태양을 더 많이 만나는 하루를 원하게 되었어요.

풍경을 보려면 집의 방향이랄지, 집이 중요한데요.

집에서 다른 거는 다 필요 없고 창문이 절대적으로 중요하죠.

정말 시인이시다.

욕 아닌가요?(웃음)

최고의 칭찬인 거예요. 하루의 행복은 아침의 느릿함에 있다 는 서양 격언이 있어요. 아침에 서둘러서 나가면 행복하기 어 렵대요. 경제적인 이유에서 모두 서두르는 것이지만 느긋하 게 아침을 맞는 생활이란 생각만 해도 행복합니다. 저도 가능

오로지 홀로인 방식에
대해 쓸 거예요

한 한 아침 식사를 예쁜 그릇에 담고 대충 먹지 않으려고 노
력합니다만.

저도 나무 쟁반에 예쁘게 차립니다. 음식은 잘 챙기려고 해요. 식당
이나 카페에 가는 걸 줄이고 싶어하기 때문에, 요리 도구나 커피 도
구를 잘 구비해두고 제 자신에게 좋은 대접을 하려고 노력해왔어요.
먹는 시간을 가장 격 있게 보내고 싶어요.

일상생활에서 시에 대한 세간의 오해가 있는 것 같아요. 시를
읽고 감응하는 것이 아니라 시를 소비해버리는 것으로. SNS
에서도 그렇고 여러 가지 상업적인 용도로 시구를 시 전체에
서 분리해서 따로 소비하는 경우가 많지요. 이렇게라도 시를
접하는 것이 좋다고 생각하다가도 이 상태로 시를 오해할까
두렵기도 합니다. 시의 팬시화에 대한 생각은 어떠세요?

소비사회에게 빼앗기고 있는 것들에 대한 고민을 생활 속에서 매 순
간 하는 것 같아요. 시마저 팬시가 되는구나, 하고 개탄하게 될 때에
빠지게 되는 입장을 저는 시의 팬시화만큼 경계하는 것 같아요. 시가
팬시에 가까워질수록 그 반대급부로서 지나치게 외골수적인 문학
의 성으로 시가 들어가버리는 것에 대해서도 경계하는 마음이 있어
요. 실험적인 문학이라고 회자되는 시들도 어떤 면에서는 성곽 안에
있는, 보수적인 성향이 매복해 있을 때가 많거든요. 문학 전문가들만

의, 마치 로열패밀리처럼 존재하려 하는 점.

　　시의 미래에 대해 생각해보게 됩니다.

소비되어도 빨리 낙후되지만, 끼리끼리가 아니면 읽어낼 수도 없고 읽히지도 않은 작품도 자생력을 잃고 비평이나 지원제도에 의존할 수밖에 없게 되니 낙후될 것이고요. 생기 있게 세상에 계속 침투되어야 한다고 생각해요.

　　당대의 독자들과 잘 만나는 것이 중요합니다. '낙후된다'는 표현이 와닿습니다.

오래 살아남을 시인을 알아보는 안목을 갖추기 위해서, 동시대에 쏟아지고 있는 문학작품을 읽을 때에는 독서의 낭비가 필연인 것 같아요. 이들이 20년 후, 30년 후에 어떤 시를 쓰고 있을지, 무척 궁금한 시인을 좋아해요. 그런 시인을 발견할 때에 미리 경외감을 보낼 수 있는 사람이 되고 싶어요. 이미 그래 온 시인에 대한 경외감은 이루 말할 수가 없고요. 막상 버텨보니 많이 어려워요. 그만 쓰고 싶다는 생각을 할 때도 많거든요. 요새는 그만 쓰게 된 사람도 부럽고, 계속 버티는 사람도 부러워요.

　　시의 미래를 생각하니 돌아볼 2000년 이후 20년도 새삼스럽

**480**　　　　　　　　　　　　　　오로지 홀로인 방식에
　　　　　　　　　　　　　　　　　대해 쓸 거예요

습니다. 김소연 시인의 20년은 어떤 변화를 거쳤을까요.

저는 참 운이 좋은 사람이었어요. 그 운이 어디서부터 출발한 것일까 생각하면 대표님이 떠올라요. 1994년이었을 거예요. 세계사에 편집 장으로 계실 때 제 시집을 내고 싶다고 연락해주셨거든요.

맞아요. 그때 황현산 선생님이 시집 기획위원이셨는데 김소 연 시인의 시를 좋아하셨어요. 그렇게 인연이 다 이어지더라 고요.

그때 거절했는데요. 첫 시집을 상상도 안 하고 있을 때여서 당황했어 요. 시집 내자는 연락이 오면, 바로 원고 넘겨야 하는 줄 알고 있기도 했고요. 그때 나도 시집을 낼 수도 있다는 걸 제게 일깨워주셨달까 요. 저의 첫 시집을 비로소 상상하게 되었어요. 그 생각을 처음 하게 된 아주 소중한 전화였어요.

20년 동안 시를 쓰다가 사라진 시인도 꽤 계시죠. 의미 없다 고 시를 안 쓰시는 경우와 시로써 생활이 안 되는 상황에 지 치신 경우, 세 번째는 시적인 과잉 행동으로 시가 떠나버린 경우 등. 김소연 시인은 여기까지 오셨으니 고마운 일이죠.

그 셋 중의 한 개에 해당이 될까봐 두려움도 컸고 긴장도 많이 하면

오로지 홀로인 방식에
대해 쓸 거예요

서 살아온 것 같아요. 그 셋 다를 비켜가기 위해서 할 수 있는 모든 노력을 기울이느라 거의 소진되다시피 했어요.

잘 버티기 위해서 소진되어가고 있다!

진짜 아무 의미 없다 쪽에 제일 가까운데, 아무 의미 없는 줄 몰랐던 건 아니니까요.

그래서 그 의미 없음에 대해서 쓰시는 거죠. 우린 힘내야 합니다.

김소연

시인. 시집 『극에 달하다』 『빛들의 피곤이 밤을 끌어당긴다』 『눈물이라는 뼈』 『수학자의 아침』 『i에게』. 산문집 『마음사전』 『시옷의 세계』 『한 글자 사전』 『나를 뺀 세상의 전부』 『사랑에는 사랑이 없다』 등이 있다. 노작문학상, 현대문학상, 육사시문학상, 현대시작품상 등을 수상했다.

김용택

# 새들은 정교한데 내 이야기는
# 겁나게 서툴렀지요?

20여 년 전부터 내게 섬진강은 김용택 시인이었다. 섬진강을 간다는 건 김시인을 만난다는 의미였다. 시인이 가르치는 작은 분교의 아이들 수업에 참여하기도 했고, 그 아이들과 공차기 하는 시인의 날쌘 몸놀림을 보며 기획이나 어떤 제안들을 떠올리기도 했다.

마음산책에서 열여섯 권의 책을 출간한(인터뷰가 끝난 이후 최근에 다섯 권이 더해졌다) 김용택 시인은 자신의 생가에서 노년을 보내는 '복된 어른'이자 궁금한 게 많아서 그 한적하고 정적인 시골에서도 모든 세상 소식을 실시간으로 찾아보는 '호기심 넘치는 어린이'다.

운동화 선물을 받아든 시인은 어린 시절 심은 후 종종 오줌을 누어 키웠다는 커다란 느티나무 아래에서 상자를 풀자마자 신발을 꺼내 신었다. 그리고 느닷없이 섬진강가를 내달렸다. 저만큼 멀어졌다 돌아오는 시인은 영락없이 임실초등학교 학생 같다. 웃음을 터뜨린다. "진짜 신발이 딱 맞고 가볍고만."

언제나 사소한 질문에도 깊고 타래 풀듯 긴 답을 해주시는 분이기에 인터뷰는 이야기 몇 편을 잇는 듯했다. 한마디도 허투루 들을 수 없는 이야기들. 질문은 짧고 답은 긴 여운을 남겼다.

섭진강에 내려오니 선생님 작품에 대한 친근감이 온몸으로 느껴지는 듯합니다. 제가 출판계에 들어온 이후 늘 도시 탐닉만 한 것은 아닌가 싶어요. 저의 출판 인생은 '홍성사'에서 시작했는데, 선생님의 시 인생은 바로 여기에서 시작하셨죠.

아하, 홍성사. 『소유냐 삶이냐』 그 책을 젊어서 사봤는데, 딸이 그 책을 보고 있더라고. 그 모습을 보고, 「가업」이라는 시를 썼어요. 내가 줄을 쳐가면서 읽었는데 딸이 또 위에 줄을 쳐가면서 읽더라고. 책을 이어 읽으면서 우리 딸이 '가업'을 잇는 거라고 그러더라고. 기분이 아주 좋았지요.

표현이 너무 좋네요. 가업을 잇는다. 따님이 그 시를 아빠가 자신을 위해서 지었다는 거를 알아요?

그렇지. 내가 시를 쓰면 딸에게 자랑하고 싶어 보여주니까 잘 알지요. 『소유냐 삶이냐』는 정말 좋은 책이야.

홍성사에서는 '소유냐 존재냐'의 원제를 『소유냐 삶이냐』로

의역 출간했지요. 인문책 라인의 '홍성신서'의 첫 번째 책인데, 많은 독자가 읽었고, 사회학자의 책으로서는 너무 많은 독자가 사랑의 문제, 삶의 문제를 대입하여 읽은 독특한 책이었어요.

나는 그 책으로 막연하나마 내 삶의 앞날을 예감하고 어떤 결정을 했다고 봐요. 무엇을 하며 어디서 사느냐가 아니고 어떻게 살아야 잘 사는 것인가를 고민했던 것 같아요. 삶을 가다듬는 기본을 그 책을 통해 얻었다고 생각해. 여러 번 읽었으니까.

저도 홍성사 입사하기 전에 독자로서 읽은 책이었어요. 피어난 꽃을 보고 기뻐하며 누리느냐 그 꽃을 꺾어 내가 갖고 싶어하느냐의 비유. 꽃을 즐기지 못하고 꺾으면 사실 꽃이 죽는 것인데.

그렇지. 나는 늘 자연을 그렇게 보았지요. 내가 살고 있는 이 섬진강가 삶의 공간이 내 서재고, 저 나무들이 책이라고 생각한 거지. 봐봐. 저 산과 강과 나무가 책이라고 생각했어요. 나는 이 마을 전체가 서재라고 생각하며 살았지요. 강이 책이고, 돌멩이가, 구름이 바람이 나무가 시가 되었어.

소유가 아닌 삶이니까.

집 안에다 나무도 몇 그루 안 심었잖아요. 사람들이 자기 집에 있는 것만 자기 걸로 생각하는 거야. 창문을 열어놓고 저 앞산에 내리는 눈을 보며, 저것이 내 것이지 누구 거겠어? 그러지 않잖아. 집 안에다가는 이런저런 꽃만 심는 거지요. 사실 꽃도 그리 많이 필요하지 않아. 봄에서 가을까지 강변과 산에 꽃이 정말 많거든. 자세히 보면 꽃이 아닌 게 없어요. 꽃만 꽃이간디. 말없는 저 강가 바위 좀 봐. 저것이 꽃이 아니라고 누가 우기겠어.

선생님하고 저를 잇는 책이 『소유냐 삶이냐』에서 시작한 줄 몰랐네요. 제가 홍성사에서 편집자로 일을 시작했고 열림원 재직 때 선생님 책 『섬진강 이야기』를 편집했지요. 편집자로 벌써 35년이 됐다는 게 실감이 안 나요.

35년 한 가지 일을 했으면 퇴직할 때야. 『섬진강 이야기』를 잘 만들어서 아내가 그 책으로 살림 기반을 닦았다고 지금도 정은숙을 좋아해. 하하하. 정말 고마운 책이었어요. 그때 정은숙을 처음 보았지?(웃음)

아직도 배워가는 편집자인 거죠.

나는 선생을 38년 했는데……. 우리가 이제 생각을 달리해야 해. 오래 산다는 생각을 해야 한다는 거지요. 서른 살까지 공부하고 직장

김용택 **491**

생활 30년 하고 나면 60이잖아요. 직장 없이 살아야 할 날들이 40년 정도가 남은 거야. 직업 없이 30년에서 40년을 살아야 한다는 고민을 해야 할 때가 된 거지.

나는 강연할 때 우리가 이제 오래 산다는 것에 대해서, 생의 나머지 시간을 어떻게 살 것인가에 대해 생각하자는 이야기를 많이 해요. 직장에서도 퇴직 후 남은 삶에 대한 준비 교육이 필요하다는 생각이지. 개인도 그렇지만 국가적인 차원에서도 제도적인 준비를 해야 한다는 생각이 들어요.

조금 늦고 고생하더라도 자기가 좋아하는 일을 찾는 것이 중요하다고 봐. 학교 교육도 그렇게 되어야 하고. 좋아해야 열심히 하고 열심히 해야 잘하고 그렇게 잘하는 것을 죽을 때까지 하면서 살아야 해요. 평생교육이라는 말이 얼마나 중요한 말인지 몰라요. 인생을 살아가는데, 퇴직이 없어야 해. 그런 삶이 잘 산 인생이지요.


저는 실제 나이를 잘 의식하지 못하며 살고 있고요. 마음산책 20년에는 독자들과 많이 만날 수 있는 공간을 갖고 싶다는 생각으로 신사옥을 짓고, 문지기처럼 들락날락하는 독자들과 더 많이 만나야지 생각뿐이랍니다.


우와, 새로 사옥을 짓는다고? 놀라운 일이네. 이런 불황에 말이야. 겁나게 축하할 일이네요. 축하해요. 정말 축하해요. 잘했어요.

그래, 출판사 대표는 더 많은 지식을 접하고 세상의 흐름을 잘 살

새들은 정교한데 내 이야기는
겁나게 서툴렀지요?

"내가 태어나고 자란 여기 이곳에서
선생 하면서 살면 된다는
소박한 생각을 하고 살았지.
시인이 되려고 한 적도 없어.
시를 써야 되겠다,
이런 생각도 안 해봤어요."

펴봐야겠지요. 혁신적인 자세가 필요해요. 배운다는 자세는 아주 옳고 바람직한 자세지요. 배우는 일이 어디 출판에만 해당되겠어요. 혁신이란 국가나 기업에만 해당되는 게 아니라 개개인의 삶에도 해당되는 일상적인 말이기도 하지요. 달라져야 해. 세상을 받아들여 고치고 바꾸고 맞추어야 새로워지거든요. 그러니까 공부는 달라지기 위해서 하는 거라고 생각해.

　자신이 태어난 집에서 노년의 삶을 산다는 것은 현대인으로선 상상할 수 없는 일입니다. 선생님께 주어진 이 축복의 경지. 생가에서 노년을 보내는 복 받은 삶에서 문학을 하는 것은 무슨 의미가 있을까요.

노년? 거 생소한 말이네. 내 인생에서 이런 '문학적인 삶'의 계획은 없었어요. 생각해보면 나는 계획이 귀찮은 사람이었던 것 같아. 내가 선생을 일찍 시작했잖아요. 스물한 살에 선생을 시작했는데, 내가 태어나고 자란 여기 이곳에서 선생 하면서 살면 된다는 소박한 생각을 하고 살았지. 시인이 되려고 한 적도 없어. 시를 써야 되겠다, 이런 생각도 안 해봤어요.
　선생 시작해서 처음 책을 사봤으니까. 스무 살이 넘어서야 처음으로 소설책을 봤지요. 책을 읽으면서 세상이 다시 보이기 시작했어요. 책을 통해 내가 달라진 거지. 그러면서 공부란 떠나기 위한 것이 아니라 늘 돌아오기 위한 것임을 깨달았지요. 공부란 인간이라는 고향

새들은 정교한데 내 이야기는
겁나게 서툴렀지요?

으로 끊임없이 돌아오는 것이라고 생각했어요. 좀 과장된 이야기지만 존재의 본질에 가닿고 싶은 그 어떤 생각이 있었을 거야. 일반적인 의미의 공부는 멀리, 자기로부터 멀리 떠나기 위해 하는 것 같다는 생각을 했어요. 나는 돌아오기 위해서 공부를 한 셈이야. 나는 '돌아온다'는 말이 그렇게 맘에 들었지요. 그래서 우리 집 이름이 '회문재回文齋'야. 글이 돌아와 모이는 집…….

　퇴직을 하기 전에는 그냥 아이들하고 노는 게 좋았어요. 한없이 좋았지. 그 이상 바라는 게 없었던 것 같아. 그렇기 때문에 모든 것들이 이렇게 다 이루어진 거야. 바라는 것이 별로 없었어요. 무엇이 돼야겠다, 도시로 가서 살아야겠다, 다른 직업을 갖고 싶다 하는 생각이 별로 없었던 것 같아. 때로 유혹들이 있었지만, 조금 지나고 나면 '그래 나는, 내 삶은 여기까지야. 나만큼만'이라고 늘 생각을 되돌렸지. 내가 나를 잘 아니까. 삶의 범위를 크게 그리지 않았어. 지금에 와서 내가 나를 칭찬하자면, 내가 내게 아주 잘한 것 같아. 그러고 보면 나는 늘 지금이 좋은 사람이었던 것 같아.

　　"나는/ 어느 날이라는 말이 좋다"는 선생님의 시구가 잊히지 않아요. 선생님의 '어느 날'을 이렇게 듣고 보니, 이거야말로 진짜 시적인 삶이구나 싶습니다. 바라는 게 없어서 다 이루어진 거다!

인생이라는 게 너무 신비로운 거잖아요. 내가 태어나 자란 이 강가 작은 마을의 초등학교에서 평생 선생을 하고 이 집에서 늙어갔으면 좋겠다, 그런 생각을 막연히 했는데 그렇게 된 거지요. 놀랍고 대단하잖아. 내가 사는 이 마을, 이 집이 나뿐만 아니라 우리 아버지가 태어나 살다 간 곳이잖아. 나는 아버지가 지어준 이 집에서 살며 아이들과 놀면서 책 읽고 글 쓰다가 선생 그만두면 된다고 생각을 했어요. 그런데 그렇게 된 거야. 그렇게 되기를 원했는데, 그렇게 된 거지.

아버지가 지은 집이 낡아서 복원한 뒤 방에 책을 가득 채워가며 살고 싶다는 생각을 했는데, 그렇게 되었어. 책이 많은 방에서 책 보고 산책하고 놀며 사는 삶을 꿈꿨지. 그런데 딱 그렇게 된 거야. 책 많은 방, 그게 내 인생의 유일한 꿈이었어.

어떨 땐 나한테 주어진 복이 불안하기도 해. 복을 너무 많이 받고 사는 거 같으니까. 내가 별 볼일 없는 삶을 살고 있는데, 사람들이 과분하게 좋아해주니 말이야. 요즘도 뭔 책을 써야 되겠다가 아니고 그냥 여기 살면서 사는 이야기를 써요. 그러면 책이 되지요. 삶이 책이야 나는.

저녁 8시 반이면 캄캄한 시골이니 그때 잠들고, 새벽 4시쯤 일어나. 일어나서 책이 많은 이 방으로 건너오는 것이지. 생각해봐. 저쪽 집에서 방문을 열고 나와서 돌계단을 밟고 책이 있는 이 집으로 걸어오는 거야. 서재로 오는 이 짧은 길의 봄여름가을겨울 하늘을 생각해봐. 얼마나 별이 많이 뜨고 얼마나 달이 환하고 얼마나 풀벌레들이 울고 얼마나 눈이 내리고 눈보라가 치고, 비가 내리겠어. 여기까지 오는 이 30미터도 안 되는 길이 내겐 10리 길보다 더 멀고 아름다워요. 너무 좋은 거야. 요새는 가을이어서 지렁이와 풀벌레 들이 소낙비처럼 울고. 나는 이 짧은 길에서 겸허를 배우고 있어요. 내 방에 와서 책 보고, 시 읽고, 일기 쓰고, 신문 보고, 나하고 글쓰기 하는 사람들에게 시 한 편씩 보내고, 그러다가 보면 날이 새고 그러면 국민체조하고 카메라 들고 강가로 산책 나가 강이란 나무랑 새들이랑 구름이랑 놀지요. 평등, 평화, 자유, 정의는 인간만의 것만이 아니에요. 저 자연과 함께할 때 온전하다고 생각해요.

사소한 것들, 하찮은 것들의 무한한 가치를 늘 옹호하셨지요. 선생님의 하루는 그런 가치를 생활하는 것과 같군요.

나는 늘 일상을 존중하며 살고 있다는 생각을 해. 참, 아침마다 축구 명장면도 찾아 보고, 신문을 보면서 인터뷰 기사나 칼럼이나 사설 들을 찾아 읽어요.

특별히 아끼는 칼럼은 무엇인가요?

〈경향신문〉의 박성민 정치 칼럼을 좋아하지요. 정치 문제를 잘 정리해주기도 하지만 문장이 너무 멋져요. 문장이 정말 문학적이야. 그 사람 글을 보고 안사람도 보여주고 딸도 보여주고 한데 모아놓기도 하고. 〈한국일보〉 이원 시인이 소개해주는 시들도 좋아. 〈경향신문〉이나, 〈서울신문〉 시 연재도 좋아요. 장정일 칼럼도 좋고.

김용택

마음산책이 이원 시인의 그 칼럼 책을 냅니다.

맞아. 내가 전에 빨리 이원 시인 책 내라 그랬잖아. 좋은 시를 고르는 눈이 있고 이 눈치 저 눈치 안 보고 용감하게 시들을 골라 소개해요. 여성들, 요즘 젊은 문인들이 문장을 파괴하는 용기가 대단해요. 어른들 눈치 안 봐. 문장은 그 시대 사람들의 삶을 닮아 있어요. 매우 사회적이고 역사적이지. 그동안 우리들이 써온 문장이 너무 낡았어요. 너무 구태의연하고 지루해. 변화된 시대를 담아내지 못하고 있다는 게 내 생각이야. 일제식민지, 전쟁, 분단, 독재, 산업화와 민주화, 시대의 낡은 문장들이 나는 싫을 때가 많아요. 나도 조금 정치적으로 말해보자면 '87년 체제적인 문장'이 싫어요. 우리 정치도 거기서 벗어나지 못하고 있잖아요. 아니 퇴보했어요. 이렇게 말해도 될는지 모르겠는데, 진짜 '신경질' 나요. 나도 그 부류에 포함되지만 말야. 젊은 이들의 문장이 달라지고 있어. 씩씩하고 용감해요. 그래야 희망이 생기지. 특히 젊은이들의 소설이 좋아. 지루한 서정이 나는 때로 정말 싫거든.

지루한 서정, 경계해야 할 정서죠. 선생님은 매일 일기를 쓰시죠. 날마다 쓰는 일기는 아포리즘, 혹은 시 같은 일기가 되나요?

아포리즘보다도 생각이 길고 많아요. 오늘 아침에는 뱁새에 대한 일

새들은 정교한데 내 이야기는
겁나게 서툴렀지요?

기를 썼지요. 뱁새를 오래 관찰했기 때문에 너무 재미있는 기록이 돼요. 일기를 쓰고 나서 이따금 '교황'을 검색해. 교황님이 무슨 말씀을 하셨는지. 프란치스코 교황님이 너무 멋지신 분 같아. 연속극 영상도 보고, 영화 리뷰들도 꼭 챙겨 봐. 난 세상에 관심이 많아요. 호기심이 초등학교 2학년 수준이야.

'어린이 김용택' 선생님은 사진은 뭘로 찍으시나요?

렌즈가 긴 카메라로 사진을 찍는데, 올 가을엔 거미집을 많이 찍었어요. 사진 찍는 데 정신이 팔려서 너무 멀리 가버릴 때가 있지요. 봄이 오면 나비 사진도 많이 찍고 마을 앞에 있는 느티나무는 거의 매일 찍지요. 같은 장소, 같은 시간, 같은 빛을 찾아 찍어요. 사진 찍다가 나도 모르게 너무 멀리 가 있으면 깜짝 놀라서 안사람보고 차로 데리러 오라고 전화해요. 산책에서 돌아와 아침으로 빵을 먹어요. 오랫동안 아침으로 빵을 먹어왔어요.

마을에 빵집이 없던데요. 빵을 어떻게 구하죠?

통밀 빵을 주문해요. 전주에서 어떤 부부가 작고 소박한 빵집을 하는데 일하는 모습이 너무 애틋해 보였어요. 작은 빵집 안에서 부부가 움직이는 모습들이 예쁘고, 너무 착해 보였어. 그래서 아내와 내가 그 빵집에 들러 우리는 통밀 빵을 먹어야 되는데 만들어줄 수 있느냐 했더니 만들어준대요. 전화를 하면 5일 분을 만들어놔. 치즈하고 계란프라이하고 토마토하고 샐러드를 차려요. 상추를 밑에다 깔고 양배추. 위가 나쁜 사람은 양배추 오래 먹으면 금방 좋아져요. 양배추, 오이, 파프리카, 이런 거를 수북하게 쌓아놓고 먹지요. 발사믹이랑 올리브 오일 뿌려 먹어요. 나는 담배상추를 아주 좋아해. 고소하거든.

점심은 든든하게 밥을 먹고, 3시쯤 간단히 고구마나 감자로 저녁을 대신해요. 그리고 해 질 무렵 산책을 나가. 1시간 20분 정도 저문 길을 왔다 갔다 하는 거지요. 그리고 영화 보러 갈 때도 있지. 여기서 15분 거리 순창에 작은 극장이 있어요. 순창 읍내가 가까워. 읍내에 간다고 하면 마음이 설레기도 해.

집안 살림을 나눠서 해요. 집에 있을 때가 많으니까. 특히 빨래는 내가 다 해. 널고 개고 정리하고 이런 거는 내가 하는 편이야. 집 안 치우는 것도 내가 거의 다 하고. 집안 살림이 손에 잡혀가는 즐거움이 있어요. 살림이 마음에 들어와 재밌는 거야.

강연은 한 시간 이내 거리는 혼자 가고 한 시간 이상 차를 타야 하면 안사람이랑 같이 가지. 또 강연이 늦게 끝날 것 같으면 내가 밤에 운전을 잘 못하니까 안사람이랑 같이 가고. 그렇게 사는 거지요. 그게 내가 하루를 사는 삶이야.

뭔가 꿈 같은 하루하루가 이어진 삶인데요. 요즘도 강연을 많이 하세요?

새들은 정교한테 내 이야기는
겁나게 서툴렀지요?

2년 전부터 내 강연이 조금 줄었어요. 안 가본 데가 별로 없는 것 같아. 어떨 땐 한 달에 서른 번을 할 때도 있었어요. 하루에 두 곳 강연할 때가 많았어. 2박 3일로 일정을 잡을 때도 있었지요. 안 가본 곳이 별로 없는 거 같아. 안 가본 시청, 군청이 거의 없을 거야. 그래서 어떤 군이 잘살고 있는지 어느 지자체 장이 일을 잘하고 있는지 대충 짐작해.

**강연**은 주로 어떤 주제로 하시는지, 시에 대한 이야기를 많이 하시나요?

전문적인 문학 이야기보다는 주로 마을 공동체 이야기를 해요. 같이 일하고 같이 먹고 같이 노는 일과 놀이 속에서 일어나는 이런저런 이야기를 상식적인 문학 이야기와 섞어 하는 거야. 농촌 공동체가 오래 지속되었던 것은 마을 사람들이 도둑질과 막말, 거짓말을 안 했기 때문이지요. 도둑질하면 쫓아냈어요. 추방하거나 스스로 나가야 돼. 마을에서 절대 못 살았어요. 거짓말은 할 수가 없어. 평생 같이 살아야 되기 때문에. 한 번 거짓말하다 들키면 평생 그것이 따라다녔어요. 막말도 안 했어요. 무덤까지 가지고 가야 될 말이 있지요. 공동체라는 말의 역사적, 사회적, 정치적인 가치가 오늘날에도 필요한 가치라는 이야기를 해요. 온고지신溫故知新이라는 말이나 법고창신法古創新이라는 말은 옛것이 지금도 필요하다는 말이지요.

농사를 짓고 사는 농부들의 일상을 많이 이야기해요. 우리 동네 아

김용택                                                                    **501**

"나는 내가 살아온 이야기를 해요.
지식을 전달하지 않아요.
사람들이 뭘 모른다고 생각하면 안 돼요."

버지들이나 어머니들은 학교를 안 다녔지요. 책도 안 읽었어. 글자를 몰라요. 그런데 우리 어머니는 마을에서 사는 데 아무 지장이 없었어요. 농부들이 농사짓는 것을 보면, 하루하루 일상적인 삶이 공부였어. 삶 속에서 공부가 되었던 거지요. 사는 게 공부여서 배우면 써먹어. 우리는 배워서 시험 볼 때만 쓰고 버리잖아요. 배워서 써먹으니까, 자연이 하는 말을 잘 알아들었어요. 자연이 무엇을 시키는지, 자연이 무슨 말을 하는지를 알아들었던 거지요. 자연에서 일어나는 모든 현상들을 다 자기들의 삶으로 가져왔어요. 소쩍새가 울면 어머니가 이렇게 말했어요. 용택아, 소쩍새 울음소리 듣고 땅속에 있는 뱀이 눈을 뜬단다. 대단하잖아요? 대단하지. 땅속에 있는 뱀이 눈을 뜬다는 말은 우리나라 산천에 봄이 왔다는 말이었지요. 소쩍새가 운다는 말은 또 진달래가 핀다는 말이고, 진달래가 핀다는 말은 저 강의 오리들이 다른 나라로 간다는 말이기도 해요. 자연은 끝없이 말을 하고 사람들은 그 말을 알아듣고 그 말을 따라 농사를 지었어요.

소쩍새 울기 시작하면 어머니들은 아이들에게, 소쩍새가 솥텅솥텅 솥텅텅 하고 운다, 그러면 올해는 흉년이 들 거라고 했어요. 어떤 해에는 솥꽉솥꽉 솥꽉꽉 하고 우는 거야. 그러면 그해에는 풍년이 들었어요. 그렇게 자연이 하는 말이 시가 되었던 거지요.

꾀꼬리가 울면 어머니가 그랬어. 용택아, 꾀꼬리 울음소리를 듣고 참깨가 나고, 보리타작하는 도리깨 소리를 듣고 토란이 난단다. 이게 시잖아요. 꾀꼬리 울 때 참깨를 심었어요. 요즘에는 당숙모가 참깨를 심어놓고 참깨밭가에 앉아서 새를 봐요. 그러면서 뭐라고 하시냐면

새들은 정교한데 내 이야기는
겁나게 서툴렀지요?

산에 있는 딸기가 익고 뽕나무 오디가 익을 때 참깨를 심는다는 거야. 오디가 익고 딸기가 익을 때 참깨를 심어야, 그래야 새들이 오디와 딸기에 정신이 팔려 바쁠 때 참깨 싹이 온전하게 돋아났던 거지. 참, 대단하잖아요.

그렇게 자연이 하는 말을 잘 알아듣고 자연이 시키는 일을 잘 알아 그대로 농사를 지었던 거지요. 어머니가 빗 낯 든다고 하시면서 장독을 덮고 일을 하러 나갔어요. 그러면 비가 왔지요. 빗 낯, 비가 얼굴을 들었던 거야. 빗 낯이라는 게 비의 얼굴을 말하는 거지요.

농사짓는 사람은 사는 게 예술이야. 고추 널어놓은 거 봐봐. 얼마나 아름답게 널어놓는지. 얼마나 곶감을 예쁘게 깎아 걸어놔. 다 예술이었던 거지요. 저 가을 들판을 봐봐, 얼마나 아름다운가. 그림이고 시고 사진이잖아요. 얼마나 밭을 아름답게 가꾸는지 모르잖아. 사는 게 예술이었던 거지요. 농사짓는 사람은 평생 공부했어요. 늙어죽을 때까지 일했어요. 농사는 과학이고 철학이고 시고 그림이야. 아름다운 정치지요.

또 어머니는 세 가지 말을 계속 반복해서 하더라고. "사람이 그러면 못써." "사람이 그러면 되간디?" 그러는 거지요. 인문이라는 게 사람을 생각하는 학문이니까. 사람이 그러면 안 되는 짓들을 하지 말자는 거지요. 이 세상에 있는 모든 책들을 다 읽고 나서 한 줄로 줄여보면, '사람이 그러면 못써'가 아닐까? 사람이 그러면 안 되잖아요. 지금 우리가 사는 세상을 들여다봐. 사람이 이러면, 그러면 안 되잖아. 어떻게 사람이 이럴 수가 있고 저럴 수가 있겠어? 너나없이 다 해당되는 말이지.

다른 하나는 "남의 일 같지 않다." 세상에서 벌어지는 모든 일들이 다 나와 관계를 맺고 있다는 거야. 저 일이 언젠가는 나한테도 일어날 수 있다는 거지요. 관계를 잘 관리했다는 거지요. 관계의 관리가 철학이잖아요.

"싸워야 큰다" 그랬어요. 싸워야 크는 거야. 싸우면 모순이 드러나잖아요. 그 모순을 고치고 맞추어서 바꾸어 새로워지면 되는 거지요. 이게 잘 싸우는 거지요. 안 싸우면 사람이 크지 않지요. 정반합이라는 말이 이 말이 아닌가요?.

그래서 사회가 선거 같은 싸움판을 만들어 싸우게 하는 거지요. 싸우라고 하는 거야. 그런데 요새는 선거 아닌데도 이렇게 치사하고 졸렬하고 비겁하게 자기만을 위해 싸우고 있어가지고. 요새는 사는 게 전쟁 같아요.

글쓰기가 왜 중요한지. 누구나 다 글을 쓸 수 있다는 이야기도 하지요. 글쓰기를 하자고 해요. 글을 쓰려고 하지 말고 생각을 쓰면 글이 된다고 하지요. 글을 쓰면 무엇이 달라지는지, 글을 쓰다가 보면 내가 사는 세상이, 우리가 사는 세상이, 내가 하는 일이 잘 보이게 되는 거지요. 내가 하는 일이 자세히 보이면 내가 하는 일을 잘하게 되겠지요. 글쓰기란 그러니까 우리가 사는 세상을 자세히 보게 해서 내가 하는 일을 잘 보고 잘하게 도와주는 거지요. 글을 써서 무엇이 되는 게 아니라 글을 쓰다가 보면 무엇을 하게 되더라. 또 사실 무엇이 되어 있기도 하지요. 글이란 그런 것이다, 뭐 그런 이야기들을 해요.

새들은 정교한데 내 이야기는
겁나게 서툴렀지요?

글쓰기의 효용을 이렇게 쉽게 명쾌하게 설명해주시다니요. 강연장에서도 이런 명쾌한 이야기가 넘쳐나겠어요. 강연장 분위기는 어때요?

내가 강연을 하면 조는 사람은 없어. 사람들 500명을 놓고 강연하잖아요. 잘 만한데 조는 사람 못 봤어요.(웃음) 간혹 조는 사람이 있으면, 지금 자고 있는 사람 자제분들은 학교에서 공부 시간에 자고 있다. 그러면 그냥 (웃음) 퍼뜩 눈을 떠.

　나는 내가 살아온 이야기를 해요. 지식을 전달하지 않아요. 사람들이 무엇을 모른다고 생각하면 안 돼요. 나의 삶을 정리해서 이야기를 하는 것이지. 철학은 삶에서 나오고 다시 삶을 살리지요. 철학이라는 게 삶을 논리적으로 정리하는 거잖아요. 정리해야 새로워지지요. 새로워야 신비롭고 신비로워야 삶이 감동적이지요. 감동은 사람의 마음을 움직이게 하니까 달라지지. 어제와 다른 오늘을 내가 만들게 되는 거지요. 내가 사는 이야기를 통해 각자 자기 삶을 정리해보는 시간을 갖게 하는 거지요. 시골 할머니들, 우리 어머니 같은 분들이 모이는 곳에 가서 우리 어머니 이야기하면 어른들 다 울어요. 강연 끝나면 내 손을 잡아. 어쩌면 그렇게 내 속을 들어갔다 나온 것같이 시원하게 말을 잘하냐고. 시골 사람들이 가난하게 살았어도 잘못 산 사람 별로 없어요. 다 잘 산 거야. 지금부터 몇십 년 전만 해도 사람들은 쓰레기 없는 세상을 살았던 거야. 쓰레기 하나 집 밖으로 절대 안 나갔어요.

우리 어머니는 이따금 '그때가 좋았다'고 해요. 그때란, 사람이 살았던 때지요. 사람이 있었어요. 정이 오갔던 거지. 마음이 있었어요. 남 때문에 아프거나 이웃 때문에 슬프지도 않았고 가난을 무시하지 않는 마음이 있었지요.

간혹 시골 초등학교에서 강연해요. 거기 가서는 또 아이들하고 노는 거야. 밖에 나가 놀다 와서 글 한 줄씩만 써라 그러지요. 앞으로 살날이 많은데 길게 쓰려 하지 말고 뭐든 한 줄씩만 써라. 그러면 절대 한 줄만 안 써요. 아이들이 쓴 글 각자 읽게 하고, 누가 쓴 글이 좋은 글인지 아이들과 같이 좋은 글을 찾아요. 사람 마음은 같아서 내가 좋다고 생각한 글을 어린이들이 뽑더라고. 그래야 자기 글을 자세히 보게 되어서 점점 생각을 잘 정리하는 거지요. 가끔 중고등학생 대상으로 강연 요청이 오면 제일 어려워. 진짜 무서워. 지금 우리 아이들한테 어른들이 무슨 짓을 해서 저런 아이들이 세상에 나타났는지 무섭다는 생각이 들 때도 있어요.(웃음) 그래서 중고등학교는 잘 안 가려고 해. 전화 오면 도망치고 싶은 마음이 앞서요.

강연을 다양하게 다니다 보니까 세상이 돌아가는 게 다 훤히 보여. 우리가 어떻게 살고 있는지가 다 보여요. 가르치면서 배운다니까, 교육은 자기 교육이야.


농사짓는 분들, 시골의 삶의 가치를 말씀해주셨어요. 그런데 지금 섬진강 마을도 큰 변화가 있잖아요. 길도 넓어졌고 집도 새롭게 고쳐지고. 도시화되고 있는 셈인데요. 이런 변화는 어

새들은 정교한데 내 이야기는
겁나게 서툴렀지요?

떻게 받아들이세요?

1960년대 후반까지 전통적인 농촌 공동체가 살아 있었어요. 가난하고 누추한 삶을 살았지만 공동체적인 삶을 살면서 인간답게 살았던 때지요. 사람 사이에 인정이 통했을 때지.

그런데 1970년대 산업화 과정에서 농촌이 황폐화됐잖아요. 농촌 공동체가 무너지고 정신이 황량해지면서 불안해지기 시작했어요. 서두르고 조급하고 불안하고. 나라를 지탱해주던 정신이 황폐화된 거지요. 인간 세상을 지탱해주던 인정이 사라진 것 같아요. 이제 농업도 경영자가 있어요. 농사를 경영하는 사람이 생긴 거지요. 그러니까 논을 갈고 추수를 할 때까지 논 주인은 하는 일이 별로 없어요. 농부 손에서 일이 사라졌어요. 하루 종일 별로 할 일이 없는 거야. 두려워. 할 일이 없는 농부들의 어두운 얼굴들을 볼 때마다 말이야. 농부들은 하루 종일 손에서 일을 안 놓았거든.

내가 사는 덕치면도 젊은 사람 몇이 논농사를 다 지어요. 논갈이부터, 못자리, 모내기 수확까지 다 기계 가진 사람이 관리해주지요.

선생님이 앞에서 말씀하신 공동체의 의미가 이제는 좀 허무한 것일 수도 있네요.

나는 사실 선생을 했으니까. 나이 든 분들이 농사짓는 일하고 있으면 미안했어요. 늘 어떤 부담과 짐, 빚이 있다고 생각하며 살았던 거지

새들은 정교한데 내 이야기는
겁나게 서툴렀지요?

요. 그런데 이제 미안하지만, 미안함이 좀 사라졌어요. 나이 들어서 농사짓는 거는 조그만 밭뙈기에 깨도 심고, 고구마도 심고, 옥수수도 심어서 자식들한테 주려는 거지요. 이분들에게 농사가 이제 생계수단은 아니에요. 죄송한 말 같지만 이제 나이 든 농부들의 농사는 그냥 취미 생활 같아요.

귀농하고 귀촌한 분들이 많아졌어요. 그런데, 과연 저분들이 여기서 늙어 죽을 때까지 살기나 하려나 싶어요. 사는 사람도 있겠지요. 그러나 귀농귀촌도 이 세대가 지나가면 끝이 날 것 같은 거야. 그냥 농촌은 끝나는 거야. 마을이 사라지고 있어요. 어떤 군이 먼저 사라진다는 말은 그냥 통계가 아니야. 현실이지요.

농사와 가내수공업의 고유의 가치가 사라졌는데 왜 귀농들을 하는 것일까요.

귀농한 사람들은 드물어. 귀촌이지요. 농사를 지으면 망한다는 거를 누구나 다 알고 있어요. 그동안 나라에서 시키는 대로 농사지은 사람들은 다 망했지요. 그러니까 귀농귀촌도 일시적인 현상이지 지속 가능하게 어떤 농촌과 농업을 살리는 일은 아니라고 봐요.

세상의 변화가 안 미치는 곳은 없지요. 그런데 선생님의 자연에서 느낀 것, 대자연의 세계를 그리는 시 세계가 독자 마음을 움직였잖아요. 소쩍새가 울면 뱀이 눈을 뜨는 변함없는 세계가 있다는 것이 우리를 자연의 일부라고 일깨웠는데요. 이런 농촌의 변화 속에서 선생님 시는 앞으로 무엇을 바라보는 것일까요.

공허하지요. 자연을 얘기하는 것도 그 속에 인간이 있어야 하잖아요. 농촌에 사람들이 사라지면서 우리 어머니는 앞산에 피어나는 꽃들을 보며 "저렇게 꽃만 피면 뭐 하냐? 사람이 있어야제" 그랬어요. 그런데 내가 어머니보고 "꽃이라도 피어야지요" 그랬거든요. 그러니까 나는 그 '꽃을 보고' 산다는 게 허망하다는 생각이 들 때가 있어요.

아아, 결론이…….

농사짓는 사람들의 삶을 보고 글을 쓰고 싶었는데 그게 사라졌으니, '글 맥'이 끊어져버린 느낌이 들어서 슬퍼질 때가 있어요. 우리가 쓰고 있는 많은 시들을 읽다 보면, 역사의 강물에서 발을 뺀 것 같아요. 별이 뜨는 강물이 있었잖아요. 그 강물이 말라버렸구나 하는 절망에 빠질 때도 있어요.

잘살고 편한 것에 나는 적응이 잘 안 되는 거 같아 괴로울 때가 있어요. 강변에 새나 보고 산다는 게 정말 싫을 때가 있어요. 그래도 강변에 뱁새가 떼로 있어서 다행이지요. 강변에 뱁새가 없었으면 진짜 쓸쓸했을 거야. 뱁새는 떼로 다녀요. 100여 마리가. 새 중에서 제일 작은 새지요. 텃새지요. 그렇게 색깔이 예쁠 수가 없어요. 푸른 풀 속에 있어도 눈에 잘 뜨이지 않고 겨울이면 갈색 풍경 속에 있어도 잘 안 보여요. 그런데 끊임없이 움직이지요. 나무 밑으로 풀잎 속으로 날아다녀. 그런 거나 보고 살고 있어요.

우리 세대는 먹고사는 일로 복잡한 세대였어요. 잘살아야 한다는 생각 하나로 무한질주해왔지요. 볼 거 안 볼 거 다 보고 겪을 것 다 겪었어요. 늘 이렇게 살아도 될까 하는 정서적 불안에 시달리는 세대지요. 나뭇가지나 풀숲에서 어둠을 물고 자는 뱁새들을 보면 옛날 가난하게 살던 때가, 쓸데없이 그리울 때도 있어요. 강에서 마음대로 놀고 산으로 들로 뛰어다니고…… 뭐 그럴 때 말이야. 이런 말 하면 내 딸이 또 그런 말하네 하며 눈을 흘기겠지만. 그런데 때로 우리가 손에 잡히지 않는 너무 크고 거대한 어떤 꿈에 시달리며 사는 게 아닐까, 불안해져요.

때로 다니는 작은 뱁새들, 가난한 시절을 그립게 만드는 새 이야기를 섬진강에서 들으니 그 정서가 확실히 전달되는 느낌입니다. 귀한 뱁새 이야기 더 해주세요.

뱁새는 풀대 꼭대기에 안 앉아요. 풀잎의 3분의 2나 1쯤에 앉았다가 풀잎이 휘어져 부러지기 직전에 얼른 날아올라요. 나는 그런 새들의 놀이가 재밌어요. 떼로 날아다녀. 풀잎 사이, 나뭇가지 사이로 날아가요. 잠시도 쉬지 않는 것 같아요. 계속 움직이며 풀씨를 따 먹어. 죽은 풀잎 줄기에 잠깐 대롱대롱 매달려 마른 풀씨를 따 먹어요. 홀로 살지 않고 떼로 사는 것을 보면, 아하 저 새들이 너무 작아서 집단으로 뭉치는구나, 하는 생각이 들어요.

뱁새가 마른 풀대에 앉아도 풀대가 휘어지지 않을 때가 있어요. 마른 풀대가 뱁새의 무게를 감당하지 못할 텐데 말이야. 그래서 어떻게 앉는지 자세히 보았더니 풀잎이 휘어지지 않을 만큼의 높이에 앉는 거지요. 자기의 무게와 풀잎이 반듯하게 서 있을 수 있는 균형을 알고 있는 거 같아요. 아주 과학적이고 매우 수학적이야, 새들은. 시를 쓰는 거 같아. 정치를 아주 잘해요. 상생과 공생, 생태의 순환과 순리가 새들의 철학 같아요. 풀잎이 새의 무게를 감당하지 못하고 휘어져 꺾어지기 직전에 새들은 또 아름다운 궤적을 그리며 날아올라 저쪽 풀잎으로 날아가요. 아슬아슬 재미있는 놀이 같아. 새들이 날아오르면 풀잎은 흔들리면서 반듯하게 서는 거지. 재밌지?

새들은 오래 앉아 있지 않아서 사진 찍기가 매우 힘들어요. 금방 좋은 자세가 나와도 카메라를 들면 금세 날아가버려요. 사색을 깊이 안 하나 봐. 사는 일로 그리 오래 생각을 안 하니 정말 편하겠지? 판단도 빠르고 단순한 일상이면 얼마나 좋겠어요. 오래 한 생각은 매우 이기적이지요. 손해 안 보려고 장고하잖아. 내가 좋아하는 새는 작은 새들이야. 참새, 뱁새. 딱새, 굴뚝새, 멧새, 박새, 제비…… 이런 새들은 다 작아. 적게 먹고. 똥도 작고.

이 순간에 영화 <애드 아스트라>가 떠오르네요. 브래드 피트가 우주비행사로 나오는 영화. 지금 선생님께서 말씀하시는

새들은 정교한데 내 이야기는
겁나게 서툴렀지요?

막막함이 떠올라서요. 역시 우주비행사였던 아버지가 지적 생명체를 찾아 지구를 떠나죠. 그걸 찾는 와중에 분쟁이 일어나서 함께 떠났던 우주비행사가 다 죽어요. 그곳에서 전류이상이 발생해서 지구에도 재앙이 오는데, 죽었다고 생각한 아버지가 사실은 살아 있었던 겁니다. 그래서 그를 설득할 사람으로 선발된 아들이 떠납니다. 없는 것을 찾다가 다 잃은 아버지, 가까운 소중한 것도 못 챙긴 거죠. 아버지가 지적 생명체 찾으려고, 인류를 위한다는 이유로 가족을 버린 셈인데요. 실제 만난 아버지가 아들에게 너의 엄마나 너에 대해서 한 번도 관심도 없었고, 별로 눈을 둔 적이 없다, 나는 지적 생명체를 연구해야 된다고 하죠. 회한에 찬 아들도 사실 자기 아내에게 무심한 사람이었던 것이고.

영화의 막막함이 선생님이 말씀하신 농촌의 변화에서 느껴졌어요. 없는 것을 찾으려 하기보다는 뱁새를 더 자주 봐야 하는 것일까, 이런 생각도 들고요. 어쩌면 문학도 농촌의 변화만큼 크게 흔들리고 있는데, 그냥 좋아서 읽었던 독자들이 조금 멀어지는 느낌이 들어요. 실용적인 것, 그리고 당장 시험에 도움이 되는 독서를 한다는 느낌이랄까요.

그러니까 출판의 숙제가 커진 셈입니다. 독자를 만나는 방식도 달라지고요. 종이책, 전자책, 오디오북도 내면서 다양한 형식으로 독자에게 호소하는 것이죠. 어떻게 생각하면 더 창의적인 출판 일을 하는 셈이기도 한데 약간 위태로운 상태로 한다는 게 모순이죠. 더 재밌는 실험을 많이 해야 하고 더 창의적인 출판업이 되었다고 할 수도 있는데 시장의 어려움은 또 커진 것입니다. 마음산책에서 20년을 계기로 이런 인터뷰를 하는 것도 심기일전의 기회를 갖자는 것인데요. 지치지 않고 책을 내는 것이 중요하다는 걸 알기 때문이에요. 선생님 책이 마음산책에서 무려 열한 권이 출간된 인연이 소중한데요.

마음산책을 생각하면, 책의 수준이 있고 또 고르다는 생각이 들어. 이 말은 마음산책에서 나온 책은 믿을 수 있다는 말이기도 해요. 품위와 품격이 있고 수준의 일관성이 있는 거지요. 그래서 사람들이 믿을 수가 있지. 읽고 안 읽고는 상관없이 믿을 수 있는 책을 만드는 출판사가 마음산책이라는 생각이 들어요. 도서 출판 경영의 일관된 철학은 사람들에게 믿음을 주거든요.

　그 믿음을 외면하는 순간 위태로워져요. 그러니까 출판사가 가지고 있는 나름대로 고유한 철학을 유지하는, 그런 어떤 일관성이 마음산책의 신뢰를 더 쌓아가는 일이 되겠지요. 출판된 책의 높이만큼의 신뢰가 필요해요. 우리 안사람이 책을 읽는 편인데, 마음산책 책을 집어 들면서 늘 이렇게 말하는 거지. 일관성이 있다, 철학이 있다, 책으로 손이 간다, 이러는 거야. 아주 잘하고 있다고 봐요. 그러나 세상은 달라지고 달라지는 속도는 거의 광속도지요. 혁신은 모두에게 해당되는 지탱의 자세지. 한탕 해서 돈 번다는 생각을 하면 금세 혹 가.

새들은 정교한데 내 이야기는
겁나게 서툴렀지요?

금세 가버려요. 변화해야겠지만 진심, 진정성, 성실성은 절대적이야. 마음산책에서 마음이 빠지면 안 되지요. 손이 가는 책이 좋은 책이야. 손이 마음이니까요.

2년 전부터 마음산책 북클럽도 운영합니다. 독자와 더 자유롭게 깊게 소통하고 싶어서요. 출판사의 성장은 독자와 함께하는 것이죠.

우리가 위험한 생각을 하는 것 중 하나가 개인적으로도 그렇고, 사회적으로도 그렇고, 국가적으로도 그렇고, 무엇을 단번에 이루려고 하는 조급함이 문제야. 눈에 보이는 희망, 실체가 있는 꿈, 손에 잡히는 행복이란 없어요. 그래서 우리의 일상이 늘 불안하고 초조한 거지요. 누구나 다 무엇이 되려고 하는 거지요. 공부는 무엇이 '되려고' 하는 게 아니고, 무엇을 '하기 위해서' 하는 거잖아요. 꿈이 이루어진다고 하는 허망한 놀음에 우리 인류가 빠져 허우적대고 있는 거 같아요. 그 꿈이 도대체 무엇이냐고 묻지를 않아요. 책을 한 권 사들고 집으로 가는 설렘, 기쁨, 그리고 즐거운 기대가 없어져가고 있어요.

선생님은 어떤 사회 어떤 나라를 꿈꾸세요?

나는 강연장에서 여러분들은 어디 가서 절대 힘들다고 말하지 마라. 여러분들은 그래도 남의 이야기를 들을 여유가 있는 사람들이니까

김용택                                                    **517**

"내가 할 수 있는 일은
부지런히 공부하고
부지런히 글을 쓰면서
살아가는 것이지요."

힘들다고 쉽게 말하지 마라. 남의 이야기를 들을 수 있는 여유마저 전혀 없는 사람들이 세상에 얼마나 많은가. 진짜 힘든 사람들은 내가 힘들다는 말도 못한다. 이렇게 말해요. 우리 사회가, 우리가 꿈꾸는 나라가 있잖아요. 나는 이랬으면 좋겠다는 나라가 있잖아요. 나는 농촌 공동체를 생각해온 거지요. 완전 고용이 이루어진 공동체 사회. 가난했고 소득은 별로 없었지만 바쁜 농사철엔 아이들도 다 물주전자 들고 어머니 따라 일터로 가고, 할아버지들도 느티나무에 앉아서 물가에 있는 아기들 돌보고…… 할 일이 다 있었던 거지요. 완전 고용이 이루어진 곳이었지요.

우리가 왜 힘드냐면 어디서 무엇을 하든지 힘든 만큼 정당한 임금을 받지 못하고 인간적인 존중을 받지 못해서인 거야. 인격적으로 존중을 받으려면 정당한 노동의 대가가 있어야 하고 그에 따른 휴식이 주어져야 된단 말이지요. 말하자면 인간다운 삶이 제도적으로 보장이 되어 있는 나라, 나는 그런 나라가 잘사는 나라라고 봐요.

여기 오는 고속도로에서 '김용택의 작은 학교' '김용택의 집'이라는 국토부의 갈색 안내 팻말을 보고 깜짝 놀랐습니다. 선생님이 무엇이 되려고 하지 않았으나 이미 큰일을 성취하셨구나 싶었거든요.

큰일은 무슨 큰일이요. 가당치도 않지요. 나는 지금도 무엇이 될지 몰라 전전긍긍, 끙끙대고 있지요. 그런데 가만히 생각해보면, 내가

참 복을 너무 받은 거 아닌가 싶어요. 김원중이라는 광주 사는 가수
가 어느 날 집에 놀러 와서 그 팻말을 보고 나를 놀리더라고요. 형
님 이 팻말은요, 이순신 장군 생가나 세종대왕 생가랑 격이 같은 거
네요, 그러더라고.(웃음) 송구하고 고맙고 미안한 일이지요. 낯 뜨거
울 때가 많아요. 우리가 사는 세상이 막막하다가도 나 자신을 생각하
면 사람들에게 너무 고마워요. 내가 할 수 있는 일은 부지런히 공부
하고 부지런히 글을 쓰면서 살아가는 것이지요. 아직도 나는 너무 철
이 없어서 탈이야. 나는 인격적으로 부실투성이야. 사람이 되려면 멀
었어요. 그래도 나만큼, 내 삶의 길이만큼 살려고 노력해요. 잘 안 되
지만. 맘대로 되는 게 어디 있겠어. 생각대로 되는 게 어디 있겠어.
그냥 살지요. 곧 또 겨울의 적막이 앞산에 올 거야. 그게 내 그리움이
야. 그 고요가 때로 내 사랑이지.

　새들의 일상은 일일이 정교한데, 내 이야기는 겁나게 서툴렀지요?

김용택

시인. 시집 『섬진강』 『맑은 날』 『꽃산 가는 길』 『강 같은 세월』 『그 여자네 집』 『나무』 『키스
를 원하지 않는 입술』 『울고 들어온 너에게』, 산문집 『김용택의 섬진강 이야기』(전8권) 『심심
한 날의 오후 다섯 시』 『나는 당신이 어떤 사람인지 알면, 좋겠어요』, 부부가 주고받은 편지
모음집 『내 곁에 모로 누운 사람』 등이 있다. 그 밖에 『콩, 너는 죽었다』 등 여러 동시집과
시 모음집 『시가 내게로 왔다』(전5권) 『어쩌면 별들이 너의 슬픔을 가져갈지도 몰라』 『머리
맡에 두고 읽는 시』(전5권) 등이 있다. 김수영문학상, 소월시문학상, 윤동주문학대상 등을 수
상했다.